첫번째 날

첫번째 날

전혜정
장편소설

문학동네

차례

1부

1

순간 나는 깊게 숨을 들이마시며 눈을 떴다. 세상은 온통 캄캄했다. 하지만 몇 번인가 필사적으로 숨을 들이마시고 내쉬기를 반복하다보니 점점 시야가 밝아졌다.

투명한 사파이어빛 하늘과 그 한가운데에 정확히 위치한 태양.

캡슐 안에 누운 채로 한동안 태양을 똑바로 응시하다가 나는 뭔가 특이한 점을 발견했다. 내가 그때까지 알고 있었던 태양과 달랐던 것이다. 기억 속의 태양보다 좀더 컸고, 그래서 훨씬 더 위협적으로 가깝게 느껴졌다. 강렬한 빛에 혹사당한 두 눈에서 수십 개의 바늘 다발에 찔리는 듯한 통증과 함께 절로 눈물이 흘러내렸다. 어쩔 수 없이 다시금 눈을 감은 나는 띄엄띄엄 떠오르는 몇 개의 분절된 기억에 애써 정신을 집중했다.

갑자기 머릿속 깊은 곳에서부터 무언가가 폭발하듯이 연이어 떠올랐다. 소용돌이치는 기억의 흐름에 나는 온몸을 격렬하게 떨었다. 무수한 기억의 조각이 빠르게 지나간 후, 나는 비로소 모든 것을 떠올릴 수 있었다.

"DH-194."

나는 소리 내어 중얼거렸다. 정식 명칭은 DH-194-S1-1different human-194-separate1-1. 네이처에서 살인이나 반역을 저지른 일급 범죄자에게 붙는 분류 기호. 194는 내가 그 중대한 범죄를 저지른 194번째 죄수라는 뜻이었고, S1-1은 범죄자인 내가 격리되었던 구역을 뜻했다. 네이처의 지난 8세기 역사 동안, 그토록 위험한 194명의 일급 범죄자 중에 나와 같은 종류의 살인을 저지른 죄수는 고작 열다섯 명에 불과했다. 나를 제외한 열네 명의 죄수는 행동 강령이 아직 확립되지 않았던 초창기에 살인을 저지른 자들이었다. 나는 지극히 평화롭던 행성 전체를 충격과 경악으로 몰아넣은 장본인이었다.

이백 년간 캡슐에 갇힌 채 우주미아로 떠돈 후 가까스로 깨어나 떠올린 첫 기억이 내가 살인자라는 것이라니. 그렇다면 혹시 이곳이…… 루시아? 나는 급하게 몸을 일으키려다가 심한 어지럼증을 느꼈다. 어쩐지 네이처보다 중력이 좀더 강한 것 같았다. 나는 엉거주춤 누운 자세로 다시 한번 하늘을 올려다보았다. 여전히 바다같이 파란 하늘 위로 태양은 저 홀로 불타오르고 있었다. 구름도, 희미하게 빛나는 별의 흔적도, 날아다니는 새도 보이지 않았다.

루시아는 인간의 생존이 가능한 행성이라고 그들은 내게 말했다. 다른 행성에 유배되는 죄수를 위해 이미 무인 탐사기가 면밀한 조사를 마친 후라고. 루시아에는 인간이 존재하지 않았다. 인간을 포함해 모든 생명체와의 공감과 교류를 최우선시하는 네이처인들은 고립과 고독의 상태를 무엇보다 가장 무서운 형벌이라고 여겼다. 따라서 살인을 저지른 나 같은 죄수를 단순히 사형으로 벌하지 않고, 감정을 나눌 수 있는 생명체들과 오랜 시간 동안 단절시키는 유배형이야말로 극형이라 할 수 있었다. 그들은 나를 죽이려는 의도가 아니었다. 나를 살려둠으로써 내가 그보다 더한 고통을 받기를 원했다.

지금까지 발견된 다섯 개의 은하에서 인간이 생존할 수 있는 행성이 과연 몇 개나 된다고 했던가. 공기, 물, 흙은 기본 조건. 거기다가 부족한 물품을 다른 행성에서 공급받지 않는다는 전제하에 말이다. 내 기억으로는 대략 서른여덟 개의 행성이 전부였다. 그 수많은 행성 중에 고작 그 정도였다. 루시아는 네이처가 최근에 발견한 새로운 행성이었고, 마침 중죄를 저지른 내가 네이처인들을 대표해 졸지에 이 행성으로의 이주 가능성을 몸소 증명해야 하는 역할을 떠맡게 된 셈이었다. 나는 다시 한번 천천히 몸을 일으켰다.

백색의 모래 더미. 빛을 난반사하는 모래벌판이 사방에 끝도 없이 펼쳐져 있었다.

두 눈에서 눈물이 줄줄 흘러내렸다. 나는 캡슐 안쪽을 양 손바닥으로 샅샅이 더듬었다. 이윽고 캡슐 아래쪽 부분에서 가로세로 약 오 센티미터 정도의 약간 도드라진 곳을 발견했다. 나는 손톱을 세워 그 부분을 갉작갉작 긁어댔다. 떼어낸 그 조각은 부들부들했다. 손바닥 위에 놓고 다른 손으로 몇 번이나 세게 내리쳤더니 예상대로 점점 부풀어올랐다. 열을 가하면 원래의 크기로 부풀어오르는 일종의 휴대용 수납 자루였다. 우주탐사와 같은 장거리 여행시 필수품으로, 어떠한 극한 상황에서도 생존이 가능하도록 총 14종의 축소된 내용물이 담겨 있었다. 원래는 라이터 같은 소형 점화기를 이용해 부풀리지만 상황이 상황이니만큼 손바닥의 마찰열을 이용하는 편이 가장 빠른 방법일 터였다. 손바닥이 벌겋게 될 지경으로 손바닥을 내리치고 나서야 수납 자루가 제법 사용 가능할 만큼 부풀었다. 완전히 모양을 갖춘 것 같지는 않았지만, 더이상은 무리였다. 나는 자루 안에서 선글라스를 꺼냈다. 흐르는 눈물을 손등으로 쓱쓱 대충 닦아내고는 얼른 선글라스를 착용했다.

아무래도 덜 부풀었는지, 선글라스의 굵은 다리 두 개가 관자놀이 부분을 힘껏 눌러대는 것만 같았다. 마음 같아선 당장 선글라스를 벗어던지고 싶었으나 맨눈으로 백색 모래벌판을 대면할 용기는 도저히 나지 않았다. 자루 속을 뒤져 검지만한 크기의 초소형 망원경을 집어 들었다. 조심스럽게 왼쪽 홍채에 갖다붙이자, 홍채 크기에 맞게 두세 번 정도 몸통을 축소하고 확대하던 망원경이 치짓, 하는 미세한 소음과 함께 주변의 풍경을 내 앞으로 바싹 잡아당겨 보여주었다. 고화질의 선명한 풍경이 갑자기 눈앞에 펼쳐지자 아직 희미하게 남아 있던 어지럼증이 도로 심해지는 듯했다. 자꾸만 치솟아오르는 메스꺼움을 가까스로 참으면서 망원경에 비치는 풍경을 주의깊게 바라보았다.

여전히 백색 모래뿐. 그 외엔 아무것도 보이지 않았다.

나는 공포가 엄습하는 것을 똑똑히 느낄 수 있었다. 절망과 피로로 제정신이 아니었던 나는 허공을 향해 있는 힘껏 주먹을 날렸다.

"너희들은 내게 약속했었어!"

그 순간 망원경이 떨어져나가면서 왼쪽 눈동자에 찌르는 듯한 통증이 느껴졌다. 내 비명이 정적을 찢으며 울려퍼졌다가 메아리로 되돌아왔다.

나는 계속 고함을 질러댔다. 그러다가 언제인지 모르게 그대로 쓰러져 정신없이 깊은 잠에 빠져들었다.

2

소리가 들렸었다. 깊은 잠에 취해 지극히 혼란스러운 꿈으로 인해 고통받으면서도, 나는 분명 어떤 소리를 들었다.

깨어나니, 밤이었다. 마치 콜타르를 짓이겨놓은 것 같은 끈적끈적한 어둠.

나는 캡슐 안에 웅크리고 누워 멍하니 밤하늘을 바라보았다. 그 어떤 기대도 품지 않은 채로. 들여다볼수록 밤이 빠르게 몸속을 향해 스며들어오는 것만 같았다. 질식할 듯이 밀도 높은 어둠이었다. 그리고 그 검은 하늘 밑에 생명체는 오직 나 홀로……

그때 또다시 소리가 들려왔다. 마치 아크릴판을 손톱으로 긁는 듯 아주 작은, 하지만 분명 무언가가 자신의 존재를 드러내는 소리였다. 나는 벌떡 몸을 일으켜 소리가 들리는 어둠의 저편을 향해 귀를 기울였다. 만일의 상황에 대비하여 캡슐 밖으로 나가지는 않은 상태였다.

사악사삵삵삵……

소리는 분명히 들려오고 있었다! 소름이 돋았다. 이 행성에 나 이외의 다른 생명체가 있는 것이 확실했다. 그러나 만약…… 나는 혼란스러운 머릿속을 최대한 냉정하게 가라앉히려고 노력하면서 생각을 이어갔다. 그 생명체가 내게 해를 끼치는 존재라면 어떻게 해야 될 것일까? 말로만 듣던, 탐사에 나선 우주개척방위군이 새로운 식민행성에서 종종 마주치곤 한다는 외계 종족이라면? 지금까지 밝혀진 다섯 개의 은하계 외에 더 넓은 우주가 존재할 수 있다는 가능성이 종종 은하연맹연구소의 과학자들에 의해 제기되어왔다. 네이처는 인류의 모행성인 지구의 열두번째 식민행성이다. 우주개척방위군이 네이처에 정착하고 있었던 'H-12'(일명 튀어오르는 거대 버섯. 식물에 가까운 외계 종족)를 화염방사기로 모조리 불태워버린 후에, 지구에서 가임기 부부 오십 쌍을 선별하여 네이처로 이주시켰던 것이다. 그 오십 쌍의 이상적인 부부가 네이처의 시조가 되었다. 그로부터 팔백여 년 동안 외계 종족으로부터 총 네 번의 대대적인 침략이 있었다고 기본우주소양 교육 시간에 배우긴 했지만, 그 침략들은 모두 벌써 육백 년 전에 벌어진 전쟁이었다. 나를 포함한 네이처인들은 선대를 통해 전해 내려온 불확실한 소문을 통해 짐작할 뿐, 실제로 전쟁을 경험하거나 외계 종족을 목격한 일은 없었다. 역시 소문에 의하면, 지구와 네이처를 제외한 다른 행성에 방문하거나 외계 종족과 대면한 인간은, 자기복제 기술로 노쇠한 육체를 몇 번이나 바꿨다는 일부 고위층 정치 인사들뿐이라고 했다. 비약적인 과학의 발전에도 불구하고 대부분의 네이처인들은 다양한 농업에 종사하고 있어 일생 동안 네이처 행성을 떠날 일이 없었고, 우주에서 벌어지는 치열한 생존 전쟁에 대해서도 전혀 아는 바가 없었다. 그렇기에 대다수의 네이처인들은 스스로를 지구의 식민행성 정착민들이라고 의식하지 않았으며, 내심 모행성을 지구가 아닌 네이처로 여겼던 것이다. 우리는 그냥 '네이처인'일 따름이었다. 네이처인들이 생산한 질 좋은 농산물을 다른 행성의 각종 가공품들과 교환하기 위해 정기적으로 행성에 방문하는 우주왕복선이 있었지만, 그것에 큰 관심을 보이는 사람은 적어도 내가 아는 이들 중엔 없었다.

그새 소리는 점점 이쪽으로 가까워졌다. 생각할 겨를이 없었다. 뭔가 무기가 될 만한 것을 자루에서 빨리 찾아내야 했다.

하지만 나는 아까 낮에 자루를 원래의 크기로 부풀게 하지 못했다는 것을 깨달았다. 이렇게 지척에서 위험이 다가오고 있는데도 고작 한탄이나 하면서 울부짖다가 무방비 상태로 잠들어버렸다니. 나 자신이 너무도 한심했다. 허둥대며 자루 안을 뒤적이자 무언가가 만져졌다. 소총 한 자루였다. 길이가 십삼 센티미터 정도에 불과한, 제대로 발사나 될지도 알 수 없는 낡은 총이었다. 오른손으로 그 앙증맞은 몸체를 쥐고 센서등을 켜서 주변을 밝혔다. 방아쇠 안쪽에 새겨진 흠집을 나도 모르게 더듬는 동안, 이내 달갑지 않은 기억이 떠올랐다.

JK-13. 공식 별명은 '얼간이'.

여자나 아직 성인이 되지 않은 아이, 또는 노인 들이나 호신용으로 갖고 다니는 구시대의 기능 낮은 장식용 소총. 내가 그를 죽이는 데 사용한 그 총.

얼간이에 대한 기억을 떠올린 것과 갑자기 캡슐 안으로 모습을 드러낸 '그것'에게 반사적으로 총을 쏜 것 중 어느 쪽이 먼저였는지는 모르겠다. 이백 년이 지난 뒤에도 군인이었던 내 몸의 기억은 제법 훌륭한 편이었다. '그것'이 캡슐 안으로 튀어오름과 동시에 얼간이의 총구에선 불이 뿜어져나왔다. 얼간이는 얼간이답지 않게 소음과 반동이 비교적 크지 않았고, 사실 다른 총들의 기능이 지나치게 좋을 뿐 얼간이 자체로만 본다면 그닥 나쁘지 않았다.

'그것'이 갑자기 내 얼굴 높이로 튀어오르는 순간, 얼간이는 단 한 방에 '그것'의 머리라고 여겨지는 곳을 명중시켰다. 생각과 달리 제대로 발사가 되었다. '그것'은 허공에서 고통스럽게 찍찍 비명을 지르더니 곧 내 발밑에 흐늘흐늘한 몸통을 뻗어버렸다. 센서등으로 자세히 확인할 틈도 없이 곧 또다른 '그것'들이 연속해서 예의 그 기분 나쁜 사삮, 거리는 소리와 함께 캡슐 안 여기저기에서 튀어올랐다. 워낙 순식간에 벌어진 일이라 공포나 당혹감을 느낄 겨를도 없었다. 제 크기도 아닌 총으로 나는 네이처의 일급 사수로서의 실력을 유감없이 발휘했고, 상황은 곧 종결되었다.

나는 센서등의 밝기를 최대로 높여 캡슐 안을 살펴보았다.

"미치겠군!"

정말이지 망할 놈의 것들이었다. 화가 치밀어오른 나는 모래 더미 위에 퉤퉤 침을 뱉어냈다. 캡슐 안팎이 '그것'들의 푸르스름한 체액으로 아주 엉망이 되어 있었다. 잿빛 쥐의 머리에다 손바닥 크기만한 해파리 비슷한 몸통이 달린 묘한 생물이었다. 세어보니 총 여덟 마리였다. 그중 다섯 마리는 정확히 쥐 머리가 날아갔고, 한 놈은 캡슐 한 귀퉁이를 날카로운 송곳니로 물어뜯는 자세로 머리 절반이 날아간 채였다. 나머지 두 놈은 해파리 몸통에 총을 맞았는데, 자세히 들여다보니 희미하게나마 아직 숨이 붙어 있었다. 가까이 다가간 내게 송곳니를 드러내며 나름 위협하듯 가릉거리는 목울음 소리를 내는 것이 좀 안돼 보였다. 고통을 줄여줄까 하다가 이내 총알을 낭비해선 안 된다는 생각이 들었다. 수납 자루에 든 것들이 내가 가진 전부였다. 앞으로 백 년을 어떻게든 버텨내야 했다. 나는 두 눈을 질끈 감고 신고 있던 부츠의 뒤축으로 한 마리씩 머리를 밟아주었다.

캡슐 전체가 죽은 쥐 머리들로 인해 기괴하기 짝이 없는 공간으로 바뀌자, 나는 별도리 없이 캡슐 밖으로 나갈 수밖에 없었다. 이럴 줄 알았다면 아직 날이 밝았을 때 캡슐을 빠져나오는 편이 그나마 나았을 것이다. 적어도 나를 온통 에워싸고 있는 저 모래 더미들 사이에서 튀어나오는 게 무엇인지는 똑똑히 볼 수 있었을 테니 말이다.

이 행성에는 특이하게도 달이 존재하지 않는 듯했다. 모행성인 지구에서 부르던 명칭 그대로 네이처에서도 낮과 밤을 밝히는 행성을 각각 해와 달이라 불렀다. 원래는 각각 에리니에스와 전갈자리 19번 별이라고 불러야 했다. 하지만 다른 은하계에 속한 지구의 스물세 개의 식민행성들에서도 해와 달이라는 명칭을 고수하고 있다고 우주소양 교육 시간에 조교가 말한 것을 보면, 여기에는 어떤 무의식적 연대감을 갖기를 원하는 모행성의 의도가 있지 않을까, 라고 나는 종종 생각하곤 했다. 어쩌면 식민행성들의 개척 주민들이 심정적으로는 여전히 모행성에 속해 있기를 바랐던 것일 수도 있다.

캡슐 밖으로 나가기 전에 얼간이를 수납 자루에 넣은 다음 마저 손뼉 치기를 해야 했다. 하지만 손바닥의 얼얼함을 감수하면서 서른 번 넘게 손뼉을 쳤는데도 망할 수납 자루는 내가 원하는 크기만큼 부풀지 않았다. 부풀어오르기는커녕 마치 내 양 손바닥의 악력이 짜증이라도 난다는 듯 부르르 떨어댈 뿐이었다. 손뼉을 쉰 번 쳤을 때엔 그만 수납 자루를 쥐 머리들의 체액으로 끈적해진 발밑에 내던지고야 말았다.

"이런 짓거리나 하고 있어야 하다니!"

손바닥이 어찌나 아프고 약이 바짝 오르던지 훈련 때처럼 제자리뛰기를 하며 마음을 가라앉혀야 했다. 부츠 바닥에 눌어붙은 쥐 머리 체액의 불쾌한 느낌이 정말 싫었지만, 그래도 과거에 익숙했던 육체적인 움직임을 반복한다는 것 자체가 큰 위안을 주었다. 한결 기분이 차분해지자 나는 왜 수납 자루가 손바닥 열에 제대로 반응하지 않는지 알 수 있었다. 바로 '밤'이 원인이었다. 해가 없으니 당연히 기온은 내려갈 수밖에 없었다. 거기다가 아무래도 이 행성은 일교차가 무척 심한 듯했다. 비록 절반이 날아가버렸지만 나는 캡슐 안에 있었고, 더군다나 쥐 머리와의 대결 탓에 꽤나 쌀쌀해진 공기를 미처 알아차리지 못했던 것이다.

만일 이대로 기온이 계속 떨어진다면 얼마 지나지 않아 반통형 캡슐도 더이상 추위를 막아주진 못할 것이다. 그러나 수납 자루가 제 크기로 부풀어오르지 못한다면, 그래서 제대로 된 총을 손에 넣지 못한다면, 캡슐을 벗어나는 과정이 처음부터 어긋나게 된다. 언제 운이 다해 발사가 중지될지 모를 총 한 자루에 내 목숨을 거는 위험천만한 상황은, 특히 군인이었던 나에겐 가장 피하고 싶은 최악의 악몽이었다.

뭐라도 찾아내야 했다. 발열체가 될 만한 것을 어서 빨리 찾아서 이 밤을 견딜 수 있을 만한 곳으로 당장 떠나야 했다. 추위에 곱아가는 손으로 절실하게 수납 자루를 뒤지던 끝에 작고 네모진 물건이 만져졌다. 그것은 라이터였다. 드디어 수납 자루가 제 크기로 부풀어올랐다. 수납 자루 속에 들어 있는 물건들을 확인해보았다. 비상식량인 에너지바가 스무 개 정도, 만능 도구함, 고리에 묶여 있는 갖가지 크기의 칼들, 우비, 결빙을 막는 스프레이 세 통, 불을 피울 수 있는 스프레이 세 통(왜 나는 이 스프레이가 수납 자루에 담겨 있을 것이라고 생각하지 못했는지), 소독용 스프레이 세 통, 주머니에 휴대 가능하도록 접힌 초소형 텐트, 구급상자, 역시 초소형으로 접힌 수십 벌의 옷가지, 그리고 가장 중요한 생수 일곱 병.

생수병을 보자마자 참을 수 없는 갈증이 치밀어올랐다. 반나절이 넘는 동안 물 한 모금 마시지 않은 상태였다. 반쯤 들이켠 후 생수병을 도로 집어넣으면서 나는 원래 유배자에게 지정된 것보다 얼핏 봐도 스무 가지는 더 되는 다양한 종류의 물품들이 들어 있는 수납 자루 안을 유심히 살펴보았다.

이른바 마지막 호의였다.

갈증이 뒤늦게 느껴진 것도 네이처 집행관들의 호의일 가능성이 높았다. 비록 내가 동족인 네이처인을 죽인 중죄를 저질렀지만 그들은 나를 안전하게 루시아로 보내기 위해, 또 내가 갈증에 시달리다 생존을 가능하게 할 소중한 시간을 낭비하지 않게 하기 위해, 그 모든 세세한 것들까지 꼼꼼히 챙기고 배려해준 것이었다. 그들은 내가 죄인이라도 자신들과 같은 네이처인이었다는 사실까지 부정하진 않았다. 네이처인들은 내가 네이처를 떠나는 마지막까지 줄곧 충실한 태도로 그들의 기준에 합당한 모든 노력을 아낌없이 행한 셈이었다.

기온은 더 내려갔다. 이제는 반통형 캡슐도 몰아치는 추위를 막아주지 못했다. 극한 상황에서의 생존은 직관적으로 상황을 파악한 뒤 얼마나 재빨리 행동하느냐에 달려 있다. 무엇보다 가장 먼저 이 밤을 무사히 보낼 수 있는 생존 공간을 확보해야 했다. 나는 쥐 사체의 체액으로 얼룩진 수납 자루를 왼쪽 어깨에 메고 오른손에 장전된 얼간이를 들었다. 한층 더 거세진 칼바람을 온몸으로 맞으며 나는 마침내 캡슐 밖으로 나가기로 마음먹었다. 부디 내 운이 더이상 나빠지지 않기를 바라면서.

캡슐 밖의 백색 모래 위에 한 발을 내디뎠을 때였다.

뭔가 이상했다.

나는 왼쪽 부츠 밑창에 감지되는 그 설명하기 힘든 감촉에 몸서리를 치면서 뭔가를 밟는 것을 피하려고 했고, 그러다 그만 중심을 잃고 도로 캡슐 안쪽으로 벌렁 넘어져버렸다. 덕분에 얼간이에 부착돼 있던 센서등이 어둠 속으로 날아가버렸고, 나는 곧 칠흑 같은 어둠에 감싸여 쥐 사체 끈끈이를 온몸에 뒤집어쓴 꼴이 되고 말았다. 나자빠진 내 엉덩이 밑으로 장전된 총이 깔렸지만 그게 언제 발사될지 모른다는 위험조차 알아차리지 못했다. 오직 내가 느낀 그 감촉을 몇 번이고 되새기며 그것의 정체를 파악하는 데에 집중했다.

물컹거리는, 푹 빠져들 듯한, 뭔가 유동적인 감촉이었다. 한 가지 분명한 점은 저 뭔가가 절대로 모래는 아니라는 것이었다. 문득 내가 갓 신병이 되었을 무렵 필수 과정으로 이수해야 했던 정신강화교육의 첫 강의가 떠올랐다. UI-101 대위는 서른세 명의 신병을 앞에 두고 특유의 무표정한 얼굴로, "실제 상황에서 가장 주의해야 할 사항은 바로 '자신의 눈'을 믿지 않는 것이다"라고 말했다.

"우리의 두 눈은 사물을 거울처럼 그저 비추고 있을 따름이다. 그러나 사물의 본질은 여간해선 보이지 않는다. 시력이 왜곡할 수 있는 사실을 아무런 의심 없이 받아들이는 저능아 같은 짓거리는 이 순간부터 하지 않길 바란다. 그래도 무언가를 제군들이 굳이 믿으려 한다면 직접 몸으로 부딪쳐 얻은 경험을 믿어라."

대위의 강의는 여러 상황에서 내게 중요한 지침이 되었다. 이후로 나는 자신만의 경험을 차근차근 쌓으면서 본다는 것의 불명확성에 대해서 체감할 수 있었다.

자신의 두 눈을 믿지 마라.

왜 나는 이 행성에서 가장 중요한 진실 중의 하나를 그토록 간과해 버렸을까.

내 눈에 보이는 것을 믿지 말아야 했다. 백색 모래는 이곳에 없었다. 다만 네이처에서 예전에 봤던 모래와 외관이 비슷하다는 이유만으로 지레짐작하여 그것을 모래로 착각했던 것이다. 문제는 여기에 있었다.

반통형 캡슐을 둘러싼 저 뭔가가 모래로 이뤄진 땅이 아니라면, 과연 무엇이란 말인가. 만일 저 뭔가로 나갔다가, 오히려 더 이른 죽음을 맞게 될 수도 있지 않을까?

불길한 물음이 꼬리를 물며 불쑥불쑥 솟아올랐다. 죽음이 눈앞에 있을지도 모르는 상황에서 추위는 부차적인 문제일 뿐이었다. 다시는 저 괴물 같은 뭔가에 발을 딛고 싶지 않았다. 나는 어둠의 한가운데에서 얼이 빠진 채 망연히 주저앉아 한낮에 나를 절망에 빠뜨렸던 적막이 다시 무시무시한 위력으로 덮쳐오는 것을 꼼짝없이 당할 수밖에 없었다.

그렇게 얼마나 더 오랜 시간을 보냈는지 모르겠다. 추위에 몸이 점점 굳어갔고, 어떻게든 눈을 감지 않으려는 나의 노력은 자꾸만 밀려드는 나른한 졸음에 마침내 무릎을 꿇고 말았다. 나는 자궁 속에 담긴 아기처럼 웅크린 자세로 점점 끈끈한 쥐 사체의 체액 속에 몸이 잠겨드는 것을 어렴풋이 느꼈다.

3

세번째로 루시아에서 깨어났을 때, 하늘은 여전히 맑게 빛나고 있었다. 짙푸른 하늘에 드문드문 박혀 있는 하얀 뭉게구름이 아름다웠다. 거짓말처럼 내 몸도 회복되었다. 생기를 되찾은 싱싱한 육체를 느낄 수 있었다. 믿을 수 없는 기적이 내게 일어난 것 같았다. 햇빛을 머금은 따스한 산들바람이 불어오고 있었다. 캡슐 밖에서 작은 새가 쉴새없이 지저귀는 경쾌한 소리가 들려왔다. 그 소리가 귓가에 황홀하게 감겨들면서 나는 마치 진정제를 맞은 듯 마음이 차분히 가라앉았다. 물속을 부유하는 것처럼 평온한 기분이었다. 어쩌면 아직 내가 꿈에서 깨어나지 못한 것일 수도 있었다. 육체는 영영 깨어나지 못하고 의식만 일부 남아 있는 반생자半生者가 되었는지도 모른다. 방부 처리된 육체 속에 갇혀서 의식이 모조리 소멸될 때까지 죽음이 유예되는 살아 있는 미라. 불현듯 입안이 바짝 타들어갔다.

터무니없는 망상이었다. 수십 년간 막대한 비용이 소요되는 반생자는 네이처에서도 최상류 계층에 속한 이들만이 할 수 있는 궁극의 사치였다. 하물며 인간이라고는 나 혼자뿐인 이곳에서 그것이 가당키나 하단 말인가.

나는 눈에 보이는 것을 믿지 말아야 한다고 자신에게 말했다. 허상에 이끌리면 진실을 확인하는 순간 한층 더 깊은 나락에 떨어지게 될 테니. 만일 지금 내 눈에 비치는 것들이 거짓이고, 내가 무의식 속에 잠겨 있는 상태라 할지라도 나는 몸을 일으켜야 한다고 생각했다. 설혹 나의 헛된 희망이 꾸며낸 허구의 진실을 꿈속에서 확인하는 데에 지나지 않을지라도, 어쨌든 한시라도 빨리 그 꿈을 깨뜨리고 현실을 마주하기를 원했다.

나는 실재가 맞는지 확신할 수 없는 내 육체가 유연하고 민첩한 젊은이와 같은 몸놀림으로 자리에서 몸을 일으켜 캡슐 안에 우뚝 서는 것을 느꼈다. 자리에서 일어나자 내 몸을 한 꺼풀 감싸고 있던 푸르스름한 투명막이 바스락거리며 떨어져나갔다. 그 투명막이 실은 쥐 사체의 체액이라는 것이 떠올랐고, 허공을 떠다니는 이 반짝이들이 내가 기억하고 있는 어제와 오늘을 이어주는 강력한 현실의 증거라는 것을 깨달았다. 그리고 동시에 나는 캡슐 밖으로 다시 시선을 돌렸다.

전혀 다른 루시아가 내 앞에 펼쳐져 있었다.

반통형 캡슐의 절반 정도가 바닷물에 잠겨 있었고 캡슐 외벽에 잔잔한 파도가 반복해서 부딪쳐왔다. 반대편에 펼쳐진 꽤 넓은 모래사장 역시, 전날 봤던 백색 모래가 아니었다. 주홍색에 가까운 모래사장이 초승달 모양의 해변을 따라 이어졌다. 그 너머는 울창한 숲이었다. 빼곡하게 들어선 아름드리나무들이 바람의 움직임에 맞춰 흔들리고 있었다. 무수한 나뭇잎들이 살랑살랑 손을 흔들며 어서 오라고 내게 손짓을 보내는 것 같았다.

고작 하루 동안에, 암울했던 이 행성에 기적이 일어났던 것일까? 혼란스러웠다. 이성은 눈앞의 광경이 거짓이라고 속삭였다. 분명 어제 내가 본 이곳은 백색 모래 더미로 뒤덮인 불모의 행성이었다. 내가 이 행성에서 확인한 것이라고는 오직 절망과 죽음뿐이었다. 어제와 오늘 중 대체 어느 쪽이 진실인 것일까. 내가 본 두 개의 모습이 전부 왜곡된 허상일 가능성도 배제할 순 없었다.

나는 고개를 천천히 가로저었다. 당장은 생존만이 중요했다. 루시아에서 백 년을 버텨낸 후에 나머지 진실에 대해 헤아려보아도 결코 늦지 않을 것이다.

캡슐 뒤편으로 펼쳐진 시리도록 푸른 바다는 내리쬐는 햇살을 눈부시게 반사하며 아주 느리게 일렁였다. 가끔씩 작은 물고기들이 느닷없이 높게 튀어올랐다가 호를 그리며 물속으로 되돌아갔는데, 그때마다 주변을 배회하던 바닷새들이 튀어오른 물고기를 잡아먹기 위해 쏜살같이 날아갔다. 흰색 몸통에 머리와 날개만 노란색 깃털로 덮여 있는 수십 마리의 바닷새가 공중을 장악하듯 날갯짓을 하며 저마다 독특한 울음소리를 냈다.

나처럼 얇은 막으로 뒤덮인 수납 자루와 얼간이를 집어들었다. 몇 번 툭툭 털자 투명막은 금세 떨어져나갔다. 나는 잠시 고민하다가 얼간이를 허리춤에 꽂아두었다. 얼간이를 쏘아야 할 만큼 위급한 상황이 닥치지 않기를 바랄 뿐이었다. 대신 수납 자루에서 칼을 꺼내들었다. 삼십 센티미터 남짓한 길이의 날 선 칼날이 마음에 들었다. 일단 숲을 살펴본 다음 지낼 만한 곳을 찾아볼 참이었다. 불을 피울 수 있는 동굴이나 바위틈에 거처를 정하는 편이 나을 것이다.

나는 주홍빛 모래사장에 두 발을 딛고 섰다. 이상한 감촉은 전혀 없었다. 내가 네이처에서 밟았던, 기억 속 그 고운 입자의 모래와 똑같았다. 그대로 멈추지 않고 발목까지 푹푹 빠지는 모래사장을 가로질러 숲까지 오십 미터쯤 걸어갔다. 무릎까지 오는 인조가죽 부츠를 신고 있었기에 천만다행이었다. 네이처에서 캡슐에 타기 전, 정갈한 옷차림으로 형벌에 임해야 함에도 평소 아끼던 이 부츠를 벗지 않겠다고 끝까지 우기는 바람에 집행관들이 슬쩍 눈감아주었던 것이다. 사실 부츠가 내게 어떤 의미나 필요가 있었던 건 아니었다. 당시엔 공포와 실망감으로 평정을 잃었던 터라 집행관들의 명령이라면 그게 뭐든 반발심을 억누르기가 힘들었다. 나는 줄곧 분노하고 있었던 것이다. 네이처라는 행성에 대해 분노했고, 나를 포함한 네이처인이라는 작자들에게 분노했고, 가지가지의 모든 것들에 분노하다못해 심지어는 하늘과 땅을 바라보면서도 분노를 터뜨렸다. 그러나 우주미아로 보냈던 이백 년의 시간은 어느새 그 분노를 잠재웠다. 내 마음의 심연에 아직 분노가 조금이나마 남아 있다 해도 기나긴 시간을 통과하며 어느덧 과거의 아렴풋한 기억이 되었다. 나는 이제 조금씩, 점차적으로, 시간을 체험하고 있는 셈이었다.

숲에 들어서자마자 엄청난 활기가 느껴졌다. 가끔씩 곳곳에 재빠르게 나타났다 사라지기를 반복하는 다양한 색상의 작은 동물들이 눈에 띄었다. 어찌나 몸놀림이 날쌘지 내 눈으로는 도저히 따라잡을 수가 없었다. 겨우 목격한 동물은 전갈의 집게발과 닮은 십수 개의 빨간 다리가 잔뜩 달린 몸통에 토끼처럼 크고 긴 귀를 달고 있는 놈이었다. 몸집이 컸다면 제법 무시무시했겠지만, 천만다행으로 쥐 머리와 별반 다를 바 없는 크기라 내게는 위협이 되지 못했다. 자세한 모습을 확인하진 못했지만 나머지 기묘한 동물들도 대략 그 비슷한 크기였다. 다만 식물은 아주 큰 것들이 서너 종류쯤 보였다. 그중에서 가장 큰 것은 잎사귀 하나만 해도 족히 육 미터는 되는 듯했다. 불길하게만 보이는 짙은 보라색 잎사귀들이 굵은 덩굴손을 따라서 거대한 차양처럼 죽죽 늘어져 있었는데, 필시 엄청난 크기일 원줄기는 내가 있는 자리에선 도저히 찾아낼 수 없었다.

수많은 생명체가 저마다 발산하는 강력한 존재감이 숲을 이 행성과는 독립된 별개의 공간으로 만들어주고 있었다. 우거진 잡목들 새로 빈틈없이 땅을 메운 가시덤불과 내 가슴 높이까지 자란 잡초들 때문에 이동하는 데에 상당한 어려움이 있었다. 윙윙거리며 날아다니던 날벌레들이 마치 나를 경계하는 듯 무리를 지어 주위에 모여들었다. 그러고는 한동안 내 주변에서 성가시게 굴더니 바다가 더이상 보이지 않는 지점에 이르자 거짓말처럼 흩어져 날아갔다. 숲으로 걸어들어간 지 한 시간쯤 지났을 무렵이었다. 이때부터는 그나마 나뭇잎 사이로 간간이 비치던 햇빛도 더이상 볼 수 없었다. 수십 미터는 됨직한 키 높은 나무들에서 거미줄처럼 뻗어나온 나뭇가지들이 거대한 장막처럼 하늘을 뒤덮고 있었다. 어두컴컴한 숲은 불모의 백색 모래를 연상케 했다. 섣불리 전진하기 어려운 모종의 경계를 넘어서고 있다는 느낌이 들었다.

그 느낌은, 일종의 경고였다.

나는 자신이 숲의 공격자 혹은 방해꾼이 된 것만 같았다. 어젯밤에 공격해왔던 쥐 머리들이 떠올랐다. 쥐 머리는 내 힘으로 무난히 제압할 수 있는 적이었다. 하지만 두번째 적은 그 정도로 나약하진 않을지도 모른다. 나는 얼마간 망설이다가 슬며시 칼을 수납 자루에 도로 넣어두고 대신 허리춤에 꽂아두었던 얼간이를 뽑아들었다. 그러고는 괜스레 화풀이하듯 머리 위에 늘어져 있는 굵은 나뭇가지 하나를 잡고 온몸의 무게를 실어 몇 번이고 힘껏 잡아당겼다. 그것은 반쯤 썩은 상태라 얼마 되지 않아 우지끈 소리를 내며 부러졌다. 단순하지만 순전히 내 힘만을 이용한, 루시아에서의 첫 성공이었다. 유치한 감정이라는 것을 알면서도 나는 우쭐해졌고, 그후 똑같은 방법으로 총 열세 개의 나뭇가지를 부러뜨려놓았다. 그리고 열네번째의 나뭇가지를 한 손으로 잡는 순간, 나는 마주보았다. 그것, 허공에 떠 있는 두 개의 발광체를.

나는 그대로 얼어붙었다. 두 개의 발광체도 아무런 움직임이 없었다. 큼직한 아몬드 모양의 녹색 눈과 한껏 확장된 노란 동공. 먹잇감을 노리는 짐승의 눈이었다. 내 눈높이와 거의 비슷한 위치였고 손을 뻗으면 닿을 수 있을 만큼 가까웠다. 짐승의 숨소리가 들리는 듯했다. 짐승은 익숙한 어둠 속에서 나의 일거수일투족을 지켜보고만 있었다. 하지만 내가 볼 수 있는 것이라고는 짐승의 두 눈밖에 없었다. 만일 짐승이 관망하는 듯한 태도를 일시에 바꿔 나를 습격하기로 마음먹는다면 오늘이 루시아에서 보내는 마지막날이 될 것이었다. 한시라도 빨리 얼간이로 짐승의 머리를 날려야 했다. 나는 마음속으로 스스로에게 명령을 내렸다.

어서 총을 들어올려. 그리고 눈 사이에 정확히 조준한 다음 방아쇠를 당겨.

그러나 할 수가 없었다. 저 노란 눈동자를 응시하는 동안 온몸의 진이 다 빠져나가버린 것 같았다. 실제로 나는 떨고 있었고, 얼간이를 들어올리기는커녕 장전한 총을 그만 덤불숲에 떨어뜨리는 어처구니없는 실수를 저질렀다.

"탕!"

총소리가 숲의 거대한 장막을 뒤흔들며 울려퍼졌다. 그러자 불현듯 수십 쌍의 빛나는 눈동자가 깜깜한 허공 가운데 나타났다. 지척에서 짐승들이 아우성쳐대며 저마다 울부짖기 시작했다. 마치 실성한 젊은 여자의 목소리와 엇비슷한 소름 끼치도록 가늘고 높은 울음소리에 섞여 간간이 성난 맹수의 으르렁거리는 소리가 사방에서 끊임없이 이어졌다. 나는 여전히 제자리에 서서 온몸을 덜덜덜 떨어댔다. 너무 무서워서 하마터면 오줌을 지릴 뻔했다. 짐승들의 아우성이 그토록 끔찍하게 공포스럽지 않았다면 나 역시 비명을 질렀을 것이다. 극도의 공포로 내 모든 감각과 신경이 마비되어버린 것 같았다. 총을 찾을 엄두도 나지 않았다. 그렇다고 짐승들과 맞설 만한 다른 무기가 있는 것도 아니었다. 칼 한 자루야 있었지만, 도대체 그걸로 뭘 할 수 있겠는가. 기껏해야 한두 놈에게 칼을 박아넣다가 한꺼번에 달려드는 무리에게 비참한 죽음이나 당할 것이다. 나는 어쩔 수 없이 체념했다. 어느새 바짝 내 앞에 다가온 그 죽음을.

죽음을 묵묵히 기다리고 있던 그 시간은 내게 영원과도 같이 느껴졌다. 어느 순간부터인지는 모르겠다. 더이상 짐승들의 소름 끼치는 울음소리도 들리지 않았다. 나는 그저 내게 다가올 죽음이 많이 고통스럽지 않기만을 바랐다. 될 수 있다면 한 번의 일격으로 모든 것이 끝나기를. 짐승들이 부디 그 정도의 아량은 베풀어주기를 간절히 바랐다.

불과 몇십 초를 넘지 않았을 것이다. 생의 마지막을 반추할 시간은 그렇게나 짧았다. 짐승들은 오래 기다려주지 않았다. 놈들의 우두머리인 듯한 놈의 포효에 뒤이어 왼편에서 한 짐승의 선제공격이 시작되었다. 체중을 실어 내 가슴의 정중앙을 강하게 밀쳐내는 짐승의 공격에 나는 속수무책으로 당할 수밖에 없었다. 양팔을 헛되이 휘두르다 중심을 잃고 비틀거리는 내게 다른 짐승이 먼저 놈과 같은 방향에서 타격을 가해왔다. 나는 가시덤불 위로 쓰러졌다. 곧 세번째, 네번째 짐승이 고약한 냄새를 풍기며 내 몸 위로 덮쳐왔고, 나는 그만 정신을 잃고 말았다.

4

줄곧 어딘가로 추락하고 있었다. 아래로, 아래로. 비명을 지르고 싶었지만 입에선 아무 소리도 나오지 않았다. 나는 물고기처럼 입만 빠끔거리며 울었다. 짭짤한 눈물이 양쪽 귓구멍과 벌린 입속으로 흘러들어왔다. 얼마나 울어댔는지 눈물로 푹 젖어든 귓속에서 위잉, 거리는 이명이 들려왔다. 멈춰줘. 나는 헛되이 무언의 소리를 내질렀다.

제발 멈춰줘. 하지만 관 속에서의 추락은 오히려 한층 더 가속이 붙고 있었다. 게다가 관은 겨우 몸이 통과할 수 있을 정도의 폭이었다. 끝도 없이 이어진 관 아래로 추락하면서 내벽에 마찰된 피부가 불에 덴 듯 확확 달아올랐다. 귓속의 이명이 점점 커져가다 거대한 기계음 같은 참을 수 없는 소음으로 바뀌었을 때였다. 마침내 내 입에서 고성이 터져나왔다.

나는 온몸을 버둥거리며 눈을 떴다. 그렇게 생각했다. 그러나 실상은 머리를 제외한 전신이 모래사장에 파묻혀 있었다. 버둥거리기는커녕 손가락 하나도 움직일 수 없었다. 흙이 아닌 모래라면 조금은 움직일 수 있는 여지가 있어야 하지 않을까. 하지만 가장 당혹스러운 것은 녹색 눈의 짐승들, 아니 단순히 짐승이라고 단정하기엔 어쩐지 주저하게 되는 어떤 동물들이 두 다리로 우두커니 서서 나를 내려다보고 있다는 점이었다. 이해할 수 없는 상황에 그러잖아도 햇빛에 달구어지고 있는 머리가 더욱 지끈지끈 아파왔다.

이 동물들의 눈은 어둠 속에서처럼 빛나지 않았다. 아마도 저 태양 때문인 것 같았다. 불타는 듯 형형한 두 눈동자가 사라진 동물들은 무슨 신기한 다른 동물을 바라보듯 모래에 묻혀 있는 나를 둘러서 있을 뿐이었다. 나를 해치려는 악의는 느껴지지 않았다. 나도 동물들을 유심히 바라보았다. 그러자 내가 왜 이 동물들을 짐승이라고 표현할 수 없었는지 비로소 알 수 있었다.

어렴풋하게나마 인간을 묘하게 닮은 구석이 있었기 때문이다.

비록 일 미터가 조금 넘는 키에다 다리에 비해 팔이 두 배는 더 길고, 매우 짧고 굵은 목에 가분수처럼 얹힌 머리가 큼직했지만 어쨌든 그 형태는 인간과 비슷했다. 몸만이 아니었다. 다소 기형적인 몸에 비해 동물들의 얼굴은 일반적인 인간의 모습에 가까웠다. 물론 상당히 못생긴 얼굴이었다. 축구공만한 큰 얼굴에다 칠하다 만 얼룩 같은 희미한 털이 몇 가닥 숭숭 돋아난 눈썹, 콧대가 손가락 한 마디 정도의 높이에 불과한 코, 거기다가 위아래 모두 두껍고 큼지막한 입술은 통통하게 살이 오른 징그러운 애벌레 두 마리 같았다. 그래도 얼굴의 절반 이상을 차지하고 있는, 큼직한 아몬드를 박아넣은 것 같은 두 눈만은 제법 봐줄 만했다. 어둠 속에서와는 달리 빛 아래서는 노란 동공이 도드라져 보이지 않아 한결 인간 같았다. 사실대로 말한다면, 나를 내려다보는 녹색 눈들이 어찌나 투명하고 예쁜지 보면 볼수록 이 동물들의 다른 신체적 특징들이 그렇게까지 추하게 느껴지지 않을 정도였다.

그중 하나가 깍깍깍, 하는 소리를 냈다. 마치 물 마시다가 체하기라도 한 것 같은 듣기 거북한 소리였다. 그러자 다른 한 놈이 내 머리에 손을 내밀었는데, 무심코 그 손으로 시선을 돌렸다가 나는 하마터면 비명을 지를 뻔했다. 다섯 손가락이 달린, 인간과 흡사한 그 손에 이어진 팔꿈치 아래에서 또하나의 팔이 튀어나왔기 때문이다. 그 팔은, 팔이라기보단 짐승의 앞발처럼 보였다. 굳은살이 잔뜩 박인 굵고 튼튼한 앞발 끝에는 역시 다섯 개의 날카로운 발톱이 숨겨져 있었다. 내 머리에 손을 내민 동물은 앞발의 발톱을 세우며 희롱이라도 하는 것처럼 몇 번이나 주위를 휘저어댔고, 나는 공포에 질려 질끈 눈을 감았다. 그러자 동물들이 저마다 소리를 쳐대며 소란을 피웠다. 처음엔 놈들이 왜 그러는지 몰랐다. 그냥 저희들끼리 싸우거나 혹은 놀고 있는 것이라고만 생각했다. 하지만 소란이 좀체 가라앉지 않아, 설마 하는 마음으로 눈을 떠봤다. 그러자 우습게도 그 순간 놈들의 소란이 거짓말처럼 잠잠해졌다. 나는 다시 눈을 감아보았다. 또 이어지는 놈들의 소란. 세 번을 연속해서 그렇게 했는데도 동물들은 그때마다 어김없이 똑같은 반응을 보였다. 놈들은 내가 눈을 감은 상태가 싫은 것이다. 혹은 놈들이 나를 걱정하는 것일지도 모른다. 만약 그렇다면, 이건 순전히 허무맹랑한 가정일 수도 있지만, 동물들이 내 생각보다 훨씬 더 복잡한 심리 체계를 갖추고 있는 것일 수도 있다. 인간에 가깝게, 어쩌면 인간만큼.

그러나 얼마간 잠잠했던 동물들의 드잡이가 다시금 계속되자, 놈들에게 품었던 기대감은 깨끗이 사라져버렸다. 괴성을 내지르며 펄쩍펄쩍 뛰어대는 놈들에게 무슨 심리 체계랄 게 있겠는가. 저 하등한 놈들이 인간의 외양을 좀 닮았다고 해서 인간이 될 수는 없었다. 놈들은 그저 동물이었다. 동물, 그 이상도 그 이하도 아니었다.

돌연 몇 방울의 물이 내 머리 위로 떨어졌다. 동물들이 내게 오줌이라도 누고 있는 건가, 했는데 곧이어 심상치 않은 빗줄기가 내 안면을 아프게 때리며 떨어지기 시작했다. 어느새 하늘을 장악한 잿빛 구름들이 지면과 맞닿을 것처럼 무겁게 포진하는 중이었다. 순식간에 바뀐 변덕스러운 날씨에 어안이 벙벙해졌다. 불과 조금 전까지만 하더라도 비가 올 징조는 전혀 없었다. 게다가 하늘을 살펴보는 사이, 동물들은 모조리 사라져버렸다. 나만을 남겨두고. 무슨 이유로 모래사장에 파묻었는지는 알 수 없지만, 영문이 어찌되었든 이렇게 옴짝달싹할 수 없는 나를 내버려두고 휑하니 가버리다니. 잔뜩 화가 치밀어올라 놈들에게 저주를 퍼부었다.

"이 벼락이나 맞을 몹쓸 것들아!"

내 말에 대답이라도 하듯 천둥과 번개가 번갈아가며 쳐대는 바람에 나는 그만 식겁하고 말았다. 어떻게든 모래 구덩이에서 빠져나가야 했다. 내키지는 않지만, 다시 저 깜깜한 숲으로 뛰어가 비와 벼락에서 몸을 숨길 만한 장소를 찾아야 했다.

빗줄기는 점점 더 거세져만 갔다. 내 평생 이런 폭우는 처음이었다. 이렇게 무지막지한 비가 한동안 쏟아져내린다면 루시아의 대부분이 물에 잠겨버릴지도 모른다. 내가 간신히 머리만 내놓고 있는 이 모래 사장도 범람한 바닷물 때문에 절반쯤 잠겨버린 상태였다. 넘실거리는 바닷물이 내가 있는 곳에서 불과 이 미터 정도 떨어진 앞까지 바싹 다가와 있었다. 소용없으리라는 것을 알면서도 나는 버둥거렸다. 손가락 하나하나 발가락 하나하나까지 내 몸 구석구석을 움직여보려고 시도했다. 필사적으로.

우선 왼쪽 엄지발가락을 움직여보았다. 엄지발가락 하나만을 움직이는 데에도 꽤 시간이 걸렸다. 다음엔 오른쪽 검지손가락. 그다음엔 왼쪽 발가락들과 오른손과…… 얼마나 지났을까. 나는 겨우 온몸을 움직일 수 있게 되었고, 드디어 모래 구덩이에서 빠져나올 수 있었다. 신기하게도 모래 구덩이는 허물어지지 않고 내가 빠져나온 모양을 그대로 유지하고 있었다. 마치 물에 갠 석고로 본을 떠놓은 것 같았다. 내 몸의 일부를 두고 나온 것만 같아 영 찜찜한 기분으로 숲을 향해 방향을 틀어 달려가려는데, 모래 구덩이 옆에 나란히 놓여 있는 수납 자루와 얼간이가 눈에 띄었다. 동물들이 나를 파묻으면서 갖다놓은 것이리라. 나는 잡아채듯 얼른 그것들을 집어들고는 더이상 비를 맞지 않도록 얼간이를 수납 자루에 넣었다. 부디 얼간이가 물에 푹 젖어 진짜 얼간이가 되지 않기를 바라면서 나는 빗속을 뚫고 숲으로 뛰어 들어갔다.

5

빗소리도, 성난 바다의 파도 소리도, 낙뢰의 번쩍거림도 이곳엔 없었다. 숲은 완벽한 정적에 감싸여 있었다. 밖과 유리된 특유의 어둠도 이제는 무섭게 느껴지지 않았다. 나는 아주 굵은 나무 밑동에 한껏 편안한 자세로 기대앉아 에너지바와 남은 생수 반병을 먹고 마셨다. 생각할수록 하나같이 우스꽝스럽고 한심한 일련의 사건들을 겪고 난 뒤에야 이곳에 도착한 지 사흘째가 되도록 잊고 있었던 식욕이 생겨나다니. 그것도 나를 해칠 거라고 착각한 그 빛나는 노란 눈동자와 맞닥뜨린 이 숲에서.

에너지바를 두 개째 먹으면서 나는 네이처 집행관들의 선의가 이 시점을 기해 내 몸에서 전부 사라졌다는 것을 알았다. 그들이 이백 년 그리고 이 일 동안 적절히 조절한 내 몸의 상태는 없어지고 지금부터는 내가 온전히 스스로 몸을 돌봐야 한다는 뜻이었다. 문득 홀가분한 기분이 들었다. 나는 그들의 친절이 싫었다. 언제나 그랬다. 보다 솔직히 말한다면, 정말이지 역겨웠다. 나는 그들이 일종의 가장을 일상화하고 있다고 생각했다. 네이처에서는 그것이 당연한 삶이었다. 가장이 오랜 세월 동안 지속되다보면 마침내 더이상 가장이 아닌, 현실이 되는 것이다. 하지만 네이처인이라고 해서 다 똑같지는 않은 법. 내가 속했던 5계급의 사람들은, 네이처의 일상화된 가장과는 거리가 멀었다.

네이처의 계급제는 단정적으로 설명하기엔 좀 복잡한 면이 있다. 우선 어떤 식으로든지 공식적으로 문서화된 적이 없다. 네이처인이라면 누구든지 오른쪽 손목 안쪽에 삽입하게 되어 있는 칩에도 어느 계급에 속하는지에 대한 기록은 없다. 내가 직접 확인한 사실이다. 네이처인들은 칩에 계급 정보가 담겨 있을 거라고 짐작했다. 생각해보라. 개인의 모든 정보가 망라되어 있는 칩에 가장 중요한 정보인 계급이 제외되어 있다고 한다면 어느 네이처인이 쉽사리 믿겠는가 말이다. 그러나 진짜였다. 군대에서 정보보안부서에 잠깐 근무했을 때 내 상관이 몸소 확인시켜주었다. 정보보안부서에 배치된 첫날, 직속상관인 TC-201 중사는 평소 가장 궁금했던 질문 하나에 답변해주겠다고 했다. 일종의 축하 선물이었다. 내가 망설이자, 중사는 편하게 질문하라고 재차 말했다.

"정보보안부서에 근무하게 되었다는 걸 실감하게 해주려는 거야. 부담 갖지 마."

당시 나는 네이처의 유일한 기숙학교를 갓 졸업한 열일곱 살의 청소년이었다. 아이도, 그렇다고 청년도 아닌 애매한 나이. 하지만 어렸을 때부터 눈치깨나 보고 자란 극빈층 출신답게, 나보다 힘이 있는 상대방이 화기애애한 분위기를 유도한다 하더라도 절대 긴장의 끈을 늦춰선 안 된다는 것쯤은 알고 있었다. 언제 돌변해서 내게 해를 가할지 모를 일이다. 내가 겁먹은 얼굴로 굳어버리자, 중사는 얼핏 슬픈 표정을 지었던 것 같다. 나중에 알게 되었지만, 그도 나와 같은 5계급 출신이었다. 그래서 내가 왜 당당한 태도를 취하지 못하고 눈치나 살살 살피는 천덕꾸러기같이 행동하는지 알고 있었던 것이다. 중사는 내가 아무래도 입을 열지 않을 거라고 생각했는지 내가 할 법한 질문을 직접 꺼냈다. 그가 이 부서에 재직했던 지난 오 년간 수백 명의 소년병이 그에게 질문을 던졌을 것이었다. 무엇을 가장 궁금하게 여길지에 관해서 잘 알고 있었을 터였다.

"이 칩 말이다."

중사는 자신의 오른쪽 손목 안쪽을 가리키며 말을 이었다.

"여기에 계급이 정말 담겨 있지 않은지 궁금하지 않니?"

물론, 나도 궁금했다. 나같이 거주 지역 바깥에 살고 있는 아이들에게 우리가 속한 계급은 가장 중대한 관심사였기에. 모든 아이들이 계급을, 정확하게는 우리가 속한 5계급을 증오했다. 계급 때문에 우리는 아무리 노력해도 결코 잘될 수가 없었다. 우리가 증오해 마지않는 계급이 몸안에 삽입되어 있다고 짐작했고, 그 생각이 늘 우리를 우울하게 지배하고 있었다.

나는 기대에 찬 표정을 숨기지 못한 채 대답했다.

"네, 중사님."

"자, 봐라."

중사는 자신의 오른쪽 손목을 검색대에 통과시켰다. 중사의 개인정보가 스크린에 빼곡히 나타났다. 출생 연월일부터 태어난 곳, 부모의 정보, 교우관계(다섯 살이 된 시점부터 일 년마다 한 번씩 새로운 정보가 더해져 있었다), 학교 성적(중사도 나와 같은 기숙학교 출신이었다), 배우자와 자녀에 대한 정보 등등. 읽는 동안 그 자세한 기술과 정보량에 놀랄 따름이었다. 문득 내 칩에 담겨 있을 정보를 떠올려 보았다. 진저리가 났다.

"정부가 공식적으로 밝힌 바와 같이 칩에는 계급에 대한 어떤 정보도 담겨 있지 않아. 그건 우리가 계급을 몸에 지니고 다니지는 않는다는 뜻이지."

중사는 어깨를 으쓱하며 내게 윙크를 했다. 마치 그 몸짓은, 하지만 우리의 현실은 엄연히 다르지, 라고 말하는 것 같았다.

공식화되지는 않았지만, 이미 네이처인 모두에게 지대한 영향을 끼치고 있다면 그것은 일종의 관습이라고 칭해야 되지 않을까. 네이처는 관습법이 성문법보다 우위에 있는 행성이다. 그런 의미에서, 계급은 비록 어디에도 기록되어 있진 않으나 이미 네이처인들에게는 고착화된 생활의 일부가 된 것이다. 5계급도 네이처인에 속하기는 했다. 다만 그 사회에 진정으로 받아들여지지 않았을 뿐이다.

그래도 나는 개중에선 비교적 잘된 편이었다. 일곱 살 때 아버지가 공장 작업장에서 불의의 사고로 세상을 떠나고 생활고를 견딜 수 없었던 어머니까지 가출을 하는 바람에 나는 그만 고아가 되고 말았다. 5계급에 속하는 아이들은 나처럼 종종 고아가 되곤 했다. 별반 특별할 것도 없는 경우였다. 네이처의 법률에 의해 모든 성인 남녀들은 정부가 개개인의 능력에 따라 지정해주는 직업을 반드시 가져야 했고, 그것은 5계급도 예외는 아니었다. 하지만 5계급에게 할당되는 직업은 매우 한정적이어서 단순하고 지저분한 잡일이나 위험하기 짝이 없는 공장에서 근무하는 것이 대부분이었다. 그런 까닭에 5계급들은 사고를 당하는 일이 잦았다. 그러나 그들을 대신해 일할 노동자는 결코 부족하지 않았다. 언제나 그보다 더 많은 수의 5계급 아이들이 태어나 무럭무럭 커가고 있었기에. 한 가정당 한 자녀 이상을 허용하지 않는 네이처 정부가 유독 5계급에만 산아제한을 하지 않는 데에는 그럴 만한 이유가 있었던 것이다.

나는 다른 5계급의 고아들과 마찬가지로 가난한 친척들의 집을 전전하면서 열두 살까지 살아남았다. 정부에서 극빈자들을 위해 매일 일정량의 음식을 배급해줬지만 한창 자라나는 아이에겐 턱없이 부족했다. 나는 먹을 수 있는 것은 모조리 입에 넣었고, 먹기 위해 싸우는 법을 몸으로 익혔다. 때론 유독 내게만 인색한 친척집의 식료품 저장고에 밤사이 몰래 도둑처럼 숨어 들어가기도 했다. 나보다 어리고 약한 아이들을 주먹으로 어르고 위협해서 그애들이 가진 약간의 돈과 먹을 것을 빼앗는 꽤나 야비한 짓거리도 서슴지 않았다. 유년 시절의 나는 거칠고 비뚤어진 아이였다. 하지만 5계급의 고아로서 살아남은 아이들이라면 대개 나와 다르지 않았다. 살아남기 어려운 환경에서 살아남을 수 있었다는 것은, 바꿔 말하면 자신이 인간임을 어느 정도 포기했다는 뜻이다. 나는 내 유년 시절을 그렇게 이해하고 있다.

열두 살이 되었을 무렵엔 전전할 수 있는 친척도 더이상 남아 있지 않았다. 오 년의 세월이 지나는 동안 살았던 세 군데의 친척집이 각기 다른 이유로 나를 받아줄 수 없게 되었던 것이다. 첫째 큰아버지는 이십 년 넘게 앓아온 통풍으로 두 발이 썩어들어가는 바람에 공장 일을 할 수 없게 되었고(장기간 싸구려 술을 퍼마시다가 결국 불행한 결말을 맞게 되었다), 아주 먼 친척뻘인 고모네는 불한당 같은 남편이라는 작자가 고모가 죽었다는 것도 모른 채 밤새도록 신나게 두들겨 패다가 순찰중인 집행관들에게 붙들려가는 바람에 그들의 여섯 살짜리 여자아이도 나 같은 고아가 되고 말았다. 마지막 집은 외할아버지네였는데 외할아버지가 어느 날 갑자기 자다가 숨을 거뒀다. 당시 백여덟 살이셨으니 언제 세상을 떠나시더라도 하등 이상할 점은 없었다(나는 왠지 외할아버지가 싫지 않았다. 사실대로 말하자면 부모를 포함한 일가친척들 중에서 가장 좋았다. 내게 늘 무뚝뚝한 분이셨는데도).

갈 곳이 전혀 없는 열두 살짜리 어린 불량배였던 나는 거리에서 두 달쯤 노숙을 하며 버텼다. 고아들은 11-3구역(11은 총 열한 개로 구획된 네이처의 도시 중 열한번째 도시라는 뜻이다. 각각의 도시명에 따라붙는 숫자는 도시 외곽에 위치한 5계급 거주 지역의 분류 번호이다)의 관리자에게 매달 자신의 현재 거주지를 신고해야만 했다. 신고를 하지 않은 바로 다음달부터 나는 집행관들의 관리 리스트에 올랐다. 내 자랑 같지만, 네이처에서 집행관의 눈을 피해 두 달이나 숨어 지내는 것은 매우 흔치 않은 경우이다. 집행관들은 결코 포기를 모르는데다가 유능하고 효율적인 일 처리로 정부의 두터운 신임과 비호를 받고 있었다. 그런 자부심을 갖고 있는 집행관들에게 그들의 추적을 교묘히 빠져나가는 나 같은 피라미가 나타났다는 것은 참기 힘든 모욕이었을 것이다.

내가 마침내 두 달간의 도주 끝에 잠복해 있던 집행관들에게 잡혔던 것은 한 밉살맞은 동갑내기 녀석의 고자질 때문이었다. 나처럼 고아였고 거리에서 노숙하는 신세였지만 나보다 좀더 교활했던 녀석은 먼 친척에게 약간의 돈을 쥐여주고는 그 집에서 거주하는 것으로 꾸며 관리자에게 거짓 신고를 하고 있었다. 우리 둘 말고도 근방에 살고 있는 거리의 고아들이 여덟 명쯤 되었는데, 고아들의 대장 자리를 두고 그 녀석과 내가 경쟁을 벌이게 된 것이다. 녀석은 나와 일대일로 붙으면 승산이 별로 없다는 것을 눈치채고는 예의 그 교활함으로 거리에서 나를 영영 없애버리기로 결심했고, 얼마 후 나는 모두가 보는 앞에서 꼬리 내린 개처럼 불쌍한 모습으로 집행관들에게 질질 끌려갔다. 하마터면 훌쩍거릴 뻔했지만, 가까스로 입술을 깨물어 마지막 남은 자존심은 지킬 수 있었다. 나는 우는 대신 양팔을 잡아끄는 집행관들에게 필사적으로 억울함을 호소했다.

"맹세코 나쁜 짓은 단 한 번도 안 했어요. 제가 잘했다는 건 아니에요. 하지만 단지 신고를 하지 않았다는 이유만으로 이렇게 범죄자처럼 끌고 가는 건 '네이처의 선의'에 어긋나는 일 아닌가요?"

내 말에 집행관들은 말없이 웃기만 했다. 나는 몇 번이고 반복해서 말했다.

"부디 '네이처의 선의'를 떠올려주세요. 그럼 이 모든 일들이 얼마나 부당한지 아실 수 있을 거예요."

11-3구역의 관리자는 예상과 달리 젊고 잘생긴 남자였다. 나는 관리자라는 직함을 얻으려면 적어도 쉰 살은 넘어야 한다고 생각했다. 그런데 내 앞의 남자는 기껏해야 이십대 후반쯤으로 보였다. 젊은 남자는 나를 보자마자 모양 좋은 입술을 벌리며 활짝 웃음 지었다. 두 달간 집행관들의 애를 먹이며 도망다니다가 겨우 잡혀온 나를 진심으로 반기는 표정이어서 내심 깜짝 놀랐다. 남자는 얼굴에서 미소를 지우지 않으면서 내게 의자를 권했다.

"여기 앉거라."

내가 머뭇거리며 의자에 앉자 남자는 창가에 놓여 있던 종이봉투를 건네주었다.

"배고플 것 같아 샌드위치랑 오렌지를 준비했는데 어떨지 모르겠구나."

남자는 준비한 음식이 내 마음에 드는지 정말로 걱정을 하는 듯했다. 오래 굶주렸던 나는 대충 감사하다는 인사를 건네고는 샌드위치와 껍질도 까지 않은 오렌지를 아귀처럼 입안에 마구 밀어넣었다. 남자는 그런 나를 유심히 지켜보며 말없이 앉아 있었다.

"네가 여기로 끌려오는 동안 나이답지 않게 참으로 의젓하게 처신했다고 칭찬이 자자하더구나. 대개 네 또래 애들은 무서움에 질려서 울며불며 난리를 치기 마련이거든. 어제도 너보다 세 살이나 많은 사내 녀석이 그만 오줌을 지렸지 뭐냐. 너같이 배짱 두둑한 녀석은 아주 드물지. 특히 '네이처의 선의'까지 들먹이면서 부당함을 호소했다는 말을 듣고는 흔치 않은 '물건'이라는 생각이 들더구나."

남자는 자신의 말을 확신하듯 천천히 고개를 끄덕거렸다.

"그래서 말인데, 네가 테스트 하나를 받았으면 좋겠구나. 아, 걱정할 필요는 없어. 일종의 적성 테스트 같은 것이니까. 물론 지능지수도 약간은 참고하겠지만."

남자는 마음이 바쁜 것 같았다. 어느새 자리에서 벌떡 일어나 멍하니 앉아 있는 내게 손을 내밀었다.

"자, 가자. 세 시간 정도면 끝날 거야."

나는 남자가 내민 손을 잡지도, 의자에서 일어나지도 않았다. 그러자 남자는 돌연 그때까지 남아 있던 미소를 얼굴에서 없애버리고는 굳은 표정을 지었다. 나는 그래도 위축되지 않았다. 제법 당당한 태도로 남자를 마주보았다. 마음속으로야 상당히 긴장하고 있었지만 티 내지 않으려고 부단히 애를 쓰며 입을 열었다.

"묻고 싶은 게 있어요."

팔짱을 낀 남자는 계속하라는 눈빛을 보냈다.

"검사하면 뭐가 나아지는데요?"

"뭐가 나아지냐고? 지금 네 모습을 저 거울에 비춰 보고서 다시 말해줄래? 네가 그런 말을 할 수 있는 입장이 과연 되는지."

굳이 거울을 보지 않더라도 나는 내 외양이 얼마나 더럽고 형편없는지 누구보다 잘 알고 있었다.

"너도 나중에 성인이 되면 반드시 직업을 가져야 한다는 건 알고 있지? 넌 잡역부 아니면 공장노동자로 일하게 될 거야. 다른 선택지는 없어. 하지만 말이다, 네가 만일 이 검사를 우리의 기대만큼 잘 통과하게 된다면, 넌 다른 삶을 살아볼 수도 있어. 이 검사는 네게 찾아온 기회야."

나는 아랫입술을 깨문 채, 천천히 고개를 끄덕였다. 인정하고 싶지 않았지만, 그의 말이 맞다는 것을 부정할 수 없었다.

남자는 문을 나서는 내 한쪽 어깨를 두드려주었다.

"부디 이 기회를 잘 활용하거라."

네이처인 중 누구도 정부가 지정하는 직업을 거부할 수 없었다. 만약 거부한다면 5계급조차 얼씬거리지 않는 네이처의 유일한 불모지, E존으로 떠나야 했다. E존은 면적이 약 이백사십만 제곱킬로미터에 이르는 거대한 사막이다. 사막의 경계선을 따라 고압전선이 설치되어 있어 한번 그곳에 발을 들이면 탈출은 불가능했다.

책상과 의자가 겨우 하나씩 놓인 좁은 방에 홀로 앉아 있으니 전면 벽에 걸린 작은 스크린으로 테스트 문제들이 떠올랐다. 소리 내어 답을 하면 되는 식이었는데, 다섯 개의 원이 겹쳐진 화면을 보여주며 연상되는 물건을 말해보라거나 어떤 특정한 상황(바다에서 헤엄치는 어린 소녀, 도시의 보도를 함께 걸어가는 노인과 젊은 여자, 고성이라도 지르는 것처럼 한껏 입을 벌리고 있는 중년의 사내 등등)의 전후 관계를 유추해서 해석하라는 문제들이 이어졌다. 그만두라는 명령이 내려질 때까지 스크린 위의 빨간 점을 가만히 응시하고 있으라는 항목도 있었다. 교묘하게 까다로운 문제들이었으나, 관리자가 말한 '기회'라는 단어를 떠올리며 끝까지 테스트에 응했다.

다음날 통보받은 테스트 결과는 꽤나 긍정적이었다. 가정에서 홈스쿨링을 하는 열 개 구역의 도시 아이들같이 정식 교육은 받지 못했지만 다행히 내 지능과 학습 능력은 상위 삼 퍼센트에 들 정도로 우수했다. 관리자는 몹시 흡족해했고, 앞으로 성인이 될 때까지 내 후견인이 되어주겠다는 약속까지 했다.

"지금껏 11-3구역에서 너만큼 똑똑한 아이는 없었다. 내가 약속하마. 넌 어떤 일이 있어도 다른 아이들처럼 하찮은 직업을 지정받는 일은 절대 없을 거야."

관리자의 확신에 찬 말에 나는 상당히 감동했었던 것 같다. 앞으로 내가 어떤 직업을 배정받을지에 대해선 별로 상관하지 않았다. 그저 내 주변 사람들과 똑같은 삶을 살지 않아도 된다는 사실만이 중요했다. 어렸던 나는 그때 내 계급인 5계급에서 절반쯤은 멀어진 것이라고 생각했다. 이제 절반만 더 멀어지면, 어쩌면 열 개의 도시 중 한 곳에서 살 수도 있을 것이라고 한껏 기대에 부풀었다. 5계급은 열 개의 도시 그 어느 곳에서도 거주할 수 없었다. 네이처에서 5계급의 인간으로 태어난다는 것은, 도시 외곽에 정부가 지어놓은 거대한 벌집형 건물에 세를 얻어 거주하며 진정한 집은 평생 갖지 못한 채 시들어 죽는다는 것을 의미했다. 나는 그때 막 이 비루한 삶의 대열에서 슬쩍 빠져나왔던 것이다.

그날부터 나는 열 달 동안 관리자가 근무하는 사무실의 곁방에서 지내게 되었다. 네이처의 수도인 1구역(1구역은 사무실이 들어선 11-3구역과는 거의 반대편에 위치했다)에 아내와 두 아이가 살고 있는 관리자는 벌써 팔 년 넘게 정부가 제공하는 근방의 사택에서 지내고 있었고, 서른아홉 명의 부하 직원 중 8구역에 집이 있어 출퇴근이 어려운 열세 명 또한 관리자의 암묵적인 승인 아래 사무실에서 기거하는 중이었다. 그들은 어린 나를 기꺼이 자신들의 친구로 받아주었다.

돌이켜보면 그 열 달이 내 인생에서 가장 행복했던 때였다. 부모와 함께 살았던 칠 년 남짓한 세월은 너무 어렸던 터라 몇몇 단편적인 기억만이 남아 있을 뿐이었다. 그조차 큰 소리로 서로에게 악담을 퍼부으며 다투는 부모와 그들 곁에서 서럽게 울음을 터뜨리고 있는 어린 나의 모습이 거의 전부였다. 물론 좋았던 기억이 아예 없는 것은 아니었다. 어머니와 함께 아주 작은 욕조에서 목욕을 하던 어느 평온한 오후의 기억, 우는 나를 꼭 껴안아주던 어머니의 부드럽고 따뜻한 감촉, 밤새 짧게 자라난 수염으로 내 볼을 마구 비벼대던 아버지의 호탕한 웃음소리, 거칠고 커다란 아버지의 두 손에 가끔 내 작은 손을 마주대던 기억들. 하지만 그보다 좀더 긴 사연은 없었다. 관리자와 열세 명의 직원, 그들은 내게 이야기로 떠올릴 수 있는 기억을 남겨주었다.

사무실의 곁방에서 지내는 동안 나는 매일 아침 눈을 뜨는 순간이 가장 즐거웠다. 정각 일곱시면 어김없이 울리는 알람. 경쾌한 음악 소리에 맞춰 깨어난 열세 명의 나의 친구가 저마다 바삐 하루를 시작하는 소리가 들려왔다. 나는 부러 침낭에 그대로 누워 오십까지 숫자를 천천히 세면서 친구들이 내는 다양한 소리들을 주의깊게 듣곤 했다. 간이침대 밑에 두 발을 딛는 소리, 부스럭거리며 옷을 갈아입는 소리, 무언가가 바닥에 떨어져 나는 둔탁한 소리, 세면대에서 흐르는 물소리, 복도를 조심스럽게 걸어다니는 소리, 그리고 마지막으로 내가 있는 방문을 똑똑 두 번 두드리는 소리. 그녀, OL-187이었다.

"일어나. 요 악동 잠꾸러기야."

목소리가 예쁜 여자는 아니었다. 늘 잠겨 있는 듯한 허스키한 목소리였다. 얼굴도 예쁜 편은 아니었지만, 묘하게 눈길을 머물게 하는 독특한 매력이 있었다. 이후에 내가 짧은 만남을 거듭했던 어떤 여자도 결코 그녀와 같을 수는 없었다. 그녀가 닫힌 방문 앞에서 나를 부르면 가슴이 마구 두근거렸다. 스스로도 이상할 정도로 기분이 좋아져서 바보같이 해죽해죽 웃으며 얼른 자리에서 일어나 방문을 열었다.

"늦잠 자지 않았어요. 아까부터 일어나 있었는걸요."

매일 똑같은 나의 항변에도 그녀는 웃기만 할 뿐 대꾸는 하지 않았다. 그녀는 당시 갓 서른이 넘은 나이였는데 얼굴에 벌써 잔주름이 가득했다. 입가에 괄호 문양을 그리고 있는 팔자주름은 마치 조각칼로 새겨놓은 것처럼 깊었고, 미간에도 조만간 그와 비슷한 깊은 주름이 새겨질 것이 분명해 보였다. 나이로만 봐도 그녀는 내게 어머니뻘이나 마찬가지였다. 그럼에도 불구하고 나는 그녀가 좋았다. 애정에 굶주린 열두 살짜리 5계급 고아 소년이 인생에서 처음으로 경험한 사랑의 감정이었다. 그녀도 나를 좋아했을까? 가끔, 지금도 가끔씩 생각한다. 그녀는 내게 다정했다. 하지만 외로운 소년을 이해하고 감싸주는 마음, 그 이상은 아니었을 것이다. 그래도 나는 그녀가 그보다 조금은 더 나를 좋아해줬을 것이라고 애써 내 마음을 위로하고는 했다.

아직 관리자가 출근하지 않은 이른 아침. 휴게실에서 열네 명이 옹기종기 모여 먹고 마시는 아침식사는 꿀맛이었다. 직원들은 나를 '멜론 보이'라고 불렀다. 내가 단물이 뚝뚝 흐르는 잘 익은 멜론을 이곳에서 처음 먹어보고는 그만 홀딱 빠져버린 것을 놀리는 애칭이었다. 11-3구역에서는 구하기 힘든 귀한 과일인 멜론을 오직 날 먹이기 위해서 직원들이 순번을 정해 일주일에 한 번씩 6구역으로 직접 차를 몰고 가서 사 오기까지 했다. 석 달이나 지난 후에야 우연히 이 사실을 알게 된 나는 밤새 고민을 거듭하다가 다음날 아침식사중에 열세 명의 친구에게 말했다. 이제 멜론을 먹지 않겠다고, 내 친구들을 부담스럽게 하고 싶지 않다고, 최대한 아무렇지 않은 태도로 말을 하기 위해 애를 썼다.

잠시 휴게실엔 정적이 흘렀다. 친구들은 저마다 조용히 자신의 앞에 놓인 음식만을 응시하고 있었다. 아침 햇살이 조금씩 창가 안쪽으로 들어오는 중이었다. 그들 중 한 친구(아마도 FR-293이었을 것이다)가 탁자 중앙에 놓여 있던 큼직한 멜론 한 개를 마치 공을 주워주

듯 자연스럽게 내게 건네주었다. 나는 얼떨결에 멜론을 건네받았다. FR-293은 장난스럽게 코를 킁킁거리면서 말했다.

"넌 멜론 보이야. 그러니까 당연히 매일 멜론을 먹어야지. 우리도 좋아서 하는 일이니까 넌 그냥 맛있게 먹어만 주면 돼."

그 말에 맞장구치듯 가벼운 웃음소리가 퍼져나갔다. 곧 왁자지껄 떠드는 친구들의 목소리가 휴게실에 가득찼고, 아무 일도 없었던 것처럼 평소와 다름없는 아침식사가 계속되었다. 오직 나 혼자 귓불까지 붉어진 얼굴로 손에 든 멜론을 가만히 바라보고 있었다. 왠지 매우 부끄러운 기분이 들었다. 가슴 한가운데가 확확 타오르는 것만 같았다. 아침식사가 끝난 뒤, 나는 멜론을 들고 내가 지내고 있는 작은 방으로 갔다. 나는 그때 행복이라는 상태가 가슴이 따뜻해지는 감정이라는 것을 깨달았다. 몸에 맞지 않는 옷을 억지로 입은 것처럼 조금은 머쓱해지기도 한다는 것도.

직원들의 사랑스러운 '멜론 보이'는 열 달이 지난 뒤, 돌연 그들의 곁을 떠나게 되었다. 원래 예정대로라면 일 년은 더 머물러야 했지만, 겨울이 끝날 무렵 관리자의 갑작스러운 결정에 의해 그의 사택으로 거처를 옮기게 되었다. 당시는 이런 관리자의 선택을 도무지 이해할 수 없었다. 나는 그곳에서 잘 지내고 있었다. 생애 처음으로 다양한 감정들을 배우고 받아들이며 성장하고 있는 나를, 왜 친구들에게서 한사코 떼어놓으려 하는지 이해할 수 없었다. 관리자의 결정은 내겐 느닷없는 '폭력'과도 같았다. 나는 관리자의 사택으로 가고 싶지 않았다. 내가 조심스럽게 이런 뜻을 말하자, 그는 한마디로 깨끗이 묵살해 버렸다.

"안 돼. 내 부하 직원들의 마스코트나 하라고 널 데리고 있는 게 아니야."

직원들과 짧게나마 인사할 새도 없었다. 관리자의 일방적인 통보에 따라 허겁지겁 짐을 챙겼다. 불과 사십 분 후 나는 그의 사택에 도착해 있었다.

관리자의 사택은 11구역으로 통하는 고가도로에 인접한 저택이었다. 멀리서 볼 때엔 마치 허공에 떠 있는 듯한 착각이 들 만큼 가파른 능선 끄트머리에 홀로 위치해 있었다. 서쪽 산등성이에서부터 서서히 퍼져나가는 석양에 하늘은 온통 불타오르고 있었다. 그 아래 하얀 대리석으로 지은 아담한 이층 저택이 보였다. 저택 지붕 위, 사방으로 나 있는 네 개의 작은 창이 석양빛을 반사하고 있었다. 눈부시게 빛나는 창들은 마치 저택에 달린 네 개의 붉은 눈처럼 보였다. 그 네 개의 눈 때문에 사택으로 가는 차 안에서 내내 손차양을 만들어 풍경을 바라봐야 했다. 운전을 하고 있던 관리자는 내 쪽으로 고개를 돌리지도 않은 채 간단히 말했다.

"옥탑방에 달린 창이야. 전임자의 조악한 취향 탓이지."

구불구불한 진입로를 한참 올라간 끝에 나온 사택은 최근 새 단장을 마친 듯 구석구석 빈틈없이 장식되어 있었지만, 어딘지 허물어져 가는 느낌까지 감출 수는 없었다. 마치 과거의 아름다움을 무리하게 되살리려는 늙은 여인의 가련한 시도처럼 보인다고나 할까. 그러나 이런 부정적인 인상도 막상 집안으로 들어가자 말끔히 사라졌다. 졸부의 취향을 여실히 보여주는 외부와 달리 사택 안은 몹시 고상하고 세련되게 꾸며져 있었던 것이다. 필시 관리자 본인의 기호일 듯싶었다. 현관을 들어서자마자 마주한 응접실은 탁 트여 있었고 거기엔 흰색 천으로 덮인 L자 모양의 소파가 놓여 있었는데, 역시 아무런 장식물이 걸려 있지 않은 흰색 벽면 때문에 이지적인 차가움이 느껴졌다. 흰색 응접실의 유일한 유채색은 노란 튤립 다발뿐이었다. 도자기 꽃병에 꽂힌 튤립 다발은 삼각 모양의 탁자 위에 놓여 있었다. 입체적으로 도드라져 보이는 노란 튤립에 저절로 시선이 가는 것은 어쩔 수 없었다. 관리자는 응접실 왼편으로 난 복도를 가리키며 거기서 두번째 방이 내 방이라고 했다. 그 방에서 내가 일 년간 지내게 될 것이라고.

"그리고 이층은 어떤 경우라도 올라가선 안 된다. 그곳은 전부 내 공간이야. 만일 네가 이층에 올라갔다는 게 발각되는 날에는 더이상 너의 후견인 노릇을 해줄 수 없게 될 거야."

내 방은 응접실과는 딴판이었다. 벽지부터 침대와 책상, 의자 등의 가구들까지 전부 하늘색이었다. 단 한 가지, 바닥에 깔린 타원형의 러그만 보라색이었다. 일층의 다른 세 개의 방도 각각 연두색, 주황색, 노란색으로 채색되어 있었다. 그와는 다른 색상을 가진 물건이 딱 하나씩 배치되어 있다는 점도 똑같았다. 내가 당연히 궁금해할 것이라고 여겼는지 관리자가 먼저 말을 꺼냈다.

"쓸데없이 집중력이 분산되는 걸 막기 위해서야. 하지만 단조롭다는 건 곧 지루함을 유발할 수 있다는 뜻이기도 하니까 주의를 흐트러뜨리지 않는 범위 안에서 약간의 변형을 가한 것이지."

반달쯤 지나자 사택에서의 생활도 그럭저럭 익숙해졌다. 비록 사무실의 곁방과 열세 명의 친구가 그립긴 했지만 본래부터 내 것이 아니었기 때문에 따지고 보면 관리자에게 불만을 가질 일은 아니었다. 내가 보통의 또래들처럼 철없이 호기심만 많은 아이였다면 그리 오래되지 않아 사택에서 쫓겨났을 것이다. 하지만 나는 일곱 살 때부터 생존을 위해 살아왔다. 관리자가 금하는 것을 실행했다가는 인정사정없이 비정한 거리로 내쳐지리라는 것을 직감했다. 무엇보다 나는 현재의 내 삶이 좋았다. 다시 거리로 나가기에는 너무 좋은 것들을 많이 보고 겪은 것이다. 어느새 나는 관리자의 충실한 학생이 되어 있었다.

그리고 실제로 관리자는 내게 일종의 수업을 시작했다. 사택에 들어온 지 한 달 남짓할 무렵이었다. 관리자는 나를 '네 개의 눈' 중에서 '북쪽의 눈'으로 데려갔다. 관리자의 말대로 전면에 커다란 유리창이 나 있는 비좁은 옥탑방이었다. 북쪽 방이라 햇빛은 창가 근처만을 인색하게 비추었고 방 중앙에 낡은 나무의자 하나가 덩그러니 놓여 있었다. 관리자는 자신이 돌아올 때까지 거기에 앉아 있으라고 했다.

"이것도 테스트인가요?"

내 물음에 관리자는 빙긋 웃은 뒤 밖으로 나갔다.

처음에 나는 옥탑방 구석에 단단히 고여 있는 어둠에 시선을 고정했다. 사택은 언제나처럼 고요했다. 어둠을 줄곧 응시하다보니 처음엔 보이지 않던 것들이 점차 그 안에서 하나둘씩 모습을 드러냈다. 먼저 알게 된 사실은 어둠의 농도가 일정하지 않다는 것이었다. 어둠의 층들이 미세하게 구분되기 시작했다. 어둠을 여과 없이 온전히 받아들이자, 벽과 바닥에 나 있는 조그만 흠집까지 눈에 들어왔다. 나는 그중에서 가장 작은 흠집에 주의를 집중했다. 펜으로 무심코 찍은 듯한 아주 작은 점에 불과한 그 흠집을 집중해서 응시하는 동안, 나는 그 흠집이 점점 크게 확대되는 것을 느꼈고, 확대된 그 흠집이 마치 현무암의 단면처럼 비정형적으로 울퉁불퉁 패어 있는 것을 보았다. 그렇게 어둠을 낱낱이 응시하는 사이 정적이 내게 천천히 스며들었다. 어둠과 정적이 사이좋게 손을 맞잡고 내 몸에 머무르는 것을 느끼며, 나는 베일처럼 여러 겹으로 빛나는 창가의 햇빛 사이로 부유하는 먼지들의 움직임을 가만히 바라보았다. 그 셀 수 없이 많은 미세입자의 움직임이 내 마음을 바위같이 단단하고 차분하게 가라앉혀주었다. 나는 바깥의 보이는 것들에 대해 마음을 닫아걸었고, 대신 보다 깊은 내 안을 향해 침잠했다. 그렇게 몇 시간이나 홀로 북쪽의 눈에 앉아 있었는지 모르겠다. 어느덧 희미한 빛마저 사그라지고 밤이 내릴 때쯤 방문이 열리는 소리가 들려왔다. 관리자는 방안에 들어오고 나서도 한동안 입을 열지 않았다. 나 역시 알은척하지 않았다.

그날 밤, 긴 테이블의 양끝에 마주앉아 조용히 저녁식사를 하던 중이었다. 불현듯 무거운 침묵을 깨며 관리자가 말했다.

"그래, 넌 무엇을 봤니?"

잠시 나는 생각했다. 본 것은, 많았다. 하지만 관리자는 한 가지로 요약된 정보를 원하고 있는 듯했다.

"제 마음이요."

관리자는 만족한 듯 보였다. 그러고는 물었다.

"네가 원할 때마다 마음을 들여다볼 수 있겠니?"

"가능할 것 같아요. 하지만 그닥 보고 싶진 않아요."

"이유는?"

"왠지 오늘 같은 날이 반복된다면, 제게 좋지 않을 것 같아서요."

관리자는 식사를 멈추고는 나를 빤히 바라보았다. 나는 하릴없이 포크로 접시에 담긴 삶은 감자를 뒤적거렸다. 관리자가 내게서 시선을 돌려 다시 식사를 하며 말했다.

"그럼 네 뜻대로 해라. 나도 네게 좋지 않은 일이 생기길 바라진 않아."

그 시도를 끝으로 관리자는 두 번 다시 추상적인 수업을 하지 않았다. 지금 생각해보면 그는 나의 내면에서 뭔가 석연치 않은, 고치고 싶은 일부를 발견했던 듯하다. 관리자는 오랜 경험상 그 일부가 어쩌면 자신의 우수한 학생을 불행하게 만들 수도 있다는 것을 알고 있었던 것 같다. 그러나 무리한 수정을 강요했다가는 자칫 너무 깊은 내면으로 빠져들 수 있고, 그러기에는 내가 아직 미숙하다는 것도 잘 알고 있었던 것이다.

대신 그는 내가 본격적인 학업을 시작하기 전에 그동안 부족했던 사고력을 향상시켜주려고 노력했다. 관리자에게 나는 네이처 정부에 제출할 수 있는 가시적인 업적이자, 자신의 안목이 탁월했음을 보여주는 하나의 증명과도 같았다. 뿐만 아니라 지극히 사적인 이유에서도 나는 그에게 커다란 기쁨이 되어주었다. 모행성인 지구와 네이처의 역사, 중급 과정까지 일사천리로 진행된 수학, 기본물리학과 언어학, 이름도 생소한 현악기 연주에 이르기까지, 나는 물기라면 쏙쏙 빨아들이는 해면처럼 관리자의 가르침을 재빨리 이해하고 내 것으로 받아들였다. 선생의 입장에서 본다면 나는 그야말로 이상적인 학생이었던 것이다.

반년이 지난 후부터 관리자는 나를 본격적으로 지도하기 위해 아예 근무시간까지 조정했다. 본래 아침 여덟시 출근이었던 것을 오후 한 시로 늦췄고, 종종 오후 다섯시 퇴근시간을 네시로 앞당기기도 했다. 자신의 업무도 대부분 직속 부하 직원 두 명에게 일임했다. 한마디로 본인 마음이 내키는 대로 11-3구역 관리국을 운영한 셈이었는데, 가장 이상한 점은 그토록 철저한 행정으로 명성을 떨치는 네이처 중앙정부가 이런 관리자의 태만을 짐짓 묵인해주었다는 것이었다.

관리자에 대한 의혹이 점점 증폭되어가던 어느 날이었다.

내 방에서 첼로를 연습하고 있는데 응접실 쪽에서 느닷없이 허스키한 여자의 목소리가 들려왔다. 사택에서 지내는 내내 다른 이가 방문한 경우는 없었다. 언젠가 관리자는 내가 사택을 찾아온 첫번째 손님이라고 말한 적도 있었다. 그런데 여자라니? 연습이 끝나려면 오십분이나 남아 있었지만 나는 결국 궁금증을 참지 못하고 방문 밖으로 나갔다.

방문객이 있었다. 내가 잘 아는 여자. 그녀, OL-187이었다.

그녀는 관리자의 한쪽 어깨에 기대앉아 뭔가를 소곤대는 중이었다. 관리자는 나를 보고도 전혀 당황하지 않았다. 오히려 당황한 쪽은 나였다. 뭐라고 말을 꺼내야 할지, 머릿속이 백지로 변해버린 듯했다. 그녀가 예의 그 허스키한 목소리로 웃음을 터뜨렸다.

"멜론 보이구나. 당신의 영재 학생."

말끝에 그녀는 지극히 자연스러운 태도로 관리자의 잘 정돈된 머리카락에 손을 넣어 흩뜨려놓았다. 그만 나는 굳어버렸다. 매사 완벽주의자인 관리자의 성격상 곧 불벼락이 떨어지리라고 예상한 것이었다. 하지만 정말이지 싱겁게도, 아무 일도 일어나지 않았다. 관리자는 그저 쿡쿡, 소리 내어 따라 웃었을 뿐이었다. 나는 그때 열세 살에 불과했지만, 두 사람이 비밀스러운 연인 관계라는 것을 알아채지 못할 만큼 멍청하지는 않았다. 그러나 나는 다음의 질문을 함으로써 자신이 끝내 바보라는 것을 OL-187에게 증명해 보였다.

"OL-187, 제 연주를 들어볼래요?"

충동적으로 말을 내뱉고 나서 그만 아랫입술을 세게 깨물었다. 얼마나 유치하고 속이 빤히 보이는 말을 하고 만 것일까. OL-187은 크크크 웃어댔고, 관리자도 소리 내어 웃기 시작했다. 오직 나만이 부끄러움에 몸을 떨며 울상을 지은 채 우두커니 서 있었다. 웃느라 눈물까지 흘리던 그녀는 연주를 듣고 싶다고 대답했다. 자신은 늘 음악을 좋아했다고. 그러나 관리자는 그녀의 말을 간단히 묵살해버렸다.

"다음 기회에 듣지. 아직 연습 시간을 채우지 못했으니까."

나는 내 어리석은 말대로 그녀 앞에서 연주를 하게 되는 상황을 정말이지 원치 않았다. 하지만 오만한 어조로 말하는 관리자의 그 말에 속이 뒤틀려버리는 것 같았다. 나는 앞뒤 가리지 않고 관리자를 똑바로 마주보면서 한마디 한마디 힘주어 말했다.

"아뇨. 전, 여기서, 지금, 연주할 겁니다."

내 말에 관리자는 미간을 조금 찌푸리더니 대꾸했다.

"그러든지. 우린 이층에 올라갈 테니."

내가 첼로를 들고 응접실로 다시 나왔을 때엔 아무도 보이지 않았다. 나는 마치 대단한 약속이라도 지키는 것처럼 자못 비장한 태도로 연주를 시작했다. 어느덧 사택은 어둠에 잠겨들고 있었지만 나는 지치지 않고 연주를 계속했다.

나는 그날 이후로 석 달이 더 지나도록 그녀를 마주치지 못했다. 어쩌면 사택 이층으로 연결된 다른 통로가 있어 그 길로 그녀가 오갔던 것인지도 모르지만. 이유야 어떻든 더이상 알고 싶지 않았다. 관리자와의 관계도 겉으로는 별반 달라진 것이 없었다. 우리는 열정적인 선생과 성실한 제자의 역할에 충실했다. 그러나 두 사람 모두 서로에 대한 신뢰가 깨졌다는 사실을 내심 알고 있었다. 내가 관리자의 비윤리적인 모습에 실망을 느꼈듯, 관리자도 나의 유아적인 반응에 실망했을 것이 분명했다. 우리는 서로에 대하여 각자 일정 기준을 훌쩍 뛰어넘는 남다른 인간이기를 바랐던 것이다. 다만 오래도록 내 마음을 괴롭히던 의문은 왜 그때 관리자가 내게 그녀의 존재를 그런 방식으로 드러냈는가 하는 점이다. 나중에 이 상황을 거듭 생각해보면서 내가 내린 답은, 결국 그 모든 일이 일어나기를 관리자가 원했다는 것이었다. 나는 그가 맨 처음 나를 봤을 때 했던 말, 바로 '기회'라는 단어를 떠올리면서 가능한 한 그의 뜻을 거스르지 않으려고 노력했다. 적어도 그때까지는, 그럴 수 있었다.

마침내 행성기숙학교에서 입학을 허가하는 증명서가 사택으로 배달된 날을 기억한다. 나는 그때도 첼로를 연주하고 있었는데, 그즈음엔 제법 능숙하게 연주를 할 수 있게 되었다. 먼저 증명서를 읽어본 관리자가 큰 소리로 나를 불렀다.

"다 잘되었다. 넌 이제 공식적인 네이처인이 된 거나 마찬가지야."

하지만 나는 기쁘다는 감정이 채 들기도 전에 그가 사용한 공식적인, 이라는 단어에 감정이 확 상하고 말았다. 그렇다면 이제껏 나는 네이처의 투명 인간 같은 존재였다는 말인가? 실제로는 존재하고 있지만, 문서상으로는 존재하지 않는.

"거기다가 넌 특별히 교과과정을 선택할 수 있는 우수한 학생으로 선발된 거란다. 네가 정말 자랑스럽구나."

관리자는 그저 자기만족에 빠져 정작 당사자인 내 감정은 상관도 하지 않았다.

"내 생각엔 말이다, 넌 나처럼 정부 관리자로 일하는 편이 여러모로 나을 것 같다. 여기 행정관리 과정을 이수받는다면 내가 널 도와주기도 한결 쉬워질 거야. 네가 지금껏 상상하지 못한 큰 성공을 거둘 수도 있어."

그가 가리키는 서류의 교육과정 선택란을 슬쩍 훔쳐보았다. 내 서류는 아직도 그의 손아귀에 볼모처럼 잡혀 있었다. 나는 마치 그것이 내게 온 물건이 아닌 듯한, 왠지 불편한 느낌을 지울 수 없었다. 나는 중간쯤에 적힌 교육과정 하나를 무심히 말해보았다.

"행성장교 과정, 이것은요?"

"그건 행성군대에 입대하게 되는 거야. 네가 내 의견을 묻고 있는 거라면, 난 절대 가선 안 된다고 충고해주겠다. 거긴 너같이 영리한 아이가 갈 만한 곳이 못 돼."

"하지만 여기 교육과정에는 엄연히 포함되어 있잖아요. 행성기숙학교의 모든 교육과정은 과거의 저였다면 감히 꿈꿔볼 수도 없는 것들인걸요."

"과거의 너였다면 그랬겠지. 하지만 지금은 달라. 넌 가장 좋은 선택을 할 수 있는 기회를 가졌잖니."

흥분한 관리자는 누군가를 때릴 듯 두 주먹을 불끈 쥐었다.

"네게 기회가 주어진 거야! 자, 날 봐라. 넌 내가 몇 살로 보이냐?"

느닷없는 관리자의 질문에 당황한 나는 좀 더듬거렸다.

"스물여덟, 아니 스물아홉 살이요. 아무래도 서른 살은 넘지 않으셨겠죠."

내 대답에 관리자는 웃었다.

"자, 잘 들어라. 난 두 달 후엔 백사십육 세가 돼."

나는 그가 농담을 하고 있다고 생각했다. 아니면, 지나친 흥분으로 살짝 이상해졌거나.

"가끔, 아주 드물게 죽음을 경험하지 않는 인간들이 있단다. 그들은 시간의 흐름을 초월할 수 있을 정도로 막강한 권력을 가지고 있지. 이런 권력을 가진 인간들의 특성은 결코 타협하지 않는다는 것이야. 물론 소소한 문제에 대해선 선심 쓰듯 타협할 수도 있어. 하지만 그것도 자신의 이익에 반하지 않는다는 전제가 있어야 해. 바로 내 아버지가 그런 권력자였다. 현재도 권력자이고, 미래의 네이처에서도 권력자로 군림할 거야."

JN-19. 네이처의 노회한 유명 정치인. 나는 더욱 혼란스러워졌다. 나는 고작 열세 살이었다. 그래서 십삼 년간 네이처의 수상이 바뀌지 않는다고 해서 그 세월이 그리 오랜 시간으로 생각되진 않았고, 무엇보다 당장의 생존에 급급했던 나머지 쓸데없이 거창하게만 느껴지는 정치 따위를 생각할 여력이 없었던 것이다. 관리자가 했던 말 중에서 가장 나를 심란하게 한 것은, 그의 아버지가 미래의 네이처에서도 권력자일 거라는 자신만만한 발언이었다. 게다가 관리자가 백사십오 세라면, 도대체 그의 아버지의 나이는 몇 살인 것인가. 백칠십 세? 아니면 백팔십 세? 내 물음을 예상한 것처럼 관리자가 먼저 말을 꺼냈다.

"내 아버지는 일주일 전 삼백칠십오 세가 되셨지. 물론 아버지의 육체는 정치인이라는 특성상 오십대 초반쯤으로 보이도록 만들어졌지. 너도 자기복제란 말을 들어보기는 했을 거야. 그렇지?"

나는 멍한 표정으로 고개를 끄덕였다.

"고위 정치인과 사회에 기여도가 높은 경제인 중에서 열 명, 거기에 보존할 필요가 있는 예술인들이 두세 명 정도. 일단 네이처 정부의 자기복제 대상으로 선정되면 본인이 거부하지 않는 이상 그들은 자기복제를 통해 싱싱한 육체를 총 다섯 번 제공받게 되지. 이 프로그램에 새로 합류하려면 기존의 인간들이 죽거나 자기복제를 거부해서 결원이 생길 때에만 가능해. 하지만 이건 어디까지나 이상적인 국가의 계획일 뿐이고, 나 같은 예외도 암암리에 생겨나곤 하지. 난 원래대로라면 스물여덟 살에 전이성 뇌종양 말기로 죽었어야 했지만, 너도 보다시피 이렇게 멀쩡하게 살아 있어. 자식의 이른 죽음을 받아들일 수 없었던 내 아버지가 이백여 년에 걸친 본인의 정치생활에 커다란 오점을 남긴 셈이지."

불현듯 관리자는 침통한 표정을 지었다.

"그래서 난 다시 생명을 얻은 대가로 이렇게 고작 도시의 외곽에서 일할 수밖에 없는 거야. 정부의 중앙 무대로는 아예 진출할 수가 없어. 내 아버지도 이 점을 가장 마음 아파하시지만, 당신으로서도 더이상은 어쩔 도리가 없다는 것을 잘 알고 계시지. 내 아이들도 마찬가지야. 죽었어야만 했던 내가 되살아난 후에 태어난 아이들이라 늘 제약

이 따를 수밖에 없어. 그런데 내게, 바로 네가 나타난 거야."

나는 바보처럼 되물었다.

"제가요?"

"그래. 난 네게 최선을 다할 수밖에 없었다. 너도 날 잘 따라와주었지. 우리는 한 팀이라 할 수 있어. 나는 내게 주어진 '후원자' 역할을 제대로 해볼 생각이야. 그러니 너도 우수한 학생의 역할을 끝까지 잘 해주길 바란다."

관리자는 그때야 비로소 생각났다는 듯 내게 증명서를 건네주었다. 내일 오전에 이수받길 원하는 교육과정을 자신에게 말해달라는 당부와 함께.

나는 다음날 관리자에게 행성장교 교육과정에 V표를 한 입학원서를 건네주었다. 입학원서를 확인한 관리자의 얼굴이 심하게 일그러졌다. 그는 금방이라도 폭발할 듯, 당황스러움을 감추지 못한 목소리로 내게 말했다.

"너 이게 무슨 짓이냐. 군대에 가선 안 된다고 내가 말했던 걸 설마 잊어버린 것은 아니겠지?"

"전 밤새 계속 생각했어요. 행성장교 교육과정을 이수할 거예요."

나는 태연하게 말했다.

"이유는?"

관리자가 물었다.

"당신은 부도덕한데다가 전 행성인을 상대로 거짓말을 한 정치인의 아들이에요. 저는 당신을 믿을 수가 없어요."

"OL-187 때문에 그러는 거냐?"

"……"

"그래서 가뜩이나 네 마음속에 잔뜩 억눌려져 있던 같잖은 반항심을 이런 식으로 표출하는 거야? 아무 녀석하고나 붙어먹는 고작 OL-187 때문에? 응? 그런 거냐?"

"……"

놀랍게도 관리자의 눈가엔 눈물이 맺혀 있었다.

"넌 스스로 네 인생을 망치려 하고 있구나. 네게 찾아온 소중한 기회를 하찮은 감정 따위에 굴복해서 발로 걷어차고 있는 거야."

"전 이제 기회를 얻는 걸 바라지 않아요. 원래부터 그 기회란 당신의 것이었으니까요."

관리자는 천천히 고개를 가로저었다. 그의 젊은 얼굴에 본래의 나이가 얼핏 드러났다가, 사라졌다.

나는 다음날 아침 일찍 관리자의 사택을 떠났다. 두 사람 사이에 마지막 인사 따위는 없었다. 관리자에게 있어 나는 다시금 제 발로 기꺼이 시궁창 속으로 걸어들어간, 젊은 혈기에 날뛰는 망나니였다. 그는 두 번 다시 볼 일 없는 저급한 인간에게 시간을 낭비할 만큼 한가롭지 않았다.

6

추위가 몰려오고 있었다. 지난밤 내가 익히 경험했던 그 지독한 추위였다. 밤이 온 것이다. 어두운 숲속에서 비를 피하는 동안 날이 저물고 있다는 것도 까맣게 모르고 있었다. 한기로 몸이 떨려왔다. 온도계는 없지만, 분명 이 정도 추위라면 영하의 날씨였다. 밤이 깊어감에 따라 시시각각 내려갈 기온에 대비해야 했다. 얼간이의 센서등을 켜고 급한 대로 수납 자루를 거꾸로 들고 탈탈 털어봤다. 혹시라도 내가 발견하지 못한 네이처의 호의가 들어 있을 수도 있다는 기대를 하며.

하지만 처음 확인한 그대로였다. 나는 수납 자루에서 두꺼운 겉옷을 찾아내어 입었다. 그래도 몸의 떨림이 멈추질 않자, 하나를 더 껴입었다. 바지도 하나 더 입고, 양말도 두 켤레나 더 겹쳐 신었다. 할 수만 있다면 더 껴입고 싶었지만, 안타깝게도 옷들의 치수가 전부 같았다. 은신처도 찾고 몸을 움직여 조금이라도 체온을 올려보려는 심산으로 일단 그때까지 앉아 있던 나무 밑동에서 일어섰다. 순간 왼쪽 발이 벌떼에게 쏘이기라도 한 것처럼 쥐가 나서 얼마간 제자리에서 꼼짝도 할 수 없었다. 굵은 나뭇가지를 부여잡고 낑낑거리는 와중에도 기온은 계속 내려갔다. 숨을 내쉴 때마다 어둠 속에 퍼져나가는 하얀 입김이 보였다. 음습한 숲의 흙 위로 얇은 성에 같은 얼음이 곳곳에 깔려 있었다. 그 탓에 앞으로도 뒤로도 걸음을 옮기기가 어려웠다. 꼼짝없이 갇힌 꼴이 되었다. 가까스로 그럭저럭 지팡이로 쓸 만한 나뭇가지 하나를 찾아냈다.

두꺼운 옷에다 미끄러운 흙바닥 때문에 제대로 걷기가 힘들었지만, 아무튼 조금씩 걸을 수는 있었다. 문제는, 어디로 가야 하는지 도통 알 수가 없다는 것이었다.

내 몸이 들어갈 만한 동굴이나 구덩이가 어디 있을지 거듭 고민해보다가, 나는 불현듯 실소할 수밖에 없었다. 동굴이라면 모르지만, 구덩이는 알고 있지 않은가. 낮에 내가 빠져나왔던 구덩이, 바닷가 모래사장에 동물들이 파서 나를 머리만 빼놓고 파묻었던 그 구덩이가 있었다. 다만 언뜻 기본교양 시간에 모래의 열전도율이 높다고 배웠던 기억이 나 걱정이 들었다. 한낮의 햇빛 아래에선 열을 흡수한 구덩이가 델 듯 뜨겁게 달아올랐지만, 이렇게 추운 밤까지 과연 그 온기가 얼마간이나마 구덩이에 남아 있을 것인가. 그러나 한 가지 중대한 변수가 있었다. 이곳이 네이처와는 다른 행성이라는 점이었다. 다시 말해 네이처에서의 일반적인 법칙이 이곳에선 통하지 않을 수도 있었다.

나는 그 변수를 믿어보기로 마음먹었다.

바닷가에서 숲으로 들어오는 것보다 나가는 게 훨씬 어렵다는 것을 몸소 체험하는 동안, 문득 녹색 눈의 동물들이 굳이 왜 나를 끌고 바닷가까지 데려가는 수고를 들였는지 또다시 의문이 들기 시작했다. 숨을 쉴 수 있도록 머리는 묻지 않았다는 사실은 바꿔 말하면 그것들은 나를 해칠 의도가 없었다는 뜻이다. 그 동물들이 아무리 지능지수가 낮은 종이라고 해도 틀림없이 뭔가 이유가 있을 것이다.

센서등 불빛에 드러난 밤의 숲은 퇴락한 고성古城을 연상하게 했다. 혹은 죽음을 목전에 둔 노파거나. 낮에 목격했던 저마다 다른 종의 동물들 중 어느 것 하나도 보이지 않았다. 동물들은 모두 자신들만의 은신처로 숨어들어간 것이다. 식물들도 마찬가지였다. 지독한 추위에 노출되는 면적을 최소화하려는 듯 잎사귀를 모조리 가지나 줄기 쪽으로 바짝 붙이고 있었다. 이곳의 모든 존재에게는 밤새 몰아치는 추위의 피해를 최소화할 나름의 생존 방식이 있는 듯했다.

오직 나만을 제외하고.

새로운 자각이 나를 외롭게 했다. 내가 루시아의 유일한 인간이라는 사실. 그래서 누구와도 말과 생각을 공유할 수 없고, 타인의 존재만으로도 위로를 받는 게 앞으로 백 년 동안은 불가능하다는 사실이 불시에 나를 강타하는 것만 같았다. 나는 막막한 심정으로 무거운 발걸음을 내디뎠다. 새삼 네이처의 집행관들이 참으로 내게 적절한 판결을 내렸다는 생각이 들었다. 겨우 루시아에서의 세번째 밤을 맞이했을 뿐이다. 그런데 나는 그사이에 벌써 우울과 사무치는 고독으로 거의 녹다운될 지경이 되었으니까.

어느덧 바닷가에 면한 숲의 끄트머리에 다다라 있었다. 나는 너무 지친 나머지 욕지기가 치밀어올랐다. 내디딜 때마다 푹푹 발이 빠지는 어두운 모래사장을 힘겹게 지팡이로 짚으면서 걸어나갔다. 바닷가에서 불어오는 살기 어린 강풍에 자꾸만 몸이 뒤로 밀렸다. 얼굴 정면으로 칼바람을 맞아대자 곧 아무런 감각도 느껴지지 않았다. 거친 파도 소리만이 울려퍼지는 바닷가의 살풍경에 내 마음까지 얼어붙어버리는 것 같았다. 구덩이가 있는 자리를 센서등 하나만을 의지해 찾으려고 하니 영 쉽지 않았다. 불빛을 좀더 오른쪽에 비추려고 하다가 추위로 곱아버린 손에서 그만 얼간이가 떨어져버렸다. 동시에 충격을 받은 센서등이 작동을 멈췄다. 나는 잘 움직여지지도 않는 입으로 욕설을 내뱉었다. 빌어먹을! 나를 언제라도 덮칠 것처럼 울부짖고 있는 바다를 지척에 두고 얼간이를 찾기 위해 깜깜한 모래사장을 더듬을 엄두가 나지 않았다.

머뭇거리고 있는 사이 거센 파도가 발밑까지 밀려왔다. 당황한 나는 파도를 피해 뒷걸음질을 치다가 중심을 잃고 넘어져버렸다. 몸이 젖기라도 하면 동사하고 말 것이라는 생각에 필사적으로 몸을 일으켰다. 나는 얼간이를 찾지 못하는 얼간이가 되어 11구역의 병든 노인들처럼 지팡이 하나에 빳빳하게 언 몸을 의지한 채 간신히 나아갔다. 그나마 내가 잘한 것이라면, 얼간이를 잃어버렸을 때 그대로 주저앉지 않았다는 것이다. 짙은 어둠 속에서 방향감각을 잃어버린 나는 어디를 향해 발걸음을 내디뎌야 할지 엄두가 나지 않았다. 어둠에 좀체 익숙해지지 않는 두 눈은 맹인이나 마찬가지였다. 막연히 앞쪽이라고 여겨지는 곳을 향해 나아갔다. 불과 열 발자국을 걷는 데만도 상당한 시간이 흐른 듯 느껴졌다. 나는 무감각해진 두 다리를 기계적으로 옮겨놓기를 반복했다. 언제였는지 모르겠다. 갑자기 지팡이가 쑤욱, 밑으로 빠져드는 것이 느껴졌다.

노란 눈동자의 동물들이 나를 위해 파놓은 구덩이가 거기 있었다.

구덩이 속은 아늑했다. 한낮의 열기만큼은 아니지만 체온을 유지할 만큼은 따뜻했다.

얼었던 몸이 점차 풀리고 손과 발의 감각도 되살아나자 그제야 살 것 같았다. 모래사장에서 구덩이를 찾지 못하고 시간을 조금이라도 지체했더라면 나는 꼼짝없이 얼어죽었을 것이다. 하지만 따뜻한 구덩이에 몸을 집어넣고 있으니 내 운명에 대해 한결 낙관적인 전망이 들었다. 이백 년간 우주를 떠돌면서도 나는 죽지 않았다. 그리고 루시아에서도 죽을 운명은 아니라는, 거의 확신에 가까운 믿음이 들었다.

그러나 아직도 해결되지 않은 문제가 남아 있었다. 구덩이 위로 내밀고 있는 내 머리였다. 소금기를 품은 매서운 바닷바람을 고스란히 맞고 있으려니 입술에서 짠맛이 느껴졌다. 아까 구덩이에 몸을 집어넣었을 때엔 초록 눈의 동물들에게 고마움에 가까운 감정까지 느끼지 않았던가. 그런데 불과 얼마 되지 않아 나는 동물들을 원망하고 있었다. 도대체 왜, 좀더 구덩이를 깊이 파지 않았느냐고 말이다. 혹시 그것들이 나를 이렇게 골탕 먹이려고 처음부터 작정한 것은 아니었을까 하는 다분히 편집광적인 생각들이 꼬리를 물고 이어졌다. 나는 동물들을 처음 대면했을 때부터 그것들을 하등한 종이라고 멸시했다. 그런데도 그 동물들이 나를 계획적으로 음해하려 했다는 생각을 떠올렸다. 이 얼마나 앞뒤가 맞지 않는 가정인가. 하지만 당시엔 그렇게 차분한 태도로 생각을 정리할 여력이 없었다.

"대갈통만 커다란 추물들아!"

어디에 있는지 모를 동물들을 향해 갖은 악담을 퍼부으면서도 어떻게든 머리를 구덩이 안으로 집어넣기 위해 발밑의 모래를 두 발로 마구 긁어댔다. 그렇게 해서 구덩이가 조금이라도 깊어질 수만 있다면 나로선 해볼 수밖에 없었다. 발바닥이 따끔거리는 아픔과 함께 확확 달아오르는 열기가 느껴지더니, 이어 얼굴의 살 껍질이 벗겨지는 아픔이 뒤따랐다. 하도 아파서 눈물이 찔끔 나왔다. 동상에 걸린 것 같았다. 심한 동상이라면 머리를 잘라내야 할 수도 있었다. 그 생각이 들자마자 웃음이 나왔다. 신체의 일부를 잘라낸다는 건 살아남기 위해서다. 그런데 만약 머리를 잘라낸다면, 나는 죽을 것이 아닌가. 큰 소리로 웃고 싶었지만, 이미 얼어버린 입술은 꿈쩍도 하지 않았다. 더 이상 두더지처럼 두 발로 땅을 긁어댈 수도 없었다. 나는 이판사판으로 발꿈치로 모래 바닥을 찧어댔다.

그렇게 얼마나 찧어댔던 것일까. 그나마 남아 있던 기력도 모조리 소모되고 머릿속이 핑글핑글 돌아가는 원판처럼 극도로 어지러웠다. 마지막이라는 생각으로 다시 한번 모래 바닥을 퍽, 치자마자 그대로 발밑이 뚫어져버렸다. 동시에 나는 소리 없는 비명을 지르면서 더 깊은 구덩이를 향해 추락했다.

7

나를 삼킨 것은 구덩이가 아니었다. 일종의 나선형 관이었다. 루시아의 모래는 입자가 고운 편이라 관을 따라 이리저리 부딪치고 미끄러지면서도 내 몸은 크게 다친 곳이 없었다. 약간의 타박상과 함께 피부가 좀 긁혔을 뿐이었다. 모래관의 길이는 족히 백팔십 미터는 넘었다고 생각된다. 그때 나를 가장 사로잡았던 것은 어쩌면 또다른 지적 생명체가 존재할지도 모른다는 생각이었다. 모래관을 미끄러져 내려가며 온몸으로 체득한 바에 의하면 이 관은 비교적 일정한 지름과 기울기로 이루어져 있었다. 그 말은 두더지나 오소리 같은 동물이 판 굴과는 다르다는 뜻이었다. 나는 나 이외의 다른 인간을 떠올렸다. 인간이 아니라면 인간과 거의 흡사한 지능을 지닌 어떤 진화된 존재를. 그런 존재가 루시아에 있을 수도 있다는 생각만으로도 내 가슴은 기대감에 벅차올랐다.

나는 루시아에서 혼자가 아닐 수도 있었다.

한줄기 희망이 내 마음속에 피어오르면서 불현듯 그 지적인 존재가 나의 동료가 되어주지 않을 수도 있다는 불길한 예감이 들었다. 동료가 되어주기는커녕 마주친 순간 나를 죽이려 들거나, 극단적인 경우 잡아먹으려 할 수도 있다. 백팔십 미터를 내려가는 짧은 시간 동안 참 많은 생각들을 떠올렸다. 그러나 수많은 가정은 현실에서 별반 소용없는 것이 대부분이다. 현실은 그 실체를 마주쳐봐야만 알 수 있기 때문이다. 실체를 두 눈으로 보기 전에 지레짐작만으로 두려워하거나 근심해봐야 괜히 감정만 소모될 공산이 크다. 차라리 머릿속을 깨끗이 비우고 편견 없이, 다가올 현실을 직시하는 편이 훨씬 더 나을 것이다. 하지만 문제는 이론은 언제나 명쾌하나 그 실천이 어렵다는 데에 있다. 나 역시 그랬다. 그것들의 실체를 마주하기 전부터 공포에 질려 있었으니까.

마침내 모래관이 나를 뱉어냈다. 마른 모래 바닥 위에 나는 털썩 떨어졌다. 바닷가의 모래보다 습기가 적어서 몸에 닿는 감촉이 좋았다. 루시아를 뒤덮은 검은 밤이 이곳에서도 계속되고 있었다. 혹시 모를 위험이 내게 다가오고 있지 않은지 귀를 기울여 확인해보았다. 다른 존재가 움직이는 소리는 들려오지 않았다. 그래도 불안한 마음은 수그러들지 않았다. 그것들이 분명히 여기에 함께 있을 것이라는 생각을 멈출 수 없었다. 내 눈에 보이지 않는다고 그것들의 존재를 부정할 수는 없을 터였다. 나는 어둠에 묻힌 모래벽을 훑어보았다. 센서등을 잃어버린 후로 내 두 눈은 어둠에 익숙해져 있었다. 사물을 정확히 볼 수는 없어도 대략적인 윤곽 정도는 파악할 수 있었다. 막연히 모래벽 한구석을 기준으로 삼고는, 의미 없는 행동이라는 것을 잘 알고 있으면서도 고집스러운 태도로 동서남북의 방향을 정했다. 동쪽과 서쪽, 그리고 남쪽과 북쪽을 정하고는 어둠의 한곳을 바라보던 그 찰나였다.

나는 보았다. 그놈들의 빛나는 수백 개의 눈을.

녹색, 파란색, 노란색, 주황색, 드문드문 빨간색 눈들도 섞여 있었다. 마치 크리스마스트리에 달린 색색의 알전구들에 불빛이 켜진 것 같았다. 어둠 속에 어렴풋이 드러난 윤곽만으로는 놈들이 어떤 종에 속하는지 짐작하기가 어려웠다. 그놈들도 나처럼 가만히 서서 나를 지켜보고 있었던 듯했다. 내가 어떤 존재인지 파악하려고. 내 약점을 알아내 개떼처럼 달려들기 위해. 나를 비참한 희생자로 만들어 끝내 죽이려고.

어디에도 도망칠 곳은 없었다. 이곳에서 나가려면 모래관을 기어올라 가는 수밖에 없었다. 그러나 불가능한 일이었다. 나는 이미 지칠 대로 지친 상태였다. 설혹 젖 먹던 힘까지 그러모아 저 모래관을 타고 올라가려 해도 손발로 잡거나 디딜 수 있는 디딤대도 하나 없이 무슨 수로 구불구불한 관을 타고 오를 수 있겠는가. 얼간이라도 손에 쥐고 있었다면 얼마간의 시간은 벌 수 있었을 것이다. 하지만 말 그대로 얼마간, 이었다. 그 이상은 버틸 수 없을 것이다. 오히려 내가 총질을 해대면 놈들은 광포해질 수도 있다. 그러면 놈들은 내 목이나 심장을 물어뜯어 죽이는 간단한 방법 대신 오로지 내게 고통을 더할 목적으로 천천히 고문을 가하듯 죽음에 이르게 할 공산이 컸다. 그때 나는 이미 죽음을 아주 가까이에서 느끼고 있었다. 나는 눈을 감았다.

그러자 북쪽에서 놈들이 입을 맞춰 질러대는 소리가 들려왔다. 젊은 여자의 울음처럼 가늘고 높은 소리, 혹은 굶주린 맹수가 포효하는 듯한 소리가 사방의 모래벽을 울려댔다. 내겐 익숙한 소리였다. 숲과 바닷가에서 들었던 녹색 눈의 동물들이 내지르는 소리. 소리의 출처를 알지 못했다면 분명 끔찍한 악몽이었겠지만, 다행스럽게도 나는 놈들을 알고 있었다. 갑자기 팽팽히 당겨졌던 긴장이 풀리며 두 다리에 힘이 쭉 빠져버렸다. 그대로 모래 바닥에 털썩 주저앉아버렸다. 엄청난 안도감이 나를 휘감았다. 살았다. 이젠 다 끝난 거야. 나는 스스로에게 말했다. 누군가 다른 이에게 똑같은 말을 듣고 싶었다. 그 바람이 너무도 간절해서 나조차도 당혹스러웠다. 나는 다시 한번 나 자신에게 소리 내어 말해주었다.

"넌 죽지 않아."

색색의 눈을 가진 동물들이 어둠을 헤치며 내게 슬금슬금 다가오는 기척이 느껴졌다. 하지만 놈들이 내게 별반 위협이 되지 않는다는 사실을 알고 있는 이상 걱정은 들지 않았다. 다만 긴장이 사라지면서 극심한 육체적 소모에 따른 깊은 피로가 대신 나를 무겁게 짓눌렀다. 등을 누일 만한 장소만 있다면 어디든 누워 그저 잠을 자고 싶었다. 가까운 모래벽을 찾아 몸을 기대앉았다. 저절로 눈이 감겼다. 동물들이 소리를 질러대며 소란을 피우든지 말든지 상관하지 않았다. 저것들이 내게 해를 입혀봤자 기껏해야 모래 구덩이에 파묻는 정도일 것이다. 그리고 그 정도는 애교로 웃어넘겨줄 만했다.

내가 아무래도 눈을 뜨지 않자, 한두 놈이 슬쩍 내 손을 건드렸다. 동물의 피부가 맨살에 닿는 그 감촉이 그리 나쁘진 않았다. 약간 거친 천조각이 닿은 느낌이랄까. 하지만 온기가 느껴져서 나는 좀 놀랐다. 그 혐오스러운 몸속에 인간과 같은 따뜻한 피가 흐르고 있을 것이라는 생각이 도저히 들지 않았기 때문이다. 동물들이 인간의 손 비슷한 것으로 나를 건드렸는지, 아니면 그 날카로운 발톱이 달린 앞발로 그랬는지는 모르겠다. 다만 피아노를 두드리듯 언뜻 손가락 같은 것으로 건드리는 게 느껴졌으니 손이 아니었을까 짐작할 뿐이었다. 생각을 거듭하는 사이 어느새 풋잠은 멀리 달아나버렸다. 그래도 나는 고집스럽게 눈을 뜨지 않았다. 이번엔 두세 놈이 나를 흔들었다. 먼저 동물보다 한층 더 적극적인 태도였다. 아무리 동물의 감촉이 나쁘지 않았다 해도 그것들이 몸을 건드릴 때마다 절로 움츠리게 되는 건 어쩔 수 없었다. 나를 건드리고 흔드는 동물들은 점점 더 늘어나 아마 수십은 될 것 같았다. 말이 수십이었지 그때엔 꽤 진땀나는 상황이었다. 동물들이 내게 위협이 되지 않는다고 해서 나 홀로 제멋대로 날뛰는 그놈들 전부를 상대할 수 있다는 것은 아니었다. 무엇보다 내가 제일 참을 수 없었던 점은, 어떤 놈인지가 꽥꽥 돼지 멱따는 소리로 울부짖는 것이었다. 루시아에도 돼지가 있는지는 알 수 없었지만, 어떻게 저토록 판박이로 돼지 울음소리를 낼 수 있는지 신기할 정도였다. 고막을 찢을 것 같은 소음에 둘러싸여 있으려니 미칠 지경이었다.

꽥꽥꽥꽥. 돼지 울음소리는 더욱 커져갔다. 동물들이 합창이라도 하듯 목청을 높여 울어대자 모래 속 공간이 조금씩 흔들리면서 곧 머리 위로 모래 알갱이들이 흩뿌려지기 시작했다. 이대로라면 저 못생긴 놈들의 울음소리 때문에 무너져내린 모래 더미에 파묻혀 죽을 것이다. 살인죄를 저지르고도 네이처 행성에서 살아남았고 루시아의 무지막지한 한파도 견뎠건만, 겨우 저놈들의 꽥꽥거리는 울음소리 따위에 목숨을 잃는다면 그 얼마나 아이러니한 일일 것인가. 화가 치밀어 올랐다. 꽥꽥꽥꽥. 저렇게 쉬지 않고 울어대는 놈들도 참으로 대단한 종이었다. 꽥꽥꽥꽥. 그 울음소리에 대항이라도 하듯 나는 어둠을 향해 눈을 뜨고선 고함을 쳤다.

"그만해! 같이 죽고 싶지 않다면."

일순간 조용해졌다. 마치 아버지에게 혼쭐이 난 아이들처럼. 동물들은 흠칫 내게서 손과 앞발을 떼며 내 말에 순종했다. 문득 저 울음소리가 정말로 울고 있는 소리가 아닐까라는 생각이 머릿속을 스쳐지나갔다. 놈들은 좀 전에 내가 눈을 감고 있을 때에도 똑같은 울음소리를 냈다. 바닷가에서도 비슷한 소란이 있었지만, 이 모래 공간에서 더 과한 반응을 보였던 것이다. 혹시…… 동물들이 두 눈을 감는 것, 즉 그 동작을 내가 죽어간다는 뜻으로 오인한 것은 아닐까. 그래서 순수하게 슬픔을 그런 식의 소란으로 표현한 것일 수도 있다. 이런 가정은 나를 적잖이 당황스럽게 만들었다. 나는 이미 놈들을 하등동물의 일종이라고 결론지었던 것이다. 그런데 만약 슬픔이라는 보다 고차원적인 감정을 느낄 수 있는 동물이라면 나의 그 결론은 완전히 잘못되게 되는 것이었다. 혼란스러웠다. 울음소리가 멈추자 다행히 모래벽의 균열도 더이상 계속되지 않았다. 어둠 속에서도 나는 놈들의 윤곽만을 보면서 그것들이 고분고분하게 북쪽으로 이동하는 모습을 확인했다. 나는 동물들이 또다시 소란을 피울 수 있다는 가능성을 염두에 두고 한동안 그것들을 주시했다. 그러다가 퍼뜩 시선을 돌렸다. 내가 놈들을 보고 있는 이 순간에도 놈들 역시 나를 들여다보고 있을 것이라는, 지극히 당연한 사실이 떠올랐기 때문이다. 동물들은 내게서 무엇을 보고 있었을까. 나는 매우 불편해졌다.

놈들이 조용해진 틈을 타 나는 재빨리 수납 자루를 뒤져 조명등을 꺼냈다. 다행히 적당히 부풀어 있어서 바로 동굴을 밝힐 수 있었다. 바닥부터 위까지 직접 눈으로 확인해보기로 마음먹었다. 바닷가의 주홍색 모래와는 달리 캡슐에서 깨어났을 때 주변에서 봤던 그 백색 모래라는 점만이 특이했다. 백색 모래라는 것을 눈으로 확인했을 때엔 반사적으로 움찔 놀랐다. 기억 속에 남아 있는 그 물컹거렸던 기묘한 감촉이 생생히 되살아나는 듯했다. 그러나 곧 내 두 발이 너무도 자연스럽게 백색 모래 바닥을 밟고 서 있음을 깨달았다. 내가 지금 딛고 있는 이 백색 모래는 내 기억 속의 백색 모래와 형태는 아주 비슷할 수 있어도 그와는 완전히 다른 어떤 것이었다. 백색 모래 공간을 여기저기 조명등 불빛으로 비춰 본 결과, 어둠 속에서 내가 파악했던 것과 별반 다르지 않다는 것을 알 수 있었다. 다만 처음에는 모래관과 통하는 이 공간을 하나의 벙커로 여겼는데, 그보다는 여러 갈래의 굴로 통하는 작은 지하 정류장 비슷한 곳으로 보였다. 당장 불빛에 드러나는 굴 입구만 해도 여섯 개였다. 사방을 차례로 비춰 보다가 마지막으로 북쪽을 아주 잠깐 스쳐보았다. 딱 삼 초 정도 비췄을 뿐인데도 역시나 동물들은 매우 민감한 반응을 보였다.

전체를 둘러보니 굴 입구는 총 열세 개나 됐다. 이만한 깊이에 지름 이 미터에 가까운 열세 개의 굴을 파려면 도대체 어느 정도의 시간을 들였을 것인가. 나는 방금 전에야 겨우 동물들이 녹색 눈만을 지닌 것이 아니라는 사실을 알았다. 놈들이 총 몇 마리나 되는지, 얼마나 굴 파기에 익숙한지, 낮과 밤 어느 시간에 작업을 했는지도 알지 못한다. 물론 그중에서 가장 궁금한 점은 동물들의 전체 마릿수였지만. 북쪽 저편의 어둠에 숨어 있는 놈들의 수는 대략 백 마리 내외라고 나는 짐작했다. 바닷가에서 봤던 녹색 눈을 가진 동물들의 수도 그쯤 됐으니 더 많은 수의 동물이 존재할 것이다. 물론 내가 아직 둘러보지 못한 루시아의 다른 지역 곳곳에 동물들이 존재할 가능성도 있었다. 나는 루시아라는 행성에 대해 아는 바가 거의 없었다. 당장 나를 에워싸고 있는 저 열세 개의 굴 입구가 어디로 통하는지도 전혀 알지 못했으니까.

이 밤이 지나가면 과연 지상으로 나갈 수 있을까. 운좋게 출구로 향하는 입구를 선택한다고 해도, 그 입구에 이어지는 또다른 여러 개의 입구가 기다리고 있을 것만 같은 불안한 예감이 들었다. 혹시 내가 저 동물들이 만들어놓은 지하 미로에 갇혀버린 것은 아닐까. 백 년 동안 머무르기로 예정돼 있는 루시아에서의 삶을 이 지하 미로에서 꼬박 채우고도 모자라 이후의 죽음까지 이곳에서 맞을지도 몰랐다.

동물들과 함께.

별안간 심장이 커다란 손으로 옥죄어지는 기분이 들었다. 손끝이 떨리고 어지럼증이 느껴졌다. 비명이 터져나오려는 것을 억지로 참았다. 어디로든 나가야 했다. 그곳이 어디든 일단 지상으로 나가서 그곳의 공기를 쐬어야 했다. 나는 무작정 가장 가까운 입구를 향해 달려갔다. 중간에 넘어질 듯 비틀거렸지만 다행히 넘어지지는 않았다. 입구에 막 들어가려는데 북쪽에 있는 동물들이 다시금 소란을 부리기 시작했다. 마치 그 소란은 내게 그곳에 가지 마, 라고 말하는 것처럼 들렸다. 어쩌면 내가 루시아에서 이상해져버린 것일 수도 있다. 동물들의 경고성 소음을 무시하고 그대로 앞의 입구로 들어가버려도 그만이었다. 하지만 나는 그 대신 원래 들어가려던 입구 옆의 입구로 들어가려고 방향을 틀었고, 동물들은 또다시 소란을 부려댔다. 옆으로, 옆으로, 나는 입구를 바꿔가며 똑같은 행동을 놈들에게 보여주었다. 그리고 한 바퀴를 빙 돌아 동물들이 몰려 있는 북쪽 입구에 들어가려는 몸짓을 보였을 때, 놈들은 비로소 잠잠해졌다. 동물들이 가리키는 듯한 입구로 들어가면서 내 마음에 의심이 아예 없었다고는 말할 수 없다. 나는 놈들에 대해 입구로 들어가기 전부터 그 안을 걸어나갈 때까지 줄곧 일말의 회의를 품고 있었다. 덧붙여 왜 내가 유순한 아이처럼 동물들의 말을 따르고 있는지에 관해서도.

다른 열두 개의 굴이 내가 빠져나간 그 굴의 형태와 같았는지는 모르겠다. 동물들이 그 굴들의 안쪽에 함정을 파놓았거나 끝내 지하 굴속을 빠져나갈 수 없도록 만들어놓았을 수도 있었다. 하지만 내가 들어갔던 그 굴은 지상의 출구와 연결되어 있는, 진짜 굴이었다. 조명등 불빛을 켜고 한동안 계속 모래 바닥을 걸어나갔다. 처음엔 평지에 가까웠고, 걸어갈수록 점점 경사가 지더니 출구에 근접했을 때엔 꽤나 가파르게 변했다. 출구는 숲속과 연결되었다. 짙은 보라색의 거대한 잎사귀를 차양처럼 드리우고 있는 이름 모를 식물이 내 앞을 가로막고 있었다.

나는 바닷가를 향해 달려갔다. 부디 잃어버린 얼간이를 되찾을 수 있기를 바라면서. 어둠이 물러간 바닷가는 혹독한 추위도 언제 그랬냐는 듯 사라져 있었다. 어젯밤 나를 그토록 막막하게 했던 절망적인 상황에 대한 증거는 오직 모래사장에 점점이 찍힌 발자국뿐이었다.

나는 발자국을 조금씩 지워가고 있는 파도를 눈으로 좇으며 발자국이 시작된 곳부터 주변을 살펴갔다. 이십 미터쯤 걸어갔을까. 백색 모래에 반쯤 묻힌 채 나를 향해 총구를 내밀고 있는 얼간이를 발견할 수 있었다.

8

루시아에서 태양이 떠오르는 광경을 본 것은 오늘이 처음이다. 바닷가에 면한 절벽 끝에서 바라보는 일출은 네이처에서와 마찬가지로 깊은 감흥을 주었다. 서서히 떠오른 태양이 그 빛을 점점 더해가는 눈부신 광경이라니. 어둠의 지독한 냉기가 깨끗이 걷힌 바닷가는 평온하고 아름다웠다. 특히 푸른 거울처럼 바다를 그대로 담아낸 듯한 이곳의 하늘은 미의 정점이었다. 밤새 추위와 모래굴 속에서 분투하느라 한잠도 못 잔 상태였지만, 나의 정신은 그 어느 때보다도 맑고 기민했다. 어쩌면 행복과도 비슷한 감정이 일출을 지켜보며 내 안에서 생겨난 것인지도 모르겠다. 거듭 난관에 봉착하고 그 상황을 해결하고 벗어나기 위해서 내가 할 수 있는 최선의 노력을 다하는 동안, 역설적으로 나는 내가 살아 있는 인간이라는 점을 더욱 또렷이 자각하게 된 것이다. 드디어 이곳에서의 삶에 제대로 적응했다는 생각이 들었다. 백 년이었다. 네이처가 내게 백 년의 다른 삶을 왜 허락했는지, 그들이 궁극적으로 무엇을 원했는지는 솔직히 잘 모른다. 하지만 적어도 그들이 이곳에서 내가 너무 잘 지내지는 말았으면 좋겠다고 여겼다는 것만은 알고 있다. 만약 그렇다면, 나는 루시아에서 보란듯이 잘 지내볼 작정이었다. 내겐 늘 반항심이란 게 있었다. 때론 반항심이 나를 불행과 곤란에 빠뜨렸지만, 이곳에서라면 그것이 나를 살려줄 비책이 되어줄지 누가 알겠는가.

해변이 완벽하게 밝아지자, 하늘의 저편에서부터 수많은 바닷새가 날아오는 장관이 연출됐다. 노랑, 연두, 빨강, 하늘색, 흰색…… 바닷새들의 각양각색 날개들이 저마다 유영이라도 하듯 사파이어빛 하늘을 수놓았다. 나는 어젯밤 지하 모래굴에서 봤던 동물들의 알전구 같은 눈들을 떠올렸다. 이 행성에서는 모든 것들이 풍부한 색감을 지니고 있는 듯했다. 나도 이 행성에서 일정 시간을 머문 후에는 공작새 깃털 같은 총천연색의 몸을 갖게 될 수도 있겠다는 생각이 들자 웃음이 절로 터져나왔다. 나는 눈물까지 찔끔거리면서 웃고 또 웃어대었다. 허공에 퍼져나가는 내 웃음소리가 좋았다. 이렇게 순수하게 웃는 것이 얼마 만인지 기억이 잘 나지 않았다. 한동안 나는 바닷가 언덕에 공벌레처럼 웅크리고 앉아 수평선을 홀린 듯 바라보았다. 이따금 바닷새들이 내지르는 단조로운 울음소리와 언덕 아래 반들거리는 큼직한 바위틈에 부서지는 파도 소리가 절묘하게 어우러져 들려왔다. 멍하니 하늘과 바다, 그리고 해변을 응시하던 나는 별안간 뭔가 이상하다는 것을 직감했다. 그저 의미 없이 바라보았던 풍경을 다시금 들여다보았다. 나는 심한 충격을 받았다. 반통형의 캡슐이 어느새 사라져 버린 것이다. 언제 사라졌는지, 왜 없어진 건지 전혀 짐작할 수 없었다. 외롭고 막막한 이백 년간 캡슐은 내 일부였다. 그것은 단순한 물건이 아니라, 나의 유일한 친구나 다름없었다.

나는 스스로에게 물었다. 너는 지금 고독한가? 나는 아니라고 대답했다. 유년 시절부터 고아로 자랐던 내게 외로움은 항상 나를 쫓아다니는 성가신 단짝과 같았다. 어쩌면 질문 자체가 잘못되었을지도 모른다. 나는 다시 물었다. 너는 고독하지 않은 상태를 알고 있는가, 라고. 나는 아니라고, 대답했다. 나는 지금 고독하지 않다. 그러나 나는 고독하지 않은 상태도 알지 못한다. 행복한 감정도 마찬가지다. 나는 행복한 감정을 잘 알지 못했다. 당연히 행복하지 않은 감정도 잘 알 수 없었다. 행복, 그 자체를 몰랐으니까.

상념에 젖어 바라보는 수평선은 하늘이 바다를 넘어선 듯 보이기도 하다가, 때론 그 반대로 보이기도 했다. 하지만 루시아의 수평선은 변함이 없었을 터였다. 원인은 그것을 바라보는 나의 두 눈에 있을 것이다. 두 눈은 매 순간마다 내 마음이 원하는 사물과 풍경의 극히 일부만을 담아낼 수밖에 없다. 지금 수평선이 흔들리고 있다면 그 이유는 내 마음이 동요하고 있다는 증거였다. 나는 한숨을 내쉬었다.

어느덧 태양은 내가 도착한 날처럼 하늘의 정중앙에 위치해 있었다. 수납 자루에서 에너지바 두 개와 생수 한 병을 꺼내 먹고 마셨다. 여전히 배가 고팠지만 에너지바의 밍밍한 맛에 질려버린 터라 뭔가 다른 싱싱한 음식을 먹고 싶었다. 모래사장을 걸어가다가 군데군데 송송 뚫려 있는 작은 구멍을 발견했다. 바다생물에 대해선 지식이 거의 없었지만, 조개나 게 같은 그런 종류가 있지 않을까라는 생각에 얼른 쭈그려앉아 구멍을 맨손으로 파보았다. 내 예상이 맞았다. 맨 처음 판 구멍에는 작은 게가 숨어 있었다. 조심스럽게 게의 몸통을 꺼내들자 잔뜩 성이 난 게가 위협하듯 집게발을 치켜들고 사방으로 움직였다. 살아 있는 게를 옷으로 돌돌 싸서 들었다. 두번째 구멍에는 달걀만한 조개가 있었고, 세번째 구멍에는 수십 개의 발이 달린 지네 같은 길고 통통한 놈이 숨어 있어서 그만 깜짝 놀랐다. 한동안 모래 구멍을 파고 다닌 끝에 모양이 좀 수상쩍거나 흉측한 놈을 제외하니 게 열 마리, 조개 열두 마리를 건질 수 있었다. 숲에서 마른 나뭇가지와 잎사귀를 주워다가 모래 위에 불을 피웠다. 그 위에 게와 조개를 올려놓고 익기를 기다리면서 얼마나 들떴는지. 나는 마치 바닷가로 소풍 나온 소년 같은 기분이 들었다.

불에 익은 게와 조개를 잘 씹지도 않고 정신없이 먹어치웠다. 앞으로 매일 한끼는 이렇게 먹어도 좋을 것 같았다. 배가 부르자 졸렸지만, 마땅히 잘 곳도 없는 형편이어서 어쩔 수 없이 밤까지 기다려야겠다고 마음먹었다. 대충 아무곳에서나 잠들었다가 좀 전에 봤던 그 흉측한 바다생물들이 내 온몸을 기어다닐 수도 있었다. 생각만 해도 소름이 돋았다. 숲속도 마찬가지였다. 아니, 숲이 훨씬 더 위험했다. 적어도 바닷가에는 네이처의 생물들과 그리 다르지 않은 종들이 살고 있는 듯했지만, 숲은 가히 외계 생물이라고 할 만한 특이한 동식물들이 집중적으로 서식하고 있는 것 같았으니까. 어쩌면 루시아의 바다와 땅은 내가 전혀 알 길 없는 모종의 영향력을 서로에게 발산하고 있는 것일 수도 있다. 마치 한 아버지 밑에서 태어난 배다른 형제처럼.

아직 희미하게 남아 있는 불씨와 재를 주홍색 모래로 꼼꼼히 덮었다. 그대로 두어도 불이 날 염려는 없을 듯 보였지만, 네이처에서 반복적으로 받았던 화재 예방 훈련이 워낙 습관처럼 몸에 배어 있던 탓이다. 네이처의 군대는 다양한 개성을 지닌 인간들을 지극히 무미건

조하고 평균적인 군인으로 탈바꿈시키는 곳이었다. 관리자가 왜 그토록 내가 군대에 가지 않기를 바랐었는지 이제는 알 수 있다. 차라리 내가 완벽한 군인으로 변화될 수 있는 인간이었다면, 관리자는 실망은 했겠지만 화를 내지는 않았을 것이다. 하지만 나는 가까스로 절반 정도만 군인이 될 수 있는 인간이었다. 미처 변화되지 않은 나머지 절반이 군인으로서의 내 이력을 더럽히고 종국에는 나라는 인간마저 파멸시킬 것임을 그는 이미 짐작했었으리라. 인정하고 싶지는 않지만, 그는 현명했다.

관리자를 다시 만난 건 사택을 떠난 지 이십 년이 지났을 때였다. 당시 나는 네이처 군사행정부 전략기밀부서에서 근무하고 있었다. 대부분의 네이처인들은 정치나 군대 같은 소위 '거창한' 관료직에 대해 무지했다. 내 근무지가 어딘지 밝히면 열이면 열, 입을 모아 감탄사를 내뱉었다.

"그것 참 대단하군요. 분명 당신은 중요한 일을 하고 있을 테지요."

과도한 감탄 끝에는 나와 거리를 두려는 무의식적 태도가 뒤따랐다. 이유는 간단했다. 대부분의 네이처인들과는 다른 삶을 살고 있었으므로. 네이처에서는 농업이 가장 중요하고 우선시되는 행성 전체의 근간이었다. 무엇보다 지구의 식민행성인 네이처의 역할은 질 좋고 풍부한 농산물을 생산해내는 것이었기에 이를 효율적으로 수행하기 위해서 칠십이 퍼센트의 네이처인이 농업 또는 그와 관련된 일들에 종사해야만 했다. 그에 비해 나와 같은 군인은 전체 인구의 삼 퍼센트를 간신히 넘을 뿐이었다. 지극히 기본적인 방어를 위해 필요한 최소한의 숫자였다. 사실 기밀에 접근할 수 있는 내 견해로는 적어도 총인구의 십 퍼센트까지는 증원해야 했지만, 어떤 이유로 네이처의 정치인들은 고집스럽게 삼 퍼센트라는 수치를 지난 팔백여 년 동안 유지해왔던 것이다. 막연한 내 짐작으로는 모행성의 영향력 때문인 듯했지만, 증거가 될 만한 사실은 끝까지 찾을 수 없었다.

행성장교 교육과정을 오 년간 이수한 후 정보보안부서에서 반년간 근무한 다음, 당시 신설된 군인양성부서에서 십삼 년 넘게 근무를 하게 되었다. 매일 중앙정부 컴퓨터에 연결된 터치스크린만 이리저리 손가락으로 움직여야 하는 정보보안부서는 예상만큼 그리 흥미롭지 않았다. 나에겐 오히려 외근을 자주 하는 군인양성부서가 훨씬 더 적성에 맞았다. 군인양성부서에서 내가 했던 주요한 일은 네이처의 군인을 선발하는 것이었다. 정부의 통보에 의해 군인으로 직업이 정해진 네이처인들 중에서 특수한 군대의 체계를 견디지 못하고 끝내 낙오되는 이들이 다른 직업군보다 현저히 많다는 것은 이미 공공연한 사실이었다. 그래서 낙오자를 최대한 줄이기 위해 묘안을 찾던 네이처의 정부 관료들은 군인양성부서를 신설하여, 군인만큼은 매년 상황에 맞춰 지정된 인원 외에 지원자를 모집하게 되었다. 주로 4, 5계급의 지원자들이 몰렸지만, 드물게는 2, 3계급에서도 입대를 희망하는 일이 있었다. 내 입대 동기였던 GM-391도 그런 경우였다. 2계급인 그는 네이처의 명망 높은 집안 출신이었다. 그의 아버지는 정부기관 요직에, 어머니 역시 농업생명공학부서에서 근무하고 있는 전형적인 엘리트 부부였다. 이런 최상의 환경에서 자란 그가 도대체 왜 군대에 입대했는지 모두들 의아하게 생각했다. 대부분의 입대 동기들은 이런 그를 선망했다.

그가 현재는 비록 우리와 다를 바 없는 장교에 불과하지만, 먼 미래엔 당연히 우리 모두를 통솔하는 지휘관이 되어 있을 것이라고 예상했다. 그는 단순히 좋은 집안의 자제가 아니었다. 말끔한 외모와 매끄러운 화술, 거기다가 업무 능력까지 어느 것 하나 부족함 없이 완벽했다. 하지만 이런 완벽함은 다른 이의 접근을 차단하는 일종의 가림막이 되기도 했다.

나 역시 그와는 다른 이유에서 가림막을 갖고 있었다. 바로 나의 우울과 체념하는 태도에서 비롯된 것이었다. 나는 갓 열여덟 살이 되었고, 마침내 5계급의 정해진 직업에서 벗어나게 되었지만, 사실 내가 군대를 선택했던 이유가 관리자에 대한 반항심에서 비롯된 것이었기에 당시 삶에 대한 만족도는 그닥 높지 않았다. 나는 마치 군대를 싫증났지만 차마 헤어질 수 없는 애인처럼 생각했다. 물론 겉으로는 우수한 군인이었다. 기숙학교에서의 수업과 공부도 충실히 이행했고, 군대에 와서도 타고난 성실한 군인처럼 보이기 위해 할 수 있는 최선의 노력을 다했다. 그러나 실상은 달랐다. 나의 마음은 관리자의 사택을 떠나기 전부터 조금씩 병들어갔고, 이즈음 마음의 병은 더욱 깊어져 있었다. 나의 우울은 새로운 삶에 대한 가능성 따위는 깨끗이 던져버리라고 하루에도 수차례씩 충동질했다. 하지만 나는 관리자에게 반항심을 품었듯, 내 안의 우울에 대해서조차 반항심의 날을 세웠다. 우울이 내가 군대에서 떠나기를 바랐다면, 반항심은 역설적으로 그 상태를 그냥 받아들이고 순응하는 것으로써 우울에 맞서기를 종용했다. 내 마음의 부조화는 어색한 얼굴 표정에서부터 드러났다. 동기들과 함께 있을 때 그들과 함께 웃고, 대화에 자연스럽게 끼어들고, 팀을 이뤄 뭔가를 하는 것이 내겐 어렵기만 했다. 그래서 힘겨운 숙제를 하는 기분으로 매일을 보내며 점점 질식할 것만 같은 압박감 속에서 남몰래 신음하고 있었다. 그는 이런 나를 주의깊게 지켜보고 있었던 것 같다. 군인양성부서에 배치된 지 삼 개월쯤 된 어느 날 오후였다. 그는 지원자들의 서류를 정리하고 있는 내 곁을 지나가며 툭 던지듯이 말을 걸었다.

"무슨 생각으로 여기에 온 거야?"

내가 대답이 없자, 그는 다시 말을 이었다.

"먼저 말하라 이건가? 뭐, 기꺼이 말해주지. 난 말이야, 이 행성의 인간들 중 절반은 없어져야 한다고 생각해서 군대에 자원했어. 네이처엔 쓸모없는 인간들이 너무 많거든."

나는 서류에서 눈을 들어 그를 빤히 마주보았다.

"미쳤군. 그러는 너는 쓸모 있는 인간인가?"

그는 한쪽 눈을 찡긋하며 하하, 크게 웃어댔다.

"역시 내 생각이 맞아. 넌 대책 없는 급진주의자는 아니군. 그런데 왜 매일 어설픈 가면을 쓰고 다니는 거야? 설마 본인이 대단한 연기자라고 착각하고 있는 건 아니겠지?"

나는 말없이 그를 노려보았다.

"차라리 그 표정이 훨씬 더 났군."

그는 길게 휘파람을 불며 사무실을 나갔다. 그날 퇴근하는 길목에서 있는 그를 보고도 나는 크게 놀라지 않았다. 그는 다짜고짜 나를 4-2구역으로 데려갔고, 나는 외딴 건물 맨 꼭대기층에 위치한 작은 사무실에서 '올바른 네이처인들'의 리더 격인 두 명의 남자를 만났다.

둘 다 나만큼이나 애송이였지만, 사람을 설득시키는 능력에 있어서는 경지에 다다라 있었다. 두 애송이가 말했던 내용의 요지는 의외로 간단했다. 네이처는 모호한 기준의 불평등으로 인해 자멸의 길을 걸어나가고 있다. 양식 있는 네이처의 지식인들 중 누구도 이해하지 못하는 그 기준을 제공하는 근본적인 악은 바로 모행성 지구이다. 우리 '올바른 네이처인들'은 네이처 곳곳에 잠입해 있는 행동대원들을 통해 단순히 고위 정치인 몇 명을 제거하는 소소한 혁명이 아닌, 내부에서부터의 대대적인 혁명을 추구한다. 이에 따라 새롭게 태어날 네이처에는 상식에 반하는 '계급'이 존재하지 않는다. 고위 정치인의 자기 복제를 통한 사실상의 '독재'도 불가하다. 직업과 주거지는 개개인의 자율에 맡긴다. 기타 등등.

'올바른 네이처인들' 중 바싹 마른 몸집에 유독 목청이 좋은 사람이 말했다.

"우리가 네이처의 전권을 쟁취하는 그날, 네이처는 지구의 식민행성에서 벗어날 겁니다. 네이처 행성은 풍요로운 농업 자산과 이미 비밀리에 진행되고 있는 비약적인 첨단기술의 발전을 통해 지구와는 별개인 또하나의 독자적인 모행성으로 발돋움할 수 있게 될 것입니다."

문득 나는 소리 없이 웃었다. 그러자 또 한 명의 올바른 네이처인이 발끈하며 물었다.

"왜 웃나요? 네이처 행성의 보다 나은 미래상을 제시하려는 우리의 노력이 가소롭단 말입니까?"

그때까지 여유로운 태도로 관전만 하고 있던 GM-391이 입을 열었다.

"천천히 하세요. 급할 건 없죠. 이 친구가 원래 유머감각은 좀 부족합니다. 말해봐. 정말 웃겨서 그런 것인지."

여섯 개의 눈이 나를 향해 시선을 고정하고 있었다. 나는 시선을 피하며 말했다.

"아니, 아닙니다. 하지만 네이처가 또다른 모행성이 된다는 말의 뜻이 궁금하군요."

"말 그대롭니다. 네이처도 이젠 주도적으로 세력을 확장해나가야……"

"그러니까 네이처도 지구처럼 식민행성을 개척하게 된다는 뜻이군요."

나는 두 애송이를 마주보았다.

"다른 건 모르겠고, 모행성을 언급하는 건 마음에 영 들지 않습니다만. 어쨌든 당신들의 주장이 전체적으로 보면 공감이 가는 부분이 있는 것도 사실입니다. 좋습니다. 저도 '올바른 네이처인들'의 행동대원이 되겠습니다."

나의 가입은 물론 충동적인 것이었다. '올바른 네이처인들'의 구구절절한 말들 중에서 내가 유독 관심 있게 들었던 내용은 계급도 자기복제도 아닌, 바로 네이처 내부에서부터의 대대적인 혁명이라는 주제였다.

혁명의 의미는 '급격한 변혁, 비합법적인 수단으로 이전의 권위와 방식을 단번에 뒤집는 것'이다. 우울과 반항심 사이에서 힘겹게 외줄을 타듯 살아가던 내게 궁극적인 변화를 위한 시도라는 주제는 너무나도 매력적인 유혹이었다. 내게 대의명분 따위는 하등 중요하지 않았다. 관리자가 열두 살 소년인 내게 '새로운 삶'의 기회를 얘기해주며 희망을 주었듯, '올바른 네이처인들'은 무모한 '혁명'을 역설하며 나를 달뜨게 만들었다. GM-391도 대충 내 사정에 대해선 짐작하고 있는 듯했다. 4-2구역을 빠져나오면서 지나가는 말투로 내게 일러두었으니까.

"언제라도 '올바른 네이처인들'을 탈퇴하고 싶다면 내게 말만 해. 하지만 난 말이야, 네가 적어도 너 자신에게 올바른 가면을 쓰고 살아갔으면 좋겠어."

그리하여 나는 얼떨결에 혁명 세력에 가담하게 되었다. 하긴 '혁명세력'이라는 단어는 지나치게 거창한 감이 든다. 4-2구역에서 만난 두 명의 애송이에게서 '올바른 네이처인들'이라는 회합에 대해 이미 어느 정도는 파악하고 있었던 것이다. 아름다운 이상만 드높은, 순진한 행동주의자들이라는 것을. 이들은 현실적으로 고려해야 할 많은 사항에는 아랑곳하지 않았다. 자신들이 진심을 다해 열정적으로 정의에 관해 설파한다면, 종국엔 누구라도 '올바른 네이처인들'의 이상에 참여하게 될 것이라는 철없는 희망이 그들이 주장하는 핵심이었다. 노회한 기존 집권 세력의 속성을 전혀 고려하지 않은 이 순진한 행동주의자들로 인해 불과 삼 년 후, 네이처 행성 역사상 가장 단기간에 검거된 반역자 전부가 일괄 숙청당하게 된다. 나는 이미 가라앉기 시작한 배에 어리석게 탑승한 승객과 같았다. 두 명의 애송이가 내게 원하는 역할은 생각보단 어렵지 않은 일이었다. 내가 접할 수 있는 네이처 군대 지휘관들의 정치적 성향과 장단점에 대한 상세한 보고서와 더불어 조직 내에 포섭할 수 있는 다른 장교들을 선별해달라는 것이 그들의 요구였다. 활동적인 혁명가를 떠올렸던 내게 그들이 배당한 일은 솔직히 실망스러웠다. 혁명에서조차 중심에서 밀려난 뒷방 늙은이가 된 기분이 들었다. 그러나 기분과는 별개로 나는 꽤 열심히 첩보를 수집했다.

혼자선 선뜻 하기가 망설여지다가도 두 사람이라면 너무나도 쉽게 저질러버리게 되는 일이 허다하다. GM-391이 나를 끌어들인 이유가 그 때문이 아니었을까 생각한다. 겉으로 보기에는 의젓한 성인이지만, 막상 내면에서는 아직 포기할 수 없는 젊은이 특유의 순수한 감수성으로 인해 끊임없이 갈등과 고민을 거듭하고 있던 것이 아닐까. 우리는 그때 열여덟 살이었다. 나이가 들어간다는 건 어느 면에선 이제 포기할 준비가 되었다는 것이다. 절대 포기할 수 없는 가치가 있다고 자신 있게 목소리를 높일 수 있다면 그는 십중팔구 젊은이일 것이다. 실제로 그는 내게 이렇게 말하기도 했다.

"네이처가 근본적으로 잘못되었다는 건 누구도 부정할 수 없는 사실이야. 하지만 잘못을 바로잡기 위해 구체적인 계획을 세우고 행동으로 옮길 수 있는 이들은 거의 없지. 난 '올바른 네이처인들'이 무언가를 변화시키기 위해 노력하고 있다는 것만으로도 그들에게 매혹되었어. 물론 그들은 지금도 내 진심을 완전히 믿고 있지는 않을 테지. 그들이 보기엔 난 반쪽짜리 혁명가일 뿐이야."

나는 조심스럽게 물었다.

"만일 혁명이 성공한다 해도 넌 어차피 그들에게 잠재적인 위험 대상일 거야. 왜 네게 별반 이득이 없는 일에 뛰어들려고 하는 건데?"

그는 비웃듯 한쪽 입술을 비죽거렸다.

"상관없어. 이득 따윈 개나 줘버리라지. 혁명은 어차피 모두에게 이롭진 않아. 가진 자들에겐 재앙이지. 나는 기꺼이 혁명의 후폭풍을 감내할 작정이야."

GM-391은 결국 자신의 인생을 무기 삼아, 끝내는 실패한 혁명의 마지막 행동가로 남았다. 삼 년 뒤, 한 밀고자의 제보로 적발된 '올바른 네이처인들'은 집행관들에게 검거된 인원으로만 본다면 참으로 초라한 규모의 조직이었다. 조직원 수가 불과 열일곱 명이었던 것이다. 혹여 네이처 정부가 행성 전체에 파급될 영향력을 고려하여 조직원 수를 의도적으로 줄여서 발표했을 가능성이 있다손 치더라도, 역시 너무 적은 수였다. 이건 혁명이 아니라 무슨 어린아이들의 소꿉장난 같은 수준이었다. GM-391도 나와 내근을 하다가 홀로 집행관들에게 잡혀갔다. 나도 당연히 체포될 것이라고 마음의 준비를 단단히 하고 있었다. 그런데 나는 체포 대상에서 제외되었다. 반역자 열일곱 명에 대한 재판이 사흘간 진행되었고, 그동안 나는 내내 엄청난 죄책감과 불안감에 시달려야 했다. 반역자들에 대한 재판은 열한 개 구역의 중앙광장에 설치된 대형 스크린을 통해 생중계되었다. 나는 일부러 병가를 내면서까지 열일곱 명의 재판을 처음부터 끝까지 지켜보았다.

재판은 이미 정해져 있는 판결로 가기 위한 역할극처럼 보였다. 사안이 매우 중대한 만큼 훗날 나의 재판에서 대면하게 될 네이처 제1부 대법관이 직접 판사로 참석한 재판이었다. 열일곱 명의 반역자 중에 내가 알고 있는 얼굴은 세 명에 불과했다. GM-391과 4-2구역에서 봤던 두 명의 리더였다. 나머지는 전혀 모르는 사람들이었다. 네이처 행성에서 가장 최악의 범죄로 여겨지는 살인죄와 반역죄로 열리는 재판에는 죄인을 변호할 변호사가 참석할 수 없었다. 만일 허용이 되었다 한들 어떤 변호사도 이들을 위해 감히 변호를 하려고 나설 수는 없을 것이었다. 왜 굳이 그러겠는가. 죽음이 기정사실인 죄인들을 위해서.

검사가 장장 두 시간에 걸쳐 반역자들의 죄를 줄줄이 읊어대었다. 조목조목 범죄 사실을 나열하는 검사의 낭랑한 목소리를 들으면서, 나는 새삼 '올바른 네이처인들'이 적어도 대의명분으로는 진짜로 '올바른' 조직임을 깨달을 수 있었다. 요컨대 이론은 거의 완벽했던 것이다. 열일곱 명의 반역자를 한 명씩 비추던 대형 스크린에 GM-391의 모습이 비쳤다. GM-391은 자신의 죽음을 의연히 받아들이고 있는 듯했다. 원망하거나 분노하는 기색도 없었다. 마치 이렇게 될 것을 예상하고 있었다는 듯한 얼굴이었다. 그러나 체념하는 것은 아니었다. 뛰어난 행동주의자라면 으레 그럴 것이라고 생각되는 태도를 관객인 네이처인들에게 보여주고 있다는 느낌이 들었다. 반면 두 명의 리더는 몹시 긴장한 기색이 역력했다. 죽음이 가까이 다가왔다는 것을 인정하기엔 아직 삶에 대한 애착이 강하게 남아 있는 듯했다. 이해할 수 있었다. 이들이 보이는 행동이 스물한 살 청년의 정상적인 반응이었다. 범죄를 저질러 죽음을 앞둔 청년이 살기를 갈망한다고 해서 결코 비웃을 수는 없으리라. 다른 열네 명의 젊은 반역자도 몇몇을 제외하고는 두 명의 리더와 비슷한 태도를 보였다. 하지만 검사의 일방적인 낭독이 끝나고, 판사가 확인 차원에서 질문을 시작하자, 제각각 생각에 잠겨 있던 열일곱 명의 반역자는 언제 그랬냐는 듯 일제히 하나의 세력으로 똘똘 뭉쳐 대응하는 것이었다. 맨 먼저 판사는 모행성 지구와 네이처와의 관계에 대해 물었다. '올바른 네이처인들' 중에서 유독 소년같이 앳된 얼굴을 한 젊은 반역자를 턱끝으로 가리키며 대답을 종용했다. 아마도 가장 만만해 보였기에 그랬을 것이다.

"네이처는 그 자체로 독립된 하나의 행성입니다. 지구 역시 하나의 독립된 행성입니다. 그러니 모행성이라는 표현 자체가 사실상 적합하지 않은 것입니다."

대형 스크린을 지켜보고 있던 네이처인들은 저마다 경악의 외마디 소리를 냈다. 판사는 소년 같은 그 반역자를 몇 초간 가만히 바라보았다. 이어서 다른 반역자들에게도 똑같은 질문을 던졌으나, 대답은 거의 판박이였다. 두번째로 판사는 네이처 정부가 행성인 각각에게 직업을 지정해주는 현재의 방식에 대한 생각을 물었다. 이번엔 반역자들 중 아무나 먼저 말해보라고 했다. 그러자 염소수염을 기른 키 큰 반역자가 앞으로 나서며 대답했다.

"지극히 불합리한 처사입니다. 네이처인들은 모두 직업 선택의 자유를 누릴 권리가 있습니다. 만일 네이처 정부가 자신에게 지정한 직업이 마음에 들지 않는다면 거부를 할 수도 있어야 합니다."

지켜보던 네이처인들은 찬물을 끼얹은 듯 조용해졌다. 이어서 판사가 세번째 질문을 했다. 네이처 행성인들은 평등한가, 라고. 이번엔 GM-391을 손가락으로 가리키며 대답을 종용했다. GM-391은 대답에 앞서 판사를 향해 두 눈을 부릅떴다.

"네이처인들은 평등하지 않습니다. 우리에겐 계급이 존재하기 때문입니다."

내 곁에 서 있던 누군가가 헉, 숨을 들이마시는 소리가 들려왔다. 나도 모르게 피가 배어 나올 정도로 아랫입술을 꽉 깨물었다. 가히 충격적인 일이었다. 이토록 공공연하고 적나라하게 네이처의 계급제에 대해 언급하다니. 행성인 모두가 인지하고는 있으나, 누구도 구체적인 언급은 회피하는 화제가 아니던가. 대형 스크린 속에 비춰진 판사는 말없이 두 눈만을 질끈 감고 있었다. 반역자들에게 질문을 던진 자신의 우둔함을 깊이 후회하는 듯한 모습이었다. GM-391이 대답을 마치자, 일렬로 늘어서 있던 다른 반역자들 중 두세 명이 그를 두둔하는 발언을 하려는 듯 재빨리 앞으로 나서는 모습이 보였다. 하지만 판사는 한 손을 저어 이들을 제지했다. 그러고는 냉정한 어조로 꾸짖었다.

"그만하면 됐다. 그대들의 비상식적 성향에 관해서는 이제 충분히 알아들었다."

그다음 계속된 질문은 주로 개인 신상에 관한 사소한 것이었다. 판사는 열일곱 명의 반역자들 가운데 구제할 만한 이는 아무도 없다고 판단한 것 같았다. 그래서 재판과는 별반 상관없는 질문들을 던지면서 적당히 재판을 끝내버릴 요량으로 보였다. 마지막으로 판사는 반역에 가담한 동조자가 더 없는지를 물었다. 덧붙여 만일 남아 있는 동조자에 대해 진술한다면, 최악의 형벌은 면케 해줄 수도 있다고 말했다. 왼편 맨 가장자리에 서 있던 소년 같은 반역자부터 마지막 진술을 시작했다.

"이 자리에 서 있는 열일곱 명의 동지가 전부입니다. 더이상의 동조자는 없습니다."

같은 내용의 단호한 진술이 이어졌다. 열일곱 명 모두 동조자가 더 있을 가능성을 전면 부인했다. GM-391은 이렇게까지 되물었다.

"존재하지도 않는 동조자를 무슨 수로 진술할 수 있단 말입니까?"

만일 그들이 죽음의 위협 앞에서 나를 비롯한 다른 동지들을 고발했다 하더라도, 나는 그들을 원망하지 않았을 것이다. 누구도 그 자리에 서보지 않은 이상 결코 그들이 그날, 그때 느꼈던 복잡한 감정의 격류를 알 수는 없을 것이기에. 내가 그들 대신 그 자리에 섰더라면, 그들처럼 그렇게 의연한 투사로서 끝까지 버텨낼 수 있었을까. 정답은 끝내 알 수 없다. 인생에서 선택의 순간은 매 순간 단 한 번뿐이며, 그 선택의 옳고 그름은 당장 드러나지 않는다. 흐르는 시간만이 그에 대한 답을 어렴풋이 알 수 있도록 인도해줄 뿐이다.

GM-391과 열여섯 명의 반역자는 한 번의 즉결재판만으로 다음날 전부 약물 주입에 의해 처형되었다. 네이처의 관대함이 그들의 처형을 비공개로 진행하도록 조치했다. 반역자들도 원래는 네이처인이었다는 기본적인 사실에 입각해 그들의 인권을 최대한 배려한 결과였다. 네이처는 네이처의 기준 안에서 선을 행한 셈이었다.

가끔 대형 스크린에 비친 GM-391이 판사를 똑바로 노려보았던 때를 기억한다. 그의 분노한 두 눈이 대형 스크린을 가득 메우던 그 순간을. 어느덧 이백십팔 년의 세월이 흘러갔다. 그 오랜 시간이 지난 후에도 나는 그의 분노한 두 눈동자를 기억해낼 수 있다. 그 눈동자에는 스물한 살 젊은이의 순수한 열정과 이상과 현실의 괴리에 따른 고통, 그리고 역설적으로 삶에 대한 갈망이 숨겨져 있었다. 그라고 왜 살고 싶지 않았겠는가. 언뜻 염세적이고 차갑게 느껴졌던 그의 첫인상이 실은 보통 사람들보다 더욱 강렬한 생에 대한 의지를 짐짓 자신만의 가면으로 감추었던 것이 아니었을까, 라고 나는 생각하곤 했다.

하지만 역시, 알 수 없다. 기억은 늘 왜곡되기 마련이다. 이백십팔 년의 시간이 더해진다면, 그 세월만큼 점차 둥글게 마모된 기억은 긍정적이고 좋은 방향으로 변질되기 때문이다.

열일곱 명의 반역자가 처형된 후 나는 내 안의 무언가가 죽어버렸다는 것을 깨달았다. 그것이 무엇인지 구체적으로 말하긴 어렵다. 물론 나는 매일 군인양성부서에 출근해 정해진 시간 동안 빈틈없이 근무를 끝낸 다음 집으로 돌아오는, 언뜻 보기엔 지극히 정상적인 삶을 지속했다. 연인이라 말할 수 있는 BS-830도 있었고, 그사이에도 연인의 눈을 피해 하룻밤 연인들을 꾸준히 만들었다. 무려 십 년 넘게. 그 시간 동안 내가 남들과 다르게 살았던 점은 단지 결혼을 해서 가정을 이루지 않았다는 것뿐이었다. BS-830과 나는 서로 사랑하는 사이였다. 아마도 결혼을 했다면 그녀와 했을 것이다. 어떤 여자도 그녀와 같을 수는 없었다. 그녀와는 내가 근무하는 사무실에서 처음 만났다. 각각 입대 지원자와 선발관으로. 그녀는 네이처에서 흔치 않은 여군이 되려던 차였다. 그녀의 빛나는 검은 눈동자와 하얀 피부에 반한 나는 일부러 그녀를 군인 선발 과정에서 탈락시켰다. 낙담한 그녀를 위로해주면서 어렵지 않게 나는 그녀와 연인 사이로 발전할 수 있게 되었다. 그녀는 나와 결혼하길 원했고, 종종 내게 만일 자신과 결혼해주지 않는다면 언제라도 다른 남자에게 떠날 것이라고 투정 어린 위협을 가하기도 했다.

"행복은 의외로 가까운 곳에 있어. 왜 당신은 손만 내밀면 얻을 수 있는 행복을 자꾸만 벗어나려고 하지? 혹시 당신은 그럴 자격이 되지 않는다고 생각하는 거야?"

나는 두려웠던 것이다. 또다른 '새로운 삶'에 대한 기회가. 변화는 언제나 두렵기만 했다. 아무래도 내가 잘해낼 수 없을 것 같았다. 그래서 새로운 삶에 대한 압박감을 이겨내기 위해 다른 여자들을 끌어들이며 그녀를 수없이 실망시켜야 했다. 한밤중에 문득 깨어났을 때 내 옆에 잠들어 있는 낯선 여자를 혐오감에 휩싸여 바라보면서 나는 그때 무엇을 떠올렸었나. 이제는 가면을 쓰는 것으로도 감출 도리가 없는 깊은 우울과 자멸의 욕망이 표출되는 것을 필사적으로 막기 위해 또 한 명의 GM-391이 나타나주기라도 바랐던 것일까.

서른세 살의 생일을 두 달 앞두고 있던 때였다. 근무중인 내게 상관이 직접 메모를 보냈다.

아버지 위독. 1구역 N 의료센터에 입원중. 방문을 원함.

당혹스러웠다. 아버지는 이미 내가 일곱 살 때 돌아가시지 않았던가. 메모에서 뭔가 힌트를 얻기 위해 이리저리 살펴보았다. 편지 봉투에 적혀 있는 발신인을 확인하고서야 나는 아버지란 사람이 관리자라는 것을 깨달았다. 그러자 더욱 이상한 생각이 들었다. 관리자는 자기 복제로 새로운 육체로 옮겨가며 말기 뇌종양까지 이겨낸 사람이었다. 다시 말해 그는 잠정적인 영생을 얻은 인간이었다. 그런데 어떻게 그가 위독한 상태일 수 있다는 것인가. 관리자가 나를 놀리는 게 아닌가 싶어 불쾌한 기분이 들기까지 했다. 도무지 이해할 수가 없었다. 그의 요청을 무시해버릴까도 싶었지만, 역시 호기심을 억누르기는 힘들었다. 벌써 이십 년의 세월이 흘러 있었다. 관리자를 한번 보고 싶은 마음도 들었다. 그에 관해선 미움과 애정이 공존하는 감정이 들곤 했다. 하지만 그즈음엔 미움보다는 소년 시절의 한때를 같이했던 그에 대한 애정이 더 컸던 것이 사실이다. 기억의 왜곡이 일어난 탓이었다. 착각은 인간을 종종 예상치 못한 길로 빠져들게 만들곤 한다. 상관의 메모를 받은 뒤에도 나는 오 일이나 더 시간을 지체하면서 고민을 거듭했다. 결국엔 고민을 하는 것에 진이 빠진 나머지 오직 고민을 그만두기 위해 N 의료센터로 가기로 마음을 정했다.

N 의료센터는 네이처 행성에서 가장 명성 높은 병원답게 전면 특수 강화유리로 지어진 화려한 외관을 번쩍거리며 시내 중심가에 우뚝 서 있었다. 그 화려함에 눈을 제대로 뜨기가 어려울 지경이었다. 안에 들어서자 그 눈부심은 세련된 최상류층의 감각적인 내부 장식으로 바뀌었다. 온통 청결한 하얀색으로 뒤덮인 공간이었다. 그러나 조금 시간을 두고 유심히 살펴보자 같은 하얀색이라도 미묘한 농도에 따라 치밀하게 계산되었다는 것이 눈에 들어왔다. 이를테면 전면의 벽은 그야말로 하얀색의 정본이라고 할 만한 순수한 하얀색이었지만, 보기에도 안락하고 푹신해 보이는 가죽소파는 베이지색에 가까운 하얀색이었다. 벽마다 걸려 있는 액자는 회색빛이 도는 하얀색이었고, 모서리가 둥글게 마감된 네모난 탁자는 불투명한 흰 유리로 덮여 있었다. 약간 멍해진 내가 로비에서 주춤거리자 곧 직원이 건물만큼 화사한 미소를 지으며 나를 관리자의 병실이 있는 이십오층까지 직접 안내해주었다.

이십오층은 전체가 특실로 이뤄져 있었다. 그중 관리자가 입원한 병실은 오른편 가장 막다른 곳에 위치해 있었다. 문을 두드려준 직원은 들어오라는 관리자의 말에 내가 안으로 들어갈 때까지 열린 문을 붙들어주었다. 당황한 내가 고맙다고 우물거리는 사이 직원은 벌써 엘리베이터를 향해 걸어가고 있었다.

불편한 느낌이 들 정도로 지나친 직원의 친절 탓에 나는 관리자를 대면하기 전부터 부정적인 인상을 받았다. 관리자의 병실은 전체가 하늘색으로 칠해져 있었고, 사택에서와 마찬가지로 작은 탁자 하나만이 다홍빛이었다. 다른 사람의 눈에는 어떨지 모르겠지만 내 눈에는 이 하늘색 특실이 마치 망각의 샘으로 들어가는 입구처럼 불길하게만 느껴졌다. 다홍빛 작은 탁자는 그 불길한 샘 속에서 웅크리고 있는 작은 짐승이었다…… 망상에 가까운 생각을 이어가고 있는 내게 관리자의 목쉰 소리가 들려왔다.

"드디어 네가 왔구나."

"편찮으시다고 해서 전 누가 장난을 치는 것이라고만 생각했습니다. 사실을 좀더 빨리 알았다면……"

"아니다. 난 널 질책하려는 게 아니야."

침상에 누운 관리자는 심하게 기침을 했다. 그의 병세는 매우 위중한 듯했다. 하지만, 나는 속으로 생각했다. 그는 언제라도 자기복제를 할 수 있는 권력과 재력을 가진 사람이다. 혹시 내 앞에서 한바탕 연기를 하고 있는 것이 아닐까, 라고. 관리자는 이런 나의 생각을 읽은 것처럼 말을 이어갔다.

"보다시피 난 자기복제를 한 육체도 병들어버렸다. 물론 나 같은 사람에게 사실상 횟수의 제한은 없지. 조만간 두번째의 싱싱한 젊은 육체가 완성될 거야. 아마도 이 병든 육체를 보는 사람은 네가 마지막이겠지. 난 오늘 저녁부터 다른 육체로 정신이 옮겨갈 때까지 냉동 보존 상태로 있게 될 테니깐."

"그런데 왜 위독하다는 메모를 보내신 거죠?"

"글쎄다. 왜 그랬을까?"

혼잣말을 하듯 말을 꺼낸 관리자는 문득 창가로 시선을 돌리며 쓸쓸한 표정을 지었다. 그러자 나는 그를 좀더 자세히 들여다볼 수 있었다. 당연한 일이겠지만, 관리자는 여전히 이십 년 전의 그때와 달라진 것이 전혀 없는 스물여덟 살의 육체를 갖고 있었다. 이미 알고 있는 사실이었는데도, 직접 두 눈으로 확인한 그의 젊음은 놀라우리만치 완벽했다. 반면 이십 년 전 소년이었던 나는 서른세 살이 되어 있었다. 육체로만 비교하자면, 누가 봐도 나는 그의 형뻘이었다. 게다가 그는 자기복제를 하면서 자연스럽게 열성인자를 제거해버린 것처럼 보였다. 티 없이 고운 피부색, 조화가 잘 이뤄진 이목구비, 고르고 흰 치아, 심지어 손가락 하나하나까지 흠 없이 보기 좋은 모양이었다. 반면 나의 육체는 이미 노화가 진행되고 있었다. 만성이 되어버린 불면증과 병적일 정도로 쾌락에 몰두했던 지난 이십대의 세월이 육체의 노화를 또래보다 더욱 가속화시키고 있었다. 굳이 거울을 보지 않아도 나는 내 피폐해진 얼굴을 어렵지 않게 떠올릴 수 있었다. 조금씩 빠져가는 머리카락, 탄력을 잃어가고 있는 피부, 처진 눈꼬리, 점점 깊어지는 괄호 모양의 입가 주름, 음울한 눈빛과 표정까지. 나는 시트 위로 나와 있는 그의 손을 바라보았다. 병으로 인해 오랫동안 햇빛을 쬐지 못한 탓인지 섬약해 보였지만 어디까지나 변치 않는 젊음을 전제로 한 괴물의 손이었다. 작년 말에 정부가 발표한 네이처 행성의 남성 평균수명은 백이십삼 세였다. 사십 년 전에 이미 무덤에 들어가 있었어야 할 인간이 권력을 이용하여 노화가 없는 영생을 누리려 하고 있는 것이었다. 역겨웠다. 속이 울렁거리는 것을 간신히 참아냈다. 이곳에 방문하지 말았어야 했다는 생각이 뒤늦게 들었다. 관리자를 만난 지 고작 몇 분이 지났을 뿐이었다.

"날 그런 눈으로 바라보지 말거라."

관리자는 맑고 파란 눈으로 나를 응시하고 있었다.

"너는 나를 비난하려 하고 있구나."

나는 부정하지 않았다.

"하지만 얘야, 너도 막상 죽음을 눈앞에 둔 순간과 맞닥뜨리게 된다면 인간이 얼마나 추악한 밑바닥을 드러낼 수 있는지 놀라게 될 거다. 일단 자신의 밑바닥을 목격하게 된 사람은 두 번 다시 예전처럼은 살아갈 수 없게 되지. 그런 순간이 네게는 부디 오지 않기를 바란다."

그는 클클클 웃다가 가래가 끓는 소리와 함께 한동안 기침을 계속했다. 나는 그의 복제된 젊은 육체를 이 시간에도 좀먹고 있는 병균을 떠올렸다. 비록 유지만 잘할 수 있다면 젊음을 지속할 수 있는 복제된 육체이지만, 지금 내 눈앞에 그 첨단기술로 만들어진 육체가 한계를 여실히 드러내고 있는 것이었다. 머지않아 그에게 제공될 또하나의 스물여덟 살의 육체 역시 마찬가지일 터였다. 그에게 주어진 영원한 젊음의 생은 자신의 무수한 복제인간들을 수명이 다하는 대로 기계 부품처럼 교체해가며 그 안에 깃든 정신만이 옮겨다니는 방식으로 지속될 것이다. 보통의 인간들처럼 육체의 죽음으로써 완전한 죽음에 이르는 것이 아닌, 정신의 죽음이 그의 완전한 죽음이 되는 것이다. 하지만 나는 의문이 들었다. 정신이 옮겨가는 것으로써 새로운 육체가 완성된다면, 어쩌면 그의 정신이 전부 다음의 육체로 옮겨지지 않을 일말의 가능성도 있지 않을까, 라는. 제아무리 기술이 비약적인 발전을 이뤘다고는 해도, 인간의 복잡다단한 의식과 그 아래에 깊숙이 감추어진 무의식을 모조리 옮긴다는 것은 내가 보기엔 불가능한 일이었다. 정신이 고스란히 옮겨지지 않는다면, 사실상 새로운 육체는 완성을 이룰 수 없게 된다. 왜냐하면 이미 그 육체는 그가 아닌 별개의 다른 인간으로 만들어진 것이기 때문에. 과연 그는 예전의 첫번째 육체를 가진 그 사람과 동일한 인간일까? 그리고 관리자가 옮겨갈 세번째 육체의 그 사람은 지금 내 앞에 누워 있는 이 사람과 동일한 인간일 것인가? 잔뜩 얽힌 실타래처럼 이 모든 생각이 내 머릿속을 어지럽혔다.

"왜 내게 한 번도 찾아오지 않았니?"

돌연 그는 내게 물었다. 그 친밀하게 바뀐 어조의 미묘한 떨림에 나는 내심 놀랐다. 대답할 말을 찾기가 어려웠다. 내가 그를 찾아가지 않았던 이유는 간단했다. 그를 만나기를 원치 않았으니까.

"여러 가지 일이…… 많이 일어났으니까요."

말을 하면서도, 내가 언급한 '여러 가지 일'에 관해 그가 구체적으로 캐물을까봐 바짝 긴장했다. 자신이 원하지 않는 이상, 누구라도 과거의 일들에 관해 구구절절 털어놓는 일은 하고 싶지 않을 것이다. 그는 내가 속내를 털어놓고 싶은 사람이 아니었다.

"물론 그랬겠지. 네 복잡한 사생활과 궁핍에 관해선 잘 알고 있다. 거기다가 너와 반역 놀이를 하던 부잣집 애송이 장교에 대해서도 알고 있지. 그 애송이가 처형된 후에 네가 얼마나 상심하고 있는지에 대해서도."

나는 할말을 잃었다. 그는 나의 지난 이십 년의 세월에 관해 알고 있는 듯했다. 더욱이 GM-391과 '올바른 네이처인들'에 관해 알고 있다면, 내 연인보다 나에 관해 더 많은 사실을 알고 있는 셈이었다. 처음에 느낀 감정이 당혹감이었다면, 다음에 든 감정은 분노였다. 관리자가 나에 대해 그토록 자세히 파악하고 있었다면, 그 출처는 분명히 그의 권력과 돈일 것이었다. 불쾌했다. 그 앞에서 낱낱이 발가벗겨진 기분이 들었다. 하지만 내 입 밖으로 나온 말은 비굴할 정도로 온순했다.

"그 친구와 전 그렇게 가까운 사이는 아니었습니다. 게다가 반역에 대해서라면……"

"부정할 생각은 하지 마라. 그건 정말이지 너답지 않은 일이니까. 너는 그때 완벽하게 무력한 자신을 깨달았겠지. 부잣집 애송이 장교가 멋지게 연기했던 소위 '정의로운 자'의 역할도 네겐 기회조차 주어지지 않았으니 말이다."

나는 말없이 그를 노려보았다.

"너도 이미 어느 정도는 눈치채지 않았니? 언제까지 그렇게 마치 아무것도 모르고 있었다는 순진한 얼굴로 서 있을 작정이냐?"

갑자기 그는 언성을 높여 외쳤다.

"넌 참으로 같잖은 놈이구나! 왜 네가 반역죄에 연루되지 않았는지 꼭 내 입으로 말해주길 바라는 거냐? 바로 네 후견인이 나였기 때문이야. 자칫하면 네이처 최고 정치인의 아들이 불법 자기복제로 살아났다는 사실이 만천하에 알려지게 될 상황이었다. 넌 그들이 울며 겨자 먹기로 그물에서 빠져나가게 한 작디작은 피라미 같은 놈이란 말이다."

가래 끓는 소리를 내며 그는 말을 멈췄다. 나는 간신히 말을 꺼냈다.

"그 이유가 전부는 아니었죠."

"물론, 전부는 아니지."

"당신이 날 아꼈기 때문이죠. 그래서 내가 처형되도록 내버려둘 수가 없었던 겁니다."

그는 베개 위에 놓인 머리를 천천히 위아래로 움직였다.

"난 당신에게 두 번 다시 찾아올 생각은 없었습니다. 물론 얼마간의 고마움은 느끼고 있었지만, 그 이상은 아니었죠. 열두 살의 5계급 고아 소년이었던 내게 보답 없는 도움을 줬던 것처럼 또다시 죽음의 위기에 처한 상황에서 날 구제해줬다고 해서 당신에게 특별히 애정 비슷한 감정을 갖게 되지는 않을 것 같군요. 결국 당신이 했던 모든 노력은 수포로 돌아갈 겁니다. 후회되지 않으십니까?"

"후회?"

그는 내게 되물었다.

"전에도 말했듯이 난 널 아들처럼 생각했다. 나는 전혀……"

나는 그의 말 같지 않은 소리를 도저히 끝까지 들을 수가 없었다. 한차례 수그러들었던 분노가 다시금 활활 타오르는 것을 나는 온몸으로 느낄 수 있었다.

"이 위선자 같으니라고!"

나는 고함쳤다.

"날 그토록 아들처럼 아꼈다면 당신의 그 대단한 수고에 관해 끝까지 침묵했어야지!"

그는 열두 살의 소년인 내가 기억하고 있는 예의 그 무표정한 얼굴을 하고 있었다. 완벽한 가면. 교체된 기계나 다름없는 반쪽짜리 인간. 세상에서 소외된 고독한 백육십오 세의 늙은 남자. 넘치는 시간과 과도한 열정을 쏟아낼 대상으로 자신의 대체품을 만들기로 한 불쌍한 사내. 대체품에게서 거부당한 뒤 상처와 분노에서 헤어나지 못한 병든 인간. 아마도 그는 자신의 의지로는 복제인간 놀이를 결코 멈출 수 없으리라. 살아 있는 송장을 앞에 두고 나는 극심한 피로를 느꼈다. 인간이 타인을 진심으로 사랑하기란 승률 낮은 도박에 뛰어드는 것이나 마찬가지이다. 특히나 자기애가 극도로 강한 그와 같은 경우에야 굳이 말할 필요도 없을 것이다. 나조차도 관리자와 다를 바 없는 인간이었다. BS-830을 사랑한다고 하면서도, 그녀의 행복에 관해서는 진심으로 숙고해본 적이 없었다. 나의 가련한 연인에게 부디 또다른 새로운 삶이 허락되기를. 나는 그녀에게 영원한 죄인이었다.

그만 병실을 나서려던 참이었다. 그와 나의 추한 위선이 까발려진 이상 우리가 더이상 대면해야 할 이유는 없었다. 내가 막 문을 향해 돌아서려는 순간, 그 불길한 붉은 탁자 위에 놓여 있는 작은 총을 보았다. 왜 그곳에 총이 놓여 있는지 그 순간에도 이상하다는 생각이 들었던 것을 기억한다. 네이처는 중앙정부가 지정하는 총기류 소지를 합법적인 권리로 보장하고 있었다. 나는 군인이었고, 언뜻 스쳐보기만 해도 그 총이 JK-13, 바로 '얼간이'란 별명의 총이라는 것을 알아볼 수 있었다. 병실에서 총을 발견하는 것은 극히 드문 일이겠지만 불법은 아니기에 이상하다는 생각이 드는 와중에도 그냥 병실을 나가려고 하던 차였다. 그때 관리자가 발작을 일으키듯 흰자위를 드러내며 사지를 마구 뒤틀지만 않았어도 나는 아무 일 없이 병실을 나왔을 것이다. 하지만 불행히도 때맞춰 관리자가 일으킨 경련 탓에 나는 병실 문과 그가 누워 있는 침상 사이에 우두커니 선 채, 그대로 밖으로 뛰쳐나가버리려는 마음과 그를 도와줘야 한다는 어쭙잖은 선의 가운데 선택을 강요당하는 상황에 직면하게 되었다. 내가 그때 어떤 선택을 해야 했을까? 결과만 두고 본다면, 타인을 돕겠다는 생각 따윈 하지 말았어야 했다. 그냥 조용히 그곳을 나왔어도, 어차피 항시 대기하고 있던 최고의 의료진들이 그의 생명을 구해냈을 것이다.

고민을 거듭하던 나는 그곳에 갈 때도 그랬듯이 고민 그 자체를 끝내기 위해 결국 그의 침상을 향해 돌아섰다. 어떻게든 그를 진정시키기 위해 침상 위로 상체를 구부리는 내게 그가 이를 갈며 속삭이듯 말하는 소리가 들려왔다. 은혜를 모르는…… 배은망덕한…… 나쁜…… 진창에 처박힐…… 관리자의 입에서 나오는 욕지거리와 저주의 말들이 여과 없이 내 귓속에 박혔다. 악의란 참 놀라운 능력을 지니고 있는 것이다. 그의 악의가 내게로 전해지자 나도 덩달아 그에 대한 더 큰 악의가 솟아올랐으니깐. 어느새 그에 대한 동정심은 씻은 듯 사라져버렸고, 오로지 악의만이 내 안에 남았다.

"입 닥쳐! 이 고약한 늙은이야!"

나는 아까보다 더 큰 고함을 내질렀다.

"네놈은 결국 썩은 내를 풀풀 풍기는 송장이나 마찬가지야!"

나는 그 당시 관리자가 나를 붙잡을 구실을 만들기 위해 일부러 발작을 연기한 것이라고 믿고 있었다. 하지만 나중에 부검의가 밝힌 소견으로는 실제로 발작이 있었고, 그는 발작으로 인해 일종의 중증 정신착란 상태에 빠져들었다는 것이다. 그 말을 듣고서야 그가 내게 퍼부은 심한 말들이 이해가 되었다. 비록 그의 말들 중 상당수는 나에 대한 진심을 표현한 것처럼 들렸다 해도 말이다.

물론 그때의 나는 이 같은 그의 병증에 대해 전혀 아는 바가 없었다. 나는 마치 분노를 터뜨리기 위해 관리자를 방문한 것처럼 억누르기 힘든 감정의 격류에 나 자신을 온통 내맡기고 있었다. 어느 순간 거짓말처럼 관리자의 발작이 멈췄다. 대신 관리자는 숨죽여 울기 시작했는데 나로선 그가 또다른 연기를 하고 있다는 생각밖엔 들지 않았다.

"울지 마! 연기는 이제 그만하란 말이야!"

관리자는 울음을 멈추지 않았다. 아예 어깨를 들썩이며 흐느끼기 시작했다. 무력하게 우는 남자를 앞에 두고 계속 화를 내기란 어려운 일이었다. 썰물처럼 빠져나가는 분노와 함께 힘도 빠져버린 나는 그만 털썩 침상 모서리에 주저앉았다. 그는 우는 모습조차 아름다웠다. 젊음이란 얼마나 큰 축복인가. 새삼 그의 영원한 젊음이 불쾌해졌다. 세월의 이력이 새겨지지 않은 그의 소년 같은 파란 눈이 흐르는 눈물로 빛나는 모습을 바라보면서 나는 속으로 몇 번이나 반복해서 말했다.

저 모습은 거짓이다.

그에게 남아 있는 유일한 진실은 그가 백삼십칠 년 전에 이미 죽음에 이르렀다는 것이다. 그가 끊을 수 없는 거짓된 유혹에 의해 괴물 같은 생을 이어가고 있다면, 어쩌면 내가 그에게 마지막 호의를 베풀 수도 있을 것이라는 생각이 들었다. 나의 호의를 관리자가 기쁘게 받아들일지 장담할 수는 없었지만.

나는 무언가에 홀린 듯 일어섰다. 그 순간 나를 움직인 알 수 없는 힘에 대해서 나는 그후로도 오랫동안 반복해서 생각해봤다. 그 힘의 원천은 과연 선의였을까? 아님 악의였을까? 이백 년간 우주미아로 떠돌며 내가 내린 결론은, 선의도 악의도 아니었다는 것이다. 그 이질적인 두 가지 의도는 우리에게 일어난 모든 사건에서 거의 대부분 교묘히 공존할 수밖에 없다. 나는 하늘색 병실 안에 웅크린 붉은 짐승 같은 작은 탁자를 향해 조용히 걸어갔다. 붉은 탁자 위에 놓여 있는 총을 왼손으로 집어올리면서 나는 지극히 평온한 상태였다. 아무것도 들리지 않았다. 아무것도 느껴지지 않았다. 다만 두 눈으로 아무 의미 없이 펼쳐져 있는 아주 작은 세계를 그저 응시하고 있었을 뿐이다. 작은 총은 다행히, 장전돼 있었다. 먼 곳에서 젊은 남자의 다급한 외침이 메아리처럼 희미하게 들려왔다. 남자는 내게 외치는 것 같았다. 그만, 그만둬, 라고. 두 번의 짧은 외침을 신호로, 나는 남자에게 얼간이의 총구를 겨눴다. 나는 중얼거렸다. 부디 망각의 샘 속에서 영원히 잠들기를. 그에게 방아쇠를 당기던 그 순간, 내 머릿속에 떠올랐던 것은 바로 '북쪽의 눈'에서 보았던 나의 안이었다.

완벽한 어둠, 그리고 완벽한 추위가 몰려오고 있었다. 나는 우수한 행성기숙학교 학생답게 현실을 직시하기로 결심했다. 일단 마음을 먹자, 그다음의 일들은 싱거울 정도로 손쉽게 진행되었다. 수납 자루를 군장처럼 둘러메고는 모래사장을 전속력으로 가로질러 뛰어갔다. 온몸에 땀이 배어나도록. 이윽고 나는 동물들의 모래굴 입구에 서서 중얼거렸다.

죽거나 혹은 살아남거나.

만약 놈들이 나를 받아들이지 못한다면, 그렇게 되도록 내가 만들면 될 일이었다.

곧 나는 모래 속 나선형 관을 따라 미끄러져 내려갔다.

9

밤새 푹 자고 일어났다. 긴장이 풀리고 환경에 조금씩 익숙해지자 네이처 행성에서의 습관들이 하나둘씩 튀어나왔다. 모래굴 속이 어두운 것을 아직 아침이 오지 않은 것이라고 무의식중에 여기고는 일어났다 다시 잠을 청했던 것이다. 그럴 때마다 으레 양 발바닥을 서너 번 비벼대며 늘어지게 하품을 해대던 버릇이 똑같이 나왔다. 그 짧은 동안에 나는 네이처 군대의 대위였고, 삼십 분 후 군인양성부서로 출근을 앞두고 있었다. 변화라곤 찾아볼 수 없는 판박이 일상이라고 불평하던 나날이었다. 그런데 찰나의 시간이 지나가자, 나는 지하 감옥 같은 모래굴 속에 홀로 남겨져 있었다. 나를 사로잡았던 네이처의 우울이 어느새 여기까지 마수를 뻗치려 하고 있었다. 더이상은, 어림없었다. 이곳에서까지 우울에 빠져 허우적거린다면 내일의 나는 생존을 장담할 수 없었다. 동물들은 나를 언제 어느 때라도 없애버릴 수 있는 머릿수와 맹수의 앞발을 가지고 있었다. 놈들이 떼로 몰려들어 내 온몸을 깁고 날카로운 맹수의 발톱으로 할퀴는 끔찍한 모습이 떠올랐다. 나는 황급히 고개를 저어 상상을 떨쳐버렸다. 모래굴의 출구를 알려준 동물들에게 나는 일말의 고마운 감정을 느꼈고, 놈들이 먼저 내게 호의를 베풀고 있다는 생각까지 하기도 했다. 그러나 동물들의 인간과 비슷한 양팔 밑에 마치 여분처럼 달린 그 기형의 맹수 앞발을 떠올리자, 어느새 고마움도 화해의 가능성도 모두 부질없이 느껴졌다. 당연한 일이었다. 인간은 다른 인간에게만 고마워하고 화해도 할 수 있는 것이다. 물론 다른 종에게도 그 엇비슷한 감정은 느낄 수 있을 것이다. 하지만 과연 그 감정이 진실일까. 관계가 대등하지 않다면 미안함은 동정으로, 화해는 일방적인 용서로 슬며시 바뀌게 되는 것은 아닐까.

동물들과 나는 대등한 관계가 결코 될 수 없었다. 무엇보다 나 자신이 용납할 수 없었다. 방향은 정해진 셈이었다. 놈들과의 화해는 애초부터 성립이 불가능한 것이었다. 얼간이를 장전한 나는 센서등을 켰다. 출구로 통하는 입구에 들어가기 전에 나는 잠시 갈등했다. 나머지 열두 개의 입구 중 한 곳에, 어쩌면 여러 곳에 분산되어 있을 동물들이 떠올랐다. 동물들은 내가 이곳에 밤마다 머물 수밖에 없다는 것을 알고 있을 것이다. 하지만 나는 놈들이 밤새 어디에서 지내는지 몰랐다. 우세한 한 편이 상대편의 동선까지 전부 꿰뚫고 있다는 것은 이미 전투의 승패가 정해져 있다는 것과 다를 바 없다. 이대로라면 내가 조만간 동물들에게 패배하리라는 건 자명한 일이었다. 나도 놈들에 대해 알아야 했다. 출구에서 가장 가까운 열두번째 입구를 조명등으로 비춰보았다. 순간 불빛에 드러난 검은 입구가 움직인 것처럼 보였던 것은 내 착각이었을까. 내가 떨고 있다는 걸 이리저리 흔들리는 불빛을 보며 알았다. 다시 한번 열두번째 입구를 보았다. 움직임은, 없었다. 덕분에 다른 입구를 수색해보겠다는 생각은 싹 달아나버렸다. 위기가 언제 나를 찾아올지는 알 수 없었지만, 내가 굳이 자처해서 위기를 찾아갈 필요는 없지 않을까. 당장 시급한 문제는 바로 식량이었다. 백 년간 줄창 바닷가의 조개와 게만 잡아먹을 수도 없는 노릇이었다. 문제는 다시금 원점으로 돌아왔다. 반나절 동안 내가 갈 수 있는 곳은 어차피 바닷가와 숲이 전부였다. 이제 남은 곳은 숲이었고, 내가 식량을 구하러 갈 곳도 그곳이 유일했다.

얼간이를 앞세우고 출구로 나왔을 때 태양은 벌써 하늘의 중앙에 근접해 있었다. 어두운 지하에서 잠을 자느라 시간감각이 무뎌진 탓이다. 아니면 환경이 바뀐 것을 핑계 삼아 은근슬쩍 게으름을 피운 것이거나. 돌이켜보면 초기의 루시아에서의 내 일상은 온통 불규칙과 무질서로 점철되어 있었다. 질서와 규율은 군인의 기본이다. 행성기숙학교에서 보냈던 삼 년의 시간에 군인으로서의 이력까지 더한다면 나는 이십 년의 세월을 질서와 규율 속에서 살아온 셈이었다. 그런데 루시아에서 보낸 불과 사 일 동안 내 청춘의 근간을 이루던 생활이 무너져버린 것이다. 나는 쓴웃음을 지었다. 어서 빨리 식량을 구해야 한다는 생각을 하면서도 바닷가를 떠나지 못했다. 구멍이 숭숭 뚫린 현무암 같은 판판한 바위에 걸터앉아 루시아가 보여주는 아름다운 풍경을 두 눈에 담았다. 눈부신 햇살, 요란한 바닷새들의 울음소리, 잔잔한 물결로 끊임없이 밀려드는 투명한 하늘 같은 바다. 앞으로 백 년간 나의 새로운 삶에 주어진 놀라운 선물을 거의 경외감에 가까운 감정을 담아 바라보았다. 네이처는 나를 추방하기 위해 루시아를 선별했다. 하지만 그것은 네이처의 관점이었다. 이곳의 관점에서는, '추방을 위한 행성'이라는 네이처의 관점이 지극히 부당할 것이다. 루시아는 다만 있는 그대로의 개별적인 행성일 뿐이다. 단지 인간이 살고 있지 않다는 이유만으로 네이처와는 다른, 보다 저급한 행성이라고 판단할 수는 없는 것이다.

관점을 바꾸면 사물의 이면을 볼 수 있다. 이곳에 머무르는 것이 더 이상 내게 형벌이 아니라는 시각에서 생각을 이어나가자 좀더 많은 것을 세세히 볼 수 있었다. 마치 상대방의 사소한 버릇까지 알기를 원하는 애정 어린 구애자가 그렇듯이, 자세히 관찰한 결과 하늘이 단지 맑은 사파이어빛만은 아니라는 것을 깨달았다. 이곳의 하늘은 점층적으로 농도가 달라지는 무수한 색상의 조각들이 만들어낸 기막힌 조화의 결과물이었다. 거대한 색색의 모자이크와도 같은 하늘. 동식물에서 나타나는 총천연색의 향연이 하늘에서도 반복되고 있었다. 표현하기도 힘든 색감의 조각들이 모인 하늘이 어떻게 하나의 사파이어빛으로 보이는지 나로서는 그저 신기할 따름이었다. 무수한 색상의 모자이크는 하늘빛을 반사하고 있는 바다에서도 나타났다. 나는 당면한 모든 문제를 제쳐두고 하늘과 바다만을 응시하다가 현무암 아래 찰랑거리는 보랏빛 바닷물에 두 손을 담갔다. 바닷물은 포근한 느낌이 들 정도로 따뜻했다. 빛나는 자수정빛 물이 내 손에 잡힐 듯 다가왔다가 부서졌다. 나는 아이처럼 킥킥 웃으며 단순한 놀이를 몇 번이나 반복했다. 따뜻한 바닷물이 매끄럽게 손에 감기는 감촉이 좋았다. 축복처럼 쏟아지는 햇살을 향해 고개를 들었다. 그러고는 가만히 눈을 감았다. 네이처에서 나는 아등바등 되지도 않을 신분 상승을 꿈꾸는 5계급 청년이었다. 긴 재판을 받는 동안 어느덧 중년에 가까워졌지만. 애초부터 내 소유였던 것은 없었다. 무엇이든 소유하기 위해선 남들보다 갑절의 노력을 해야만, 겨우 비슷한 것을 가질 수 있었다. 그러나 루시아에서 나는 내가 소유하지 않은 것을 가지려는 과정에서 끊임없이 상실감을 느낄 필요가 없었다. 이것이 자유일 수도 있다는 생각이 들었다. 네이처에서는 한 번도 내가 자유를 누리고 있다고 느꼈던 적이 없었다. 내 삶의 이력이 낱낱이 담긴 칩이 몸에 심어져 있다는 사실을 불현듯 떠올릴 때마다, 어쩔 수 없이 위축되는 스스로를 감지해야 했다. 나는 매 순간 네이처 사회에서 시한부적으로 받아들여진 나의 불안정한 위치에 대해 의식하지 않을 수 없었다. 언제, 어디서든 그들이 내게 적용한 행동과 사고의 기준에서 단 한 번이라도 벗어난다면, 또다시 11-3구역으로 사정없이 내쳐질 것이라는 근본적인 불안을 떨쳐버릴 수 없었다. 나는 살인사건 이후 많은 네이처인들이 판단했던 대로 실패한 빈민 개조의 전형이었던 것일까. 나는 행성기숙학교의 교수들이 나와 같은 하위 계급의 학생들에게 반복적으로 강조했던 말들을 아직도 또렷이 기억하고 있었다.

"네이처로부터 선택받았다는 사실을 늘 잊지 말아야 한다. 네이처의 선의를 받을 자격이 없는 빈민들과는 달리 너희들은 이미 스스로의 가치를 인정받아 이 사회의 구성원으로 기꺼이 받아들여졌으니 말이야."

교묘하게 학생들의 뇌리에 덧씌워진 선택된 자들, 이라는 의식은 하지만 내게는 그닥 도움이 되지 않았다. 나는 오히려 그런 '의식'을 주입받아야만 자신에 대해 자존감을 가질 수 있는 불안정한 상태가 탐탁지 않았다. 그것은 역으로 내가 바로 네이처에 조건부로 속해 있다는 반증으로 귀결되기 때문이었다. 무엇으로도 바뀔 수 없는 나의 계급과 상황에 대해 강한 반발심을 느낄 때마다, 나는 자신을 보호하기 위한 수단으로 또 한 명의 '나'를 상상해내곤 했다. 즉 내가 원치 않는 나의 모습은 실제가 아니고, 진정한 나는 저편에서 이 모든 것을 지켜보고 있는 '또다른 나'라고 말이다. 그렇게 공상을 이어나가다 보면 웬만한 불쾌한 일들은 대수롭지 않게 넘길 수 있었다. 하지만 이 원화된 자신에 대한 공상은 내가 직면한 현실을 적극적으로 인지하고 해결해나가려는 보다 성숙한 삶의 자세를 갖추는 데에는 걸림돌로 작용했다. 처음에는 지극히 제한된 순간에만 '또다른 나'가 등장했다. 그러나 의도적으로 감정을 배제한 채 당면한 상황들을 무덤덤하게 회피하는 것에 점점 익숙해지자, 한층 더 대담해진 나는 그것을 사회적 관계에서 '가면'으로 활용하기 시작했다. 적어도 '가면'은 살인사건이 일어나기 전까지 내겐 상당히 유용한 삶의 방식이었다.

나는 자유의 뜻은 알고 있었다. 무엇에도 구속받거나 얽매이지 않고 자신의 뜻대로 행동하고 사고하는 상태. 하지만 정작 그것을 실생활에서 어떻게 적용해야 하는지에 관해서는 어디에서도 배울 수 없었다. 우선 나는 네이처의 삶과는 전혀 다른 방식의 삶을 '자유'라고 정의하기로 마음먹었다. 이원화된 자신의 허상은 네이처의 삶에 국한해야 했다. 루시아에서는 온전한 나 자신으로 현실을 직면해야만 했다. 나는 '가면'이라는 부자연스러운 여과 과정을 거치지 않고 감정을 솔직하게 표출하기로 결심했다. 오직 나의 직관만을 최우선시하며 살아가는 상태. 내가 느끼는 대로, 생각하는 대로, 원하는 대로, 그것만이 이 행성의 유일무이한 법칙이 될 것이다. 소모적이고 지긋지긋했던 논리와 논쟁은 루시아에선 금기시될 것이다. 나는 이곳의 유일한 인간이니, 원칙을 정하는 이도 나 혼자이다. 어쩌면 진정한 자유란, 타인의 존재가 부재한 곳에서 비로소 생겨나는 것인지도 모른다. 나는 네이처에서 배우고 익힌 허울 좋은 지식과 억눌린 감정들을 전부 다 주저 없이 부정의 대상으로 분류했다. 그토록 진보된 과학기술과 드높은 도덕관념으로 철저하게 교육된 자랑스러운 네이처인들을 떠올릴 때마다 왜 나는 반사적으로 구토가 치밀어오르는 것일까. 그들 역시 끔찍한 범죄자인 나를 떠올리면서 몸서리를 칠 것이라고 생각하자 쓴웃음이 났다. 다만 한 가지 사실만은 그들이 완벽하게 틀렸다는 것을 확신할 수 있었다. 나는 선민이 아니라는 것. 그리고 그런 나를 선민으로 뽑는 오류를 저지름으로써 그들의 오차 없는 시스템에 복구 불능의 균열이 새겨졌을 것이라는 점이었다. 여전히 눈을 감고 그런 생각들을 하고 있을 때, 갑자기 물보라가 나를 덮쳐왔다.

느닷없이 바닷물 폭탄을 맞은 나는 그만 중심을 잃고 현무암에서 미끄러졌다. 그대로 바다에 떨어지지 않고 바위틈에 얕게 고인 물웅덩이에 엉덩방아를 찧은 게 그나마 다행이었다. 세게 부딪힌 엉덩이와 허리께에서 불이 난 것처럼 심한 통증이 느껴졌다. 인간의 감정은 참으로 변덕스럽기 그지없다. 조금 전에 느꼈던 따뜻함이니 자유니 하는 것은 육체의 심한 통증 앞에서 금세 무력해졌다. 나는 누구에게랄 것도 없이 욕지거리를 퍼부으면서 온몸을 버둥거렸다. 그나마 얼간이를 손에서 놓지 않았던 것이 불행 중 다행이었다. 바닷물에 총을 빠뜨렸다면 앞으로의 삶은 암울한 잿빛이 되어버렸을 테니깐. 얼간이를 버팀대로 삼아 몸을 일으켜보려고 시도했다. 바위틈에 몸이 끼어버린 탓에 실패하기를 여러 번, 마침내 물웅덩이에서 일어설 수 있었다.

몸을 일으킨 내게 또 한차례 물보라가 덮쳐왔다. 이번엔 좀 전처럼 볼썽사납게 넘어지진 않았다. 약간 비틀거렸을 뿐이다. 가까스로 중심을 잡으려는데 세번째 물보라가 덮쳐왔다. 누군가의 고의적인 행동처럼 느껴졌다. 짠맛이 나는 침을 퉤퉤 뱉어냈다. 바닷물이 흘러들어와 귀가 먹먹했다. 네번째 물보라를 피할 수 있었던 건 순전히 운이 좋았기 때문이다. 수납 자루를 고쳐 메려고 몸을 약간 돌리고 있던 찰나 물보라가 쳤던 것이다. 현무암에 비스듬히 서자, 누군가가 물보라를 일으키고 있는 것이 보였다. 내가 서 있는 곳에서 불과 오 미터 정도 떨어진 바닷물 속에 놈들이 있었다.

대략 서른 마리쯤 되어 보였다. 동물들은 개구리와 유사한 자세로 각각 두 개의 앞발과 뒷발을 민첩하게 움직이며 헤엄을 치고 있었다. 놈들의 수영 솜씨는 꽤나 수준급이었다. 내가 아는 그 누구보다 몸놀림이 유연하고 재빨랐다. 사실 속도에서라면 경이로울 정도였다. 이쪽으로 간 놈을 좇아 시선을 옮길라치면 어느새 훌쩍 더 먼 곳으로 멀어져 있었다. 놈들의 현란한 수영을 지켜보면서 나는 네이처 행성의 돌고래들을 떠올렸다. 어렸을 때부터 나는 돌고래라면 사족을 못 쓸 만큼 좋아했다. 별다른 이유도 없었다. 그냥 돌고래의 모든 것이 막연히 좋았다. 얼빠진 어린아이처럼 그렇게 동물들의 물속 유희를 구경하고 있는 사이, 다섯번째 물보라가 덮쳐왔다. 첫번째보다 더 위력이 셌다. 물 폭탄이 머리와 가슴을 정면으로 강타하자 놈들이 내지르는 환호성 같은 울음소리가 요란하게 들려왔다. 젊은 여자의 울음소리 같은, 사나운 맹수의 포효 같은.

얼굴 전체가 거인의 손바닥으로 후려쳐 맞은 것처럼 얼얼했다. 화가 머리끝까지 치솟아오르는 것을 느낀 것도 잠시, 나는 냅다 고함을 지르며 수면 위로 머리를 드러낸 한 놈을 향해 총구를 겨눴다.

"네놈들이 감히 인간을 이겨보겠다는 거야!"

나는 주저 없이 방아쇠를 당겼다. 총성 한 발이 평온한 바닷가를 뒤흔들며 울려퍼졌다. 명중이었다. 이마를 정통으로 맞은 놈은 전신을 마구 뒤틀며 높고 가는 비명을 연속적으로 질러댄 끝에 허연 배를 뒤집고 수면으로 둥둥 떠올랐다. 동물들이 당황한 듯 우왕좌왕했다. 죽은 놈 따윈 안중에도 없어 보였다. 저마다 어떻게든 살아보겠다고 서로를 밀치고 발로 차고 듬성듬성한 머리카락을 잡아채며 물속에서 아우성을 치고 있었다. 추했다. 넌더리가 날 만큼.

극도로 이기적인 놈들의 모습을 목격하자 그나마 남아 있던 약간의 동정심이 씻은듯 사라져버렸다. 그래, 저것들은 틀림없는 동물들이야! 나는 속으로 외쳤다. 타인과의 연대나 감정의 교류 같은 건 인간에게만 가능한 거야. 저것들에겐 절대 불가능한 일이지. 놈들이 인간의 외양을 좀 닮았다 해서 넘어가선 안 돼. 지금 내 눈앞에 보이는 저 광경이 바로 놈들의 본질일 테니깐.

허우적거리면서 꽥꽥 돼지 울음소리를 내는 놈에게 물장구라도 치듯 신나게 발길질하고 있는 놈을 향해 총구를 겨눴다. 이번에도 명중이었다. 나는 동족에게 발길질이나 하는 돼먹지 않은 놈에게 똑같이 되갚아주었다. 머리의 절반이 날아간 놈은 비명조차 지르지 못했다. 한쪽만 남아 있는 큼직한 아몬드 눈에 붉은 핏발이 잔뜩 서 있었다. 마치 박살난 거울을 보는 것 같았다. 내친김에 꽥꽥 울음소리를 내던

놈도 없애주기로 했다. 어차피 괴롭힘이나 당하는 나약한 녀석이라면 남은 삶도 그리 평탄할 것 같지는 않았다. 내가 조금 이르게 저세상으로 보내줘도 별 상관 없지 않겠는가. 그리고 무엇보다 저 돼지 멱따는 소리가 너무 듣기 싫었다. 저놈은 울음소리 때문에 죽는 것이다. 놈에게 총구를 겨눌 때였다. 우리는 서로 눈이 마주쳤다. 그러자 놈이 내게 등을 보이고 돌아서더니 양팔을 하늘 위로 번쩍 들어올렸다. 그대로 총을 쏠까 하다가 녀석이 도대체 뭘 하려는지 호기심이 생겨서 그냥 계속 총구를 겨누기만 했다. 여차하면 쏴버리면 그만이니까. 놈이 하늘 위로 번쩍 들어올린 팔 밑에서 예의 그 맹수의 앞발이 모습을 드러냈다. 여기까진 놀랍지도, 흥미롭지도 않았다. 그런데 인간과 비슷한 팔과 맹수의 앞발 사이에 어류를 연상시키는 길쭉한 은빛 지느러미가 나타나자 나도 모르게 헉하고 작은 신음소리가 흘러나왔다. 솔직히 말하면 은빛 지느러미는 매우 예뻤다. 햇살을 찬란한 오색으로 반사시키는 은빛 지느러미는 놈의 후광처럼 바다 위 한 곳을 밝히고 있었다.

놈은 거대한 날개처럼 은빛 지느러미를 펄럭펄럭 느리게 흔들었다. 길이가 이 미터는 족히 넘어 보였다. 그러자 아우성을 치던 동물들이 일순간 조용해졌다. 나는 방아쇠에 손가락을 건 채 침만 꿀꺽 삼켰다. 인간인지 맹수인지 어류인지 모를 놈은 이윽고 끼액, 하는 엄청난 고성과 함께 금방이라도 바다 위로 날아오를 것처럼 본격적으로 지느러미를 펄럭이기 시작했다. 나도 바닷속 동물들과 마찬가지로 그저 놈을 바라보고만 있었다. 녀석은 내가 정한 동물과 인간의 경계를 넘어서는 신비로운 주체처럼 여겨졌다. 만일 그 상태가 지속됐다면 나는 틀림없이 전투를 하려는 의지 자체를 상실했을 것이다. 또다시 동물들과의 어색한 공존이 시작되었을 것이다. 그러나 상황은 늘 예상치 못한 변수를 가지고 있기 마련이다. 그때의 변수는 바로 작은 새 한 마리였다. 느닷없이 작은 새 한 마리가 노란 날개를 팔락거리며 바다의 저편에서 쏜살같이 날아오자 놈의 신비로운 후광은 금방 빛이 바랬다. 내 손에 든 얼간이의 방아쇠가 당겨졌다.

세 번의 총성.

놈은 은빛 지느러미를 망토처럼 펼친 채 바닷속으로 풀썩 떨어졌다. 다시 이어지는 총성들. 순식간에 세 마리의 동물이 배를 뒤집으며 수면 위로 떠올랐다. 총성. 총성. 총성. 나는 폭주했다. 얼간이가 장전할 수 있는 총알의 개수는 스물여덟 개였다. 네이처에서 나는 그만큼의 총알을 한 번에 다 쏜 적은 없었다. 하지만 이곳에서는 달랐다. 제약 따윈 어디에도 없었으니까. 루시아에서 나는 자유였다.

2부

10

네이처에서 나는 엄밀히 말한다면 반쪽짜리 군인에 불과했다. 네이처는 별다른 내분 없이 평화로웠기 때문에 군인들은 이론에는 정통하나 실전 경험은 전무했다. 더군다나 나는 행정장교였다. 군인양성부서에서 근무하는 동안, 장교라면 반드시 매년 두 달간 받아야 하는 가상 전투훈련조차 은근슬쩍 빠져버리기 일쑤였다. 내가 딱히 나태하고 책임감 없는 장교였기 때문에 그랬던 것은 아니다. 당시 행정장교들은 군인이라기보다는 중앙정부의 고급 사무원 정도로 보는 시각이 일반적이었던 것이다. 상황이 이렇다보니 대부분의 행정장교들은 사격은커녕 총을 다루는 것조차 서툴렀다.

하지만 나는 사격의 재능만은 타고난 듯했다. 행성장교 교육과정을 이수하던 시절 맨 처음 배웠던 것이 바로 사격이었다. 사격 수업은 대부분의 학생들이 꽤나 애를 먹는 과정이었다. 나와 몇몇 동급생들을 제외한 나머지 학생들은 총을 쥐는 것조차 질색하기 일쑤였다. 너나 할 것 없이 총에 대한 혐오감을 표출했다. 반면 나는 전혀 거리낌이 없었다. 단 세 번의 연습 사격 끝에 나는 준비된 표적들을 전부 명중시켰다. 나는 언제나 망설이지 않았고 오직 내 시력과 직관에 의해 방아쇠를 당겼다. 내가 쏜 총알들이 오차 없이 표적을 맞힐 때면 행여 남들이 눈치챌세라 겉으로는 무표정의 가면을 유지하며 남몰래 희열을 느끼기까지 했다. 게다가 나는 사격술을 보다 더 정밀하게 연마하고 싶다는 바람으로 측량 과목까지 청강했다. 정탐장교를 지원한 소수의 학생들만이 수강하는 과목이었지만, 우수한 학생이었던 나는 별다른 제약 없이 수업을 들을 수 있었다. 하지만 사격과 측량학에서 우수한 성적을 거뒀다는 것은 재판 과정에서 내게 또하나의 불리한 사실로 작용했을 뿐이다. 네이처인들에게 나의 전 인생이 마치 그 살인을 향해 톱니바퀴처럼 차근차근 맞물리며 진행되어간 것처럼 여겨진 탓이다. 할 수만 있다면, 그들은 내 뼈와 피에 새겨진 가상의 범죄 성향까지 낱낱이 파헤치고 싶었을 것이다. 내가 자신들과 별다를 바 없는 인간이라는 사실을 그들은 결코 인정할 수 없었을 테니.

어쨌든 네이처에서는 별반 소용이 없던 나의 과도한 노력이 루시아에서는 요긴하게 활용되었다. 사흘 전 있었던 바닷가에서의 두번째 사냥에서 그 진가가 유감없이 발휘되었던 것이다. 스물여덟 발의 사격 끝에 죽어 나자빠진 놈들이 무려 스물한 마리였다. 네이처에서 한번도 움직이는 표적을 향해 총을 쏜 적이 없었다는 점을 감안하면, 굉장한 결과였다. 사냥 내내 루시아의 허공을 찢어발기는 총소리에 놀란 바닷새들이 저마다 쇳소리 같은 울음소리를 내질러댔다. 바닷가와 면한 숲속에서도 크고 작은 짐승들이 동요하는 울음소리가 메아리처럼 울려퍼졌다. 그런 와중에도 인간을 닮은 동물들은 우왕좌왕 어찌할 바를 모르며 사냥꾼인 내게서 도망치기보다는 혼란에 빠진 저희들끼리 부딪치고 넘어지며 듣기 싫은 돼지 울음소리를 내기에 급급했다. 꽥꽥거리는 울음소리는 놈들에 대한 나의 혐오감에 한층 더 맹렬한 불을 붙이는 결과를 가져왔을 뿐이다. 동물들은 내 손에 쥐어진 얼간이의 총구에서 발사된 총알이 저희들의 죽음을 가져온다는 사실을 끝까지 이해하지 못하는 것 같았다. 놈들은 줄곧 왜 다른 놈들이 픽픽 나자빠지는지 영문을 모르는 듯했다.

놈들의 그런 어처구니없는 행태로 인해 루시아에서의 내 사냥은 훨씬 더 수월해졌다. 마치 동물들의 주위에 투명한 철창이 쳐진 것만 같았다. 놈들은 나를 피해 그 보이지 않는 철창을 벗어나려는 어떤 시도도 하지 않았다. 나는 그저 내게 주어진 저 기묘하고 멍청한 동물들을 보이는 대로, 닥치는 대로 명중시키기만 하면 되었다. 흡사 죽음의 춤이라도 추는 것처럼 나는 마구 얼간이를 휘둘러댔다. 조금은 멍한 상태에서, 곧 격한 흥분감이 전신을 휘감았다. 어느 순간엔 나도 모르는 새에 구역질이 치밀었지만 나는 사냥이 성공적으로 마무리될 때까지 방아쇠를 당기는 것을 결코 멈추지 않았다.

얼마나 지났을까. 고작해야 십 분 정도였을 것이다. 귓가엔 아직도 총성이 너무나도 생생해서 나는 사격이 끝났다는 것을 실감할 수 없었다. 내 눈에는 여전히 형편없이 뒤엉켜 난리를 쳐대는 놈들이 환영처럼 어른거리고 있었다. 하지만 적어도 내 시야에는 살아 있는 동물들은 한 놈도 보이지 않았다. 사방에서 화약 냄새가 진동했다. 나는 주홍빛 모래 위에 우두커니 서서 한동안 인간과 닮은 사체를 바라보고 또 바라보았다. 기분이 묘했다. 흥분이 사라진 사냥의 뒤끝엔 이렇게 복잡한 마음이 드는 것일까. 물론 내게 답해줄 이는 아무도 없었다. 내 눈에 보이는 광경은 그저 더러울 뿐이었다. 그 와중에도 딱 한 가지 나쁘지 않은 것이 있었다. 바로 놈들의 피가 인간과 달리 희다는 것이었다. 그래서 내가 총으로 쏴 죽인 녀석들이 인간이 아닌 다른 종류의 동물이라는 것을 확신할 수 있었다. 하지만 다음 순간 나의 뇌리를 스치는 한 문장이 떠올랐다. 이곳에 도착한 이후 내가 한시도 잊을 수 없는 문장이었다. 자신의 두 눈을 믿지 마라. 문장을 곱씹는 동안 기분이 점점 더 복잡해졌다. 특히 죽어 나자빠져 있는 몇몇 놈이 보면 볼수록 유독 인간과 흡사한 얼굴과 몸을 가지고 있는 듯해서 나를 당혹스럽게 만들었다. 하얀 피에도 불구하고, 누구라도 그놈들을 본다면 내가 단순히 동물을 사냥했다고는 말할 수 없을 것 같았다. 이 지저분한 광경을 본 그 누군가가 나를 향해 할 말을 상상해보는 것은 어렵지 않았다.

살인자.

그리고 덧붙여 말할 것이다. 이곳에서도 역시 다르지 않은 범죄자였군, DH-194.

이날 밤 나는 오랫동안 잠을 청하지 못했다. 뜬눈으로 몇 시간인가를 보낸 후, 이제 거의 날이 밝아왔을 것이라는 생각이 들 무렵 깜빡 잠이 들었다. 선명한 색감의 악몽을 연속해서 꿨다는 기억은 또렷이 나는데 이상하게도 그 내용은 전혀 생각나질 않았다. 하지만 그후로 어떤 그로테스크한 이미지 하나가 며칠간 눈앞에 환영처럼 떠올랐다. 얼어붙은 땅 곳곳에 십수 개의 거대한 생선 대가리가 깃발처럼 드문드문 박혀 있는 장면이었다. 죽은 생선 대가리의 공허한 눈들이 전부 나를 향해 있었다. 덕분에 그 이미지가 희미해질 때까지 바닷가를 얼씬거리지 않게 되었다. 닷새쯤 후에 내키지 않은 발걸음으로 바닷가에 나갔을 땐 여느 때와 다름없는 평화로운 풍경이 펼쳐져 있었다.

두번째 사냥에서 죽인 놈들의 사체가 어느 순간 사라졌다. 나는 그것들이 사라진 이유를 찾게 되기 전까진 더이상의 사냥은 하지 않겠다고 결심했었다. 아직도 그 이유를 알아내지는 못했다. 만약 상황이 앞서의 사냥과 같은 양상으로 흘러갔다면 나는 나 자신과의 약속을 어렵지 않게 지킬 수 있었을 것이다. 그날 놈들이 그토록 매력적인 표적으로 돌변하지 않았다면, 또 내가 변화된 놈들의 행동에 자극받아 진정한 사냥의 묘미를 맛보게 되지 않았더라면 말이다. 그러나 어차피 일어날 일은 어떤 식으로든 일어나기 마련이다. 놈들도 이미 시작된 사냥이 두 번만으로 끝날 것이라고는 여기지 않았을 것이다.

놈들의 사체가 사라졌다는 것을 알아차린 다음날이었다. 상황은 한 줄로 요약할 수 있을 만큼 간단했다. 동물들이 내 앞에 있었고 나는 총을 가지고 있었다, 라고. 바닷가와 숲의 경계에서 엉거주춤 몰려서 있는 수십 마리의 놈과 시선이 마주친 순간, 나는 동물들이 어딘가 이전과 달라졌음을 직감했다. 그 직관적 깨달음이 얼마나 강하게 뇌리에 박혀오는지 내 안의 숨겨진 눈이 번쩍 뜨이는 것 같았다. 두 번의 사냥과는 다르게 나는 진짜 사냥감을 보듯이 놈들을 보았고, 놈들도 비로소 나를 자신들의 생사를 좌우할 수 있는 진짜 사냥꾼을 보듯이 불안한 눈초리로 지켜보고 있다는 것을 느낄 수 있었다. 이번엔 어느 한쪽의 일방적인 폭주로 끝나고 마는 김빠진 사냥이 아니었다. 서로에 대한 팽팽한 탐색은 고작해야 십 초를 넘기지 않았을 것이다. 하지만 벌써부터 놈들이 철철 흘리게 될 하얀 피를 떠올리고 있던 내게는 그 잠깐의 시간조차 낭비로 여겨졌다. 나는 흥분에 겨운 나머지 콧구멍을 벌렁거렸다. 입안이 바짝바짝 말라왔다. 나는 아주 천천히, 오른손으로 얼간이의 서늘한 감촉을 음미하며 놈들 중 나와 가장 가까운 곳에 서 있던 놈을 향해 총구를 들이댔다. 그러자 한숨 소리 같은 조그만 반향이 들려오는 것과 동시에 수십 마리의 동물이 뿔뿔이 흩어져 달려가기 시작했다. 맹수를 마주한 초식동물의 본능적인 질주였다. 물론 나도 놈들의 뒤를 쫓아 전력으로 달려갔다. 곧 무리에서 뒤처지는 한 놈을 어렵지 않게 따라잡을 수 있었다. 나는 맹수의 뾰족한 이빨 대신 총알을 놈의 심장에 박아주었다. 풀썩 쓰러진 동물을 확인할 새도 없이 나는 도망가는 다른 놈들을 쫓아 숲속을 향해 달렸다. 거대한 보랏빛 잎사귀가 드리워져 있는 안쪽으로 막 달려가려는 두 놈 중 하나의 복부에 큼직한 구멍을 만들어주고 나서 숨을 돌릴 새도 없이, 바위틈으로 몸을 숨기려는 또다른 놈의 머리통을 날려버렸다. 나와의 거리가 점점 가까워지자 다람쥐처럼 나무를 타려고 헛된 시도를 하던 다른 놈의 머리도 깔끔한 사격으로 날아갔다. 우쭐함을 느낄 겨를도 없이 저 앞쪽 가시덤불 숲으로 기어들어가는 세 놈을 쫓다가, 땅바닥을 구르던 동물의 잘린 머리통에 왼발이 걸려 넘어질 뻔했다.

욕설을 내뱉으며 발밑을 살피던 나는 놈의 잘린 머리통에 박힌 두 개의 큼직한 눈이 날 향해 치떠 있는 것을 발견하고는 순간 오싹한 기분이 들었다. 그래서 모처럼 좋았던 기분을 보기 좋게 잡쳐버린 동물의 머리통을 향해 얼간이의 선물을 한 방 안겨주었다. 둥그런 머리통 중앙에 검은 구멍이 뻥 뚫리자, 그때까지 잠잠히 가시덤불 안쪽에 숨어 있던 동물들이 꽥꽥, 비명 같은 울음소리를 내질렀다. 이 울음소리로 인해 나를 잠시 불쾌하게 했던 그 머리통의 눈빛에서 완전히 벗어날 수 있었다. 자, 내가 기꺼이 그쪽으로 가주마. 좀더 울어. 그래, 그렇게. 마치 놈들이 내 말을 알아들을 수 있기라도 한 것처럼 나는 계속 중얼거리며 전방의 가시덤불까지 삼십 미터 남짓한 거리를 살금살금 걸어갔다. 그동안에도 꽥꽥거리는 동물들의 울음소리는 멈추지 않았다. 필시 자기들에게 총구를 향하며 점점 거리를 좁혀 걸어오는 날 빤히 보고 있었을 텐데도. 다시 예전의 멍청이로 되돌아가기라도 한 것인지, 아니면 설마 죽은 놈들을 애도하기 위해 그것들 특유의 곡을 하고 있는 건지도 모르지만, 내가 상관할 바는 아니었다. 꽥꽥꽥꽥. 나는 얼간이의 총구로 가시덤불을 이리저리 헤치며 울음소리가 들려오는 방향으로 계속 걸어갔다. 잔가지에 다닥다닥 붙어 있는 가시가 생각했던 것보다 제법 길고 날카로워서 덤불 속으로 억지로 내 몸을 구겨넣으려 하다가는 놈들을 죽이기 전에 내가 먼저 패혈증으로 죽을 것만 같았다. 그래도 어떻게든 덤불 안쪽을 들여다보려고 총구로 벌린 작은 틈에 최대한 얼굴을 들이밀어볼 때였다. 어두운 안쪽에서 나의 눈을 똑바로 마주보고 있는 놈들의 형형색색 눈동자들을 감지한 그 찰나였다. 놈들 중 한 마리가 느닷없이 가시덤불 새로 바투 다가오더니 바로 내 앞에서 꽥꽥, 예의 그 고막을 찢을 듯한 울음소리를 내질렀다. 그러곤 두 팔과 숨겨진 또다른 두 팔이 가시에 찔리는 것 따윈 아랑곳하지 않고 튀어나와 내 왼쪽 귀와 오른쪽 귓가의 머리카락을 움켜쥐었다. 귀의 맨살에 닿은 놈의 감촉이 소름 끼치도록 사람의 그것과 흡사하다고 느끼는 것도 잠시, 놈의 완강한 악력에서 그토록 잊고 싶었던 과거의 수치스러운 기억이 겹쳐졌다. 루시아로의 추방형이 집행되던 날, 끝내 이성을 잃고 캡슐에 오르지 않기 위해 몸부림치며 애원하던 나의 추한 모습이 떠올랐다. 두 명의 네이처 집행관은 그런 나를 짐짝처럼 함부로 캡슐 안에 욱여넣었다. 그들은 손에 잡히는 대로 나의 양쪽 귀와 머리를 움켜잡으며 나를 그 안으로 들이밀었다. 겁에 질린 나는 급기야 오줌까지 지렸다. 최소한의 부끄러움까지 잃어버린 나를 향해 그들은 껄껄대며 웃어댔다. 그런 부끄러운 나의 모습을 네이처 곳곳에 설치된 대형 스크린으로 지켜봤을 수많은 이의 모습도 떠올랐다. 그들이 내게 보내는 경멸과 조소가 귓가에 생생하게 울리는 듯했다. 네이처인들에게 나는 더이상 존중해야 할 동류의 인간이 아니었다…… 자꾸만 재생되는 기억을 멈추기 위해 나는 고개를 세게 흔들었다. 동시에 내 몸을 잡고 있던 놈의 네 개의 팔이 함께 흔들렸다. 나는 지금 내게 뜨거운 숨을 내뿜고 있는 놈에 대한 엄청난 혐오로 온몸을 부르르 떨었다. 이건 분명 이상행동이었다. 날 만만히 보고, 저희들과 별반 다를 바 없는 동물로 여기는 것이라는 생각이 머릿속에 떠오르자마자, 나는 더이상 판단하지 않았다.

"웃기지 마!"

고함이 먼저였는지, 내 두 손이 놈의 네 개의 팔을 향해 뻗친 것이 먼저였는지 잘 모르겠다. 나는 내 왼쪽 귀와 머리카락을 움켜쥐고 있던 동물의 두 팔을 양쪽 손으로 단단히 움켜잡고 이로 세게 물어뜯었다. 곧 맹물 같은 놈의 하얀 피와 더불어 탄력이라고는 조금도 없는 흐물거리는 두툼한 살점이 입안을 가득 채웠다. 마치 상한 생선을 날것으로 씹어먹는 듯한 불쾌한 식감에 절로 구역질이 치밀어올랐다.

"아무짝에도 쓸모없는 것들!"

나는 그예 놈의 역겨운 살점을 꾸역꾸역 씹어 삼켰다. 이유는 알 수 없었지만, 내 안의 치밀어오르는 뭔가가 나를 그렇게 하도록 시켰다. 분노였나, 아니면 초조였던가. 그사이 내게 두 팔을 잡힌 놈은 아직 자유로운 나머지 두 팔로 주변의 허공을 마구 휘저으며 필사적으로 내게서 빠져나가려고 몸부림을 치고 있었다. 아직도 꽥꽥, 울음소리를 냈지만 확실히 소리의 세기는 줄어들어 있었다. 나는 다시 놈의 살점을 한입 크게 베어 물었다. 뼈가 드러난 놈의 오른팔이 경련하듯 떨렸다. 또 한번 살점을 물어뜯은 나는 건방진 놈을 확실하게 제압하고 있다는 짜릿한 도취감을 음미하며, 반쯤 씹은 살점을 달달달 몸을 떨고 있는 놈의 얼굴 앞에 바싹 들이댔다. 그러자 놈은 크게 울었다. 비록 인간과 같지는 않았지만, 좀 전까지와는 다른 구슬픈 비명을 지르며 금방이라도 눈물이 떨어져내릴 것처럼 큼직한 눈망울이 축축하게 젖어들었다. 물기 어린 놈의 알전구 같은 두 개의 눈동자를 마주하자, 나도 모르게 주춤할 수밖에 없었다. 놈의 양팔을 잡고 있던 내 손의 악력 또한 약해졌다. 놈은 짧은 양다리를 뻗어올려 내 사타구니께를 냅다 걷어찼고, 나는 느닷없는 공격에 깜짝 놀라 그만 녀석을 놓쳐버렸다. 이 기회를 놓치지 않고 놈은 어느새 가시덤불 속으로 숨어 들어가버렸다. 가시덤불 저 깊은 곳에서 숨죽여 우는 녀석의 소리가 들렸다. 다른 놈들의 구슬픈 비명도 들려왔다. 울음소리를 듣고 있으려니 어쩐지 으스스해졌다. 나는 그 소리에 반항하듯 몇 번이나 가시덤불을 향해 무기력한 총질을 했다. 나는 중얼거렸다. 나와라, 나와. 쥐새끼처럼 숨어 있지 말고 내 앞에 나와. 어차피 오늘 죽으나 다음에 죽으나 너희들은 모조리 다 내 표적일 뿐이야. 나는 총질을 멈추고서도 계속 중얼댔다.

곧 조용해졌다. 가시덤불 근방에 죽어 나자빠진 놈들의 사체가 보이지 않았다면 마치 아무 일도 일어나지 않았다고 착각할 듯한 불편한 고요였다. 녀석들이 한 놈도 나타나지 않았지만, 나는 한동안 가시덤불과 그 주변을 떠나지 못했다. 날이 빠르게 어두워져 어쩔 수 없이 바닷가 은신처로 떠밀리듯 걸음을 옮길 때까지, 나는 아직 식지 않은 총구를 손끝으로 툭툭 쳐대며 왠지 모를 불안감을 곱씹었다.

11

루시아 행성의 하늘에서는 특이하게도 어떤 별도 관찰되지 않았다. 사실 이 점이 나를 가장 혼란스럽게 만들었지만, 안타깝게도 나는 우주에서 이곳의 위치를 관측할 만한 어떤 장치도 갖추고 있지 않기에 의혹은 어쩔 수 없이 한편으로 미뤄둘 수밖에 없었다. 하긴 이 행성에서는 네이처에서 상식이라고 습득했던 지식들이 곧잘 배반되곤 했다. 이를테면 내가 모래라고 여겼던 해안가의 물질이 그렇다. 물질이라는 용어가 다소 추상적이지만, 나로선 이것에 대해 좀더 구체적으로 명명할 만한 지식이 전혀 없다.

이것은 해안가를 온통 뒤덮고 있는 주홍빛 물질이다. 내가 모래라고 생각했던 것은 순전히 네이처에서의 경험과 지식에 의해서였다. 바닷가에 접해 있으니 당연히 모래사장이라고 의심 없이 생각했던 것이다. 하지만 적어도 동물들이 나를 이 물질 속에 묻었을 때 의심을 품었어야 했다. 갑자기 쏟아진 빗줄기를 피하기 위해 모래 구덩이에서 탈출할 때 아무 도움 없이 나 홀로 나올 수 있었던 것은 그렇다 쳐도, 나중에 되돌아왔을 때 내 몸이 묻혔던 형상이 아무런 훼손 없이 그대로 남아 있었고, 그래서 내가 그 구덩이 속에 다시 들어갈 수 있었다는 건 이것이 단순히 모래가 아니라는 것을 말해주는 단서가 될 수 있다. 게다가 지하에 나선형 관과 복잡한 미로 같은 굴까지 있지 않았던가. 모래같이 허물어지기 쉬운 재료로는 이같이 견고한 구조물을 얻을 수 없다. 하지만 어리석게도 나는 은신처에서 밤을 보낸 지 몇 주가 지나서야 비로소 이런 문제점들에 대해 헤아려볼 수 있었다. 그때까지 나는 매일 식량을 구하고 동물들을 사냥하는 데 몰두한 나머지 주변의 상황들을 미처 생각해볼 여력이 없었던 것이다.

어느덧 첫번째 사냥으로부터 일 년이 지나갔다. 그사이 나는 전문 사냥꾼이 되어 있었다. 초기 서너 달 동안엔 매일 사냥을 했다. 이유는 단순했다. 견딜 수 없을 만큼 무료했던 것이다. 만일 네이처의 집행관들이 수납 자루에 몇 가지 곡물의 씨앗이라도 넣어주었더라면 흘러넘치는 시간을 보내기에 얼마나 유용했겠는가. 그랬다면 나는 네이처에서 미처 발휘할 기회를 갖지 못했던 농부의 재능을 이곳에서 마음껏 펼쳐 보였을 수도 있었을 것이다. 백 년간 식물을 지극정성으로 재배하고 수확하다보면, 어쩌면 그들이 말했던 나의 고질적인 공격성이 서서히 누그러들 수도 있지 않았을까. 하긴 이미 루시아에 대한 사전 탐사를 마친 그들은 식용 가능한 동식물이 풍부한 이곳에서 내가 굳이 작물을 재배하는 번거로운 일들을 감내하지는 않을 것이라고 지레짐작했을 수도 있다. 이곳에선 수고하지 않아도 충분히 먹고살 수 있었다. 알고 보니 루시아는 풍요로운 행성이었고, 나 같은 이방인이 눌러앉아 살기에도 비교적 수월한 곳이었다. 단, 혀로 느끼는 매혹적인 맛들을 영영 포기한다면 말이다.

신선한 과일도 아주 깊숙하고 어두운 숲속에서 찾을 수 있었다. 열흘을 꼬박 숲에서 헤매며 자칫 바닷가의 은신처로 돌아가는 길을 잃게 될까봐 마음을 졸이던 나날이었다. 울창한 나무들에 가려 햇빛이 전혀 들어오지 않는 깜깜한 숲속에서 어떻게 그토록 다양한 종류의 유실수가 자랄 수 있는지 신기할 따름이었다. 모양이나 색깔도 네이처의 과일들과 그리 다르지 않아서 절로 입안 가득 침이 고였다. 하지만 제일 먼저 파인애플 비슷한 열매를 칼로 잘라 맛보았을 때 한껏 부풀었던 기대는 엄청난 실망으로 바뀌었다. 말 그대로, 아무 맛도 나지 않았던 것이다. 하다못해 시거나 떫은 맛이라도 났다면 덜 실망했을 것이다. 맛이라는 것 자체가 아예 없었다. 수분 보충용으로 먹는다면야 모를까 과일맛을 기대하고 먹는다면 욕이 나올 지경이었다. 복숭아, 청포도, 사과, 망고의 맛을 기대하며 먹었던 것들도 하나같이 똑같았다. 그래도 영양가는 있지 않을까 싶어 주섬주섬 수납 자루에 대여섯 개 정도 담아 은신처로 돌아왔다. 단맛이 없으니 치아가 상하진 않겠다고 애써 스스로를 위안하려 했지만 기분은 썩 나아지지 않았다.

아무 맛도 없다는 것이 네이처에서 선고된 모종의 형벌과도 같이 느껴졌다. 원래 네이처에서는 음식을 그리 즐겨 먹지 않던 나였다. 그런데도 맛에 대한 감각이 외부적인 요인에 의해 부자연스럽게 차단당했다는 생각이 들자 역설적으로 나는 어떤 맛들을 열렬하게 원하게 되었다. 눈처럼 흰 설탕의 뼛속까지 스며들 듯한 단맛과 절로 입안에 침이 고여오는 지독한 신맛과 위장을 태울 듯 확확 달아오르는 매운맛 등등 하루에도 몇 번씩 자극적인 맛들을 집착적으로 떠올렸다. 그때마다 매번 좌절감이 들었다. 아무 맛도 나지 않는 열매들을 와작와작 씹어 먹으며, 도무지 울화가 나서 참을 수 없었다. 뭔가 절실히 해소할 만한 것이 필요했다. 아마도 그래서였을 것이다. 내가 놈들을 사냥하는 일에 그토록 강박적으로까지 매진하게 되었던 이유가.

보이는 족족 마구잡이로 놈들을 쏘아댔던 초기와 달리, 점점 시간이 지날수록 내 나름의 기준을 정해 사냥을 하게 되었다. 그때마다 변하는 상황과 맞물리는 내 기분에 따라 사냥은 희비극이 동시에 벌어지는 기묘한 소극이 되었다. 내 눈과 귀에 거슬리는 것들을 제비뽑기를 하듯 아무 놈이나 골라 얼간이의 총구를 겨누었다. 언제나 예외없이 시끄러운 놈들은 총살 일순위였다. 순전히 개인적인 취향으로 콧구멍이 지나치게 빼끔하거나, 입술이 유난히 두꺼운 놈들도 혐오스러웠다. 이 세 가지에 해당되는 놈들을 얼간이는 어김없이 찾아냈다. 그러곤 탕, 탕, 탕. 그날의 사냥이 잘 마무리될 때마다, 의식을 행하듯 가장 덜 훼손한 사체의 허벅지나 뱃살을 몇 점 이로 물어뜯어 한참을 우물거리다가 삼켰다. 한 달쯤 지나자, 시끄럽고 흉한 놈들은 대부분

저세상으로 보낼 수 있었다. 그다음부터는 사냥마다 한 가지씩 조건을 추가하면서 놈들을 찾아다녔다. 네번째 조건은 눈썹이 듬성하다못해 아예 없는 놈들이었고, 다섯번째는 머리숱이 확연하게 적은 놈들, 여섯번째는 얼굴이 유난히 더 넓적한 놈들, 일곱번째는 키가 너무 작은 놈들로 총살 대상이 줄줄이 이어졌다. 나는 차츰 일정한 기준에 따라 사냥감을 분류하는 행위에 더욱 큰 즐거움을 느끼게 되었다. 보다 심혈을 기울여 기준에 부합하는 동물들을 착착 단계에 맞춰 루시아에서 영영 사라지게 만들겠다는 목표 의식까지 생겨났다. 나는 내가 죽인 놈들 같은 것들을 동물 무리 안에서 다시는 보고 싶지 않았다. 죽은 동물들은 단연코 열등한 것들이었다. 반면 우월한 놈들은 내게서 죽음을 면제받는 특권을 누렸다. 인간인 내게 혐오스럽게 인지되는 놈들을 하나씩 제외하다보니, 남은 동물들은 인간과 비슷한 외양을 가진 놈들이 되었다. 그러나 내가 우월한 놈들에게서 인간적인 면을 보고 싶었던 것은 결코 아니었다. 네이처를 그리워하는 향수병 환자는 내 역할이 아니다. 나는 그저 이곳에서 내게 억지로 배당된 백 년의 시간을 나름의 방식으로 때우는 중이었다.

12

비교적 평온한 날들이 이어지고 있었다. 매일 숲에서 하루치의 열매를 따고, 바닷가에서 조개나 소라 혹은 운이 좋은 날엔 파도에 떠밀려 주홍빛 모래 위에서 펄떡거리고 있는 손바닥만한 크기의 물고기들을 주워 담았다. 배가 하얗고 등이 누런 물고기라 맛이 좋아 보이지는 않아서, 실제로 모닥불에 구워먹은 건 불과 한 달 전쯤부터였다. 맛이라곤 전혀 없는 열매들을 혹시나 하는 마음에 작은 물고기들과 같이 구웠던 것도 그때부터였다. 구우니 열매에 숨어 있던 단맛이 조금은 느껴졌고, 식감도 좀더 부드러워져서 먹기에 한결 나아졌다. 배가 부르면 바닷가에 대자로 드러누워서 드높고 푸른 하늘을 하염없이 바라보았다. 그러다가 참을 수 없이 무료해지면, 바지에 묻은 주홍빛 물질을 툭툭 털어내고는 놈들을 찾아 나섰다.

이제는 녀석들도 나의 존재를 위협적이라고 또렷이 인식했는지, 예전같이 무리 지어 있는 놈들의 모습을 쉽게 발견하긴 힘들었다. 놈들은 내가 저희들을 찾아내는 것보다 한 발 앞서 자신들에게 가까이 다가가는 나를 먼저 알아챘다. 어제도 그랬다. 겨우 열 마리 남짓한 수였지만, 나는 그것들이 덤불숲에 듬성듬성 쪼그려앉아 있는 모습을 보고는 사냥에 대한 기대로 입안이 바짝 마르는 것을 느낄 수 있었다. 얼른 나무 뒤로 몸을 숨기고는 녀석들의 동태를 살펴보았다. 자세히 보니, 동물들은 덤불 속 흙바닥에서 무언가를 열심히 캐고 있었다. 바로 지척에도 두 마리나 있었다. 사냥을 열흘 넘게 하지 못했던 터라 온몸이 근질거렸다. 잠깐 동안 그놈들이라도 사냥을 할까, 고민했다. 하지만 이내 그러지 않기로 마음을 정했다. 고작 두 마리 잡겠다고 설치다간 다른 놈들 전부를 잃게 될 수도 있었다. 놈들은 아직 내가 이곳에 있다는 것을 몰랐다. 이놈들의 뒤를 밟는다면, 그간 잘 보이지 않았던 나머지 무리의 행방도 추적할 수 있을 것이다. 만약 추적이 실패한다 해도, 그때 이놈들을 사냥해도 결코 늦지 않을 것이다. 겨우 얇은 빗금 같은 햇살이 비쳐드는 곳이라, 놈들을 감시하기가 쉽지 않았다. 그래도 인색한 빛에 의지하여 악착같이 동물들을 지켜보았다.

얼핏 레몬 비슷해 보이는 열매였다. 사십 개의 노란 열매가 열 마리 동물들의 양손과 양 앞발에 들려 있었다. 그 열매는 아직 내가 먹어보지 못한 것이었다. 필시 아무 맛도 나지 않을 것이라고 생각하면서도 시선을 동물들에게 고정한 채로 놈들처럼 주변 흙바닥을 더듬거려보았다. 주먹만한 뭔가가 흙 위로 도드라져 있었다. 흙은 단단하지 않았고, 뭔가도 얇게 묻혀 있어서 그리 어렵지 않게 캐낼 수 있었다. 노란 열매였다. 만져보니 레몬보다 더 단단한 껍데기에 싸여 있었다. 곧장 열매를 입속으로 넣으려고 하다가 대신 겉옷 호주머니에 집어넣었다. 사냥을 위한 추적이 먼저였다. 그러는 사이 자연스럽게 동물들에게서 눈을 떼게 되었다. 길어야 오 초 정도였을 것이라고 생각한다. 그런데 녀석들이 갑자기 사라져버렸다. 한동안 멍한 기분이 들 정도로 당황스러웠다. 놈들이 나를 떠나 있던 동안 초능력이라도 얻게 된 것일까. 뭐라 말할 수 없이 찜찜한 기분으로 바닷가 은신처를 향해 터덜터덜 걸어갔다. 실망감에 젖어 돌아가는 길에 호주머니에 넣어두었던 열매를 무심코 먹으려다가 어찌나 껍데기가 단단한지 하마터면 앞니가 몽땅 부러질 뻔했다. 연이은 불운에 어이가 없어서 화도 나지 않았다. 불운을 자축하는 의미로 나는 단단하고 쓸모없는 열매를 도로 호주머니에 넣어두었다.

그날 밤 은신처에서 억지로 잠을 청하던 나는 어디선가 들려오는 가느다란 울음소리에 신경이 바짝 곤두섰다. 몇 초 뒤, 그 울음소리가 바로 내 몸속에서 들려오고 있다는 사실을 깨닫고는 자리에서 벌떡 몸을 일으켰다. 멈췄던 울음소리가 가늘게 또 들려왔다. 심장이 오그라들었다. 곁에 놓여 있던 얼간이를 황급히 집어들고 센서등을 켰다. 극심한 불안감에 시달리면서 나는 겉옷을 살며시 들어올렸다.

그것은 아주 작은, 거의 내 손바닥 절반만한 크기의 새끼였다. 필사적으로 호주머니 밖으로 나오기 위해 아직 깃털도 나지 않은 조그만 날개를 파닥거리고 있었다. 좀더 자세히 보니, 호주머니 속에 넣어놓았던 그 열매의 위쪽이 들쭉날쭉한 원형으로 뚫려 있었다. 이 작은 녀석이 그 단단한 벽을 이제 막 뚫고 세상에 나오는 참이었다. 나는 조심스럽게 새끼를 호주머니에서 꺼내 내 왼쪽 손바닥 위에 가만히 올려놓았다. 새끼는 가냘픈 몸에 비해 머리가 꽤 컸다. 특히 푸른색 두 눈은 얼굴의 절반을 차지하고 있을 정도로 큼직했다. 코는 두 개의 구멍이 간신히 뚫려 있었고, 입은 지렁이를 잘라 붙여놓은 것처럼 부자연스럽게 두툼했다. 어떻게 보면 숲에서 발견했던 늙은 호박을 닮은 동물을 축소한 것처럼 보이기도 했다. 또 다르게 보면…… 문득 어떤 생각이 머릿속에 떠올랐는데, 그 생각은 순간 나를 움찔하게 만들 정도로 가히 충격적인 것이었다.

이 녀석은 동물들의 새끼일 수도 있다, 라는.

그날 놈들이 흙에서 캐고 있었던 게 바로 이것이라면, 그곳이 일종의 인큐베이터로 활용되는 장소인 모양이었다. 그런 줄도 모르고 나는 놈들의 새끼가 깨어날 '알'을 이제껏 고이 품고 있었던 것이다. 불운을 자축한다는 비틀린 유머의 의미로 갖고 있었던 것이 거꾸로 또다시 불운을 자초한 꼴이 되고 말았다. 의미 따윈 두지 말고 버렸어야 했다. 내 눈에 보이는 이것은 그놈들과 다를 바 없는 동물이었다. 나는 놈들의 적이었고, 그것들을 무자비하게 학살하는 살해자였다. 얼핏 봐도 이것에게서 인간과 닮은 점은 그닥 찾을 수 없었다. 장차 열등한 놈으로 자라날 가능성이 다분했다. 언젠가 나는 이것을 얼간이로 쏘아 죽여야 할 것이다. 그렇다면 지금 이것의 목을 비틀어 죽이는 편이 더 낫지 않을까. 나에게도, 이 녀석에게도. 나는 마치 최면에라도 걸린 것처럼 오른손 집게손가락을 새끼의 목에 갖다 대었다. 단 한 번의 시도로도 연약한 새끼의 목은 금방 꺾여버릴 것이었다.

하지만 이놈은 운이 아주 좋았다. 자신의 목에 내 손가락이 닿자마자 재채기를 터뜨렸던 것이다. 그건 인간의 아기가 내는 재채기 소리와 흡사했다. 녀석은 도리질을 치듯 머리를 앞뒤로 흔들더니, 내 집게손가락을 입에 물고 쪽쪽거리며 빨아댔다. 마치 모유를 달라고 보채는 배고픈 아기처럼. 나도 모르게 녀석의 반들반들한 머리를 조심스럽게 쓰다듬었다. 그러자 녀석은 한층 더 세게 빨아대면서 손바닥에 몸을 비볐다. 파들파들 떨리는 녀석의 작은 몸이 안쓰럽게 느껴졌다. 혹시 녀석이 추운 것은 아닐까, 라는 생각에 양 손바닥으로 녀석을 감싸주었다. 녀석은 낑낑거리며 울기 시작했다. 끊어질 듯 다시 이어지는 녀석의 가냘픈 울음소리를 듣자, 그만 나는 마음이 약해져버렸다. 이것은 놈들과 같은 종족이었지만, 어쨌든 새끼일 뿐이라는 생각이 들었다. 나는 다 자란 놈들만을 사냥해왔던 것이다. 나는 속으로 생각했다. 이놈은 어쩌면 내가 죽여야 할 흉측한 놈으로 자라지 않을 가능성도 있다고. 좀 전에 녀석이 했던 인간과 흡사한 재채기가 그 증거라고 스스로를 설득했다. 돌이켜보면, 다 핑계였다. 나는 새끼를 죽이고 싶지 않았던 것이다. 그날부터 나와 새끼는 함께 지내게 되었다.

밖으로 나갈 때마다 나는 새끼를 내 겉옷 안쪽 호주머니에 넣고 다녔다. 그리고 이 녀석에게 고심 끝에 '레몬'이라는 이름을 지어주었다. 고심, 이라는 단어가 무색해지는 이름이었지만, 달리 생각나는 것도 없었다. 이틀간 레몬이라고 부르다가, 곧 짧게 '렘'이라고 부르게 됐다. 발음만 들으면 '양'이 떠올라서, 나는 혼자 실실 웃기도 했다. 이 녀석이 자라나면 양과는 전혀 다른 외모를 지니게 될 텐데 좀 엉뚱한 이름 같기도 했다. 하지만 이름과 불화하는 사람이 이 세상엔 얼마나 많은가. 나만 해도 그렇다. 내 이름인 HD-733과 나는 오랫동안 불편한 관계였다. 네이처인의 이름은 지난 팔백여 년간 계승되어온 고유의 전통에 의해 지어졌다. 개인의 이름은 그 세대에서 고유했고, 자신의 피의 이력이 고스란히 내포되어 있었다. 지구에서 네이처로 이주한 오십 쌍의 부부 중 내 피의 시조가 되는 남편과 아내의 이름에서 각각 첫 글자를 딴 약자가 HD였다. 약자가 같은 부부가 있을 경우 순서를 바꾸거나 그래도 같을 경우 부부 이름의 중간이나 끝 글자로 약자를 조합했다. 그 뒤에 붙는 733이란 숫자는 HD에 속하는 내 바로 직전 세대의 구성원 중에서 사망한 사람이 쓰던 식별 번호였다. 내가 이름을 받은 이는 얼굴 한 번 본 적 없는 먼 친척이었다. 만일 네이처에서 추방되지 않았다면 나의 사망 기록이 중앙정부에 등록된 다음, HD 직후 세대의 어느 한 명이 다시 733을 물려받게 될 것이었다. 네이처에서 이름을 갖게 된다는 것은 큰 영광으로 여겨졌다. 아기가 태어난 시점에 직전 세대의 사망자가 없을 경우엔 기약 없이 이름 없는 세월을 보내야 하기 때문이었다. 실제로 행성기숙학교의 육십 명의 학생 가운데 이름이 없는 아이가 서른아홉 명이나 되었다. 확실히 네이처의 이름 체계는 불합리한 점이 많았다. 무엇보다 반드시 세 자리 수로 조합되어야 하는 탓에 어느덧 행성 인구가 십오만 명을 육박하는 현재엔 턱없이 이름이 부족했던 것이다. 하지만 네이처 대대로 계승된 상징성을 결코 무시할 수 없었기에 이처럼 비효율적인 전통은 가까스로 유지되는 중이었다. 어차피 이름 따윈 없어도 살아가는 데에 불편함은 전혀 없었다. 네이처 중앙정부는 행성인 전부에게 주입되는 '칩'으로 개인 정보 관리와 통제를 매우 효과적으로 이행하고 있었다. 네이처에서 이름을 불편해하는 사람은 자신의 피에 부끄러움을 가진 이들이었다. 바로 나 같은 최하위 계급인들이었다. 이름 앞에 붙는 머리글자만 듣더라도 네이처인이라면 누구라도 그의 계급을 확실히 알 수 있었으니까. 게다가 733의 본래 주인인 나의 조상은 초기 네이처의 반역자로 공개 처형된 유명인이었다. 5계급에다, 반역자라니. 최악의 조합인 이름이었다. 이 이름이 재판에서도 무의식적인 편견이 형성되는 데에 큰 기여를 했을 것이다. 아마 내 이름을 물려받을 직후 세대의 733은 한층 더한 편견에 시달릴 것이었다. 네이처의 불운한 모든 HD-733들의 운명이 손에 잡힐 듯 매우 가까이 느껴졌다. 그리고 그들 중 가장 오래 살아남은 자가 되어버린 나의 운명에 대해서도.

렘이 낑낑 울음소리를 내고 있었다. 그나저나 이 녀석에게 뭘 먹여야 하는지를 도통 알 수 없었다. 인간처럼 동물들에게도 젖 같은 것을 먹여야 하지 않을까? 하지만 젖을 어디에서 구할 수 있단 말인가. 문득 이 녀석에게도 부모가 있을 것이라는 생각이 들었다. 놈들이 과연 그런 친밀한 관계를 구축할 수 있을지에 관해선 부정적이었지만. 사낭중에 본 놈들은 곁에서 죽어가는 동족들을 보고도 아랑곳하지 않고 오직 자신의 생존만을 위해 얼마나 추한 꼴을 보여왔던가. 그런 놈들에게 가족이라니. 가당찮은 일이었다. 그러고 보니 이 녀석은 고아나 다름이 없었다. 나처럼. 만일 놈들에게 고아라는 개념이 있다면 말이다. 하지만 렘은 지금 내 품에 있다. 놈들이 아닌 인간과 함께 있다면, 이 녀석은 마땅히 놈들과는 다른 존재로 대접받아야 하지 않을까. 인간의 사고로 말한다면, 결국 그의 환경과 성장 과정이 한 인간을 만들어내는 것이기에.

13

하루종일 비가 왔다. 빗물을 받기 위해 밖으로 잠깐씩 나갔을 때를 제외하고는 줄곧 렘과 함께 은신처에 있었다. 렘은 아주 잘 자랐다. 내 손바닥 절반만했던 키가 일주일 만에 세 배로 커졌다. 이젠 더이상 호주머니 속에 넣고 다닐 수 없을 정도였다. 좀 서운했다. 나는 녀석이 내 호주머니 속에서 재채기하는 소리를 듣는 것을 좋아했기 때문이다. 그럴 때면 렘이 진짜 아기처럼 느껴져서 가슴이 짠해지곤 했다. 마치 이 녀석이 다음 세대의 HD-733인 것처럼 생각돼서 각별한 감정이 들었던 것이다. 하지만 렘이 동물이 아닌 인간이었다면 내 이름을 물려받는 것을 질색했을 것이 뻔하다. 나도 내 이름이 싫었는데, 하물며 내가 제1은하계를 뒤흔든 메가톤급 범죄자로 분류된 이후에 누가 또다시 HD-733이란 이름으로 살아가고 싶겠는가.

네이처에서 내가 미처 누릴 수 없었던 것들에 대해 되짚어볼 때마다 가장 먼저 떠올리는 것은 과거에도 미래에도 없을 자식의 존재였다. 살인자가 되기 전에는, 아버지가 될 기회가 종종 있었다. 연인이었던 BS-830과 결혼하지 않았더라도, 그때까지 지속해왔던 방종한 생활로 인해 얼떨결에 아이를 얻을 수도 있었을 것이다. 하지만 나의 하룻밤 애인들은 대부분 11구역 출신의 젊은 여자들이었다. 설혹 나와의 짧은 만남에서 운 나쁘게 임신했어도, 그녀들은 그 아이의 아버지가 과연 누구인지 짐작하기 어려웠을 것이다. 네이처의 엄격한 도덕법은 빈민 계급에는 예외로 적용되지 않는 것이 불문율이었기 때문에 나처럼 그런 법의 맹점을 교묘히 이용하는 다른 계층의 남자들이 많았다. 이런 뻔뻔한 남자들에게서 약간의 쾌락과, 무엇보다 11구역에서는 고된 노동에 대한 대가로만 겨우 손에 넣을 수 있는 돈보다 더 많은 돈을 얻기 위해 그녀들은 이런 식의 음성적인 매춘에 적극적으로 임했다. 나 역시 비슷비슷한 연애의 소모적인 시간을 거치지 않고, 약간의 돈으로 욕구를 간단히 해결할 수 있는 이 같은 방법을 애용했다.

행성기숙학교를 졸업하고 십 년 넘게 이어진 방탕한 시절의 하룻밤 애인들 중 한 명이 아무래도 내 아이를 임신한 것 같다고 찾아온 적이 있었다. 검은 눈동자에 하얀 피부를 가진 여자애였다. 겁도 없이 내가 근무하는 부대까지 찾아온 당돌한 여자애가 정작 내 앞에서는 말도 제대로 꺼내지 못하고 눈치를 살폈다. 왜 부대까지 찾아왔는지 추궁하자, 여자애는 그때야 훌쩍거리며 띄엄띄엄 말을 이었다.

"……아저씨 아이가 맞는 것 같아요. 틀림없어요."

여자애의 말에 나는 헛웃음을 지었다. 여자애가 가졌다는 아이가 내 아이가 맞는다 하더라도, 그렇다고 뭐가 달라지겠는가. 창녀에게서 아이를 갖길 원하는 남자가 과연 몇이나 되겠는가. 비록 나는 방탕한 인간이었지만, 만일 내 아이가 태어난다면 이런 식의 지저분한 우연 속에서 결합된 경우는 결코 아니어야 했다. 그리고 애초부터 여자애의 말은 성립이 불가능한 가정이었다. 수많은 남자를 상대하는 창녀가 어떻게 한 남자를 특정해 임신했다고 단정지을 수 있단 말인가. 매춘을 엄벌하는 네이처의 사회에서 여자애는 자신의 말을 증명하기 위해 내게 DNA 검사를 요구할 수 있는 형편도 아니었다. 나는 그저 화대보다 좀더 많은 돈을 여자애에게 건네주는 것으로 이 말도 안 되는 상황을 간단히 끝내버렸다.

"자, 이 돈 받고 여기서 나가. 지금은 근무시간이야. 억지스러운 네 얘기를 듣고 있을 만큼 한가하지 않아."

돈을 건네받은 여자애는 내 얼굴을 애원하듯 바라보았다. 내가 눈을 부릅뜨자, 여자애는 곧 흐느껴 울면서 밖으로 나갔다. 여자애가 눈앞에서 사라지고 나서야, 나는 비로소 내 연인이 저 여자애와 아주 많이 닮았다는 것을 깨달았다. 그 이후로, 여자애를 어디서도 본 적은 없었다. 그러나 아주 가끔씩 나는 그 당돌한 여자애와 혹시라도 낳았을지 모르는 아이를 떠올렸다.

내 상상 속의 아이는 늘 남자애였다. 여자애는 나의 가정 자체에 포함되지 않았다. 11구역 출신인 나는 빈민 계급의 여자애들이 얼마나 혹독하게 착취되는지 직접 두 눈으로 보며 자랐다. 물론 남자라고 해서 착취의 예외가 될 수는 없었지만, 적어도 여자만큼 인간 이하의 취급 속에 노출되지는 않았다. 생활고를 견디다못해 나를 두고 가출해 버린 어머니는 내 기억 속에서 늘 피로에 절어 창백한 얼굴을 하고 있었다. 알코올중독인 남편에게 다년간 얻어맞아 결국 죽음에 이른 고모의 불행한 삶이나, 걸핏하면 곳곳에서 희롱과 추행과 같은 폭력에 시달려야 했던 내 사촌 누이들이나, 11구역의 여자들은 차라리 태어나지 않는 편이 훨씬 더 나았을 이들이었다. 나는 상상 속에서라도 내 아이가 여자애이길 원하지 않았다.

우선 내 아이는 아름다운 내 연인의 얼굴을 닮는 편이 나을 것이다. 하얀 피부, 빛나는 검은 눈동자, 적당히 부푼 듯한 입술까지. 하지만 아이는 나의 고집스러운 매부리코와 반곱슬머리, 그리고 큰 키를 닮게 될 것이다. 조화와 부조화가 교묘하게 공존하는 매력적인 남자의 외양을 지닌 나의 아이가 완벽하게 수정된 영상처럼 내 눈앞에 보이는 듯했다. 아이가 좀더 자란 모습도 상상 속에서 그려볼 수 있을 것이라는 기대감으로 내가 잠시 멍해 있었던 때였다. 갑자기 렘이 내 어깨에 기어올라 머리카락을 함부로 잡아당기는 바람에 가상의 내 아이는 그만 허공으로 사라져버렸다.

여하튼 렘은 이름처럼 온순한 녀석은 아니다. 가끔 활달한 에너지가 과하게 느껴질 만큼 무지막지한 장난꾸러기이다. 지금도 내 곁에서 펄쩍펄쩍 뛰어오르고 꽥꽥 소리를 내지르며 난리를 쳐대고 있다. 녀석에겐 이런 행동이 다 놀이인 모양이다. 렘이 소란스럽게 장난을 칠 때마다 나는 최대한 무서운 표정을 지으며 맹수가 으르렁거리는 소리를 냈다. 하지만 이 조그만 녀석은 위협하는 내가 조금도 겁나지 않는 모양이다. 오히려 렘은 내가 으르렁거리면 빠끔한 콧구멍만이 있는 코를 실룩거리며 양팔을 앞뒤로 마구 흔들어댔다. 몇 번을 반복하며 보니, 녀석의 이 동작이 나를 약 올리려는 것임을 알아챌 수 있었다. 어이가 없어서 나는 웃었다. 그러자 녀석은 점점 더 뻔뻔스러워져서 일주일 전 아침엔 급기야 내 어깨에 기어올라 북을 치듯 머리를 작은 손바닥으로 탁탁 쳐대는 것이었다. 꺅꺅대는 웃음소리와 함께. 이번에는 나도 화가 치밀어올라 렘을 단호히 어깨에서 끌어내리고는 엉덩이를 가볍게 세 번인가 때려주었다.

때리는 시늉만 했던 체벌이었다. 설마 작고 약한 새끼에게 아플 만큼 심한 매질을 할 수 있었겠는가. 그런데 렘은 울었다. 나를 원망스럽게 바라보는 크고 파란 두 눈에서 인간처럼 눈물이 흘러내렸다. 녀석은 어깨까지 떨면서 서럽게 울었다. 나는 내심 적잖은 충격을 받았다. 내 앞에서 울고 있는 렘이 정말 내가 알고 있는 동물들과 같은 종인지 혼란스러웠다. 계속 우는 녀석을 견딜 수가 없어서 내 어깨에 도로 올려놓았다. 금세 렘은 꺅꺅 웃음소리를 내며 손바닥으로 내 머리를 치는 놀이를 했다. 더이상 혼낼 엄두가 나지 않아 나는 그냥 녀석을 내버려두었다. 어찌나 내 어깨에 집착하는지, 가끔 잠에서 깰 때면 녀석의 한쪽 발이 어깨에 얹혀 있기도 했다. 작고 가벼운 발이라서 사실 그다지 신경 쓰이지도 않았지만, 녀석의 잠든 자세가 영 불편해 보여 가만히 발을 옮겨준 적이 있었다. 그런데 내 어깨에서 발이 떨어지자마자 렘이 울음을 터뜨리는 것이었다. 우는 녀석을 한참 동안 어르고 달래주어야 했다. 아무래도 울음을 멈추지 않아, 나는 무작정 렘을 품에 안고서는 그새 머리카락이 듬성듬성 난 머리통을 오랫동안 쓰다듬어주었다. 그날부터 렘은 내 품안에 안긴 채 잠을 잤다. 렘은 잠을 잘

때만 이름처럼 순한 양이었다. 잠에서 깨어난 순간부터 녀석은 못 말리는 개구쟁이가 되어 아직 잠에서 덜 깬 나의 배를 발로 걷어차는 것으로 아침을 시작했다. 게다가 엄청난 먹보라서 내 식사량만큼 먹어치우는 일도 다반사였다. 하긴 루시아에 정착하면서 내가 음식을 덜 먹게 된 까닭도 있을 것이다. 네이처에 있을 때보다 이곳에서는 절반 정도만 먹어도 금세 배가 부르곤 했다. 아무래도 적게 먹는 것에 위가 적응을 한 것 같았다. 하지만 렘과 내가 먹을 식량을 구하기 위해서 나는 전보다 두 배의 노력을 해야 할 것이다. 맛도 없는 열매들을 렘이 어찌나 좋아하던지 나는 숲에 들어갈 때마다 수납 자루가 넘치도록 가득 열매를 따오곤 했다. 종종 해산물도 먹어줘야 영양소의 균형이 맞으련만, 나는 열매를 짊어지고 오는 것만으로도 이미 힘이 빠져서 바닷가의 조개나 게를 찾는 것은 엄두도 내지 못하고 있었다. 렘이 좀더 크면 다른 것도 먹여야 할 텐데. 벌써부터 걱정이 들었다. 그래도 녀석이 맛있게 먹어대는 모습을 보면 기분이 좋아졌다. 비가 그치면 렘과 함께 바닷가로 나갈 작정이었다. 틀림없이 녀석도 햇빛을 받는 편이 성장에 큰 도움이 될 것이다.

다음날 나는 산책하듯 가볍게 나갔다가 동물들과 정면으로 마주쳤다. 이상하게도 놈들은 나를 피하지 않았는데, 아마도 내가 총을 가지고 있지 않다는 것을 알아채버린 것 같았다. 모래사장 같은 곳에 삼삼오오 모여 앉아 일광욕이라도 즐기는 듯 한가로워 보이는 놈들을 오히려 내 쪽에서 슬슬 피해 부러 멀리 돌아갔다. 놈들에게 폭력성이 없다는 것은 잘 알고 있었지만, 아무래도 무리 지어 있는 녀석들에게 어떤 식으로든 보복을 당할 가능성을 생각하지 않을 수는 없었던 것이다. 게다가 놈들은 반달 전에 봤던 것보다 수가 꽤 늘어 있었다. 예전만큼 마릿수가 늘어난 것이 확연히 눈에 보였다. 내가 죽였던 수만큼, 아니 그 이상 개체수가 늘어난 것 같았다. 어떻게 이럴 수 있을까? 현무암 틈에 납작 엎드린 채 은신처에 얼간이를 두고 온 것을 후회했다. 어쩌면 녀석들이 또 사라질지도 모르는 일이다. 저렇게 놈들이 방심했을 때 개체수를 확 줄여놓아야 했다. 자세히 지켜보니 놈들에게도 렘과 같은 새끼들이 많이 있다는 걸 확인할 수 있었다. 혹시 한 달 넘게 놈들이 잘 보이지 않았던 이유가 번식기였기 때문일 수도 있겠다는 생각이 들었다. 알을 낳고 땅속에 씨앗처럼 묻어놓은 다음, 적절한 시기에 다시 캐내어 나처럼 품속에서 부화시키는 것일 수도 있다. 번식에 인간만큼 긴 시간이 걸리지는 않는 듯했다. 놈들은 내가 예상한 것 이상으로 왕성한 번식력을 가지고 있는 것 같았다.

그렇게 보니 렘은 또래에 비해 몸집이 작은 편인 듯했다. 대부분의 새끼들이 렘보다 적게는 한 뼘 정도, 많게는 서너 뼘 정도 더 키도 크고 몸집도 제법 단단했다. 속상했다. 아무래도 렘이 먹는 음식이 열매뿐이라는 게 마음에 걸렸다. 동물들 틈의 새끼들은 해초와 바위에 붙은 고둥 같은 것들을 직접 따먹고 있었다. 저녁이 되기까지 동물들의 일광욕은 계속됐다. 나는 놈들의 새로운 은신처를 알아내기 위해 꿋꿋이 버텼지만 날씨가 더 추워지는데도 놈들이 이동할 기미가 없어서 그만 포기해야 했다. 은신처로 돌아가기 전 바위틈에 붙어 있던 해초를 좀 뜯어서 갔다. 렘은 내가 내민 해초를 눈 깜빡할 새에 깨끗이 먹어치우고는 더 달라고 찡찡거리며 보채기까지 했다. 그 모습을 보면서 나는 렘 역시 놈들과 동족이라는 것을 인정할 수밖에 없었다. 씁쓸한 기분도 잠시, 렘이 내 품을 파고들고는 새근거리며 잠이 드는 모습이 제법 사랑스러웠다. 깊은 잠이 든 렘은 꿈속에서 무언가를 맛나게 먹고 있는지 챱챱 입맛을 다셨다.

하루가 다르게 렘이 자라고 있다. 얼마 전부터 은신처 벽면에 녀석의 키를 표시하고 있는데 어제보다 반뼘 좀 넘게 커졌다. 이제 녀석은 내 허리 높이까지 자랐다. 내 신장은 백팔십이 센티미터인데, 동물들의 평균적인 키는 나보다 칠팔십 센티미터 정도 작은 듯했다. 하지만 렘의 비약적인 성장 속도로 봐서는 자칫하면 반달 새에 내 키만큼 자라날 것 같기도 했다. 하지만 내 눈엔 녀석이 아직도 어리광을 부리는 새끼처럼 보였다. 여전히 렘은 내 품안에 폭 안겨 잠을 잤다. 밤마다 나는 녀석에게 자장가를 불러주어야 했다. 깊게 잠들었다 싶어 노래를 슬며시 멈추면, 어김없이 녀석은 두 눈을 번쩍 떴다. 어둠 속에서 빛나는 녀석의 파란 발광체 눈이 나를 향했다. 잠이 깨 칭얼거리는 렘을 한참 동안 달래야 했다. 어쩔 수 없이 나는 반쯤 자고 있는 상태에서도 자장가를 흥얼거리게 되었다.

오늘도 나는 동물의 무리를 바닷가에서 보았다. 얼간이를 소지하고는 있었지만 나는 그냥 호주머니에 든 그것을 만지작거리기만 했다. 어쩐지 사냥에 대한 열망이 시들해진 느낌이었다. 렘의 영향이 클 것이다. 어쨌든 렘의 동족들이니깐. 물론 나는 렘을 놈들과 완전히 같은 동물이라고는 보지 않는다. 억지일 수도 있다는 것을 알고 있다. 하지만 내 생각에 렘은 분명 놈들과는 다르다. 우선 외양이 그렇다. 열등한 동물로 자랄 것이라는 애초의 내 예상은 완전히 빗나간 것이었다.

렘도 머리가 인간의 비율에 비해서는 큰 편이었지만 놈들보다는 작았다. 눈도 그렇다. 인간보다야 훨씬 부자연스럽게 커다랗지만 파란 물속 같은 예쁜 두 눈은 놈들보다는 작다. 코도 비록 낮지만 콧대가 아예 없지도 않고 입술도 소시지 두 개를 겹친 것 같은 놈들보다는 비교적 얇은 편이다. 렘의 입술은 모양 좋은 콩깍지 두 개를 겹쳐놓은 것처럼 보인다. 이 녀석은 머리카락 숱도 동물들보다는 많은 편이다. 오늘은 내가 턱까지 오는 렘의 머리카락을 내 헌 옷가지에서 떼어낸 천 조각을 이용해 하나로 묶어주기까지 했다. 무엇보다 렘이 동물들과 가장 다른 점은 바로 인간과 비슷한 양팔 밑에 맹수의 앞발이 없다는 점이다. 사실 내겐 이것이 가장 의미심장했다. 렘이 여타의 동물들과 다르다는, 그 증거였다.

당분간 렘을 데리고 동물들이 자주 출몰하는 바닷가로는 나가지 않을 생각이다. 다른 생명체라고는 나밖에 본 적이 없는 렘이 갑자기 흉측한 동족들을 대면한다면 얼마나 놀라겠는가. 물론 계속 피할 수만은 없을 것이다. 하지만 아직은 렘을 보호하고 싶다. 내겐 렘이 이름처럼 연약한 아이같이 느껴진다. 나는 놈들과 다른 렘이 동족들에게 핍박을 당할 수도 있음을 명심하고 있다. 언제나 무리와 다르고 유별난 것은 배척의 대상이 될 수밖에 없음을 나 역시 경험을 통해 충분히 알고 있었다.

동물들과의 불안한 휴전 상태가 지속되고 있다. 하긴 나만의 일방적인 사냥이었지만. 놈들은 이제 나를 보고 도망가지도 않는다. 그냥 나를 없는 존재로 취급한다. 투명 인간이라도 된 기분이 들었다. 은신처에서 내가 오기만을 기다리는 렘을 위해 바위틈에서 해초를 채집하고 있는 내 주위로 놈들은 아무 거리낌 없이 오가고 있다. 심지어 놈들의 새끼들은 저희들끼리 물장구를 치고 놀다가 느닷없이 나를 향해 작은 물보라를 일으키며 장난을 치기까지 했다. 장난친 놈들을 혼쭐내주려다가 이내 그만두었다. 새끼들이 내가 혼을 내는 걸 혹시나 저희들과 놀아준다고 착각하기라도 한다면 더욱 피곤한 일이 벌어질 것이다.

놈들의 주식은 생선을 비롯한 각종 해산물인 것 같았다. 방금 내 곁에서 겉옷을 슬쩍 잡아당겼다가 도망친 새끼 한 마리가 맹수 같은 날카로운 발톱을 작살처럼 이용해 손쉽게 물고기를 잡는 모습을 목격했던 것이다. 렘은 할 수 없는 일이었다. 새삼 나의 어린 양이 불쌍해졌다. 렘에게 갖다주기 위해 나도 물고기를 잡아보려고 부단히도 노력해봤지만 결국 허탕만 쳤다. 그러는 동안에도 놈들은 내 팔뚝만한 물고기들을 발톱으로 잘도 잡아냈다. 약만 바짝 오른 채로 씩씩거리며 은신처로 돌아왔다. 렘은 내가 건네주는 음식을 족족 맛나게 다 먹어치웠다. 나는 제법 머리카락이 많이 난 렘의 타조알 머리를 쓰다듬어주었다.

"착한 녀석."

내 말을 알아듣기라도 한 것처럼 녀석이 갸르릉거리는 고양이 울음소리를 내었다. 내가 웃자, 녀석은 내 다리에 넝쿨손처럼 팔과 다리를 감아 매달렸다. 몸집이 커진 녀석이 제법 무거웠지만, 나는 그냥 웃기만 했다.

밤새 지하의 어딘가에서 동물들의 울음소리가 들려왔다. 출구를 제외한 열두 개의 입구들 중 하나일 것이라는 생각이 들었다. 하나하나 수색해봐야 할까. 판단이 잘 서지 않았다. 그 탓에 렘이 너무 놀라서 경기를 일으키듯 온몸을 벌벌 떨어대었다. 이 녀석은 아직까지 놈들의 끔찍한 울음소리를 한 번도 듣지 못했던 것이다. 이래서 자라는 환경은 더없이 중요하다. 저런 울음소리를 듣지 않고, 렘이 내 곁에서 이대로 잘 자라나기만을 바랐다. 놈들이 집단 히스테리라도 부리는 것일까. 왜 저토록 요란하게 밤새 울어대는 것인지 모르겠다.

14

렘이 몹시 아프다. 이게 다 놈들의 소름 끼치는 울음소리 때문이다. 덕분에 불쌍한 렘은 온종일 끈적한 녹색 액체를 토해내고 있다. 빗물 외엔 먹은 것도 없는데 그 작은 몸에서 무얼 그렇게 토해낼 수 있는지 모르겠다. 마음을 졸이던 끝에 차라리 놈들이 알을 캐던 숲속으로 데려다놓는 편이 낫지 않을까 싶어 렘을 데리고 갔다. 저녁이 오기까지 기다리고 또 기다렸지만 동물들은 여전히 보이지 않았다. 저녁이 되자 하는 수 없이 렘을 도로 은신처로 품고 왔다. 녀석은 몸을 공벌레처럼 웅크리며 밤새 힘없이 울어댔다. 그 울음소리를 들으니 심란해졌다. 렘의 어미였다면 어떻게 했을까? 설마 동물이라도 자기 자식을 죽도록 내버려두지는 않을 것이 아닌가. 고아인 렘과 역시 고아나 마찬가지로 자라난 내가 겹치며 가슴이 시려왔다. 네이처에서나 루시아에서나 불쌍한 존재들은 늘 있기 마련인 것일까. 그것이 어쩔 수 없는 세상의 이치인 것일까. 나 역시 렘을 따라 울고 싶어졌다.

렘의 병세는 점점 악화되었다. 렘이 죽을 수도 있다는 불길한 예감이 들었다. 이 와중에도 어느샌가 우리를 쫓아온 놈들의 울음소리는 그치질 않았다. 내가 정말 미쳐버리겠는 건 도대체 놈들이 지하의 어디에서 우리를 골탕 먹이고 있는지 알 길이 없다는 점이었다. 나는 나 자신에게 맹세했다. 렘이 낫기만 하면 어떻게든 저놈들을 전부 다 죽여버리고 말겠다고.

이틀이 채 되지 않아, 식량이 모조리 바닥나버렸다. 아픈 렘을 간호하느라 밖에 나가지 못한 탓이었다. 오늘 아침 렘은 마지막 남은 열매를 조금이나마 삼킬 수 있었다. 멜론 비슷한 열매였는데 역시 맛은 전혀 없었지만 제법 즙도 많았고 과육도 부드러웠다. 렘이 지난 오 일간 유일하게 먹은 음식이 이 열매뿐이라 나는 숲에 가지 않을 수 없었다. 그런데 병세가 심한 렘이 내가 없는 동안 세상을 떠날 수도 있다는 생각에 망설여졌다. 만일 렘의 죽음을 지키지 못한다면 마음이 너무 아플 것 같았다. 이러지도 저러지도 못하며 안절부절못하다가 한참을 보냈다. 그러다가 문득 내가 바라는 건 무엇보다 렘이 낫는 것이지, 무력하게 렘이 죽는 것을 방관하는 것이 아니라는 사실을 깨달았다. 만약 내가 렘에게 줄 식량을 가져오기를 망설이는 동안 기력이 다한 렘이 죽어버린다면 나 자신을 용서할 수 없을 것이었다. 마음을 정하자마자 최대한 빨리 숲에 다녀오기 위해 수납 자루를 깨끗이 비웠다. 얼간이도 은신처에 놓아두었다. 설혹 무리 지어 있는 놈들에게 생명을 위협받는 상황이 닥친다 해도, 죽어가는 렘을 살리기 위해서는 어쩔 수 없는 일이었다. 그저 운이 나쁘지 않기만을 바랄 수밖에 없었다. 짐은 숲에서 짊어지고 오는 열매만으로도 버거울 것이다. 나머지는 무게만 나갈 뿐이다. 지난 일 년 넘게 숲속을 오가면서 이젠 눈을 감고도 다닐 수 있을 만큼 익숙해진 지하 굴속을 전속력으로 뛰어나가려고 시도했다. 하지만 생각만 앞설 뿐 며칠째 제대로 움직이지 않았던 몸은 무겁기만 했다.

입구로 나가자 사방은 온통 어두컴컴한 잿빛으로 덮여 있었다. 잿빛의 장막 뒤에 가려진 태양은 희미한 그림자로만 존재했다. 비가 올 징조였다. 이곳에서 지내며 가장 이상하게 여겨지는 것 중 하나가 바로 비가 올 때였다. 여기는 별도 구름도 없다. 오직 저 홀로 불타오르는 강렬한 태양이 있을 뿐이다. 밤이 오면 깜깜한 어둠의 하늘엔 아무것도 없다. 완벽한 어둠과 무의 상태이다. 이런 하늘에서, 비구름이라곤 흔적조차 찾을 수 없는데도 어김없이 가뭄을 해갈할 소중한 비가 주기적으로 내리고 있다. 넘치지도, 덜하지도 않은 적절한 강수량이었다. 마치 어떤 시스템에 의한 프로그램처럼.

날씨가 흐릴 때 가장 큰 문제점은 시간의 흐름을 도통 짐작하기가 어렵다는 것이었다. 저녁의 추위가 오기까지 얼마큼 시간이 남아 있는지를 알 수 없어 은신처로 출발할 때를 놓치기 십상이었다. 난처한 상황이었다. 결단을 내려야 했다. 열매 대신 아쉬운 대로 바닷가의 해초나 조개 같은 것들을 채집해 돌아가거나, 자칫 은신처로 돌아갈 때를 넘겨 추위를 견디며 아픈 렘을 홀로 남겨둘 위험을 감수하거나. 나는 욕심을 버리고 바닷가의 해초를 채집해 렘에게 돌아갔어야 했다. 그러나 렘이 즙이 뚝뚝 떨어지는 열매를 힘겹게나마 삼키던 모습이 떠올랐다. 해초를 가져간들 녀석이 그것을 목구멍으로 넘길 수나 있을까.

잿빛 하늘을 올려다봐도 답이 있을 리 만무했다. 나는 그때 스스로에게 말했다. 이렇게 고민하면서 아까운 시간이나 축내고 있을 바엔 차라리 고민 자체를 끝내고 행동으로 옮기는 편이 낫다고 말이다. 또다시 내 안에 내재된 네이처의 군인 정신이 불쑥 튀어나온 것이다. 안 되면 되게 하라, 라는 빌어먹을 불굴의 행동 정신. 인생의 미묘한 선택의 순간을 무색하게 만들어버리는 복불복의 선동적 표어. 잘되면 좋은 것이고, 만일 못 되어도 시도한 것으로 스스로를 자랑스럽게 여겨야 한다는 강요된 만족. 나는 역시 어쩔 수 없는 네이처의 군인이었다. 고민 따윈 그만두고, 그대로 숲속을 향해 뛰어가버렸으니까.

이쯤이면 열매가 있는 숲에 도착했어야 했다. 하지만 어쩐 일인지 마땅히 있어야 할 열매들이 보이지 않았다. 불길한 예감이 들었다. 울창한 나무숲 너머로 천둥이 치는 소리와 함께 번쩍 낙뢰가 떨어졌다. 곧 타닥타닥 나뭇잎과 가지들을 두드려대는 굵은 빗방울 소리가 들려오기 시작했다. 나는 어둠에 잠긴 숲속에 망연히 선 채 얼간이를 은신처에 두고 온 멍청한 자신에게 욕을 퍼붓고 있었다. 숲에선 항상 예기치 못한 일들이 일어나곤 한다는 것을 뻔히 알고 있었으면서도 자만한 나머지 스스로를 위험에 빠뜨리고 만 너야말로 진짜 얼간이가 아닌가, 라고. 덕분에 센서등의 불빛도 없이 숲의 음습한 어둠 가운데 홀로 남겨지고 말았다. 왠지 몸이 으슬으슬해지는 느낌이 드는 것은 틀림없이 내 불안한 상상 때문이었을 것이다. 나는 아직 숲에서 아무 소득도 얻지 못했고, 렘에게 줄 열매가 자라는 나무조차 찾지 못한 상태였다. 숲속으로 좀더 깊이 들어가는 수밖에. 그곳에서 렘에게 가져다줄 열매를 반드시 찾아야 했다. 한 걸음, 또 한 걸음 내딛는 것 외엔 다른 선택이란 없는 것이다. 지금 이 순간에도 렘은 사경을 헤매고 있다. HD-733, 찾아라. 좀더 눈을 부릅뜨고, 열심히, 찾아내라. 너의 이름을 물려줄 어린 양을 위해서. 나는 묵묵히 걸어나갔다.

나뭇가지 새로 빗방울이 떨어져내렸다. 빗물에 젖은 머리카락이 자꾸만 이마 위로 흘러내려왔다. 다리엔 벌써부터 감각이 느껴지지 않았다. 너무 지쳐버려서 방향감각도 목적의식도 어느새 사라져버렸다. 이젠 추위가 단순한 착각이 아니라는 것이 느껴질 만큼 덜덜덜 몸이 떨려오고 있었다. 죽음이 가까이에 있었다. 어쩌면 오늘밤 죽음을 맞이하는 이는 렘이 아닌 나일 수도 있겠다는 생각이 들었다. 불쌍한 렘. 내가 아는 루시아의 첫번째 고아인 렘. 어둡고 쓸쓸한 지하에서 신음하고 있는 나의 아이. 나는 쓰러졌다.

15

나는 깨어났다. 어두웠다. 하지만 무섭다기보다는, 안정되고 따뜻한 상태라는 것을 느낄 수 있었다. 꿈을 꾸지 않았다는 것을 인지하고 있었음에도 나는 지금 꿈을 꾸고 있는 것이라고 여기고 싶었다. 평온한 꿈에서 영원히 깨어나지 않기를 간절히 바랐다.

점점 정신이 돌아오자, 나는 퍼뜩 자리에서 몸을 일으켰다. 렘! 나의 불쌍한 렘에게 돌아가야 했다. 예상보다 몸 상태가 가뿐했다. 그러고 보니 추위에 밤새 노출되었는데도 얼어죽지 않았다는 사실이 놀라웠다. 어떻게, 그 지독한 추위를 이겨낼 수 있었을까. 이렇듯 멀쩡한 상태로 말이다. 의문이 꼬리를 물고 떠올랐다. 여기는 어디인가. 과연 쓰러진 후로 얼마나 시간이 지난 것일까. 렘은 아직까지 살아 있을까. 답을 해줄 이는 아무도 없었고, 모든 물음은 내 주위로 빙글거리며 맴돌고 있었다. 마치 나를 약 올리면서 어디 혼자서 잘 찾아보라고 속닥거리는 것만 같았다. 찾아봐. 찾아봐. 찾아볼 테면 어디 찾아보시지.

혼란스러웠다. 어지럼증이 밀려와 조금 비틀거렸다. 발끝에 무언가 둥글고 단단한 것이 밟혔다. 상체를 굽혀 그걸 집어올렸다. 레몬만 한 크기의 단단한 껍데기. 바로 렘이 까고 나온 껍데기와 같은 것이었다. 나는 어둠 속에서도 그것을 알아볼 수 있었다. 주변을 조심스럽게 걸어다녀보았다. 온통 동물들의 알껍데기가 널려 있었다. 문득 이곳이 어디인지 생각이 났다. 몇 달 전, 동물들이 알을 캐는 것을 목격했던, 그 장소였다. 그러자 어렵지 않게 내가 왜 얼어죽지 않았는지 알 수 있었다. 내가 쓰러졌던 이곳이 놈들의 알 보관 장소였기 때문이다. 어떤 이유에선지는 모르지만 숲속에서 놈들만이 알고 있는 핫 존Hot-zone인 듯했다. 그러나 만일 그렇다면 동물들이 왜 굳이 밤의 강추위를 피할 은신처로 바닷가의 지하에 그토록 복잡한 굴을 파두었단 말인가. 내가 인지하고 있는 루시아는 매우 한정된 공간일 뿐이다. 이곳의 원주인인 동물들은 분명 이 행성의 곳곳에 존재하는 모든 핫 존에 대해 알고 있을 것이다. 루시아와 놈들은 나를 언제나 당황시키며 헷갈리게 만들곤 한다. 해결되지 않는 의문은 당사자에겐 고문과도 같다. 앞으로 얼마나 생존해야 이곳에서 일어나는 상황들에 관해 내 이성이 수용 가능한 해답을 얻을 수 있을까.

핫 존 곳곳에 널려 있는 알껍데기들을 가능하면 밟지 않으려고 애를 썼다. 단지 빈 껍데기라는 건 나도 잘 알고 있다. 하지만 렘도 이처럼 알껍데기를 깨고 세상에 나왔고, 미처 알을 깨고 나오지 못한 새끼들이 있을 수도 있다는 생각에 함부로 밟고 다닐 수는 없었다. 몸도 정신도 근래에 이처럼 좋았던 적은 없었던 것 같다. 생명의 땅에서 뿜어져나온 기운이 인간인 내게도 영향력을 발휘한 모양이었다. 여전히 어둠 속이었지만, 방향이나 위치, 거리를 파악하는 감각은 그 어느 때보다 정확했다. 내 머릿속에 입체 영상처럼 떠오른 지도를 통해 나는 빠르게 숲을 가로질러 나왔다. 시간을 잴 수 없어 아쉬웠지만, 팔 킬로미터가 넘는 깜깜한 숲길을 매우 효율적인 경로로 한 시간도 걸리지 않고 걸어나왔을 것이라고 나는 자신했다.

숲을 빠져나오자 예의 눈부신 햇살이 바닷가를 내리비추고 있었다. 그 잔잔하고 평화로운 풍경에 절로 감탄사가 나왔다. 루시아의 빛나는 태양을 처음 보는 것처럼 정신없이 바라보다가 퍼뜩 렘을 떠올렸다. 핫 존을 떠나 이곳까지 오면서 나는 무언가에 홀린 것처럼 나의 렘을 까맣게 잊고 있었던 것이다. 도저히 이해할 수도, 누군가에게 이해를 바랄 수도 없는 일이었다. 나는 은신처를 향해 뛰어갔다. 뛰어가는 중에도 숨이 별로 차지 않아서 이상했다. 마치 이십대 초반 청년의 몸으로 돌아간 것처럼 가볍고 빨랐다. 나선형 관을 미끄러져 내려가면서는 나도 모르게 신나서 소리를 지르기까지 했다. 아파서 죽어가고 있는 렘이 뻔히 듣고 있을 것을 알면서도. 그런데도 소리를 지를 수밖에 없을 만큼 신이 나서 견딜 수가 없었다. 이 비이성적이고 돌발적인 감정의 분출을 어떤 식으로 설명해야 할지 난감할 따름이다. 나는 아이들이 종종 보여주는 못 말리는 열광의 상태를 체험하고 있었다. 이것도 핫 존의 영향일까? 아니면 혹시 죽은 렘과 마주치게 될까 봐 미리 충격을 완화하고자 일종의 방어막을 만들어놓은 것일까? 이미 미친 사람은 미칠 만한 상황에서도 태연할 수 있는 법이다.

극도로 긴장한 상태로 모래 바닥, 아니 그것으로 보였던 바닥에 두 발이 닿았다. 나는 렘의 이름을 불렀다.

"렘! 렘!"

놈들과 다를 바 없는 동물이지만, 렘은 기특하게도 내가 자기를 위해 지어준 이름을 곧잘 알아들었다. 내가 이름을 부르면, 렘은 고양이 울음소리를 내며 대답했던 것이다. 나는 혹시라도 누워 있는 렘을 밟을까 싶어서 조심조심 발걸음을 옮겨나가며 다시 한번 렘을 불러보았다.

"렘!"

대답이 없었다. 어두운 굴속으로 오직 나의 목소리만이 메아리처럼 울려퍼졌다.

온몸의 힘이 빠져나가 제자리에 주저앉아버렸다. 나는 렘이 죽은 것이라고 생각했다. 내가 소득 없이 숲을 오가며 렘을 잊은 동안 가엾은 나의 양이 홀로 죽어간 것이라고. 도저히 죽은 렘을 대면할 용기가 나지 않았다. 렘…… 나는 헛되이 렘의 이름을 반복해 불렀다. 심장에 무지근한 둔통이 느껴졌다. 속이 메스꺼워지며 헛구역질이 났다. 렘이 음식을 거부하는 동안 나 역시 먹은 것이 별로 없었다. 그런데도 왜 이렇게 토할 듯한 기분이 드는지 알 수 없었다. 목구멍 중간에 주먹만하게 뭉쳐진 단단한 것이 자꾸 몸밖으로 튀어나가려고 꿈틀거렸다. 아팠다. 눈시울이 붉어지면서 내 앞의 어둠이 조각조각 나눠졌다. 돌연 빰

위로 눈물이 흘러내렸다. 나는 떨리는 손으로 눈물을 닦아내었다. 손바닥에 느껴지는 축축한 느낌이 너무 생경했다. 한동안 망설이던 나는 양손으로 바닥을 더듬거리며 죽은 렘을 찾아다녔다. 수납 자루에서 꺼내놓은 물건들이 손에 잡혔다. 손끝에 닿는 감각만으로 나는 얼간이를 집어들었다. 심하게 손이 떨려서 센서등이 잘 켜지지 않았다. 겨우 불빛이 들어왔다. 차마 죽어 있는 렘을 볼 용기가 나지 않았다. 나는 눈물을 흘리며 렘이 누워 있었던 자리를 센서등으로 비췄다.

렘이 없었다.

렘에게 덮어주었던 내 겉옷만 구겨진 허물처럼 놓여 있을 뿐이었다.

내 눈을 믿을 수가 없었다. 굴속 여기저기를 센서등으로 마구 비춰보았다. 렘은 어디에도 보이지 않았다. 그토록 병이 위중했던 렘이 제 발로 굴 밖에 나갔을 가능성은 거의 없었다. 지금까지 렘은 내가 데리고 나가지 않는 이상 내 허락 없이 멋대로 돌아다닌 적이 한 번도 없었다. 렘은 인간의 아이보다 더 온순하고 착한 놈들의 새끼였다. 그러자 내 머릿속에 떠올리고 싶지 않은 생각이 떠올랐는데, 그것을 구체적으로 상상하는 것만으로도 나는 분노가 치밀어오르는 것을 느낄 수 있었다. 바로 그놈들이 자신들의 새끼인 렘을 멋대로 데려가버렸다는 것이었다. 마치 잠시 맡겨두었던 자신들의 소유물을 이제 그만 가져가겠다고 일방적인 통보를 하듯 갑자기 가져가버린 것이다. 이것이 사실이라면 내 입장에서는 납치나 다름이 없었다. 나는 벌떡 일어나 열두 개의 입구를 번갈아 오가면서 고래고래 소리를 질러댔다.

"네놈들을 다 죽여버릴 테다! 절대 가만두지 않아!"

여전히 대답은 없었다.

16

렘, 불쌍한 렘…… 만일 놈들이 렘을 납치했다면, 아직 죽지는 않았다는 뜻이었다. 렘의 사체를 놈들이 굳이 가져갈 리는 만무했다. 만에 하나 그놈들만의 특별한 방법으로 병이 낫는다고 한들 렘이 그 미개한 것들의 틈에서 성체로 자라날 가능성은 희박할 것이었다. 렘은 인간인 내 기준에서는 우월한 동물이었지만, 놈들의 기준에서는 열등한 동족이었기 때문이다. 무엇보다 큰 문제는 렘에게는 동물들의 주요한 사냥 수단으로 쓰이는 맹수의 앞발이 없다는 것이었다. 사냥을 하지 못하는 렘은 먹이를 확보하는 데도 동족들보다 열등할 테지만, 더 중요하게는 동족 내에서의 서열 싸움에서도 절대적으로 불리할 것이 확실하다. 하루빨리 렘을 놈들에게서 구해내야 했다. 나의 구조가 늦어진다면, 렘은 그만큼 죽음에 가까워지게 된다. 그러나 늘 그렇듯 이론은 잘 알고 있으면서도 실천은 더뎌지고 있다. 왜 나는 망설이고 있는 것일까. 나는 도대체 무엇을 두려워하고 있는 것인가.

이제 예전같이 얼간이는 항상 나의 오른손에 쥐어져 있다. 네이처에서든 루시아에서든 총은 기꺼이 변함없는 나의 친구가 되어주었다. 총은, 적어도 정직하다. 누구에게든 평등하고 거짓이 없다. 얼간이의 서늘한 몸체를 만지작거리면 마음이 가라앉곤 했다. 지금도 나는 얼간이를 왼손 끝으로 살살 문지르고 있다. 아직 밤이다. 날이 밝으려면 적어도 몇 시간은 더 지나야 할 것이다. 렘이 사라진 후부터 나는 계속 불면의 밤을 보내고 있었다. 가끔 얕은잠에 빠져들 때마다 지독한 악몽에 시달렸기에 차라리 멍한 채로 잠을 자지 않는 편이 나았다. 날은 밝아올 것이고, 오늘은 반드시 밖으로 나가야 했다.

태양에, 정확하게는 내리꽂히는 흉기 같은 햇살에 공포심을 느꼈던 때가 있었다. 굴 밖으로 나오자마자, 나는 그날의 햇살이 다시금 나를 비추고 있는 것을 똑똑히 느낄 수 있었다. 객관적으로는 일상적인 루시아의 하루가 시작되고 있었다. 작년을 기억해보면, 달마다 서너 차례 비가 내리는 것을 제외하고는 하늘은 변함없이 맑았고 날씨는 늘 일정 기온을 유지하고 있었다. 대략 이십삼 도에서 이십오 도 사이, 인간이 가장 쾌적하게 지낼 수 있는 최적의 기온이었다. 사실 밤의 강추위만 대비할 수 있다면 루시아는 네이처의 이상적인 식민행성이 될 수 있는 조건들을 갖추고 있는 셈이었다. 내게 연민을 느끼고 있던 네이처의 집행관 중 한 명은 추방 전 이런 말까지 넌지시 해주었다.

"판결을 전적으로 받아들인다고 말하게. 루시아로의 추방은 자네에겐 무척 유리한 판결이 될 것이니깐."

당시엔 그의 말을 반신반의하면서도 이미 모든 상황에 염증을 느꼈던 터라 군말 없이 따랐다. 만일 그가 판결에 불복하라고 충고했어도 나는 즉결 처형을 기꺼이 감수하며 그의 말대로 했을 것이다. 네이처에서 대법관은 모든 권력을 뛰어넘는 막강한 지위에 있었기 때문에 대법관의 심기를 잘못 건드렸다간 법정 모독죄로 사형에 처해질 수 있었다. 그렇기에 네이처인들은 '법'과 '재판'이라는 단어만 들어도 몸을 움찔할 정도로 극도의 공포심을 가지고 있었다. 그 두 개의 단어가 누군가에게 적용되는 일이 발생한다면, 그것은 최악의 운명이 그를 기다리고 있다는 뜻과 같았다. 기본적으로 최대한의 배려와 관용을 원칙으로 하는 네이처의 법체계에서 재판이 열린다는 것은 범죄자에 대한 구형이 선고되는 것을 전제로 하기 때문이었다. 네이처의 법정에서 무죄가 선고되는 경우는 있을 수 없었다. 어떤 변호사도 자신이 맡고 있는 범죄자가 무죄라고 주장할 수는 없었다. 변호사가 할 수 있는 것은 다만 범죄자가 악의 없이 죄를 저질렀음을 호소하고, 형량을 줄여달라고 탄원하는 일이었다.

그런 역할에 있어서는 네이처 법원이 내게 배정한 변호사도 다르지 않았다. 더욱이 나의 경우는 한 점의 의혹도 없는 완벽한 살인죄가 적용됐기에 원칙적으로는 변호사 없이 재판이 진행되어야 했지만, 순전히 네이처 법원의 배려로 지극히 예외적으로 다뤄졌던 것이다. 변호사가 나를 위해 할 수 있는 일은 실질적으로 거의 없었다.

하긴 변호사도 나를 변호하는 일이 매우 껄끄러웠을 것이다. 나의 범죄는 네이처 행성뿐만 아니라 우리가 속한 제1은하계를 충격의 도가니에 빠뜨린 최대의 핫이슈였던 것이다. 실제로 변호사는 내게 어려운 상황에 대한 고충을 토로하기도 했다.

"물론 나는 범죄자이기에 앞서 네이처인으로서 당신이 누려야 할 기본적인 존엄에 대하여 잘 알고 있습니다. 하지만 여론이 너무 안 좋게 흘러가고 있어요. 아마도 재판이 속결로 끝난다면 판결은 당신에게 매우 불리할 겁니다. 당신을 위해 이 재판을 가능한 한 오래 끌 수 있도록 내가 할 수 있는 모든 노력을 다 해볼 작정입니다. 그러니 당신도 나를 믿고 최대한 협조해줘야 합니다."

첫번째 재판은 두 달 후에 열렸다. 나는 그때까지 형이 확정되지 않은 범죄자들을 위해 지어진 1-1시설에 머물렀다. 범죄의 경중에 따라 나눠진 시설이었다. 첫번째 '1'은 살인죄와 반역죄를 통칭하는 중범죄를 의미했고, 그 뒤에 붙은 '1'은 살인자를 뜻했다. 나는 이 시설의 유일한 범죄자였다. 시설 안내인에 따르면, 내가 육백팔십일 년 만에 1-1시설에 입소한 범죄자라는 것이었다. 그 역시 그곳에서 근무한 지 삼십 년이 넘도록 출퇴근을 반복하는 것 외엔 할 일이 전혀 없었던 터였다.

"덕분에 당신에겐 정말 미안한 말이지만, 나는 전날 밤 잠을 설칠 정도로 설렜지 뭡니까. 드디어 내게 공식적인 '일'이 배당된 것이니까요."

나의 살인이 그에겐 삶의 활력이 될 수 있다니. 참으로 아이러니한 일이었다. 나는 오 년이 조금 넘게 1-1시설에 머물렀다. 안내인으로서는 자신이 평생 동안 할 일을 나를 통해 할 수 있게 된 것이었다. 그는 매너리즘에 빠질 만한 아무런 '일'도 없었기 때문에 입소자인 내게 열과 성을 다해 잘해주려고 부단히 노력했다. 그에겐 내가 필시 하나뿐일 기회였다. 그동안 자신이 미처 발휘할 수 없었던 능력을 시험해 보겠다는 열망이 그를 사로잡고 있었다.

솔직히 나는 입소 초기엔 이런 안내인의 태도가 심히 못마땅했다. 그러잖아도 혼란과 두려움 속에서 하루하루를 보내고 있던 때였다. 세상의 관심은 온통 나를 향해 쏠려 있었고, 삶은 결코 원치 않았던 방향으로 저물어가고 있었다. 내 삶을 그나마 밝혀주었던 희미한 빛은 조금씩 밀려드는 어둠에 의해 사라지는 중이었다. 나의 미래가 순전히 외부에 의해 정해질 것이라는 사실이 나를 무기력하게 만들었다. 입소자는 시설을 벗어나지만 않는다면, 적어도 그 공간 안에서는 자유를 누렸다. 나는 내게 주어진 그 자유시간들을 온통 잠자는 일에 쏟아부었다. 잠 속에서는 망각이 허락되었다. 그 무렵 나의 유일한 소망은, 기억을 잊는 것이었다. 내가 진정으로 자유로워질 수 있는 길은 시시각각 나를 각다귀같이 물어뜯는 기억의 무수한 편린에서 도망치는 것뿐이었다. 그중에서도 가장 날 괴롭히는 기억은 바로 죽어가는 관리자의 눈동자였다.

그의 맑은 물속 같은 파란 눈동자에 떠올라 있던 물음표 하나. 왜, 라는 절박한 물음. 나 역시 스스로에게 수없이 했던 질문이었다. 나는 그의 죽어가는 모습을 지켜보고 있었다. 그의 눈이 흐려지면서 점점 낯빛이 창백해졌다. 하지만 그의 눈에 떠오른 물음표는 여전히 남아 있었다. 그는 내게 줄곧 묻고 있었다. 당사자인 나도 대답할 수 없는 질문을 그는 어리석게 반복했다. 총이 발사되고 이 분이 채 안 되었을 무렵 의료센터의 상주 집행관 세 명이 병실로 들이닥쳤다. 나는 범죄 현장에서 바로 체포되었다. 집행관들에게 양팔을 잡힌 채 끌려나갈 때 십수 명의 의료진이 헐레벌떡 병실로 뛰어들어갔다. 의료센터는 뜻밖의 비상사태에 심히 동요했다. 관리자가 병실에서 총격으로 사망한다면, 네이처 최고의 첨단 의료시설이라는 명성에 중대한 흠집이 새겨질 것이기 때문이다. 의료센터 관계자들은 관리자의 생사에만 촉각을 곤두세운 나머지 집행관들에게 둘러싸여 로비로 나가는 살인범에게는 눈길조차 주지 않았다. 다만 나를 병실로 안내했던 직원만이 경악과 혐오가 뒤섞인 얼굴로 한 손을 들어 입을 막고 있을 뿐이었다.

온통 번쩍이는 N 의료센터의 유리 건물을 막 빠져나왔을 때였다. 그날 네이처의 하늘은 유난히 맑고 푸르렀다고 기억하고 있다. 거리는 한산했고, 누구도 의료센터를 나서는 살인범과 세 명의 집행관을 주목하지 않았다. 나는 그들과 같은 공간에 있었지만, 실제로는 전혀 다른 공간에 존재하고 있었다. 그날 그 장소를 오가던 사람들은 몇 시간 지나지 않아 전 행성을 충격으로 몰아넣을 사건이 불과 몇 미터 앞에서 일어났을 것이라고는 전혀 예상치 못했을 것이다. 네이처 최고의 계급인들과 부유층이 거주하는 1-1구역에서 그런 극악한 범죄가 벌어진다는 건, 나 역시도 그 전날까지는 불가능한 일이라고 여겼다.

집행관의 차에 오르기 전 나는 잠시 시간을 끌었다. 관대한 네이처의 집행관들은 나의 소극적인 반항에 좀 당황한 기색이었지만, 그렇다고 억지로 나를 차에 태우지는 않았다. 나의 양팔을 붙잡은 자세 그대로 나와 같이 차 옆에 어정쩡하게 서 있었다. 나는 그때 반항을 하려던 것이 아니었다. 그저 이 시간이 지나면 내가 네이처라는 행성에서 어떤 식으로든 영원히 거부될 것이라는 예감이 들었고, 그래서 단 몇 초간이나마 내게 가해질 형벌의 압박감에서 해방되고 싶다는 무의식적 바람이 나의 발목을 슬쩍 잡았던 것이다.

실제로 얼마간의 시간이었는지는 모르겠다. 몇 초일 수도 있고, 몇 분이었을 수도 있다. 하지만 아무리 오래 끌었어도 삼사 분은 넘지 않았을 것이다. 어느 순간부터 나의 양팔을 잡은 집행관의 손에서 무시 못할 악력이 느껴졌기 때문이다. 그 악력의 의미는 그들도, 나도 잘 알고 있었다. 때가 다 되었다는 것. 이제는 나의 죄를 벌하기 위해 가야 한다는 것. 나에 대한 배려와 관용의 시간은 이미 지났다는 것이었다.

체념과 복종의 시간으로 발을 내딛던 내게 햇살은 잔인할 만큼 눈부신 빛을 발하고 있었다. 더이상 내가 속할 수 없는 세계에서 보란듯이 빛나는 태양이 이글거리는 불덩어리처럼 나의 곳곳을 비추고 있었다. 빛은, 마치 내가 스스로 부끄러워하기를 종용하고 있는 것 같았다. 나는 그때 햇살 가운데 아주 치명적인 흉기가 숨겨져 있다는 사실을 알 수 있었다. 숨겨진 예리한 칼끝 같은 햇살은 나를 자신의 영향력 아래에서 내쫓으려는 것이 아니었다. 아무 의도도 없이 그저 내게 빛을 비춤으로써, 내가 스스로 빛에게서 물러서는 것을 조용히 바라보고 있었다.

나는 수치심에 얼굴을 붉힌 채 차에 올라탔다. 그리고 생각했다. 태양을 피할 수밖에 없는 인간은 악의에 속속들이 물들어버린 구제불능의 존재라고. 이제 나에게 빛을 정면으로 당당히 마주할 수 있는 기회란 죽은 '그'와 함께 사라져버린 것이라고. 그러자 가슴속에서 진한 슬픔의 감정이 서서히 차오르는 것을 느낄 수 있었다. 슬픔은 내게 그나마 남아 있던 약간의 반항심까지 무력하게 만들고 있었다. 나는 다만 무거운 눈꺼풀을 들어올려 빠르게 차창을 스쳐지나가는 네이처의 바깥 풍경들을 마지막으로 바라보고 있을 따름이었다. 집행관들이 내 양손에 채운 수갑보다 나 자신의 슬픔이 나를 훨씬 더 효과적으로 제어하고 있었다.

재판은 장장 오 년 팔 개월간 계속되었다. 많은 주장이 있었고, 그만큼이나 많은 견해가 혼재했다. 그러나 한 번도 바뀌지 않은 네이처의 목소리는, 바로 내가 악의로 가득찬 인간이라는 것이었다. 시간이 지날수록 재판이 그나마 내게 유리하게 진행될 것이라고 예측했던 변호사는 이런 네이처인들의 변함없는 생각에 당혹을 금치 못했다. 그는 대다수 네이처인들의 높은 지성과 냉철한 이성의 힘을 과신하고 있었던 것이다.

"왜 그들이 조금이라도 관점을 바꿔서 생각하지 않는지 저는 이해할 수가 없습니다. 물론 당신은 네이처에서 가장 중범죄로 여겨지는 살인을 저지른 범죄자가 맞습니다. 그것은 부정할 수 없는 사실이죠. 하지만 당신이 '살인'을 저질렀다는 것과는 별개로 다른 요인이 당신에게 악영향을 끼치고 있는 현재의 상태가 우려가 됩니다. 무엇보다 당신은 실패한 5계급 빈민 개조의 전형으로 평가받고 있어요. 계급에 대한 언급이 공식적으로는 허락되지 않기 때문에 물론 재판중에 구체적으로 언급되는 일은 없을 겁니다. 그러나 암묵적으로 행성인 모두가 인지하고 있는 사실이기에 우리에겐 지극히 불리한 상황이죠. 여기다가 만일 그들이 원하는 '도덕적'인 재판까지 함께 이루어진다면 최종 판결에 가장 큰 악재가 될 겁니다."

내가 삼 년간 수학했던 행성기숙학교에 대해서는 이미 어느 정도까지는 파악하고 있던 터였다. 학교를 다닐 당시에는 GM-391 같은 몇몇 특이한 경우를 제외하고는 압도적으로 5계급이 많았던 까닭에 그저 단순 직종에 배정하기에는 영리한 빈민들을 좀더 쓸모 있게 활용하기 위한 시설이라고만 생각했다. 그러나 졸업을 하고 군대에 배정되면서 이 같은 생각은 조금씩 바뀌게 되었다. 사실 지금도 행성기숙학교의 정확한 설립 배경에 대해서는 알지 못한다. 다만 내 추측으로는 2계급에서 5계급까지 지능지수가 월등한 소년들 중에서 네이처 중앙정부에 반기를 들 만한 위험인물들을 색출해 은밀히 모아놓은 곳이 아니었을까 싶다. 중앙정부로서는 내가 관리자를 통해 받았던 것과 같은 '테스트'로 그런 소년들을 알아볼 수 있었을 것이다. 그리고 행성기숙학교에서는 이들을 세심히 관리하고, 어디까지나 간접적인 방법을 통해 일종의 '세뇌'를 시켰을 것이다. 그러나 완벽한 제도는 이론에서나 존재하는 것이기에, GM-391과 나 같은 낙오자도 때때로 배출되었다. 그래도 중앙정부 차원에서는 이 시설을 유지하는 편이 훨씬 더 이점이 많았기 때문에 수정과 보완을 거쳐 지난 백팔십 년간 매해 행성기숙학교에 입학할 신입생들을 선발해왔을 것이다.

변호사가 언급한 '도덕적'인 재판은, 사실 초기 재판이 열렸던 때부터 꾸준히 제기되어온 여론에 의한 제2의 판결이라 할 수 있었다. 대법관이 판사로 주재하는 공식적인 네이처 법정은 철저한 사실관계에 의거한 냉정한 이성의 법정이었다. 그러나 대다수 행성인들의 관습적 사고를 바탕으로 한 제2의 법정은 뜨거운 감성의 공간이었다. 그들은 실제로 나의 '살인' 그 자체보다, 그 범죄를 에워싼 여러 가지 상황에 더 주목했다. 이를테면 내가 죽인 '후원자'의 존재가 가장 큰 쟁점이었다. 최고 정치인의 아들이 불법 자기복제를 통해 무려 백삼십 년이 넘는 세월을 권력의 선물로서 누릴 수 있었다는 점, 그가 두번째 자기복제를 눈앞에 두고 있던 시점에 자신의 아들처럼 아꼈던 5계급 고아에게 살해를 당했다는 점, 더군다나 그가 살해를 당한 장소가 병원이었고, 그것도 최고의 시설과 의료 서비스로 명성 높은 N 의료센터였다는 점 등등. 네이처는 병원, 법원, 정부기관 건물, 도서관 등을 공공의 행복을 위한 공간으로 여겼고, 따라서 이 같은 공간에서 일어나는 범죄는 경중을 막론하고 모조리 엄벌에 처해왔다. 내가 범죄를 일으킨 곳이 병원이라는 점이 대다수 네이처 행성인들에게 더욱 잔혹하게 느껴졌으리라는 건 나도 알고 있었다. 그리고 N 의료센터 같은 최상의 병원마저 범죄의 안전지대가 아니라는 사실 역시 네이처인들을 몹시 불안하게 만들었을 것이다.

마지막 재판까지 총 스물한 번의 재판이 열렸다. 오 년 팔 개월 동안 매년 적게는 세 차례, 많게는 네댓 차례씩 재판이 열렸던 셈이었다.

열두번째 재판이 한창 진행되던 어느 날이었다. 나는 그즈음 완전히 지쳐버렸고, 그래서 될 대로 되라는 체념 어린 반항심이 내 안에서 슬슬 고개를 치켜들고 있었다. 물론 나도 인간이기에 죽고 싶지는 않았다. 그러나 상황은 암울했고, 네이처 행성의 누구도 내가 감히 사형을 면할 수 있으리라고는 생각지 않는 듯했다. 그들이 원하는 것은 정의였다. 내가 그를 죽였으니, 살인자인 나도 마땅히 피의 값을 치러야 하는 것이었다. 그것이 공평한 처사였다.

재판 중간의 휴식시간에 나는 곁에 앉아 있던 변호사에게 뜬금없이 물었다.

"당신의 생각은 어떻습니까?"

변호사는 손에 든 서류에서 눈을 떼지 않은 채 되물었다.

"뭘 말입니까?"

"나라는 인간에 대해서 말입니다."

"정확하게 뭘 알고 싶은 겁니까. 설마 호의를 갖고 있는지 묻고 있는 건 아니겠죠?"

나는 말했다.

"호의에 대해서 질문하면 왜 안 됩니까?"

그러자 변호사는 나를 향해 시선을 돌렸다.

"제가 당신에게 호의를 갖고 있는지가 이 시점에서 도대체 무슨 필요가 있다는 거죠? 아시다시피 난 당신의 변호삽니다. 변호사는 어떤 경우라도 의뢰인의 권익을 위해 최선을 다하는 것이 원칙입니다."

돌연 나의 음성이 높아졌다. 주변에 서 있던 몇몇 사람이 이런 나의 행동을 주의깊게 지켜보고 있었다.

"당신도 제가 혐오스럽게 생각되십니까? 그래서 재판이 열릴 때마다 목줄을 찬 개처럼 하는 수 없이 끌려나오는 건 아닌가요? 저를 마주할 때마다 불쾌하지……"

재빨리 서류를 탁자에 내려놓은 변호사는 악수라도 하는 것처럼 자신의 두 손으로 내 왼손을 감싸 잡았다. 그러고는 내게로 몸을 기울여 속삭이듯 말했다.

"진정하세요. 잘 들어요. 난 당신을 혐오하지도 않고 불쾌하게 생각하지도 않습니다. 이 재판도 나로선 최선을 다해 어떻게든 당신에게 유리한 판결이 나오기를 바라고 있습니다. 그리고 솔직하게 말한다면 나는 이 재판을 통해 네이처가 어떤 방식으로든 변화되길 열망합니다. 비록 당신의 경우처럼 극단적인 방법일지라도, 부패한 네이처에는 잘못된 체제를 전복시킬 계기가 필요하다고 생각해요."

변호사는 잠시 나의 눈을 들여다보았다.

"……어쩐지 당신이 낯설게 느껴지지 않아요. 나와 비슷한 성향이라는 생각이 든단 말입니다. 우습지 않습니까?"

말끝에 그는 미소 띤 얼굴로 한 손을 들어 나의 어깨를 두드려주었다. 마치 모든 게 다 잘될 것이라고 격려라도 하는 것처럼. 나도 그를 향해 희미한 미소를 지어주었다. 우리 두 사람을 주시하던 몇몇 사람이 긴장을 푸는 모습이 보였다. 내게 슬쩍 윙크를 한 변호사는 탁자에 두었던 서류 뭉치를 다시 손에 들고 읽기 시작했다. 그날의 재판은 총 다섯 시간가량 진행되었다. 표면상으로는 내게 크게 불리하지도 그렇다고 유리할 것도 없는 재판이었지만, 늘 그렇듯 재판이 반복해서 열리는 것만으로도 나의 '범죄 사실'을 네이처인들에게 다시 한번 각인시키는 효과를 톡톡히 발휘했다.

어쨌든 나의 변호사는 자신의 말대로 최선을 다해주었다. 그에 대해서는 전혀 유감을 갖고 있지 않다. 오직 고마운 마음만을 갖고 있을 뿐이다. 한 인간이 나를 위해 그토록 전심으로 도움을 주었다는 사실이 나로선 놀라웠다. 내가 그처럼 누군가에게 아무 조건 없이 도움을 준 경험이 없었다는 것이 후회가 될 따름이었다. 네이처에서 나는 지극히 이기적인 인간이었다. 루시아에서의 구십팔 년 칠 개월을 어떤 식으로 살아가게 될지 모르겠다.

마지막 재판 날이 기억난다. 최종 판결을 불과 세 시간 남짓 앞두고 있던 터라, 법정 관계자들을 포함한 네이처 행성 전체와 더불어 제1은하계까지 모두의 이목이 나의 재판에 집중되어 있었다. 변호사의 마지막 변론은 정확하게 한 시간 동안 진행되었다. 그것이 변호사에게 배당된 최대의 변론시간이었다. 나의 변호사는 언제나처럼 열정적으로 나의 '살인죄'에 대해 사실관계만을 기술하듯 정확히 말했다. 그는 다음의 변론을 끝으로 자신이 맡은 역할의 대단원을 마쳤다.

"……저는 HD-733의 범죄를 두둔할 수도 없고, 두둔하려는 어떤 의도도 없습니다. 다만 그는 '살인'을 저지른 것이라는 사실만을 말하고자 합니다. 여론은 그가 '살인'을 저질렀다는 사실보다, 오히려 그가 죽인 이가 그의 후원자였다는 것에 더 큰 의미를 두고 있습니다. 또한 죽은 피해자가 두번째 자기복제에 의한 새로운 육체를 제공받기 직전이었다는 점을 자극적으로 확대 포장해, 사건 그 자체보다 가십거리를 양산하는 것에 더욱 치중하고 있는 상황입니다. 우리는 여기서 사건의 본질을 직시해야 한다고 생각합니다. 그날 피고는 후원자의 요청을 받고 병원으로 갔습니다. 분명 의도는 선했던 것입니다. 열두 살 고아 소년이던 자신을 행성기술학교에 입학할 수 있도록 도와준 후원자에 대해 HD-733은 고마움을 갖고 있었고, 그 선한 마음을 잊지 않았기에 그날 피해자를 찾아갔던 것입니다. 하지만 한번 상상력을 발휘해보십시오. 자기복제 육체를 갖고 있던 후원자의 외양은 스물여덟 살의 모습에서 조금의 노화도 진행되지 않았습니다. 열세 살에 그를 떠났던 피고는 나이가 들어 어느새 서른세 살이 되었습니다. 무려 이십 년이 지난 후 만나게 된 두 사람은 외양상으로 역전된 상태가 된 것이죠. 이제는 피해자가 피고보다 더 젊어 보이게 됩니다. 하지만 그 젊음은 피고의 입장에서 보기엔 완벽한 거짓이었습니다. 왜냐하면 그는 이미 백사십칠 년 전에 죽음에 이르러야 했던 인간이었으니까요. 여기서 우리가 짐짓 눈을 감고 있었던 중요한 진실이 하나 드러나게 됩니다. 고위 정치인인 아버지의 비뚤어진 권력에 의해 무려 백사십칠 년 전에 죽었어야 했던 인간을, 그것도 첫번째 자기복제를 통해 얻은 육체마저 중병이 들어 두번째 자기복제를 시도한 인간을 살해한 죄를 우리처럼 정상적인 한 인간을 살해한 죄와 같은 선상에 놓고 형벌을 가할 수 있는가, 라는 문제입니다. 다시 한번 말씀드리겠습니다. 죽은 피해자는 합법적인 의미에서는 이미 죽은 인간이었던 것입니다.

이 점을 우리는 꼭 기억해둬야 합니다. 게다가 죽은 피해자는 몹시 탐욕스럽기까지 했다는 사실 역시 우리는 기억해야 합니다. 아마도 그는 HD-733에 의해 살해되지 않았다면, 계속적인 자기복제를 통해 불멸의 인간이 되고 말았을 것입니다. 여기에서 다시 살해가 일어났던 상황으로 되돌아가보겠습니다. 죽은 피해자와 피고는 대화를 나누게 됩니다. 그리고 그 대화는 점점 서로 상대방을 흠집 내며 상처를 주는 바람직하지 못한 방향으로 흘러갑니다. 피해자의 가식적인 모습에 염증을 느낀 HD-733은 언성을 높여 피해자를 비난한 뒤 그만 병실을 나서려고 합니다. 만일 이때 피고가 자신의 생각대로 병실을 나갔다면, '살인'은 일어나지 않았을 것입니다. 그러나 마침 운명의 장난으로 피해자가 심한 기침 끝에 발작을 일으키게 됩니다. 이성을 잃고 피고에게 차마 입에 담을 수 없는 욕설을 퍼부었던 겁니다. HD-733은 피해자가 발작을 일으킬 때면 이성을 잃곤 한다는 병력에 대해 전혀 아는 바가 없었습니다. 피고는 머리끝까지 화가 치밀어올랐고, 우연히 탁자에 놓여 있던 작은 총을 발견하게 됩니다. 우리가 익히 '얼간이'라는 별칭으로 잘 알고 있는 그 총을 말입니다. 피고는 그 순간 새삼 피해자의 '거짓된 젊음'을 직시하게 되었다고, 체포된 후에 진술했습니다. 만약 정신이 병들어버린 피해자를 그대로 내버려둔다면 결코 자신의 의지로는 불법적인 자기복제 놀이를 멈출 수 없었을 것이라고 말입니다. 피해자는 피고가 보기에 오래전부터 깊이 병들어버린 인간이었으니까요. HD-733은 그 당시 살해가 일어났던 상황에 대해 이렇게 진술했습니다. 마치 무언가에 홀린 것처럼 총을 집어들었다고 말입니다. 총을 쏘지 말라고 외치는 피해자의 목소리도 그에겐 아주면 곳에서 울리는 메아리처럼 들렸다고 말했습니다. 여기에서 우리는 총격이 일어났을 당시 피고가 정신적으로 이상이 있었다는 사실을 유추해볼 수 있습니다. 제가 저명한 정신과 의사인 ML-498에게 살해가 일어났을 당시 피고의 정신감정을 의뢰한 결과, 그 몇 분의 시간 동안 피고가 일종의 '정신적 해리 상태'였을 가능성이 크다고 진단했습니다. 이 진단이 의미하는 바는, 즉 피고가 살인을 저지르던 당시 전적인 악의에서 피해자를 죽인 것은 아니라는 것입니다. 보통의 네이처인들이라면 가장 극악한 범죄로 여겨지는 '살인죄'를 저지른 피고에게 결코 선의라는 것은 있을 수도 없다고 여길 것입니다. 악의, 그것도 용서받을 수 없는 순전한 악의로만 구성된 인간이라고 말입니다. 그러나 이런 생각은 실제로는 너무도 단순한, 비현실적인 사고라는 것을 감히 말씀드리고자 합니다. 인간의 삶에는 선의만으로도, 혹은 악의만으로도 설명할 수 없는 미묘한 지점이 존재합니다. 때로는 이 두 가지가 혼재되어 있기도 합니다. 여기 피고 HD-733은 살인을 저질렀습니다. 하지만 그 범죄가 전적으로 악의에 의해서 일어난 것은 아니라는 사실을 여기 계신 존경하는 재판장님과 여러분들께 말씀드리고 싶습니다."

대법관은 천천히 고개를 끄덕였다. 변호사의 말에 수긍한다는 것인지, 긴 시간 진행된 재판에 지쳐서 졸음이라도 쫓으려는 것인지 알 도리는 없었다. 대법관은 칠십대 중반에, 다소 졸린 듯한 눈 외에는 별반 특색 없는 외모를 갖고 있었다. 네이처 대법원의 차기 원장으로 임명될 것이 거의 확실하다는 풍문은 들었던 터라, 첫 재판에서 그를 보고는 도저히 직위와는 맞지 않는 그의 너무도 평범한 외모에 적잖이 실망을 하기도 했다. 따지고 보면 어떤 직위나 직업과 어울리는 외모가 있으리라는 것도 편견일 수밖에 없다. 그런데 머리로는 그런 사실을 잘 알면서도 현실에서는 결코 편견을 무시할 수 없으니 아이러니한 일이 아닐 수 없었다. 나 역시 네이처인들이 떠올리는 살인자의 용모는 아니지 않을까. 키는 내 또래의 남성들보다 컸지만, 몸은 마른 편이라 전체적으로 어딘가 모르게 왜소해 보이는 인상이었다. 군인이라는 직업이 무색할 지경이었다. 얼굴색도 흰 편이고 콧대가 유독 높은 매부리코와 얇은 입술이 합해져 전체적으로 보면 정부 관리직이나 연구직을 연상시키는 외모에 가까웠다. 네이처에서 살인자인 나에 대한 어떤 동정의 여론도 형성되지 않았던 것은 이 같은 나의 차갑고 깐깐해 보이는, 한마디로 쉽사리 호감이 가지 않는 외모도 한몫을 했을 것이다.

검사의 반론은 의외로 여겨질 만큼 짧았다. 아마도 이 재판 자체가 지극히 형식적이라는 판단하에 악의적 '살인'이라는 점만을 부각시키는 데에 집중하기로 결정한 듯했다.

"존경하는 재판장님, 그리고 이 재판을 관심 있게 지켜보시는 네이처 행성의 모든 분들을 위해 저는 앞서 했던 장황한 변론처럼 또다시 여러분들을 지루하게 하지는 않겠습니다."

그러자 무표정한 대법관을 제외한 모든 방청객 사이로 웃음소리가 퍼져나갔다. 검사는 이 웃음소리를 자신에게 유리하게 이용할 만큼 처세에 능한 인간이었다. 그동안 반복된 재판에서 그가 보인 쇼맨십에 강한 각종 행동을 보면 그리 머지않은 미래에 권력의 중심부로 급부상할 수 있으리라는 것을 어렵지 않게 예상할 수 있었다. 웃음소리가 잦아들길 기다린 검사는 이윽고 자신의 마지막 진술을 시작했다.

"인간의 행위를 두고 전적으로 선의에서 비롯된 것인지, 아니면 악의에서 비롯된 것인지 알기란 사실 쉬운 일은 아닐 것입니다. 대부분의 우리들은 항상 그 점에 대해 생각하며, 어떤 '의식'을 갖고 있습니다. 죄송합니다. 제 표현이 너무 추상적으로 느껴지셨다면 말입니다. 하지만 어차피 인간의 정서란 구체적인 틀을 갖고 있지 않기 때문에 그에 대한 표현 역시 막연할 수밖에 없습니다. 제가 보기엔 이 살인 사건의 핵심은 바로 HD-733의 정서가 일반적인 우리의 그것과 과연 동일한 것인가, 라는 점이라고 생각합니다. 그러나 유감스럽게도 지난 오 년 팔 개월 동안 진행된 재판을 근거로 제가 숙고한 바에 의하면, 피고는 사고체계 자체가 우리와는 많이 다르다는 것을 알 수 있었습니다. 그 증거로 저는 방금 변호인이 했던 변론에서 피해자가 불법적으로 자기복제한 육체를 소유한 인간이었기에 그를 죽인 HD-733의 행위도 얼마간 정당화될 수 있다는 부분을 통해 더욱 극명하게 깨달을 수 있었습니다. 저는 그 변론을 들으면서 정말이지 강한 충격을 느낄 수밖에 없었습니다. 어떤 살인은 정당화될 수도 있다는 말이 아닙니까? 그 무슨 지극히 비상식적인 논리란 말입니까? 저는 이 해괴망측하고 위험한 발언에서 역으로 피고가 저지른 범죄의 잔인한 일면을 여실히 볼 수 있었습니다. HD-733의 범죄 자체가 비상식적이고도 위험하기 때문에 그에 대한 변론도 같은 방향이 될 수밖에 없었다는 것을 말입니다. 그동안 스무 차례나 열린 법정에서 저는 이미 피고의 범죄가 지닌 악의성에 관해 충분히 발언했다고 생각합니다. 이제는 덧붙일 말도, 그럴 필요도 없다고 봅니다. 마지막으로 말씀드리겠습니다. HD-733은 우리가 감히 상상할 수도 없는 '악의'를 가지고 자신의 후원자를 살해했습니다. 그 어떤 변명과 이유도 피고가 살인을 했다는 사실을 결코 정당화할 수는 없습니다. 우리의 삶에 혼재하는 선의와 악의 중 어떤 것을 선택할지는 결국 본인 자신에게 달려 있기 때문입니다. 피고의 범죄를 보기 좋게 포장한다고 해서 그가 저지른 살인이 미화될 수는 없습니다. 이것만을 기억하십시오. 피고는 분명 '악의'를 선택했고, 그래서 이 재판에 서게 된 것이라는 사실을 말입니다."

검사의 반론이 끝나자, 장내는 조용해졌다. 그의 반론이 청중들에게 효과적이었다는 방증이었다. 변호사도 그런 분위기를 눈치챈 듯했다. 그는 내가 동요할 것을 염려했는지 곁에 앉은 나의 왼팔을 가볍게 잡았다가 놓았다. 그는 나보다 겨우 두 살 많았지만, 여러 면에서 확실히 성숙한 인간이었다. 하지만 나는 다음에 이어질 재판의 순서를 확인하느라 변호사의 호의에 적절한 반응을 할 수 없었다. 마지막 재판의 대미를 장식할 피고의 진술이 곧바로 진행될 것이기 때문이었다. 대법관은 나의 이름을 호명했다.

"피고 HD-733. 마지막 진술을 하시오."

네이처 행성만의 독특한 재판 절차였다. 반역죄를 저지른 범죄자를 제외하면 피고는 어떤 경우라도 최종 판결이 내려지기 전에 자신의 입장에 관한 최대 십오 분의 진술을 할 수 있는 권리가 있었다. 물론 자신이 원치 않는다면 굳이 진술할 필요는 없었다. 그러나 중형이 선고될 것이 확실한 범죄자들은 일부 몇 명을 제외하고는 모두 법정 진술을 거부하지 않았다. 나 역시 받아들였다. 관리자가 말한 대로 죽음을 앞둔 순간이 오면 자신의 밑바닥을 볼 수 있다는 것을 인정하지 않을 수 없었다. 법정 진술 자체에 부정적이었던 내가 막상 최후가 다 가오자 이렇듯 순종적인 태도로 모든 이에게 삶을 구걸하게 되었으니 말이다. 나는 수치심조차 느끼지 않았다. 그저 죽음만은 피하게 되기를 간절히 바랄 뿐이었다. 나는 발언대로 뚜벅뚜벅 걸어나갔다.

"저는……"

돌연 목소리가 떨려서 나는 당황했다. 변호사가 진정하라는 듯 열심히 눈짓을 보냈다. 심호흡을 하고 나는 내 머릿속에 정리된 말들을 풀어놓기 시작했다.

"이 법정에 서기 수개월 전부터 저는 오늘의 진술을 준비하고 있었습니다. 어떤 말들을 해야 되고 또 어떤 말들을 하지 말아야 하는지에 관해서 말입니다. 그러면서 자신의 인생을 반추하는 것이 얼마나 심적인 부담이 되는지를 잘 알 수 있었습니다. 처음 재판이 열렸을 때 저는 서른세 살이었습니다. 어느덧 적지 않은 시간이 흘러 저는 이제 서른아홉 살이 되었습니다. 중년을 목전에 둔 사내가 된 것입니다. 그러는 동안 어쩌면 제 인생에서 가능했을 수도 있었던 평범한 삶의 기회가 하나둘씩 사라지는 것을 경험했습니다. 그 경험은…… 좋은 경험은 아니더군요. 네, 솔직히 다시는 하고 싶지 않은 경험이었습니다. 무엇보다 저를 가장 안타깝게 했던 점은 바로 자식의 존재였습니다. 제게도 사랑하는 여인이 있었고, 그 여인도 저와 가정을 이루기를 바랐지만 그 당시엔 제가 미성숙했기에 인생에서 무엇을 우선순위로 두어야 하는지에 대해 확신할 수 없었던 것입니다. 우리에게 있어 아이의 존재란, 미래를 의미한다고 생각합니다. 저는 제 어리석음으로 인해 이 소중한 미래를 맞이할 기회를 잃어버린 것입니다. 물론 저는 후회하고 있습니다. 수없이 후회하고 있습니다. 살인자, 라는 제 이름 앞의 명칭이 저라는 인간의 본질을 나타내고 있다는 생각이 매 순간마다 저를 옥죄고 있습니다. 그럴 때마다 저는 생각합니다. 만일 총을 집어들지 않고 그냥 병실 문을 나섰다면, 그랬다면 정말 좋았을 것이라고 말입니다. 그때 왜 저는 그를 향해 뒤돌아선 것일까요? 예정된 파국을 뻔히 알고 있었으면서도 왜 그에게 한사코 총구를 겨누었던 것일까요? 그렇게 살인이라는 엄청난 범죄를 저질렀음에도 죽은 그를 떠올릴 때마다 왜 이리 마음이 혼란스러워지는 걸까요? 알 수 없습니다. 아마도 저는 평생 이 물음들에 대한 해답을 찾아야 할 것 같습니다. 제 평생을 짓누를 무거운 짐입니다. 벗어나고 싶어도, 그것은 불가능한 소망입니다. 범죄를 저질렀던 초기엔 제 살인의 정당성을 얼마간이나마 확인받고 싶다는 열망이 있었습니다. 아마도 죽은 그의 특별한 상황이 저의 이 열망을 더욱 부채질했을 것입니다. 누군가 한 사람만이라도 제 살인이 완벽하게 나쁘기만 한 것은 아니라고 말해주길 바랐습니다. 뻔뻔하게도, 부끄럽게도, 저는 제 범죄의 육중한 무게가 줄어들기를 바랐던 것입니다. 그러나 이제 저는 그런 불가능한 바람을 꿈꾸지 않습니다. 사실 이 자리에서 제 입장을 진술한다는 것 자체가 고인에 대한 예의가 아닌 것 같아 한없이 조심스러운 마음이 듭니다. 저는 여러분의 생각만큼 순전한 악의만을 가지고 있는 괴물 같은 인간은 아닙니다. 한순간 잘못된 판단을 내렸고, 그 잘못으로 인해 처벌을 기다리는 어리석은 인간일 뿐입니다. 부디 제가 앞으로의 '삶'으로써 제 잘못된 범죄에 대한 참회를 할 수 있도록 기회를 허락해주시기를 간절히 부탁드립니다."

나는 최종 진술을 마쳤다. 최종 판결을 기다리는 동안 나는 죽음에 대해 계속 생각하고 있었다. 불안도 초조도 이미 지나간 상태였다. 문득 죽는다는 게 어쩌면 그리 나쁘지만은 않을 수도 있다는 생각이 들었다. 우리가 흔히 '나쁘다'라고 할 때 그것은 옳지 않고 해롭다는 의미를 내포하고 있다. 죽음이 그럴 것 같지는 않았다. 죽음은, 아주 단순하게 말한다면, 이 세상을 떠나는 하나의 과정일 따름이었다. 나는 내 삶에 대해 만족하고 있었던가. 나는 그때까지 네이처에서의 삶 이외에 다른 삶의 기회를 얻은 적이 없었다. 따라서 내가 삶에 대해 말한다면 그것은 당연히 네이처에서의 삶을 말하는 것이리라. 돌이켜보면 내 삶은 그리 행복했던 것 같지는 않았다. 그럼에도 불구하고 왜 삶에 대해 아직도 꽤나 많은 미련이 있는지는 의문이 들었지만 어쨌든 죽음에 이른다고 해서 그리 달라질 것도 없는 것이었다.

반면 변호사는 홀로 고뇌에 빠져 있었다. 그가 최선을 다했다는 것은 우리 둘 다 잘 알고 있는 사실이었다. 그러나 언제나 그렇듯, 결과가 문제였다. 변호사는 다가오는 패배를 예감하고 있었고, 그 불길한 예감은 최종 판결을 기다리는 동안 한층 강화되었다. 만약 사형으로 최종 판결이 난다면 그에겐 크나큰 충격으로 다가갈 것이었다. 비단 변호사인 그의 이력뿐만 아니라, 그가 범죄자인 내게 우정 비슷한 감정을 느끼고 있다는 것이 가장 큰 문제였다. 그는 나를 좋아했다. 내가 죽게 된다면 그는 슬픔을 느낄 것이었다. 틀림없이 그는 나를 위해 울어줄 것이다. 실제로 그는 좀더 나중에 나를 위해 울어주었다.

두 시간 후에 최종 판결이 나왔다. 대법관은 방청객들에게 정숙과 착석을 요구했다. 엄숙한 표정의 대법관을 보자, 나는 그제야 그가 왜 최고의 법관이 될 수 있었는지 알 수 있었다. 그에겐 자신이 맡은 역할에 대한 단호함이 몸에 배어 있었다. 아마도 그의 권위에 대항해 감히 반기를 들려는 이는 파멸을 각오해야 할 것이다. 대법관이 나를 호명했다.

"피고 HD-733은 앞으로 나오시오."

갑자기 변호사의 얼굴빛이 창백하게 변했다. 그는 일어서는 나를 멍한 눈빛으로 바라보았다. 나는 유령처럼 앞을 향해 걸어나갔다. 사람들의 얼굴엔 긴장한 기색이 역력했고, 어떻게 보면 조금 흥분한 듯 보이기도 했다. 피의 냄새를 맡은 탓이다. 인간을 포함한 동물들은 종을 막론하고 죽음의 기미 앞에선 아드레날린이 솟구치게 마련이다. 내가 조만간 죽음을 맞게 되리라는 사실이 그들의 신경을 자극하고 있는 것이었다.

"피고 HD-733은 JN-210을 살해한 죄로 이 법정에 서게 되었다. 네이처 행성의 선한 의도를 무참히 파괴한 살인은 지난 육백이십오 년 동안 한 번도 일어난 적이 없었던 가장 흉악한 범죄이다. 비록 HD-733이 저지른 범죄에 여러 가지 특수한 상황들이 개입되어 있기는 하나, 그렇다고 피고가 저지른 살인이 정당화될 수는 없다. 만일 이를 간과한다면 장차 네이처 행성의 도덕적 법적 근간이 크게 훼손될 여지가 있기 때문이다. 이에 본 법정은 숙고를 거듭한 끝에 피고 HD-733에게 삼백 년간의 추방을 선고한다. 추방은 형벌을 대신하는 것이기에 피고가 도착하게 될 곳은 생존이 가능하되 무인 행성이어야 한다는 조건을 전제로 한다."

무인 행성으로의 추방. 나는 정신이 아득해졌다. 이건 즉결 처형보다도 훨씬 더 심했다. 내겐 지나치게 가혹한 형벌이었다. 뒤편에서 판결에 동요한 사람들이 내는 작은 신음소리가 들려왔다. 변호사가 격하게 항의하는 소리도 들려왔다. 신성한 네이처의 법정에서 판결에 대한 항의란 전례가 없는 일이었다. 그는 이 돌발적인 발언으로 인해 변호사 자격을 상실할 위기까지 갔지만, 결국 네이처의 관대한 선의로 일 년간 한시적 자격 정지만을 선고받았다.

"이 판결은 재고되어야 합니다! 네이처가 그토록 강조하는 선의에 전적으로 어긋나기 때문입니다!"

그때 대법관에게 무릎을 꿇고 눈물로써 호소해야만 했을까. 이런 가혹한 형벌을 내리지 말아달라고 울부짖으며 네이처 전 지역에서 대형 스크린으로 중계되는 영상을 시청하고 있는 모든 네이처인들에게 그들의 관대한 선의를 부디 발휘해달라고 사정해야 했을까. 하지만 나는 그때 그러지 않았다. 다만 대법관의 입만을 응시하며 가만히 서 있었을 뿐이었다. 나는 완벽하게 무력했다. 내 운명은 정해졌고, 나는 그 운명을 따라갈 수밖에 없을 것이었다. 여전히 무표정한 대법관은 나를 내려다보며 말했다.

HD-733. 그대는 자신의 죄로 인해 영원히 침묵할 수밖에 없을 것이다.

마지막 재판은 그렇게 끝났다. 내가 추방될 행성을 정할 때까지 삼 개월의 시간이 남아 있었다. 나는 1-1시설에서 내게 남은 네이처의 마지막 날들을 지내기로 정해졌다. 변호사는 시설로 가는 차에 내가 올라탈 때까지 충실한 친구처럼 곁에 있어주었다.

"끝까지 판결을 재고할 방법을 찾아볼 생각입니다. 이건 너무 부당하니까요."

변호사의 눈시울이 붉어져 있었다. 그의 두 눈에서 금방이라도 눈물이 흘러내릴 것만 같았다. 나는 간신히 입을 열었다. 잔뜩 갈라져버린 목소리가 내 귀에도 이상하게 들렸다. 나는 그에게 좀더 많은 말을 하고 싶었다. 뭔가 따뜻한 말. 그러나 나는 이렇게 말할 수밖에 없었다.

"고맙습니다."

나는 체포될 때와 마찬가지로 두 명의 집행관에게 양팔을 잡힌 채 차에 올랐다. 뒤를 돌아보니 내가 떠난 뒤에도 변호사는 길 위에 홀로 서 있었다.

17

놈들을 쫓기 전 나는 해초로 요기를 했다. 삶지도 않은 해초를 바다에서 건져낸 대로 입안으로 넣으려니까 비위가 확 상했지만 뭐라도 먹고 기운을 차려야 했기에 꾹 참고 꾸역꾸역 먹어댔다. 물도 다 떨어진 터라 어쩔 수 없이 바닷물을 마셔야 했다. 양손을 모아 바닷물을 떠 조금 삼켜보았다. 역시나 너무 짜서 곧 모조리 뱉어내고 말았다. 갈증만 더욱 심해졌다. 루시아의 바닷물은 내 기억 속의 바닷물보다 두세 배는 더 짠 것 같았다. 식수로 쓸 만한 물이 있는 곳을 아직까지도 찾지 못했으니 제대로 된 물을 마시려면 하루빨리 비가 내리기를 바라는 수밖엔 없었다.

일단 숲으로 가기로 정했다. 놈들의 알 보관 장소인 핫 존에서부터 추적을 시작할 참이었다. 내겐 동물들에 대한 정보가 한심할 만큼 적었다. 인정할 수밖에 없었다. 루시아에서 나는 무능한 사냥꾼이었다는 것을. 하긴 사냥꾼이라는 호칭조차 내겐 과분했다. 적어도 사냥하려는 대상의 동선이나 습성, 사는 곳 정도는 제대로 파악하고 있어야 했다. 지금부터라도 바짝 정신을 차리고 놈들에 대한 체계적인 정보를 수집해야 했다. 이곳에 도착해서 지금까지 나는 감정적인 분출만을 일삼았다. 이제는 달라질 것이다. 렘을 되찾기 위해서는 먼저 나 자신이 변해야 했다. 앞으로 어떤 상황에서든 결단코 이성을 잃지 말아야 한다. 더불어 내게 남아 있는 10797이라는 총알의 숫자도. 놈들의 전체 수를 알지 못하는 현시점에서는 총알을 함부로 낭비하지 않는 것이 중요했다. 더군다나 놈들이 왕성한 번식력까지 갖췄다는 것을 알고 있지 않은가. 단순히 숫자를 줄이기 위한 마구잡이식 사냥으로는 렘을 되찾기는커녕 그전에 내가 놈들에게 당하고 말 것이었다. 사실 렘을 납치하기 전에는 동물들이 내게 어떤 식으로든 생명의 위협을 가한 적은 없었다. 심지어 내가 그들을 학살하고 있는 와중에도. 하지만 놈들도 자신들의 동족이 나와 함께 지내는 것은 원치 않는 것이 분명했다. 만일 내가 놈들의 뜻을 거슬러 한사코 렘을 데려오려고 시도한다면 그것들의 태도에도 조만간 변화가 일어날 것이 분명했다. 내가 대비해야 되는 것은 바로 그 변화된 상황이었다.

핫 존으로 가는 동안 뭔가 이상하다는 것을 깨달았다. 숲에서 빈번하게 마주치곤 했던 기묘한 동물들이 거의 보이지 않았던 것이다. 특히 그 호박 같은 몸통을 쿵쿵 굴리며 다니는 동물은 숲에 갈 때마다 빠지지 않고 몇 번씩 볼 수 있었는데 오늘은 다른 동물들과 약속이나

한 듯 도통 눈에 띄지 않았다. 얼간이에 부착된 센서등은 잠시 고민한 끝에 켜지 않기로 했다. 괜히 동물들에게 내가 숲에 있다는 것을 들킬 위험은 감수할 필요가 없었다.

고요하게 가라앉은 숲속에서 들리는 소리라고는 마른 나뭇잎을 밟는 내 발걸음 소리가 전부였다. 그나마 거대한 보랏빛 잎사귀를 늘어뜨리고 있는 익숙한 식물이 눈에 들어오자 얼마나 안심이 되던지. 익숙하다는 건 좋은 것이다. 어느덧 낯선 무인 행성에서 내게 좋은 것들이 하나둘씩 생겨가는 중이었다. 나는 그 좋은 것들의 목록에 렘을 포함시킬 수 있기를 간절히 바랐다. 내가 그 녀석을 찾아낼 때까지 부디 살아남아 있기를. 렘을 떠올리는 것만으로도 금세 초조한 마음이 들었다. 덩달아 발걸음도 빨라졌다. 숲의 적막도 더이상 신경 쓰이지 않았다. 나는 동물들을 추적해서 렘의 소재를 알아낸다는 오직 한 가지 목표에 집중했다.

지난 며칠간 지속된 불면으로 인해 온몸이 노곤했지만 정신은 그 어느 때보다 맑았다. 가는 길에 덤불숲 속에서 작은 유실수를 발견했다. 코코넛을 연상시키는 모양의 녹색 열매가 달렸는데 반으로 쪼개보니 텅 비어 있는 가운데에 과즙이 괴어 있었다. 덕분에 신맛이 조금 도는 과즙으로 갈증을 해소할 수 있었다. 두툼한 과육은 쓴 오이맛이 나서 저절로 인상이 찌푸려졌지만, 그래도 없는 것보다는 낫다는 생각으로 큼직한 조각을 여덟 개나 수납 자루에 쑤셔넣었다.

출발이 나쁘지 않다고 자평하며 부지런히 걸음을 옮겼다. 갈증이 사라지자 머릿속은 한층 더 기민하게 움직였다. 나는 가장 먼저 해야 할 일들의 목록을 숙고해보았다. 더하고 빼기를 여러 번 하자 대략적인 윤곽이 잡혔다. 우선순위는 언제나 감성이 아닌 이성에 의해 정해졌다. 그러자 한결 사고가 수월해졌다.

계획은 세워졌다. 핫 존에 도착하자마자 우선 놈들의 기척을 살폈다. 다행히 놈들은 아직 보이지 않았다. 나는 센서등을 최대한 약하게 켜고 주변에 널려 있던 껍데기들 중에서 덜 깨어진 것을 열 개쯤 골라냈다. 그렇게 고른 껍데기들 중에서 다시 세심하게 살펴 노랑, 빨강, 녹색으로 세 개를 골랐다. 세 개 모두 위쪽만 조금 깨진 껍데기들이었다. 어깨에 메고 있던 수납 자루에서 만능 도구함을 찾아 열었다. 네이처 행성이 자부하는 만능 도구함에는 상상할 수 있는 온갖 도구들이 오백팔십이 개나 빼곡히 들어차 있었다. 한참을 뒤져서 펜 모양의 강력 접착제와 적외선 특수 도료를 찾아낼 수 있었다.

작업은 내가 생각하기에도 제법 정교하게 이루어졌다. 놈들의 의심을 사지 않기 위해 빈 껍데기 속을 약간의 흙과 나뭇잎으로 채우고는 깨진 부분에 얼추 맞는 껍데기 조각을 주워 강력 접착제로 붙여놓았다. 갖다 붙인 껍데기 조각과 원래의 껍데기 사이의 틈은 반쯤 굳은 접착제를 손끝으로 살살 눌러가며 메울 수 있었다. 놈들의 알 색깔이 화려하다는 것이 내게는 행운이었다. 적외선 특수 도료를 바르면 노란색을 덧바른 것처럼 보이는데, 만약 알이 무채색이었다면 이 방법은 놈들에게 통하지 않았을 것이다. 세 개의 알껍데기 표면에 적외선 도료를 바르고 다시 궁리한 끝에 결빙을 막는 스프레이를 꺼내 골고루 뿌려주었다. 스프레이를 뿌렸으니 앞으로 오 일간은 식지 않을 것이다. 나는 작업을 끝낸 세 개의 알을 띄엄띄엄 땅속에 얕게 묻어놓았다. 언제라도 놈들이 이곳에 오면 알들을 캐내어 갈 수 있도록.

어둠 속에서 내 키만큼 무성한 풀숲에 웅크리고 숨었다. 알이 묻혀 있는 곳과는 팔 미터쯤 떨어진 곳이었다. 좀더 가까운 곳에서 동물들이 오기를 기다리고 싶었지만 아쉽게도 근방엔 몸을 숨길 만한 장소가 없었다. 놈들의 알이 있는 곳은 지름이 삼십삼 미터쯤 되는 하나의 못생긴 원과도 비슷한 모양이었는데, 그 안에는 어떤 식물도 자라고 있지 않았다. 하다못해 숲에서 흔히 발끝에 걸리곤 하는 자잘한 현무암 비슷한 돌들도 전혀 없었다. 오직 입자가 매우 고운 검은 흙만이 널린 알껍데기들 밑에 소복하게 깔려 있었다. 숲의 다른 곳에서는 볼 수 없는 특별한 토질의 흙이었다. 흙의 감촉이 하도 좋아서 단추를 채우고 아랫단을 묶은 셔츠 안에 빵빵해질 때까지 채워넣었다. 목 부분까지 꽉 묶자 훌륭한 쿠션으로 쓸 수 있었다. 흙 쿠션에 배를 깔고 누워서 초소형 망원경을 홍채에 부착했다. 이로써 놈들을 쫓기 위한 준비는 전부 마쳤다. 그리고 기다림이 시작되었다.

지루하게 시간이 흘러갔다. 이곳에 숨어 있는 동안 일정 간격으로 반복되는 추위를 네 번 느꼈으니, 사 일이 지나간 셈이었다. 그동안 여덟 조각의 쓴맛 나는 열매 조각을 아껴서 조금씩 씹어 먹었다. 성인 남자가 먹기엔 지나치게 적은 양이었지만, 그럭저럭 견딜 수는 있었다. 불현듯 GM-391이 떠올랐다. 처형되기 전 그는 삼 일간 독방에 갇혀 있었다. 재판중 판사인 대법관에게 유난히 불손했다는 죄목이 더해져 처벌이 가중됐던 것이다. 내 상황이 감히 그와 비교조차 할 수 없다는 것은 나도 잘 알고 있었다. 그는 죽음을 앞둔 절망 그 자체인 상황이었고, 나는 언제라도 이 가상의 독방에서 자발적으로 나갈 수 있는 자유로운 상태였다. 만일 내가 이대로 렘을 찾기를 포기한다면, 죽음의 위험 또한 사라질 것이다. GM-391은 자신의 내면을 온전히 마주할 수 있던 그 마지막 나날 동안 무엇을 떠올렸을까. 문득 가슴이 아려왔다. 그도 나와 마찬가지로 인생의 경험이랄 게 별반 없는, 단지 해결할 길 없는 막연한 분노에 휩싸인 젊은이였을 뿐이었다. 자신의 진정한 삶의 가치에 대해서 사유하기에 그는 너무 젊었다. 그는 어떤 대의명분도 결국 생명보다 앞설 수는 없다는 것을 끝내 깨달을 수 없었던 것이다. 내가 살해한 관리자도 생각났다. 1-1시설 안내인도 떠올랐다. 추방이 확정된 후 그는 빨갛게 부은 눈으로 아침식사를 들고 내게 왔다. 안내인은 밤새 나를 위해 울어주었던 것이다. 내 운명의 고단함을 그는 진심으로 슬퍼해주었다. 어느 낯선 내 또래의 소년도 떠올랐다. 언젠가 11-3구역의 고아 소년이었던 내게 자신이 갖고 있던 조그만 빵 하나를 절반 넘게 쪼개어 건네준 바싹 마른 아이였다. 그 아이는 행색이 나보다 더 초라했고, 더 힘없어 보였지만 굶주림으로 길바닥에 쓰러져 있던 내게 기꺼이 자신의 먹을 것을 나눠주었다. 그 아이도 나처럼 고아로 보였다. 비슷한 부류는 서로를 알아보는 법이니깐. 5계급 빈민 고아 소년인 그 아이는 무슨 이유로 내게 그런 호의를 베풀었던 것일까. 세상은 그 아이에게 어떤 호의를 베풀었기에. 11-3구역에서는 종종 성인 남녀가 직업상 사고로 죽어나가곤 했다. 성인으로 자라난 그 아이가, 틀림없이 공장 노동자나 하찮은 잡역부로 일했을 그 아이가, 네이처에서 꿋꿋이 살아남아 자연스러운 죽음에 이를 수 있었을까. 문득 눈시울이 붉어졌다. 또다시 기다림.

기다림에는 결코 익숙해질 수 없었다. 아버지가 사고로 돌아가시고 어머니마저 가출해버렸을 때에도, 나는 기다렸다. 어머니가 나를 버렸다는 사실을 인정할 수 없었다. 나는 줄곧 그녀를 원망하면서도 기다렸고, 그 기다림은 내가 네이처에서 추방되던 날까지도 계속되었다. 어머니가 살아 있다면, 내가 유명한 범죄자가 되었다는 것을 모를 리가 없었다. 그녀는 왜 끝까지 나를 외면하였을까. 설마 자식인 나의 존재를 잊어버렸을 리는 없지 않은가. 우리 모자는 이제 두 번 다시 만날 기회가 없을 것이다. 내가 우주미아로 이백 년간 캡슐에 있는 동안 어머니는 벌써 세상을 떠났을 터였다. 그러자 새삼 나는 루시아뿐만이 아닌 전 우주를 통틀어 내가 알고 있고, 나를 알고 있던 모든 인간들이 전부 다 죽음에 이르렀을 것이라는 진실을 깨달을 수 있었다. 왜 나는 마치 처음 알게 된 것처럼 짐짓 놀라고 당황한 척을 하고 있는 것일까. 오래전에, 내가 네이처를 떠나기 전에, 그러니까 이백삼십구 년 전에 나는 이미 알고 있었지 않았나?

나의 기억 속에 남아 있는 그 모든 이가 내가 추방된 사이 이 세상에서 사라져버릴 것이라는 진실을.

최종 판결이 선고된 후 네이처에서 보냈던 삼 개월의 유예 기간은 범죄자가 추방될 무인 행성의 물색을 위해서라는 대법관의 발언과는 다른 목적에서 네이처 중앙정부의 주도하에 은밀히 사용되었다. 그들은 완벽한 처리를 원했기에 내게 내려진 형벌이 잘 진행될 수 있도록 내 육체를 바꿀 필요가 있었다. 그들이 구형한 형벌대로라면 내가 최소한 사백 년은 살아남아야 했기 때문이다. 하지만 이 부분에서 까다로웠던 점은 보통의 자기복제 육체와는 달리 내 경우엔 현재의 상태보다 나아지기 위한 목적은 아니라는 것에 있었다. 확실히 내 경우는 죽은 관리자와는 달랐다. 논의 끝에 그들은 내게 제공할 자기복제 육체를 서른아홉 살, 즉 내가 네이처를 떠날 때의 나이로 정했다. 이후 캡슐에 갇혀 이백 년간 우주를 떠도는 동안에는 급속 냉동 상태에서 육체의 노화는 잠정적으로 중단됐다. 그리고 루시아에 도착한 이후부터 향후 이백 년간 나의 새로운 육체는 네이처의 일반인들보다 약 0.5배 정도 더딘 속도로 노화가 진행되고 있는 참이었다. 새로운 육체로 바뀌면서 나를 괴롭히던 소소한 병증도 그들의 배려에 의해 사라졌다. 특정 식물이나 동물의 털에 민감한 반응을 일으켜 연신 재채기를 하던 알레르기 체질, 계절이 바뀔 때마다 어김없이 부어올랐던 편도선, 때때로 걸음을 불편하게 했던, 왼쪽 새끼발가락 밑에 발병했던 콩알만한 지간신경종 등등. 아무리 내 나이로 맞춰진 육체라 해도 역시 새로운 육체는 맞았다. 루시아로 향하는 캡슐에 오르기 전날 오전에 약 이십 분 동안 진행된 육체 교환 이후로 지금까지 감기조차 걸리지 않았으니 말이다.

오 일째가 되었다. 먹을 것은커녕, 물조차 없었다. 나의 새로운 육체도 한계상황에 다다르고 있었다. 놈들은 또 행성 저편으로 가버린 것일까. 제대로 잠을 이룬 것이 언제인지 기억조차 가물거렸다. 오늘이 지나면 흙에 묻었던 세 개의 알을 캐내야 한다. 다시 스프레이를 뿌려준 뒤 흙에 묻어줘야 했다. 나는 무거운 몸을 일으켜 알을 묻어두었던 곳으로 발을 끌며 걸어갔다. 질질 끌리는 발걸음에 놈들의 알껍데기가 밟히는 느낌이 전해졌다. 그런데……? 딱딱한 느낌이 전혀 아니었다. 매우 폭신하고 부들부들한 생경한 느낌. 마치 마시멜로라도 밟은 듯한 느낌이었다. 깜짝 놀란 나는 센서등을 켜고 발밑을 살펴보았다. 분명 알껍데기가 맞았다. 혹시나 하는 생각에 쭈그리고 앉아 근방에 널려 있던 수십 개의 알껍데기를 일일이 손으로 만져보았다. 전부 푹신하고 부들부들했다. 정신이 번쩍 들었다. 알껍데기들의 성분에 무슨 변화라도 일어난 것일까. 도대체 이 공간에서 어떤 일들이 벌어지고 있는 것일까. 부들거리는 알껍데기 조각을 만지작거리다가 나도 모르게 입안에 넣었다. 틀림없이 네이처 행성에서 즐겨 구워먹곤 했던 마시멜로와 같은 촉감 때문이었을 것이다. 씹을 새도 없이 알껍데기 조각은 입안에서 사르르 녹아내렸다. 달콤한 아이스크림처럼. 실제로도 바닐라 아이스크림 맛이 나는 것 같았다.

그동안 단맛에 굶주려 있던 나는 이성 따윈 행성 저편으로 훌쩍 던져버리고는 양손에 잡히는 대로 미친듯이 놈들의 알껍데기를 입속에 아구아구 집어넣기 시작했다. 이토록 훌륭한 디저트는 네이처 행성의 어디에서도 맛본 기억이 없었다. 금세 기분좋은 포만감이 밀려왔다. 음식을 먹고 행복하다는 기분이 든 지도 꽤 오래된 듯했다. 단것을 한꺼번에 너무 많이 먹으면 갈증이 심해져야 정상인데도 이상하게 물을 마시고 싶다는 생각이 들지 않았다. 순식간에 알껍데기 수십 개는 먹어치운 것 같았다. 먹어도 먹어도 어째 질리지가 않았다. 나는 엉거주춤 쭈그리고 앉은 자세를 유지하며 알껍데기를 수색해나갔다. 내 입속으로 직행하기 위해. 그러다가 열댓 개의 알껍데기가 먹기 좋게 나란히 정렬된 모습을 보고 얼마나 좋아하며 군침을 흘렸던지. 생각해보니 내가 오 일 전에 세 개의 알껍데기를 선별해내면서 나름 양호한 상태라고 여긴 알껍데기들을 따로 늘어놓은 것이었다. 좋아라 하며 덥썩 양손으로 집어들었다가 그만 흙이 반쯤 차 있는 채로 입속에 같이 욱여넣고 말았다. 처음엔 내가 흙을 먹었는지도 몰랐다. 뭔가 알갱이가 씹히는 듯한 느낌에 순간 움찔하고 손바닥에 얼른 퉤퉤 뱉어냈다. 센서등을 비춰봤을 때에야 내가 까만색 흙을 한 움큼이나 씹어 먹었다는 것을 확인할 수 있었다. 조심스럽게 손바닥에 뱉은 흙을 손가락으로 요리조리 헤집어보았다. 그냥 부드럽고 입자가 고운 검은 흙일 뿐이었다. 알갱이가 만져지지도 않았다. 좀 고민하다가 다시 뱉었던 흙을 조금 입속에 넣고 조심스럽게 씹어보았다. 역시 알갱이가 씹히는 느낌이 들었다. 그리고 식감도 맛도 크기도 옥수수와 가장 비슷하다는 것을 알 수 있었다. 옥수수맛이 나는 흙이 있다니. 신기하다는 생각도 잠시, 마침 단맛에 질려가던 참이라 이번엔 옥수수맛 흙을 손으로 퍼먹기 시작했다. 알껍데기와 마찬가지로 흙을 먹을 때도 목이 메거나 갈증이 느껴지지는 않았다. 네이처에서도 루시아에서도 나는 이처럼 포식을 한 적이 없었다.

동물들은 갑자기 나타났다. 서른 마리쯤 되어 보였다. 각양각색의 커다란 눈동자가 어둠 속에서 반짝반짝 알전구처럼 빛을 발하고 있었다. 그놈들은 나란 존재를 아예 대놓고 무시했다. 마치 내가 무얼 하든 상관하지 않는다는 태도로 비쳤다. 서른 마리의 동물은 제각각 맡은 일이 있는 것처럼 보였다. 네 개의 무리로 나눠져 한 무리는 아직 흙에서 캐지 않은 알이 남아 있는지를 세심히 살폈고, 다른 한 무리는 방금 내가 먹었던 흙을 육 미터가 넘는 듯한 거대한 자줏빛 잎사귀에 맹수의 앞발을 이용해 퍼 담았다. 또다른 한 무리는 널려 있는 알껍데기들 위에 무언가를 열심히 흩뿌리고 있었고, 마지막 한 무리는 핫 존에 해당하는 못생긴 원형의 장소를 오리 울음소리 같은 괴상한 소리를 내지르며 천천히 걸어다니고 있었다. 아무래도 놈들만의 독특한 주술을 행하는 것 같았다. 놈들은 예상대로 내가 흙속에 묻어놓은 세 개의 알을 캐냈다. 알을 매우 소중하게 여기는 듯했다. 한 놈이 세 개의 알을 다 들어도 될 텐데 굳이 세 놈이 하나씩 양손에 받쳐든 것을 보면 말이다.

나는 마치 바보가 돼버린 것 같았다. 단순히 배가 불러서 그런 것 같지는 않았는데, 왜 몸을 전혀 움직일 수가 없는지 모를 일이었다. 온몸이 자꾸만 부풀어올랐고, 이러다가 자칫하면 바람을 너무 많이 불어넣은 풍선처럼 터져버릴 것만 같았다. 내가 내 의지대로 움직일 수 있는 것은 두 개의 눈동자가 전부였다. 그래서 전신이 마비된 환자처럼 두 눈만을 열심히 움직여댔다. 아무 소용도 없다는 것을 잘 알고 있으면서도 그랬다. 잎사귀에 흙을 퍼 담고 있던 놈 하나가 슬쩍 내가 있는 곳으로 다가왔다. 어둠 속이라서 자세한 모습이 보이지 않았지만, 무리 중에서는 몸집이 작은 편이라는 것은 알아볼 수 있었다. 호리호리한 체형의 동물이었다. 놈은 노랗게 빛나는 커다란 눈으로 나를 관찰했다. 동족들을 학살한 사냥꾼인 나를 놈은 마치 생전 처음 보는 신기한 생물체를 살피듯 요리조리 살펴보았다. 그러다가 내 오른쪽 눈두덩을 인간과 비슷한 손가락 끝으로 두드리듯 콕콕 찔러보았다. 내 눈동자는 왜 자기들처럼 빛이 나지 않는지 의아해하는 것 같았다. 뒤편에서 각자 작업을 하고 있던 동물들의 속삭임이 들려왔다. 소곤소곤거리는 동물들의 모습은 시끄러운 울음소리만을 내질렀던 내 기억 속 놈들의 모습과는 너무 달라서 당혹스러웠다. 노란 눈은 내가 입고 있는 셔츠의 옷깃과 어깨에 메고 있던 수납 자루를 손가락으로 콕콕 찔러보더니, 상체를 돌려 다른 놈들에게 뭐라고 빽빽 울음소리를 냈다. 그러자 다른 놈들이 웃음소리를 내었다. 분명 그 소리는 진심으로 웃겨서 내는 것이 맞았다. 물론 인간의 웃음소리와는 달랐다. 훨씬 더 높고 날카롭고 단음절로 딱딱 끊어지는 소리였지만, 나는 그 소리가 놈들의 웃음소리라는 것을 직감적으로 알아차릴 수 있었다. 동물들의 웃음소리는 점점 어두운 공간 저편까지 풍부한 화음의 합창처럼 번져갔고, 나는 여전히 마비된 채 부풀어오른 몸으로 입만이라도 벌려보기 위해 안간힘을 쓰고 있었다.

노란 눈이 흥미를 잃었는지 내 앞에서 떠나가자, 곧바로 파랑, 연두, 빨간색의 눈동자를 가진 놈들이 슬금슬금 내게로 다가왔다. 놈들이 왜 손가락 끝으로 나를 계속 콕콕 찔러댔는지는 나도 모른다. 단순히 장난을 건 것인가, 아니면 놈들만의 인사를 건넨 것인가. 나는 아직까지도 그 의미를 모르겠다. 하긴 같은 인간들의 마음도 짐작하기 어려운 판에 하물며 전혀 다른 종의 속내를 내가 무슨 수로 알아차릴 수 있겠는가. 확실한 점은 놈들이 내게 위협을 가한 것은 아니라는 사실이었다. 나는 무방비 상태였는데도 서른 마리나 되는 동물에게 두려움을 느끼지 않았다. 놈들이 나를 해치리라는 느낌이 전혀 들지 않았던 것이다.

마침내 나는 내 힘으로 입을 벌릴 수 있었다. 입 하나 벌리는 것이 이렇게 힘든 일인지. 진저리가 날 만큼 안간힘을 다한 끝에야 겨우 손가락 두 마디만큼 벌릴 수 있었다. 우리는 입을 왜 벌리는가. 음식을 먹거나, 발화를 하기 위해서다. 나는 명백히 후자였다. 즉 놈들을 향해 소리를 내기 위해서였다. 그렇다고 대화를 시도하려는 의도는 아니었다. 인간이 다른 종과 어떻게 진정한 의미에서의 대화라는 것을 할 수 있겠는가. 가당치도 않은 일이다. 나는 벌린 입 사이로 내가 발화할 수 있는 가장 높은 음으로 소리를 지르기 시작했다. 아아아아아…… 그 소리의 의미는 이랬다. 나는 지금 너희들과 함께 이곳에 있고 싶지 않다. 그만 나를 혼자 내버려두어라.

나의 울음소리, 목청껏 내지르는 인간의 괴성에도 놈들은 전혀 동요하지 않았다. 예의 그 속삭임이 동물들 사이에서 퍼져나가더니, 놈들은 이곳에 올 때와 마찬가지로 아무런 기미 없이, 갑자기 빠르게 어둠 속 어딘가로 사라져갔다. 나는 내 바람대로 놈들의 알 보관 장소에 홀로 남았다. 조금 더 시간이 지나자, 굳어 있던 혀가 풀리고 손과 발을 움직일 수 있었다. 나는 중얼거렸다. 목소리의 톤이 부자연스럽게 높아져 있었다.

"전부 다 사라져버려."

전부, 는 아니지. 황급히 나는 정정했다.

"렘은 아니야."

꼼지락거리던 발바닥에 얼간이의 서늘한 몸체가 느껴졌다. 나는 그 작은 총을 슬며시 발끝으로 툭 밀쳐버렸다.

18

바닷가로 나왔을 때는 하늘이 다시금 어두워지고 있었다. 하지만 밤이 오는 것과는 달리 시시각각 어둠 그 자체를 향해 달음박질치듯 변해가지는 않았다. 맑은 하늘과 아주 깜깜한 하늘의 중간 상태를 줄곧 유지하고 있었다. 은신처로 내려가려고 하다가 어째 추위가 느껴지지 않아 입구에서 잠시 가만히 있었는데, 덕분에 나는 루시아에서 처음으로 눈이 오는 풍경을 목격할 수 있었다.

처음엔 가는 비라고 착각했다. 내 손에 닿자마자 녹아버리는 바람에 육안으로는 그냥 흔한 비처럼 보였다. 하지만 이내 비라고 하기엔 입자가 좀 다르다는 것을 알아차릴 수 있었다. 싸락눈으로 내리던 것이 점점 크고 완벽한 눈송이로 변해가고 있었다. 희디흰 목화 같은 눈송이들. 네이처에서도 눈이 오는 풍경은 늘 나의 마음을 설레게 만들었다. 농업이 행성 전체의 근간 산업인 네이처에서는 농작물이 자랄 수 없는 몇몇 구역에서만 인공적인 눈을 허용했다. 네이처에서 눈이란, 중앙정부가 행성인들에게 선사하는 일종의 선물과도 같았다. 모든 행성인들이 눈을 좋아했다. 그래서 네이처 행성인들은 눈이 온다고 예고된 특정한 구역으로 일부러 휴가를 내고 찾아가기까지 했다. 내가 눈을 처음 볼 수 있었던 것은, 군대에 입대하고 나서 2-3구역으로 특별훈련을 나갔을 때였다. 내 나이 열아홉 살이었다. 눈을 본 동료 장교들이 내지르던 함성이 기억난다. 와아……! 내 또래의 장교들도 대부분 눈이 오는 것을 직접 본 적은 없었던 것이다. 그날 우리들은 모두 유년 시절로 돌아가 즐거운 시간을 보냈다. 나도 평소의 우울을 잊고 동료들과 함께 눈싸움을 하며 신나게 놀았다. 루시아에서 본 첫눈이 내 마음을 완벽하게 사로잡고 있었다.

순결한 눈이 루시아의 바닷가를 점점 하얗게 덮어가고 있었다. 바닷가의 주홍빛 땅 위도 검은 현무암 같은 바위 위도 그리고 바다 위도. 그 거대하고 짙은 물속을 향해 끊임없이 추락하고 있는 눈송이의 행렬이라니. 나는 바다로 떨어져내리는 눈을 경이에 찬 눈으로 바라보았다. 그것은 사지로 기꺼이 떠나는 용감무쌍한 가미카제의 행렬이었다. 바닷물에 닿자마자 흔적도 없이 사라져버리는 눈의 운명에 슬픔에 가까운 감정을 느꼈다면 너무 지나친 비약일까. 하지만 내 감정은 그만큼 고양되어 있었고, 내가 그 이름을 알고 있는 모든 생명체와 함께 내가 느끼는 감정을 나누고 싶은 강한 욕망이 일었다. 나는 그때 내가 루시아에서 혼자임을 절감했다. 그리고 깨달았다. 풍경은 그것을 바라보는 인간의 마음을 담고 있는 것이라는 사실을. 눈의 운명이 슬픈 것이 아니었다. 아무런 의미가 없는 자연현상에 필요 이상으로 과도하게 감정을 이입하는 까닭은, 바로 그 풍경을 접하는 인간이 혼란을 느끼고 있기 때문이다. 고독은 인간을 청승맞게 만들어버린다. 제아무리 위대한 인간이라 하더라도 나처럼 무인 행성에서 백 년을 지내라고 한다면 종국엔 자신의 특별함을 다 상실해버리고 말 것이다. 위대함이나 특별함도 다른 인간들과의 관계 속에서만 빛을 발할 수 있기에. 나는 내 마음속에서 슬픔을 떨쳐버리려 했다. 지금은 무념의 상태로 있고 싶었다. 아름다움을 아무런 여과 없이 내 안으로 그냥 받아들이고만 싶었다.

나는 흰 눈이 내리는 하늘을 향해 고개를 들어올렸다. 입을 벌렸다. 이번엔 소리를 내기 위함이 아니었다. 눈의 맛을 느껴보고 싶어서였다. 눈들이 벌린 내 입안으로 빨려들 듯 추락하는 것만 같았다. 나는 또하나의 작은 바다였다. 하지만 나의 입안은 사지가 아니었고, 오히려 나라는 하나의 생명체에 각각의 눈송이들이 합체되는 순간이었다.

눈은 아무 맛도 나지 않았다. 그렇기에 더욱 순결하게 느껴졌다. 나는 양팔을 한껏 벌려 내게 달려드는 흰 눈송이들을 기쁨으로 맞이했다. 머리카락과 입고 있는 옷가지들이 전부 다 젖어버렸다.

언제까지 내가 눈이 오는 바닷가에 서 있었는지 모르겠다. 족히 몇 시간은 될 것이다. 그 와중에 문득 이런 생각이 떠올랐다. 루시아의 시간이 네이처의 시간과 동일한 속도로 흘러갈 것인가, 라는 물음. 두 행성의 시간이 같은 선상에서 흘러가는지 어떤지는 누구도 내게 말해주지 않았다. 루시아가 네이처와 같은 제1은하계에 속하는지조차 나는 알지 못했다. 루시아가 우리가 알고 있는 다섯 개의 은하계 중 어느 한 곳에 속한 행성이기는 한 걸까. 혹시 지금껏 전혀 알려지지 않은 새로운 은하계에 속한 행성은 아닐까. 의심이 꼬리를 물고 일어났다. 네이처의 법원은 왜 내가 무려 이백 년간이나 캡슐을 타고 우주를 떠돌도록 한 것일까. 성능 낮은 우주선으로 제1은하계의 끝과 끝을 왕복한다고 가정해도 십 개월이 채 걸리지 않는 거리였다.

나는 이백 년간 강요된 꿈꾸는 자가 되어 내 안의 무수한 우주를 표류했다. 그때 나는 인간의 숨겨진 정신이 얼마나 더럽고 추악한 것인지를 극명하게 깨달을 수 있었다. 내가 선보다는 악에 좀더 가까운 인간이라는 사실도. 내 기억의 반추를 통해 얻어낸 결론은 결국 하나로 귀결되었다. 해답은 나도 모르고 있지는 않았다. 다만 내 무의식이 나를 보호하기 위해 가장 찾기 힘든 구석진 곳에 숨겨두었던 것이다. 해답은 이랬다.

나는 그에게 악의를 가지고 살인을 저질렀다. 선의 따윈 없었다.

진실은, 때때로 냉혹한 것이었다.

큼직한 얼음덩어리 하나를 팔에 끼고 은신처로 미끄러져 내려갔다. 루시아의 세상을 거대한 흰 망토처럼 둘러싸고 있는 눈은 아쉽게도 식수로 사용하기에는 적당치 않았다.

불을 피우기 전에 센서등을 켜고 은신처 곳곳을 수색했다. 놈들이 언제 어디서 나타날지 전혀 알 수 없는 상황에서 불을 피우면 내가 있는 곳이 놈들에게 고스란히 노출될 수밖에 없었다. 전날 밤에도 동물들은 아무런 기척도 없이 핫 존으로 몰려들지 않았던가. 어떻게 서른 마리나 되는 동물이 그토록 조용하게 움직일 수 있는지 내 상식으로는 이해가 되지 않았지만, 어쨌든 별반 소용없다는 것을 알고 있으면서도 어떤 식으로든 대비는 하고 있어야 했다. 비록 그 대비란 것이, 작은 총 한 자루와 나의 극도로 예민해진 신경밖에는 없었지만.

알껍데기와 옥수수맛 흙을 아귀처럼 먹어대고 팽팽하게 부풀어올랐던 몸은 어느새 원래의 모습으로 돌아와 있었다. 그러고 보니 그 뚱뚱한 몸으로 뒤뚱거리며 힘겹게 숲을 가로질러 나오는 동안 정작 나 자신은 몸의 이상 반응에 대해 아무런 걱정도 하지 않았다는 것을 깨달았다. 거울로 비춰보지 않아도 급속도로 팽창된 내 몸이 충분히 비정상적이라는 사실이 확연히 느껴질 만큼 심각한 상태였던 것이다. 그런데도 태평하게 잊어버리고 있었다니. 마비된 육체처럼 사고도 마비되어 있었던 게 분명했다. 꽤 오랜 시간이 지났는데도 허기가 느껴지지 않는다는 점도 이상하기는 매한가지였다. 도대체 핫 존은 어떤 비밀이 숨겨져 있는 곳인가. 그 알껍데기들과 못생긴 원형 지대를 뒤덮고 있는 검은 흙은 어떤 성분으로 이루어져 있는 것일까. 가뜩이나 물음이 널려 있는 이 루시아라는 행성에 또다른 물음들이 추가되었다. 그리고 물음에 대한 해답도 여전히 내겐 없었다. 하지만 한 가지 명심해야 할 사항은 알고 있었다. 놈들의 핫 존에서는 더이상 아무것도 먹어서는 안 된다는 것. 덧붙여 루시아에서는 조금이라도 미심쩍은 음식은 함부로 입안에 넣어서는 안 된다는 것도.

뜨거운 물을 마시자 마음이 좀 진정되었다. 렘을 찾을 방법을 생각하고, 생각하고, 또 생각해봐도 마땅한 계획은 떠오르지 않았다. 초조해진 나는 소리 내어 말했다.

"이성! 이성이 항상 우선이야."

돌연한 나의 외침이 열세 개의 출구를 통해 퍼져나가며 메아리처럼 울렸다. 마치 열세 명의 나의 분신이 동시에 같은 말을 외치고 있는 것 같았다. 나는 이곳에 왜 무려 열세 개의 출구가 있어야 하는지 그 이유에 대해 새삼 의문이 들었다. 다른 각도에서 사고해볼 필요가 있었다. 놈들은 굳이 내게 정확한 출구까지 알려주었다. 왜 그랬을까? 어쩌면 나머지 열두 개의 출구에 내가 접근하는 것을 원치 않았기 때문이 아닐까. 나는 왜 언제나 다른 열두 개의 출구로 가보는 것을 꺼렸던 것일까. 가끔, 아니 꽤나 자주 충동적인 행동에 이끌리곤 하던 내가 아닌가. 그런데 왜 유독 이 굴속에서는 지극히 신중한 태도를 유지했던 것일까. 심지어 나는 살인자였다. 살인까지 저지를 정도로 자기 파괴적인 욕구에 시달려왔던 내가 아닌가. 불쑥 잠자코 있던 이성이 튀어나왔다.

안 돼! 하지 마! 지금까지 네가 했던 어리석은 행동만으로도 이미 충분해.

나는 말했다.

이 세상에 충분이란 건 없는 거야. 너야말로 멍청하군.

위험을 자초할 필요는 없어.

위험은, 직접 부딪쳐봐야 알 수 있는 거야.

나는 반항하듯 일어섰다. 그리고 열세 개의 입구 중 가장 가까운 입구를 향해 걸어들어갔다.

19

기세 좋게 입구로 들어오긴 했지만 역시 마음속에서 불안을 떨쳐버리기는 어려웠다. 손에 든 얼간이로 사방을 가리키며 최대한 넓은 공간을 불빛으로 비춰보기 위해 애를 썼다. 마치 내가 눈으로 확인하는 것만으로도 다가오는 위험의 순간을 막을 수 있다는 듯이. 밖으로 통하는 진짜 출구인 열세번째 출구에 비해 높이와 폭이 절반밖에 되지 않는다는 점을 제외하고는 그리 다를 것이 없는 작은 굴이었다. 좁고 낮은 굴이어서 허리를 굽힌 채 걸어야 했다. 양팔을 옆으로 뻗으면 벽에 손이 닿을 정도였다. 안쪽으로 들어갈수록 조금씩 더 좁아지는 것 같았다. 발소리의 울림이 달라졌기 때문이다. 공간이 좁아질수록 소리는 더 크게 들릴 터였다. 바닷가의 지상과 지하 공간 전체를 장악하고 있는 이 모래 비슷한 주홍빛 물질이 모래가 아니라는 또하나의 결정적인 증거이기도 했다. 만일 이 주홍빛 물질이 모래였다면 발소리가 이 정도까지는 들리지 않았을 것이기 때문이다.

나는 한층 더 귀를 기울여 발소리의 변화에 주목했다. 백 미터쯤 더 안쪽으로 들어갔을 때부터 굴속은 확연히 좁아지기 시작했다. 나는 얼간이를 쥔 손을 앞으로 내밀었다. 센서등의 불빛만이 유일한 안내자가 되었다. 천장이 백이십 센티미터로 내려왔다. 허리는 절반으로 굽혀야 했고, 양팔은 바짝 옆구리에 붙여야 했다. 그러다가 얼마 되지 않아 팔십 센티미터로 내려왔다. 별수없이 쭈그리고 앉아 오리걸음을 걷듯이 움직여야 했다. 육십 센티미터. 그다음엔 바닥에 아예 몸을 붙이고 기어야 했다. 만세를 외치듯 양팔을 앞으로 쭉 뻗었다. 나는 꿈틀거리는 애벌레를 떠올렸다. 지금 내 상황에 가장 걸맞은 움직임이었다.

숨이 가빠왔다. 온몸에 냉기가 느껴졌다. 하지만 진짜 추위가 엄습한 것은 아니었다. 두려움과 공포가 사이좋게 손을 맞잡고 나를 장악하려 하고 있었다. 총을 쥐고 있던 손에 힘이 빠져나가면서 자꾸 불빛이 흔들렸다. 춤을 추듯 너울거리는 불빛 속에서 공포는 점점 더 강해졌다. 언젠가 길거리의 고아 소년 시절 단속을 나온 네이처 집행관들을 피해 달아나다가 지하의 수도관으로 도망을 친 적이 있었다. 그때 어린 나는 거의 한 블록이 넘는 길고 비좁은 하수도관 속을 꿈틀거리며 기어갔었다. 하수도관 안쪽에 더께로 앉은 시커먼 오물과 재채기를 유발시킬 만큼 강렬한 악취는 그래도 참을 만했다. 문제는 끝도 없이 이어져 있는 듯한 너무 좁고 깜깜한 공간이었다. 희미한 불빛일지라도 그곳을 밝힐 수만 있었다면, 적어도 미칠 것 같은 불안감은 얼마간 해소시킬 수 있었을 것이다. 그때 나는 온몸을 조여오는 좁은 공간에 죄수처럼 갇혀 있었다. 그후로 가끔 악몽 속에서 어둡고 갑갑한 공간에 갇혀 있는 나 자신을 보았다. 물고기처럼 입만 벌린 채 계속 소리 없는 비명을 내지르고 있는 나를. 나는 그때의 악몽 속으로 시절을 거슬러 되돌아간 셈이었다. 그래도 한 가지 다른 점은 있었다. 내겐 불빛이 있었다. 내가 가야 하는 길을 밝혀주는 구원과도 같은 불빛이.

오십 미터를 더 들어왔다. 천장의 높이는 사십 센티미터. 이제 굴속이라기보다는 그저 주홍빛 물질 속에 난 틈이라고 표현하는 것이 더 적당해 보였다. 틈은 점점 더 좁아졌다. 수납 자루를 둘러멘 어깨와 등이 내리눌렸다. 기어들어가기에도 너무 좁았다. 진퇴양난이었다. 앞으로 갈 수도, 그렇다고 되돌아갈 수도 없었다. 되돌아가려면 팔꿈치로 단단히 지탱하며 가슴을 들어올려야 했다. 그런 다음 발가락 전부에 힘을 잔뜩 주고 거꾸로 기어가야 했는데 지금 이 상태로는 전혀 가능할 것 같지 않았다. 자꾸 숨이 막혀와서 머리를 살짝 옆쪽으로 돌렸다. 이런 상태에서 평정심을 유지한다는 것이 과연 가능할 것인가. 나는 스스로에게 물어보았다. 이성은 줄곧 침묵하는 중이었다. 속 좁게도 자신의 충고를 무시했다고 침묵시위라도 벌이고 있는 것 같았다. 가쁜 숨소리 때문에 신경이 거슬렸다. 손에 쥔 얼간이 덕분에 소중한 불빛을 얻고 있었지만, 그것 때문에 양손에 동일한 힘을 줄 수가 없어 전진에 큰 방해가 되었다. 그렇다고 불빛을 포기하기에도 너무 늦어버렸다. 총을 겉옷이나 수납 자루에 넣기에는 공간이 턱없이 부족했다. 얼간이를 끝까지 손에 쥐고 가거나 아니면 굴속에 버리거나, 두 가지 선택만이 존재했다. 당연히 나는 전자를 선택할 수밖에 없었다. 이렇게 죽나 저렇게 죽나 매한가지인 상황이라면 깜깜한 어둠 속에서 죽는 것을 바라는 인간은 아무도 없을 것이다.

나는 꼼짝없이 루시아에서 죽을 운명이었다. 그것도 이토록 비참한 곳에서. 이성의 경고를 무시하고 변덕스러운 감성의 뒤를 따른 대가였다. 울고 싶었다. 고래고래 비명을 지르고 싶었다. 어차피 죽음이 내 곁에서 나와 함께 숨을 쉬고 있다면 더이상 거리낄 일은 없을 터였다. 입을 벌려 공포가 내 안에서 터져나오도록 내버려두었다. 그러자 나를 둘러싼 공간이 비명을 되받아치면서 한층 더 커다란 비명의 메아리를 어둠 속 저편까지 울려퍼지게 만들었다. 아아악……! 나의 비명소리를 이렇듯 비좁은 공간에서 들으니 타인의 고함을 듣는 것처럼 생경하게 느껴졌다. 마치 또다른 인간이 저편의 깜깜한 어둠에서 나를 향해 절박한 구조 요청을 해오고 있는 것 같았다. 그러나 나는 그에게 대답하지 않았다. 목구멍이 무언가에 꽉 죄인 것처럼 막혀왔다. 이제 입으로는 숨을 쉴 수가 없었다. 하지만 고개를 옆으로 돌린 터라 주홍빛 벽 속에 코를 반쯤 박고 있는 자세로 숨을 제대로 쉬기란 어려운 일이었다. 자세를 조금이나마 편하게 바꿔보려고 하다가 머리를 천장에 세게 부딪혔다. 눈물이 핑 돌 만큼 아팠다. 숨을 점점 빠르게 내쉬어야 했다. 산소가 부족한지 머릿속이 띵했다. 근육 하나하나가 불이 붙은 것처럼 통증을 호소하고 있었다. 전신에 식은땀이 흘렀다. 으스스한 한기마저 느껴졌다.

이젠 정말 죽었다는 생각이 들던 차였다. 뒤쪽에서 찍찍거리는 작은 동물의 움직임이 느껴졌다. 쥐였다. 여러 마리로 추정되는 쥐들이 다리에 조그만 머리를 들이밀며 킁킁거리는 느낌이 전해졌다. 예전 같으면 소름 끼치게 싫었겠지만, 지금은 아무 생각도 나지 않았다. 그저 쥐들도 곧 저희들의 먹잇감이 될 인간을 참으로 잘도 알아내는구나, 라는 씁쓸한 생각만 들 뿐이었다. 내가 움직이지 않자 안심한 쥐들은 좀더 과감하게 내 종아리와 넓적다리로 떼를 지어 올라왔다. 다리에 느껴지는 놈들의 무게에도 나는 무감각했다. 곧 등과 어깨 주변과 겨드랑이로 파고드는 놈들의 작고 기름진 몸체가 느껴졌다. 어느 한 놈은 옆으로 고개를 돌린 내 눈앞에 떡하니 나타났다. 세상에나! 놈의 모습을 보고선 나는 내 절박한 상황도 잠시 잊고 히죽 웃을 수밖에 없었다. 울음소리와 크기만 쥐였지, 생김새는 영 딴판이었던 것이다. 작은 물개 같은 제법 귀여운 얼굴에 도마뱀의 몸통을 가진 주홍색 동물이었다. 아무래도 지하의 주홍빛 물질 속에서 살고 있는 놈이라 보호색으로 같은 몸 색깔을 지니고 있는 듯했다. 물개도마뱀은 내 맨 얼굴을 꼬리로 탁탁 쳐대기까지 했다. 이것만은 심하다 싶은 생각이 들어 왼손을 움직여 놈을 잡으려고 하다가 그만 놓쳐버렸다. 내가 놓쳐버린 놈이 우두머리였는지 곧 다른 물개도마뱀떼가 그놈의 뒤를 쫓아 다다닥 요란한 발소리를 내며 뛰어갔다. 나는 놈들이 뛰어가는 방향을 알기 위해 센서등의 불빛을 그쪽으로 비췄다. 얼간이를 쥐고 있는 오른손이 가리키는 방향으로 휘어지는 틈이 보였다. 다시 면밀히 불빛으로 살펴본 결과 내 앞의 틈은 네 군데나 되었다. 언뜻 보기에는 물개도마뱀떼가 뛰어간 오른편의 틈을 기준으로 세번째의 틈이 그나마 가장 넓어 보였지만, 고민을 거듭한 끝에 놈들의 뒤를 따르기로 마음먹었다.

새롭게 들어선 틈도 좁기는 마찬가지였다. 양쪽의 엄지손가락과 엄지발가락을 지렛대로 삼아 온몸을 힘껏 앞으로 들이밀었다. 숨이 가빠왔고, 땀이 비 오듯 쏟아졌다. 그래도 조금씩 조금씩 전진해나갔다.

그나마 바위로 둘러싸인 동굴이 아니어서 다행이었다. 만일 그랬다면 내 몸은 크고 작은 수많은 상처로 뒤덮였을 것이다. 단 몇 분이라도 멈춰 쉬고 싶다는 생각이 간절했지만, 전진을 멈추지는 않았다. 여기서 멈춘다면 다시는 탈출할 수 없을 것 같다는 두려움 때문이었다. 두려움이 너무 커서 도저히 움직임을 멈출 수가 없었다. 그렇게 헐떡거리면서 안간힘을 다해 기어가기를 계속하던 어느 순간이었다. 어디선가 바람이 불어오는 것이 느껴졌다. 아주 약한 바람이었지만 얼굴과 머리카락을 기분좋게 스쳐지나가는 것은 바람이 맞았다. 나는 속으로 환호성을 내질렀다. 살았다! 이 틈은 분명 밖의 어딘가로 통하고 있었다. 나는 최고의 인내심을 발휘하며 오십 센티미터를 더 기어갔다. 그리고 팔십 센티미터. 갑자기 천장이 높아졌다. 육십 센티미터. 팔십 센티미터. 돌연 공기가 달라진 것을 느낀 순간, 나는 지하의 어느 밝고 넓은 공간이 내 앞에 나타났다는 것을 알 수 있었다. 센서등의 불빛이 필요 없을 정도로 환한 빛이 나의 눈을 잠시 멀게 만들었다. 나는 그 넓은 공간으로 몸을 굴렸다. 삼 미터 정도 높이에서 떨어진 충격이 고스란히 온몸에 전해졌다. 그러나 몸의 충격을 느낄 새도 없이, 나는 그 드넓은 공간을 향해 두 눈을 크게 떴다.

20

온통 유리로 건설된 도시. 강렬한 빛은 거대한 유리 돔으로 덮여 있는, 역시 유리로 만들어진 도시 전체에서 뿜어져 나오고 있었다. 내가 서 있는 곳의 맞은편 위쪽으로 지상의 빛을 아래로 끌어들이는 수천 개의 반사경들이 유리 도시 전체에 태양과도 같은 빛을 공급해주고 있는 것이었다.

그것은 단순한 공간이 아니었다. 어떤 진화된 문명의 흔적, 네이처에서 내가 익히 알고 있었던 인간의 문명과는 다르지만 분명 자신들만의 독특한 문화를 이룩한 지적 생물체에 의해 이룩되었던 유적으로 보였다. 그랬다. 안타깝게도 이곳에 아직 그 지적 생물체가 살고 있을 것 같지는 않았다. 폐허까지는 아닐지라도, 이 정교하게 건설된 도시로 보이는 곳에 밀어닥친 적나라한 패배의 기운과 더불어 그 이후 이곳에 무겁게 내려앉은 세월의 만만찮은 두께를 충분히 짐작해볼 수 있었던 것이다.

하지만 그 지적 생물체가 이룩한 문명은 분명 놀라운 것이었다. 이처럼 깊은 지하에 이토록 거대한 도시를 건설할 수 있는 기술을 갖춘 이들이라면 네이처에 견주어봐도 그 문명의 수준이 그리 떨어질 것 같지는 않았다. 보다 솔직하게 말한다면, 이건 순전히 내 개인적이고도 비전문가적인 견해에 불과하지만, 어느 면에서는 네이처의 문화를 앞선 듯한 생각도 들었다.

우선 도시를 구성하는 기본 재료인 저 거대한 유리를 봐도, 그것이 네이처보다 정교하고 아름답게 보인다는 것은 누구도 부정할 수 없을 것이다. 신기하게도 유리 도시 안은 치열한 전투의 흔적이 여실히 드러날 만큼 혼란 그 자체로 보였으나, 도시 전체를 뒤덮은 유리 돔과 도시를 구획하고 있는 유리만은 말짱하게 남아 있었다. 루시아에서 이룩된 문명에 쓰인 유리는 그 투명도부터가 남달랐다. 흔히 강렬한 빛이 내리비칠 때 유리의 전면은 그 빛을 되쏘듯이 반사해낸다. 때문에 그 앞에 선 우리는 바짝 다가서서 손차양이라도 만들어 주의깊게 들여다보지 않는 한 그 안을 보기가 어렵다. 그러나 이 도시를 구성하고 있는 유리벽은 반사되는 빛 가운데서도 그 공간 속을 선명하게 들여다볼 수 있었다. 내 설명이 꽤나 미흡하다는 것을 나 역시 잘 알고 있다. 어떻게 유리 돔과 유리 도시 전면을 덮은 유리벽이 눈부신 빛을 되쏘는 상황에서 그 안이 잘 보일 수 있다는 것인지 도통 이해가 되지 않으리라는 것도. 하지만 내 설명은 모두 사실이다. 나는 유리 돔 바깥의, 도시의 외곽에 해당하는 번쩍이는 금속 소재의 아주 높은 타원형 담 위에 올라, 이 넓은 유리 도시 안의 모습을 눈으로 보고 있었다. 내가 시력이 더 좋았다면 세세한 것들까지 좀더 눈에 보였을 터였다. 담의 높이는 내가 서 있는 곳에서는 짐작할 수 없었다. 다만 담의 폭은 이 미터였는데, 약 오십 센티미터마다 표시되어 있는 가늘고 흰 선들로 그것을 알 수 있었다. 나는 금속 담 위를 천천히 걸어갔다. 유적으로 남은 유리 도시로 직접 내려가보고 싶은 마음은 굴뚝같았지만 아래를 내려다보는 것만으로도 아찔해지는 높이를 무작정 뛰어내릴 수도 없는 노릇이었다. 금속 담의 어느 지점엔가 도시로 들어가는 입구나 장치가 있으리라고 예상했다. 그것을 찾을 때까지는 담 위에서 이렇게 바라보는 수밖엔 별도리가 없을 터였다. 금속 담 위로 난 길을 천천히 걸어가는 중에도 나의 두 눈은 줄곧 유리 도시 안으로 향해 있었다. 그러는 동안 한 가지 사실을 깨달았는데, 바로 이 도시가 단순한 지하 거주지로 건설되지는 않았다는 것이었다. 처음에 나는 동물들이 밤의 추위를 피하기 위해 은신처를 만들어놓았듯이, 문명을 건

설했던 이들도 같은 이유에서 지하 도시가 필요했던 것이라고 예측하고 있었다. 하지만 담 위에서 유리로 구획된 수십 개의 구역들이—비록 곳곳이 무너져버렸고 오래되어 보이긴 하지만—제각기 서로 다른 기능에 따라 나눠져 있는 것을 확인한 순간, 나는 전율을 느끼지 않을 수 없었다. 실로 정교하고 세심한 설계에 의해 만들어진 곳이었다. 마치 어느 정신 나간 천재 편집증 환자의 상상력을 그대로 현실의 공간으로 옮겨놓은 것 같은 곳이었다. 지적 생명체들은 거대한 금속 담 안쪽에 일개 도시가 아닌, 그들이 바라는 새로운 세상, 자신들만의 완벽한 세상을 창조해낸 것이었다.

유리 도시 안에는 문명화된 세계의 모든 산업을 가능하게 하는 설비가 정확히 통제된 룰렛 모양으로 배치되어 있었다. 가장 먼저 발견한 것은 네이처의 근간 산업이기도 한 각종 농업의 흔적이었다. 곡물과 채소, 과일과 그 밖의 농산물을 생산하는 농업은 역시 생존의 가장 기본이 되는 산업이기에 총 열 개의 구역을 차지하고 있었다. 그리고 그 옆으로 각 구역마다 소와 돼지, 닭과 오리 같은 가축을 사육한 흔적이 남아 있었다. 그 옆으로 서너 개의 구역을 점하며 생활에 필요한 물품을 생산하는 이삼차 산업이 편성되어 있었고, 첨단 과학기술을 담당하는 구역이 열세 개, 그리고 마지막으로 가장 많은 스무 개의 구역이 이 모든 지하 도시의 유지를 가능하게 하는 에너지 생산을 담당하고 있었다. 나머지 다섯 개의 구역은 도시민들을 위한 거주지였는데, 한 구역의 크기가 산업과 에너지를 담당하는 구역 하나보다 세 배는 더 커 보였다. 문득 이상한 생각이 들었다. 왜 그들은 거주지를 하나로 통합하지 않고 굳이 다섯 개로 나누어놓은 것일까? 더욱이 거주지 구역에는 산업과 에너지를 담당하는 구역마다 으레 세 개씩 있는, 다른 구역으로 가기 위한 문이 전혀 보이지 않았다. 그렇다면 다섯 개의 거주 구역에 살았던 이들은 각자 근무지로 가기 위해 어디로 나갈 수 있었단 말인가? 설마 유리벽을 관통해 나가지는 않았을 것이다. 분명 어딘가에 숨겨져 있는 문이 존재할 것이다. 나는 유리 도시의 거주 구역들을 바라보다가 네이처의 계급을 연상시키는 그것들의 모습에 강한 거부감을 느꼈다. 네이처뿐만이 아니라 다른 행성, 이 루시아에서조차 인위적으로 계급을 구별하는 제도가 존재했을 수도 있다는 가능성이 나를 화나게 했고, 절망감을 안겨주었다. 인간들에게 내재되어 있는 악의를 엿본 듯한 더러운 기분이 드는 것이었다.

어느덧 금속 담의 길은 끊어졌다. 뭔가 폭격에 의해 파괴된 것처럼 보였다. 이런 단단한 금속을 파괴할 수 있는 무기라면 필시 고성능의 폭약이었을 것이다. 그런데도 왜 저 유리 돔과 유리 도시의 벽들은 아무런 피해를 입지 않았는지 모를 일이었다. 혹시 내가 막연히 유리라고 여기고 있는 저것이 그와 흡사한 모양의 전혀 다른 물질일 수도 있다는 생각이 들었다. 소름이 돋았다. 그만한 물질을 생산할 수 있는 기술을 지닌 생명체를 공격하고 굴복시킨 또다른 강력한 지적 생명체의 존재를 떠올렸기 때문이었다.

그들은 누구인가? 왜 이 멋진 지하 세계를 파괴했던 것일까?

계속되는 물음은 내겐 진입을 허용하지 않는 유리 돔 위의 허공 속으로 흩어져갔다. 결국 유리 도시로 들어가는 입구는 찾을 수 없었다. 나는 파괴된 금속 담 위에 서서 강렬한 빛을 뿜어내는 무수한 반사경들이 걸려 있는 지하의 하늘을 올려다보았다. 태양만 없을 뿐, 지상만큼 눈부신 빛이었다. 두 눈을 가늘게 뜨고 빛이 들어오는 곳을 찾아보았다. 눈이 부셔서 한참을 헤맨 뒤에야 덮개가 있는 자그마한 구멍이 천장에 나 있는 것을 발견할 수 있었다. 등에 메고 있던 수납 자루에서 만능 도구함을 꺼냈다. 암벽 타기 장비를 설마 이곳에서 쓰게 될 줄은 미처 생각조차 하지 못했다. 곧 내 검지손가락 크기의 초소형 화살촉을 천장의 구멍을 향해 쏘았다. 길고 투명한 거미줄 같은 초강력 로프가 허공을 가로지르며 내게로 내려졌다. 나는 그 한 줄의 거미줄에 전신의 무게를 실었다. 구멍 밖으로 나가기 전에 내려다본 유리 도시는 여전히 찬란한 빛으로 에워싸여 있었다. 그리고 내겐 그들의 비극적인 파국을 되짚어볼 시간조차 주어지지 않았다. 그날 밤, 놈들이 나를 찾아온 것이었다.

21

동물들의 울음소리는 첫번째 입구 깊숙한 곳에서부터 들려왔다. 젊은 여자의 높고 가는 울음소리, 혹은 맹수의 울부짖음 같은 소리와는 또다른 소리였다. 그것은 순전히 분노에 찬 무시무시한 고성이었다. 지금껏 그런 울음소리는 어떤 동물에게서도 들어본 적이 없었다. 그것은 이 세상에 속하는 종의 소리가 아니었다. 죽음을 알리는 전령사의 소리, 지옥의 존재가 반드시 있음을 증명하는 외침이었다. 놈들이 발산하는 엄청난 분노의 해일이 지하에 밀어닥치고 있었다. 심지어 공기중에서도 놈들의 분노의 냄새를 맡을 수 있을 지경이었다. 도망갈 곳은 없었다. 설혹 운좋게 은신처를 벗어난다 해도 지형 곳곳을 알고 있는 동물들이라면 금세 나를 찾아낼 수 있을 것이다. 게다가 밤이 오기 전까지 새로운 나만의 은신처를 물색해두어야 한다는 것 또한 나의 탈출을 가로막는 중요한 요인이었다. 루시아에서 나의 자유란, 고작해야 하루의 절반 동안만 지속되는 제한적인 것이었다. 설령 밤의 추위에서 해방되어 완전한 자유가 주어진다 해도 압도적인 수적 열세에 몰려 있는 내가 과연 무엇을 할 수 있을까. 문득 놈들이 왜 저렇게 미친듯이 날뛰며 화를 내고 있는 것인지 궁금해졌다. 저희들이 멸망시켜버린 지하 세계를 내가 허락도 없이 엿보는 바람에 화가 난 것일까. 저놈들은 그것이 저희들의 치부라도 되는 양 여기고 있는 것일까. 나야 알 수 없었다. 놈들은 나와 다른 종이고, 저놈들과 대화를 나눌 수도 없는 노릇이니 내가 어찌 알겠는가. 당혹스러움과 될 대로 되라는 식의 체념 속에서도 나는 손에 쥔 얼간이를 내려놓지는 않았다. 그때의 심리 상태는 파멸한 지하 도시인들과 비슷한 것이었을까. 자존심과 일말의 희망. 나도 확실하게는 대답할 수 없다. 세상 이치가 그토록 명확하고 이성적이었다면 내가 살인을 저지르고 이백 년을 유랑하여 이 루시아라는 미지의 행성에 추방될 일이 있었겠는가. 인생은 대부분 예측 불허였다. 예상이 가능했다면 내가 분노에 휩싸인 놈들을 이 지하굴 속에서 홀로 맞서고 있지도 않았을 것이다.

지옥의 울음소리가 점점 가까워졌다. 적어도 백 마리는 넘는 듯했다. 그동안 동물들을 대하면서 나름의 요령을 습득했다. 울음소리의 서로 다른 미묘한 높낮이로 놈들의 마릿수를 헤아리는 정도가 내가 동물들에 대해 파악하고 있는 몇 안 되는 지식이었다. 막상 위험이 닥쳐오니 온몸이 사시나무 떨듯 벌벌 떨려왔다. 분노에 휩싸인 놈들은 처음이었다. 어떻게 대처해야 할지 전혀 감이 오지 않았다. 단 한순간에 죽임을 당할 수도 있었다. 돌연 천장 쪽에서 유리 깨지는 소리가 들려왔다. 지하 도시에서 들고 온 것일까? 놈들이 양방향에서 나를 에워싼 것 같았다. 첫번째 입구 쪽에만 신경을 곤두세우고 있던 탓에 다른 곳에서 공격이 들어오는 걸 감지하지 못한 것이다. 곧 위에서도 동물들의 울음소리가 들려왔다. 나는 후들거리는 다리를 간신히 옮겨 첫번째 입구에서 최대한 멀리 떨어진 벽에 몸을 바싹 붙이고는 양손으로 움켜잡은 얼간이의 총구를 위와 아래의 중간쯤 되는 허공으로 향하게 했다. 어디든 동물이 나타나면 총구의 방향을 재빨리 돌려 쏘기 위해서였다. 센서등의 불빛이 허공을 가로지르는 동안 두 방향 전부 시야를 확보할 수 없었다. 나의 전적인 판단 오류였다. 천장과 아래 입구에서 거의 동시에 놈들이 쏟아져나올 것이라고는 생각지 못한 것이었다. 그리고 어느 순간, 놈들은 마치 허공을 나는 것처럼 불빛 속에 잠깐씩 모습을 드러냈다가 사라지기를 반복했다. 마치 수면 높이 튀어올랐다가 호를 그리며 떨어지는 물고기처럼. 한 마리씩 떨어지던 놈들은 이윽고 두세 마리씩, 대여섯 마리씩 마구 엉겨붙어 천장에서 굴러떨어지기 시작했다. 아래의 상황도 다르지 않았다. 한꺼번에 너무 많은 수의 동물이 입구에서 빠져나오려고 하는 바람에 몸집이 큰 놈들이 저보다 작은 놈들을 짓밟고 맹수의 앞발로 머리를 후려치면서 뛰쳐나왔다. 부상당한 작은 놈들이 내지르는 고통에 찬 신음소리와 울부짖음이 볼륨을 한껏 높인 사이렌처럼 굴속에 울려퍼졌다. 나보다 작지만, 많이 작지는 않은 못생긴 인간들이 꾸역꾸역 몰려

들고 있었다. 그것들을 더이상 동물이라고는 할 수 없었다. 이제는 인간의 특징이 더 우세하게 나타났다. 불빛으로 슬쩍 비춰보았을 뿐인데도 놈들의 달라진 점들이 눈에 확 들어왔다. 마지막으로 보았을 때가 불과 며칠 전이 아니었던가. 놈들의 알 보관 장소, 핫 존에서 서른 마리 남짓한 동물을 보았을 때도 저런 모습이었나. 하긴 센서등을 그 놈들에게 제대로 비춰보진 않았으니 외양이 바뀌었다 해도 내가 눈치 챌 수는 없었을 것이다. 내가 그날 본 것이라고는 색색으로 빛나는 놈들의 발광체 눈동자가 전부였다.

손이 마구 떨려서 불빛이 위아래로 요동쳤다. 숨이 턱턱 막혀왔다. 나를 둘러싼 공간이 점점 빠르게 회전하고 있었다. 속이 메스꺼웠다. 구토가 밀려왔다. 먹은 것이라고는 맛없는 열매 몇 조각이 전부였는데 왜 이토록 토악질이 계속되는지. 나를 구할 이는 오직 나 자신뿐이었다. 내 안의 누군가가 악을 쓰며 외치고 있었다. 아직 끝나지 않았다고. 살고 싶다면 총구를 들어 놈들을 쏴! 어서!

나는 심신 상실의 상태에서 깨어나지 못한 채 내 안의 목소리를 따라 총구를 들어올렸다. 놈들이 우글거리며 내게로 몰려오고 있었다. 네 개의 팔을 마구 휘둘러대며 뜻 모를 광기 어린 고성을 질러대는 놈들. 놈들. 놈들. 그놈들의 발광체 눈들이 휙휙 사방으로 돌아가는 광경이라니. 이곳은 광인들의 배였다. 광인들을 살살 꼬드겨 배에 태운 후 정처 없이 바다를 떠돌다가 끝내 오물로 뒤덮인 선내에서 굶주림에 못 이겨 아사하거나 서로를 아귀처럼 잡아먹거나 스스로의 광기에 못 이겨 바다로 뛰어드는 아비규환의 수라장이었다. 광인들은 나를 향해 현란한 손짓을 보내고 있었다. 너도 어서 이 배에 타라고. 차라리 광인이 되는 편이 한결 수월할 것이라고. 아니야. 내 안의 누군가가 단호한 어조로 말했다. 넌 미치지 않았어, 아직은. 반쯤 정신을 차린 나는 광인들을 향해 총을 난사했다. 조준을 할 필요도 없었다. 놈들은 너무 많았다. 어찌나 많은지 그때까지 첫번째 입구와 천장 쪽에서 굴속에 들어오지 못한 놈들이 계속해서 분노에 찬 울음소리를 내는 중이었다.

순식간에 맨 앞줄에 섰던 스물여덟 마리가 풀썩 쓰러졌다. 총성이 연속해서 울리는 동안 놈들은 울음소리를 멈췄다. 움직임도 없었다. 이윽고 사격이 중단되자마자 나는 얼어붙어버렸다. 명백한 나의 실수였다. 스물일곱 발을 쏴야 했는데 총신을 전부 다 비워버린 것이다. 마지막 한 발은 스스로를 위한 배려로 남겨뒀어야 했다. 달아오른 얼간이의 총구에서 연기가 피어올랐다. 이제 인간의 존엄을 지키며 죽을 수 있는 기회도 영영 사라져버렸다. 곧 광인에 가까운 놈들에게 갈가리 찢겨 나는 흔적조차 남지 않을 것이다. 센서등을 끄고 두 눈을 감았다. 내겐 기회란 게 더이상 없지만, 적어도 맹수의 날 선 발톱이 내 몸에 사정없이 꽂히는 순간을 두 눈으로 지켜보지 않을 수는 있었다. 나는 최후를 기다렸다. 그리고 함께 찾아올 고통의 시간도. 십 초가 흘러갔다. 삼십 초. 일 분. 아무 일도 일어나지 않았다. 소름 끼치는 울음소리가 들리지도, 놈들의 움직임이 느껴지지도 않았다. 굴속에 나 홀로 남겨진 것만 같았다. 아니면 내가 이미 놈들의 공격을 당해 죽어 있는 것이거나. 둘 다 말도 안 되는 가정이었다. 그래도 나는 일 분쯤 더 망설이다가 눈을 떠보았다.

놈들은 사라지지 않았다. 색색의 빛나는 알전구 눈들이 허공을 등

불처럼 밝히고 광기 어린 눈동자를 계속 굴리고 있었다. 얼른 이 상황이 이해되지 않았다. 놈들이 분노를 터뜨릴 대상은 바로 나였다. 그래서 이 좁은 굴속까지 백 마리나 되는 놈이 찾아와 나 하나를 잡겠다고 그토록 악다구니를 치며 난리법석을 떨어대지 않았던가. 어둠 속에 둥둥 떠 있는 듯한 놈들의 발광체 눈을 멍하니 마주보다가 나는 문득 이 황당한 상황이 벌어진 이유를 짐작해낼 수 있었다.

놈들은 아직도 이 굴속 어디에 내가 있는지 알아채지 못한 것이다.

내가 떠올린 이유를 나조차 이해하기 어려웠지만, 이것은 사실이었다. 그새 놈들의 시력이 현저하게 나빠졌는지, 아니면 지금 이 공간의 특수한 상황 때문인지는 나로선 알 도리가 없었다. 하지만 발광체 눈들이 모조리 초점의 대상을 찾지 못하고 우왕좌왕하고 있다는 것만은 잘 알 수 있었다. 나는 숨죽인 채 가만히 제자리에 서 있었다. 마치 자신의 주위에 최대한 작은 원 하나를 그려놓고선 필사적으로 선을 밟지 않으려고 안간힘을 쓰는 어린아이처럼. 만약 가능하기만 했다면, 숨조차 쉬지 않았을 것이다. 몇 분이 더 지났을까. 음소거가 된 어두운 화면 같았던 지하의 굴속에서 갑자기 서너 마리가 높고 긴 울음소리를 냈다. 정적이 깨지자 사방은 다시금 아수라장으로 돌변했고, 나를 찾는 놈들의 드잡이는 밤새도록 이어졌다. 나 역시 벌을 서듯 같은 자세를 유지할 수밖에 없었다. 어느 때인가 놈들이 들어왔던 두 개의 입구로 빠져나가는 소리가 들려왔다. 놈들이 굴 밖으로 나가버린 후에도 나는 내가 그어놓은 가상의 원 안에서 한동안 서 있었다. 언제 놈들이 다시 돌아올지 모른다는 불안감 때문이었다. 이윽고 안심해도 된다는 판단이 들자 비로소 원 밖으로 나오려 했다. 하지만 아무리 해도 몸이 움직여지지 않았다. 온몸의 근육이란 근육이 모조리 단단하게 뭉쳐서 빳빳한 고목처럼 굳어져 있었다. 그래도 굴하지 않고 억지로 몸을 움직이려 하자 나는 그대로 바닥에 풀썩 쓰러지고 말았다. 굳은 몸이 대충 풀리기까지 상당한 시간이 소요됐다. 굴 밖으로 기어가다시피 나왔을 때에는 태양이 막 떠오르고 있었다.

3부

22

일주일 내내 눈이 내리고 있다. 루시아의 기후에 어떤 이상이라도 생긴 것일까? 아니면 원래 이맘때면 눈이 많이 내렸던 것일까? 이곳은 아직도 내겐 의문투성이이다. 지난 일 년 반 동안 눈이 내린 날은 단 하루뿐이었다. 그래서 내겐 눈에 대한 애틋한 동경 같은 감정이 있었는데, 이번에 폭설을 겪으며 그런 감상이 깡그리 사라져버렸다. 무엇보다 변화된 몸의 피부에 눈이 닿으면 못 견디게 간지럽고 빨갛게 부풀어오르는 바람에 별수없이 지하굴 속에 은신해야 했다. 놈들의 외양으로 사는 한 이제 두 번 다시 눈 내리는 풍경을 한가롭게 감상할 일은 없을 것이다. 이로써 놈들의 치명적인 약점을 한 가지 알게 된 셈이지만, 내가 그놈들과 다를 바 없이 변화된 이상 이것은 내게도 약점이 된다.

내 의지와는 상관없이 좁은 공간에 갇혀 있으려니 좀이 쑤셨다. 밖으로 나가고 싶었고, 신선한 공기를 마음껏 마시고 싶었다. 어떤 것에도 속박되지 않고 자유롭고 싶었다. 설혹 내 온몸이 껍질이 벗겨진 시뻘건 고깃덩어리처럼 되는 한이 있어도 쌓인 눈 속에서 마구 뒹굴며 놀고 싶었다.

바닷가와 숲의 경계에 위치한 출구로 나오자, 세상은 온통 흰빛이었다. 그새 눈이 무릎까지 쌓여 있었다. 예전에 봤던 눈과는 차원이 다른 백색의 세상이 내 앞에 펼쳐졌다. 여전히 눈발은 날리고 있었지만 몇 시간 전보다는 한층 덜했다. 조금 따끔거리기는 해도 이 정도는 견뎌낼 수 있을 듯했다. 바닷가를 온통 뒤덮었던 주홍빛 물질이 두꺼운 하얀 융단에 깔려 전혀 눈에 띄지 않았다. 하얀 융단 위에는 어떤 동물의 발자국도 찍혀 있지 않았다. 나는 그 위에 첫 발자국을 찍었다. 가슴이 다 두근거렸다. 나의 발자국을 뒤로한 채 사방에 대고 즐거운 울음소리를 내질렀다. 인간의 소리를 낼 수 있다면 더욱 좋았겠지만, 동물의 울음소리를 내는 재미도 나름 쏠쏠했다. 내가 인간이었다면 자연의 풍경에 순수하게 감동하고 있는 이 순간조차 생각을 거쳐 소리를 냈을 것이다. 그러나 동물이었기에 나는 오로지 본능에 충실한 감격의 소리를 낼 수 있었다. 때 이른 크리스마스가 온 것 같았다. 이곳에서 나는 혼자였지만, 이때만큼은 혼자라는 것이 나쁘지 않았다. 마치 내가 이 백색의 풍경을 온전히 소유한 주인같이 느껴졌기에.

나는 뽀드뽀득 경쾌한 소리를 내는 하얀 융단에 여든두 개의 발자국을 만들어가며 몸의 변화를 겪은 후 처음 맞이하는 행복감을 만끽

했다. 이곳의 정적은 늘 나를 몸서리치게 만드는 무형의 또다른 괴물과도 같았지만, 지금의 고요는 내 마음에 따뜻하게 스며드는 자연의 배려와도 같이 느껴졌다. 눈이란 것은 참 이상한 물질이다. 세상의 모든 것을 포근하고 하얀 막으로 감싸버리니까 말이다. 뾰족하고 각지고 보기 흉한 것들은 지금 내 시야에서 전부 다 사라지고 없다. 이 비현실적일 정도로 아름답고 정적인 풍경 속에서 움직이는 것은 파도가 유일했다. 넘실거리는 파도의 연속적인 곡선을 눈으로 좇으며 나는 무의 평화를 누렸다.

파도의 곡면은 점점 더 가파르게 변해갔다. 반짝이는 하얀 설탕 같은 눈이 차곡차곡 쌓여가는 대지는 이다지도 고요하고 평화롭건만 왜 바다는 저렇게 잔뜩 성이 나 있는지 모를 일이었다. 마치 바다가 대지의 평온한 상태를 시기하고 있는 듯한 모양새였다. 아니면 대지가 이 행성 자체의 본성을 역행하는 풍경을 내게 보여주고 있는 것이거나.

이제 그만 지하굴 속으로 퇴장할 때가 되었다. 내리는 눈을 직접 맞는 맨살에만 이상 반응이 나타난다고 여겼는데 내 생각이 틀렸다. 눈을 맞는 것뿐만 아니라, 입고 있는 옷에 눈이 녹아들며 축축해지자 그 속의 피부까지도 화끈거리는 것이 느껴졌던 것이다. 양손은 벌써 갑절로 빨갛게 부풀어올라 자잘한 십수 개의 수포까지 생겨났다. 슬쩍 만져본 얼굴도 사정은 비슷한 것 같았다. 눈 내리는 광경을 보겠다고 괜한 고집을 부린 대가로 앞으로 얼마간은 꼼짝없이 은신처에서 보내야 할지도 모른다. 어느덧 감미로운 오후의 낭만적 시간은 시들해져버렸다. 내가 본래 있어야 할 곳으로 돌아가야 했다. 깜깜한 지하굴 속에서 녹색 발광체 눈을 껌벅거리며 공벌레처럼 온몸을 웅크리고 홀로 앉아 있는 내 모습이 떠올랐다. 루시아의 지하 유령 같은 모습이. 그러자 습관과도 같은 우울이 밀려오는 것이 느껴졌다. 환상은 짧고, 현실은 늘 우리가 그것을 잊고 있는 순간에도 여전히 함께 있는 법이니깐. 여든세번째의 발자국은 없을 것이다. 나는 여든두번째의 발자국이 새겨진 곳에서 뒷걸음질을 쳤다. 하지만 나의 두 눈은 되돌아가려는 발과는 달리 거의 수직으로 높이 치솟은 파도를 향해 머물러 있었다. 정확하게는 그 높은 파도의 한 갈색 점을 향해. 처음엔 파도에 떠밀려 온 통나무라고 생각했다. 무심코 그 갈색 점을 지켜보는 동안 그 점에서 뻗어나온 가는 나뭇가지 같은 것이 마구 움직이는 것이 보였다. 갈색 점은 파도의 가파른 굴곡을 따라 사라졌다 나타나기를 반복했다. 그 점이 소리를 지르고 있다는 것을 깨달은 것은 그러고도 몇 분이 지나서였다.

나는 우두커니 선 채 눈만 깜빡거렸다. 도저히 내 눈을, 내 귀를 믿을 수가 없었다. 너무 놀라서 침을 삼킨다는 것이 그만 혀를 세게 깨물어버리고 말았다. 목구멍에서 깩, 하는 짐승의 짧은 울음소리가 새어 나왔다. 나는 두 손으로 눈 위에 손차양을 만들어 갈색 점을 다시 한번 관찰해보았다. 그런다고 더 잘 보일 리도 없건만, 인간이었을 때의 버릇이 나온 것이다. 시력도 청력도 예전보다 월등하게 좋아진 터라 갈색 점이 무엇인지를 알아보는 데에는 그리 오랜 시간이 걸리지 않았다. 헉, 나는 숨을 크게 몰아쉬었다. 이번엔 두툼한 소시지 같은 아랫입술을 피가 나도록 세게 깨물었지만 울음소리조차 나오지 않았다.

여자였다.

나는 잠시 갈등했다. 저 갈색 점이 여자로 보인다는 것을 내 이성으로는 도저히 이해할 수가 없었기 때문이다. 무인 행성에서 어떻게 인간, 그것도 여자를 목격할 수 있단 말인가. 유일한 인간이었던 나마저 놈들처럼 육체가 변하고 말았다. 원주민 격인 놈들이 우글거리는 이 땅에서, 그것도 밤마다 생명을 위협하는 한파가 몰아치는 이 땅에서, 어떻게 여자 홀로 생존할 수 있단 말인가. 말도 안 되는 일이었다. 문득 나는 스스로가 미쳤을 가능성에 대해 심각하게 고려해보았다. 미치지 않고서야 현재의 상황이 납득되지 않았다. 인정하고 싶지는 않지만, 내가 그만 자제력을 잃고 광기에 휩싸였을 가능성은 충분했다. 그래서 존재하지도 않는 환영까지 만들어내며 정교한 광인의 세계를 만들어가고 있는 것이다. 또다시 은신처의 지독한 어둠 속으로 걸어들어가는 것이 싫어서 별 가당찮은 여자의 환영까지 눈앞에 보이는 것이다.

하지만 저 소리는? 나는 스스로에게 되물었다. 여자의 모습은 환영이라고 무시해버린다고 해도 그녀가 내지르는 저 소리까지 과연 허구라고 할 수 있을까? 내 마음속 깊은 곳에서는 여자가 실재라는 것을 이미 알고 있었다. 이상하게도 인간이었을 때보다 놈들처럼 변화된 지금, 나의 두 눈에 보이는 것들에 대해 훨씬 더 믿음을 가질 수 있었던 것이다. 그리고 여자가 살아 있는 인간이라는 것을 인정하는 순간, 나는 앞뒤 재지 않고 그대로 바다를 향해 뛰어들었다. 물이라면 질색을 했던 인간이 바로 나였다. 그런 내가 이토록 스스럼없이 물속에 들어갈 수 있다니. 기적이었다. 놈들처럼 변화된 이후의 가장 큰 기적.

바닷물은 너무 차가워서 온몸이 다 오그라들었다. 상대적으로 추위에 꽤나 둔감한 동물로 변화된 몸이 느끼는 추위가 이 정도면, 인간이었을 때의 나는 감히 바다에 뛰어들 엄두조차 내지 못했을 터였다. 하지만 나와는 반대로 인간으로 변화되고 있는 놈들은 바닷물에서 그토록 편안한 얼굴을 보이며 자유자재로 헤엄을 치지 않았던가. 뭔가 이상했다. 분명 내가 미처 알아내지 못한 부분이 있을 것이라는 생각을 하는 순간 여자의 목소리가 더욱 생생하게 들려왔다.

"살려줘요! 제발 살려주세요!"

나는 여자의 목소리를 좇아 빠르게 거친 물살을 헤치며 능숙한 몸놀림으로 헤엄쳐갔다. 놈들의 육체가 또다시 장점을 발휘한 순간이었다. 인간이었던 내가 전혀 할 수 없었던 영법을 매우 능숙하게 구사하게 된 것이다. 놈들은 물과 친숙한 육체를 타고난 듯했다. 엄연한 내 육체였지만, 마치 내가 조종하는 또다른 육체를 보는 것 같았다. 지상에서보다 오히려 물속에서 이렇듯 자유롭게 몸을 놀릴 수 있다는 것이 놀라웠다. 곧 나는 물속에서도 호흡이 용이하다는 것을 깨달았다. 내 몸속에 아가미가 생겨난 것 같았다. 나는 한 마리의 돌고래처럼 유연하게 사지를 움직이며 여자에게 다가갈 수 있었다. 해안가의 눈밭에 서 있었을 때 파도 속 갈색 점으로 보였던 여자와의 거리가 대략 삼백 미터 정도였다고 기억한다. 인간인 나였다면, 이런 거센 파도 속을 거침없이 헤치며 몇 분 만에 여자에게 도달할 수는 없었을 것이다.

여자와의 거리가 불과 몇십 센티미터 정도로 좁혀졌을 때였다. 이미 여자는 파도 위에 떠 있는 상태가 아니었다. 바닷속으로 천천히 가라앉는 중이었다. 벌거벗은 여자의 긴 갈색 머리카락이 몰아치는 물결에 따라 이리저리 해파리처럼 흔들리고 있었다. 나는 마침내 손을 뻗어 여자의 좁은 어깨를 잡았다. 여자는 아무 반응도 보이지 않았다.

살짝 벌린 입속에서 작은 공기 방울들이 새어나오고 있었다. 그녀는 죽어가고 있었다. 루시아에서 내가 가장 원했던 다른 인간의 존재가 지금 내 눈앞에서 사라져가고 있었다. 아마도 이 여자를 살려내지 못한다면 내가 죽음에 이르기까지 마음과 생각을 나눌 수 있는 동반자는 영원히 갖지 못하게 될 것이다. 우습게도 나는 내가 더이상 인간이 아니라는 사실을 망각하고 있었다. 내가 인간의 말을 입 밖에 낼 수 없는 퇴화된 동물이라는 점 또한 잊고 있었다. 만일 그때 인정사정없는 나의 이성이 개입했더라면, 나는 그녀를 구조하기 위한 노력을 그만 포기하고 말았을 것이다. 놈들처럼 변화되기 전 과거의 내 모습을 끊임없이 떠올리게 할 인간 여자를 살려봤자, 과연 내게 무슨 유익이 있겠는가? 괴물로 변한 나를 거부하는 여자의 모습에 새로운 절망만을 추가하게 될 뿐이 아니겠는가? 하지만 나의 이성은 웬일로 잠잠히 침묵만을 고수했고, 덕분에 나는 내가 인간이라는 착각에서 벗어나지 못했던 것이다. 나는 루시아에 생존하는 최후의 인간이 되지 않기 위해서 여자를 살리는 일에 최선을 다했다. 비록 그 방법은 인간이 아닌 변화된 육체의 방법이었지만, 그 당시엔 다급한 나머지 미처 그런 세세한 점까지 따질 여력이 없었다.

나는 동물의 본능에 따라 물속에서 대여섯 번쯤 숨을 크게 들이마셨다. 곧 폐가 터질 것처럼 빵빵하게 부풀어올랐다. 나는 한 손으로는 가라앉으려는 여자의 허리를, 나머지 한 손으로는 여자의 코를 잡고는 인공호흡을 하는 것처럼 내 입술을 여자의 입술에 단단히 밀착했다. 그러고는 나의 폐에 가득 들어찬 산소를 여자의 몸속으로 천천히 불어넣기 시작했다. 곧 여자가 맹렬한 기침과 함께 내 입속으로 물을 토해냈다. 나는 그 짜고 뒤끝이 신 여자의 토사물을 묵묵히 내 식도로 넘기면서도 여자의 입술에 밀착된 내 입술을 떼지 않았다. 이윽고 구토를 멈춘 여자의 쪼그라든 폐가 내가 주입하는 산소로 팽창하는 것을 느낄 수 있었다. 나는 내 몸의 산소를 아낌없이 여자에게 주입하는 일에 온 신경을 집중했다. 여자의 눈꺼풀이 파들파들 떨리며 그녀의 혀가 나의 혀를 톡톡 건드리는 것이 느껴졌다. 여자의 의식이 돌아온 것이다. 나는 마치 어린아이를 안듯이 그녀의 몸을 내 가슴 쪽으로 끌어안았다. 그녀의 작고 탄력적인 젖가슴이 눌리는 생생한 감촉에 잠시 정신이 아득해지는 것 같았다. 여자가 몸을 움찔거리려는 찰나 나는 그녀에게서 재빨리 입술을 떼고 육지로 질주하듯 헤엄쳐갔다. 어디에서 그런 괴력이 솟아났는지 나조차 의아할 지경이었다. 순식간에 그 거센 파도를 뚫고 바닷가의 눈밭에 도달할 수 있었다. 짐승인 내가 벌거벗은 여자를 부둥켜안은 채 하얀 눈밭 위를 굴렀다. 눈을 뜬 여자가 바로 앞에 있는 내 얼굴을 보며 소리 없는 비명이라도 지르듯 입을 벌렸다. 맨살에 닿은 눈이 차가운 듯 여자는 무의식중에 얼굴을 찡그리며 벌거벗은 몸을 내게 바싹 밀착해왔다. 나 역시 그녀를 부둥켜안았던 왼팔에 한층 더 힘을 주었다. 여자의 젖가슴, 거기에 음부의 감촉까지 전해지자 나는 그만 눈앞이 깜깜해지는 것 같았다. 전신이 확확 달아오르는 것 같아 황급히 품에 안았던 여자에게서 몸을 떼어냈다. 그때쯤엔 여자도 의식이 완전히 돌아와 있었다. 안쓰러울 정도로 바싹 마른 두 팔로 젖가슴과 음부를 가리려는 듯 엉거주춤한 자세로 쪼그리고 앉았다. 시선을 피한 채 나는 입고 있던 외투를 말없이 그녀에게 건네주었다. 외투를 입은 여자의 맨발이 눈 속에 묻혀 있는 것을 본 나는 이번엔 부츠를 벗어 그녀에게 주었다. 이번에도 여자는 군말 없이 부츠를 얼른 신었다. 우리 사이엔 한동안 어색한 침묵이 흘렀다. 뭐라고 여자에게 말을 건넬 수 있다면 좋으련만, 안타깝게도 나는 이미 말을 할 수 없는 상태였다. 여자에게 물어보고 싶은 것들이 너무 많았다. 왜 그녀가 루시아 행성에 존재하는지, 그녀는 누구이며 언제부터 이곳에서 살고 있는지, 혹시 또다른 인간이 생존하고 있는지. 무엇보다 가장 궁금한 점은 왜 그녀가 놈들처럼 변한 나의 외양을 보고도 도망치기는커녕 전혀 당황하거나 놀라지 않는가 하는 것이었다. 내가 놈들을 숲속에서 처음 대면했을 때 얼마나 큰 충격에 휩싸였던가.

나는 여자를 찬찬히 살펴보았다. 내 외투는 강마르고 작은 그녀의 몸집에는 너무 컸다. 부츠도 마찬가지였다. 마치 어린 소녀가 아버지의 옷과 신발을 걸친 듯한 어색한 모양새였다. 하지만 그녀의 허리춤까지 내려오는 길고 풍성한 갈색 머리카락과 어딘가 세월의 흐름이 느껴지는 얼굴의 선들이 그녀가 소녀가 아닌 성인 여자라는 것을 말해주고 있었다. 그녀의 얼굴은 쳐다볼수록 독특한 느낌으로 다가왔다. 머리색과 같은, 거의 맞닿을 듯 길고 짙은 두 개의 갈매기 날개 모양의 눈썹, 지나치게 커다란 까만 눈동자, 작은 코, 얇고 작은 입술까지. 이 모든 얼굴의 선들이 모여서 그녀를 이십대 후반으로도 어쩌면 오십대 초반으로도 보이게 했다. 관점에 따라서 얼마든지 다른 나이를 추정할 수 있는 얼굴이었다. 역시 관점에 따라서 그녀를 예쁘다고도 할 남자가 분명히 있을 것이다. 하지만 내 눈에 그녀는 예쁘다고는 할 수 없었고 그저 약간의 성적 매력이랄까, 그런 느낌이 드는 여자였다. 문득, 내가 그녀를 들여다보는 동안 그녀 역시 나를 낱낱이 살펴보고 있다는 생각이 들었다. 나는 좀 당황했고, 그래서 그녀에게서 슬쩍 눈길을 돌렸다. 그때 여자가 입을 열었다.

"난 당신이 두렵지 않아요."

지나칠 정도로 높고 가는 목소리였다. 마치 다른 공간에서 들려오는 목소리 같았다. 인간의 목소리를 너무 오랜만에 들었던 것일까. 나는 긴장으로 온몸이 움츠러들었다.

"우선 당신의 은신처로 날 데려가줘요."

여자는 나를 빤히 쳐다보았다. 나를 두려워하거나 피하려는 기색은 전혀 느껴지지 않았다. 그녀는 나를 그저 한 사람의 인간으로 대하고 있는 것 같았다. 이렇게 내 겉모습이 괴물처럼 변해버렸는데도. 이런 내게 평정을 잃지 않은 태도로 말을 걸어오는 인간이 존재하다니. 믿을 수가 없었다. 나는 얼간이처럼 두터운 입술을 헤벌린 채 그녀를 마주보았다. 그녀가 다시금 재촉하듯 말을 이었다.

"자, 어서요. 난 당신처럼 추위에 강하지 못하잖아요."

나는 여자에게 떠밀리듯 첫번째 은신처의 입구를 향해 터벅터벅 걸어갔다. 바닷물에 흠뻑 젖은 셔츠와 바지가 추위에 빳빳하게 굳어가고 있었다. 여자가 입은 내 외투와 부츠도 굳은 모양이 눈에 보였다. 낮 동안에는 더위가 지속되는 루시아에서도 눈이 오는 날만큼은 예외적으로 기온이 내려간다. 네이처에서라면 매우 당연한 일이겠지만, 상식에 반하는 일이 많았던 루시아에서도 똑같은 현상이 일어난다는 사실이 문득 신기하게 느껴졌다. 나는 흥분을 애써 감추며 짐짓 무심한 태도로 앞서 걸어갔다. 여자가 내 뒤를 잘 따라오고 있는지 확인하고 싶은 마음은 굴뚝같았지만 그녀를 지나치게 의식하고 있다는 인상을 주고 싶지는 않았다. 마흔아홉번째인가 내 발자국을 되짚어갔을 때였다. 나는 그만 참지 못하고 뒤를 돌아보았다. 그녀는 불과 두 발자국 뒤에서 나를 따라오고 있었다. 걱정도, 근심도, 그녀의 얼굴에는 보이지 않았다. 지극히 태연한 표정으로 그녀는 뒤를 돌아보는 나를 쳐다봤다. 그녀가 고개를 살짝 갸웃거리며 말했다.

"이곳인가요?"

나는 황급히 머리를 가로저었다. 여자에게 내 마음을 들켜버린 것만 같았고, 그런 나의 미숙함에 화가 치밀어올랐다. 첫번째 은신처의 입구에 다다를 때까지 나는 뒤돌아보지 않았다. 설령 여자가 오는 길에 슬쩍 내게서 도망쳐버린다고 해도 어쩔 수 없는 일이라고 생각했다. 인간 남자로 여자를 은신처로 데리고 가는 상황이었다면 나는 그녀가 싫다고 반항했어도 억지로 끌고 가려 했을 것이다. 그녀는 내가 그토록 바라던 또 한 명의 인간, 그것도 이성이었으니깐. 어쩌면 나는 그녀를 강제로 범하려고 했을지도 모른다. 그리고 여자와 부부 비슷한 관계가 되고, 아이들을 낳아 가족을 이루게 될 수도 있었다. 여기까지 생각이 흘러가자, 갑자기 심장을 짓누르는 듯한 부담감이 엄습하는 것을 느꼈다. 네이처 행성에서였다면 나는 벌써 가정을 이뤄 아이를 가진 아버지가 됐을 가능성이 컸다. 그러나 여기는 루시아 행성이다. 아무리 내가 인간이었어도 당장 내일의 안위가 불투명한 곳에서 혈연관계를 만들어간다는 것은 거의 도박이나 마찬가지다. 더군다나 만일 아내나 아이가 불의의 사고를 당할 경우 내가 감당해야 할 슬픔과 상실감은 결코 무엇으로도 치유받지 못하리라. 이곳에서는 사랑의 감정을 갖지 말아야 했다. 만일 금기를 어기고 어떤 대상을 향해 사랑의 감정을 느끼게 된다면 그 혹은 그녀는 감정의 영원한 노예가 되어 평생 얽매여 살 수밖에 없을 것이다.

하지만 어쩌면 천만다행으로 나는 그녀의 파트너가 될 수 없는 짐승이었다. 만일 우리가 사랑의 행위를 감행한다면 그것은 바로 '수간'이 될 것이다. 인간과 짐승의 지저분한 교접 행위. 그러자 나는 여자에게 잠시나마 품고 있었던 음욕이 씻은듯 사라져버리는 것을 느꼈다. 여자가 왜 나를 거부하지 않고 나의 은신처까지 제 발로 따라오는지는 알 수 없지만, 어차피 우리가 서로 다른 '종'인 이상 나와 그녀가 함께할 미래라는 것은 애초에 없을 것이기 때문이다. 은신처 입구에 도착했을 때 이미 내 가슴은 차가운 이성이 주도하는 마음으로 돌아서 있었다. 여자가 또다시 물었다.

"이곳……"

나는 여자의 말을 끝까지 듣지도 않았다. 그냥 평소 내가 하던 대로 입구의 나선형 관을 타고 아래로 미끄러져 내려갔다. 여자도 나를 따라 내려오는 소리가 들렸다. 내가 지하굴 속 바닥에 떨어진 뒤 몇 초 후에 그녀 역시 내 바로 옆으로 미끄러져 내려왔다. 여자는 작게 감탄하더니, 곧 들뜬 목소리로 말했다.

"여기였군요."

나의 녹색 발광체 눈은 어둠 속에서도 여자의 표정을 세밀하게 알아볼 수 있었다. 그녀는 여전히 태연한 얼굴이었다. 나를 전혀 두려워하지 않았고, 내가 자신에게 해를 끼칠 것이라고 여기지도 않는 것 같았다. 이렇게 어둡고 좁은 지하 공간 속에서 연약한 여자가 빛나는 녹색 눈의 짐승과 단둘이 있는 상황에서 어떻게 아무런 동요가 없을 수 있단 말인가? 나는 일부러 여자를 어둠 속에 몇 분간 더 방치한 뒤에야 마지못해 얼간이에 부착된 센서등을 켰다. 밝은 불빛 속에서 여자의 자못 장난기 어린 눈빛이 드러났다.

"지금 날 시험해본 건가요?"

나는 말을 잃어버린 짐승답게 그녀를 잠자코 쳐다보았다.

"내 말을 듣고 있다는 걸 알고 있어요. 단지 말을 할 수 없을 뿐이란 것도요."

"……"

"내가 궁금하지 않나요? 무인 행성이라고 여겼던 이곳에서 인간인 여자가 어떻게 생존하고 있는지 틀림없이 미치도록 궁금할 거예요. 그렇지 않아요?"

"……"

여자는 외투 틈새로 맨다리를 살짝 드러냈다. 다분히 유혹적인 몸짓이어서, 나는 성욕이 일기는커녕 오히려 순간적으로 오만한 여자에 대한 반감이 들었다.

"당신은 나에 대해 알고 싶은 것들이 분명히 아주 많을 거예요."

외투의 틈새가 더 벌어지며 불빛 속에 여자의 치모와 작고 탄탄한 젖가슴이 반쯤 드러났다. 나도 모르게 여자의 나신을 눈으로 좇았다.

"……알고 싶지 않나요?"

여자의 말이 끝나기가 무섭게 나는 그녀에게 달려들었다. 성욕에 목맨 인간 남자의 몸짓이 아니었다. 성난 짐승의 몸짓이었다. 동성에게 역겨움을 느끼는 여자의 몸짓이었다. 나는 놈들의 울음소리를 내며 여자의 벌거벗은 육체를 짐승인 나의 몸으로 짓눌렀다. 나는 내 양팔 밑에서 또다른 맹수의 앞발이 튀어나왔다는 것도 인지하지 못했다. 나는 여자의 나신 위로 맹수의 앞발을 들어올렸다. 내가 막 날카로운 발톱으로 여자를 갈가리 찢어버리려는 찰나 그때까지 내 안에서 잠잠히 침묵하고 있던 이성이 목소리를 냈다.

'그만둬! 넌 아직 놈들과는 다른 정신이 있잖아.'

이성의 소리에 퍼뜩 놀란 나는 내 몸에 깔린 여자의 나신을 보았고, 그녀의 슬픈 눈빛과 마주쳤다. 공포와 경악이 아닌, 진실한 슬픔이 느껴지는 눈빛이라니. 나는 심한 부끄러움을 느꼈다. 금방이라도 그녀를 공격하려 했던 짐승의 손이 양팔 밑으로 스르륵 사라져버렸다. 여자가 조용히 입을 열었다.

"그래요. 당신에겐 아직 정신이 남아 있어요."

깜짝 놀란 나는 그녀에게서 몸을 떼며 속으로 말을 걸었다.

'내 안의 말을 들을 수 있어? 이 말도 당신에게 들리는 거야?'

"그래요. 난 당신의 말을 들을 수 있어요. 이제 당신은 말을 할 수 있다구요."

외투를 여미며 여자는 몸을 일으켜 앉았다. 그녀는 슬쩍 미소 지으며 말했다.

"내 이름은 멜이에요."

과거에 인간이었던 남자와 루시아의 유일한 인간 여자가 서로를 마주보고 있었다.

23

"난 이곳의 유일한 인간이에요."

멜이 말했다.

"당신이 변화하지 않았다면 우리가 최후의 인간이 되었겠죠."

나는 고개를 끄덕였다.

'우리 두 사람이.'

멜과 나는 어색하게 웃음 지었다. 마치 두 사람의 웃음으로 서로가 직면한 삶의 무게가 조금이나마 가벼워질 수 있다는 듯이.

'당신이 어쩌다 바다에 빠졌는지 궁금하군.'

"사고에 별다른 이유가 있나요? 그냥 내 부주의 때문이라고 해두죠."

여자의 미적지근한 대꾸에 불현듯 짜증이 치밀어올랐다.

나는 멜에게 말했다.

'난 아직도 당신의 존재를 완전히 믿을 수 없어.'

"이해해요."

하지만 멜의 표정은 돌연 긴장으로 일그러졌다.

"내게 궁금한 점이 아주 많겠죠. 이를테면 내가 어떻게 살아남았는지, 뭐 그런 것들."

'물론 그것도 미치도록 궁금하긴 하지. 그러나 내가 진짜 당신에게 물어보고 싶은 것은……'

갑자기 음성의 말을 할 수 없게 된 성대가 날카로운 모서리에 긁히는 듯한 통증이 느껴졌다. 나는 내 질문에 대한 해답을 그녀가 알고 있을 가능성에 대해 얼마간 마음의 준비를 한 뒤에야 말을 꺼낼 수 있었다.

'이 행성에 대해 알고 있나? 명칭이나 위치 같은 것들에 대해 당신이 아는 것을 말해줘.'

뜻밖의 질문이었는지 멜은 고개를 갸웃거렸다.

"왜 그런 게 궁금한지는 잘 모르겠지만 예전에 우리들은 이 행성을 A-2091이라고 불렀어요. 위치는, 신생 제1은하계의 가장 중심에 위치한 행성이라고 들었던 기억이 나는군요."

A-2091? 하긴 루시아, 라는 명칭은 순전히 네이처 행성의 입장에서 정해진 것일 터였다. 이 행성을 먼저 발견했다고, 혹은 소유할 것이라고 생각한 이들의 각기 다른 입장에 따라 명칭은 얼마든지 바뀔 수 있는 것이다. 그건 그렇고, 신생 제1은하계라니? 설마 기존에 존재하는 다섯 개의 은하계 외에 정말로 새로운 은하계가 발견되었다는 뜻이란 말인가? 내 생각을 읽었는지 그녀가 먼저 대답했다.

"잘은 모르지만, 과거 우리 과학자들의 공식적인 발표로 알려진 사실이에요. 삼백 년쯤 전인가, 이 행성이 속한 은하계가 다른 은하계에서는 완벽한 혁신적 발견으로 받아들여질 것이라고 말하는 것을 들은 기억이 있어요. 우리의 문명이 존재하는 것만으로도 기존의 인간들을 흥분의 도가니로 만들어버릴 것이라고 하더군요."

정신이 멍해지는 기분이 들었다. 나는 이해할 수 없는 정보들을 머릿속에서 꿰맞추기 위해 노력했다. 만일 그녀의 말이 사실이라면, 네이처 행성에서 이 행성을 발견한 것만으로도 혁신적인 발견을 이뤄낸 것이었다. 그들은 분명히 이 행성을 자신들이 최초로 발견했으며, 식민행성에 적합한지를 판명하기 위해 범죄자인 나를 먼저 보내어 생존 가능성을 타진한다고 밝혔던 것이다. 하지만 이 부분이 나는 납득하기가 어려웠다. 루시아 혹은 A-2091, 이라는 이 행성은 네이처가 나의 추방에 앞서 실시한 탐사 결과와는 달리 무인 행성이 아니었던 것이다. 바로 그녀, 멜이 엄연히 존재했기에. 나는 네이처의 주도면밀한 탐사 과정에서 놓칠 수 있는 생명의 존재란 사실상 없다는 것을 알고 있었다. 그렇다면 답은 두 가지였다. 네이처의 그들이 내게 거짓말을 한 것이거나, 내 앞에 있는 여자가 거짓말을 하는 것이거나. 둘 중 어느 것이 사실이라고 해도 나는 심각한 타격을 받을 것이다. 그녀는 내가 생각을 거듭하는 중에도 계속 내 안의 말들을 듣고 있었다. 나는 그것을 알고 있었지만 별로 개의치 않았다. 어떤 면에선 내가 굳이 입 밖으로 말을 하지 않아도 된다는 것이 한결 수월하게 느껴지기도 했다. 인간 사이의 관계에서 말로 인한 오해는 얼마나 우리를 힘들게 했던가. 만약에 우리가 서로의 생각을 가감 없이 읽을 수 있는 능력이 생긴다면, 불필요한 오해로 인한 소모적인 감정에 더이상 시달리지 않아도 될 것이다. 물론 한사코 숨기고 싶은 생각들까지 노출되는 상황은 난감할 것이 분명하지만 말이다.

'당신은 누구지? 아까 과거를 언급하던데 이 행성에 다른 문명의 존재가 있었던 건가?'

"이상하군요. 난 당신도 이미 알고 있을 거라고 생각했는데요? 지하에 건설된 우리의 옛 도시를 당신도 목격하지 않았나요?"

나는 속으로 아, 하는 신음소리를 냈다. 어렴풋이 짐작하고는 있었지만, 두 개의 서로 다른 사실을 하나의 연관된 사실로 선불리 취합하는 것을 망설이고 있던 차였다. 멜이 지하에 건설된 유리 도시에서 살던 인간이었다는 것을 안 이상 나머지 추리는 싱거울 정도로 쉽게 이뤄졌다. 다만 그 가운데에서도 가장 중요한 질문이 아직 남아 있었다.

'당신이 살았던 지하 도시는 무슨 이유로 멸망하게 되었던 거지? 그 시기는? 그리고 당신은 어떻게 동족들과 같은 죽음을 맞지 않았는지 궁금하군.'

대답에 앞서 멜은 한동안 침묵했다. 그녀의 머릿속에서 수많은 생각이 떠올랐다 사라지는 것을 느낄 수 있었다. 멜의 입장에서는 다시는 떠올리고 싶지 않은 불행한 기억일 것이다. 나는 진심으로 그녀의 불행에 공감했다. 어떤 경우에라도 무리에서 이탈하여 홀로 남게 되는 경험은 결코 희미하게 잊힐 수 없다는 것을 너무나도 잘 알고 있었기 때문이다. 이윽고 멜은 담담한 태도로 말을 시작했다.

"우리는 원래 이 행성의 주인이 아니었어요. A-2091, 당신들의 명칭으로 말한다면 루시아의 원주민 격이라고 말할 수 있는 존재는, 흉악한 짐승들이었죠. 당신도 익히 알고 있는 그 짐승들 말이에요. 내가 태어나기도 전에 제5은하계의 최북단에 위치해 있던 우리의 거주 행성은 돌연 궤도를 이탈한 거대한 혜성과의 충돌로 산산조각이 난 상태였어요. 때문에 가까스로 살아남은 팔십 명 남짓한 우리 행성인들은 연료도 충분치 않은 우주선 한 척에 욱여넣어지듯 올라타고는 우리가 도착하게 될 미지의 행성이 부디 생존 가능한 곳이기를 바랄 수밖에 없는 상황이었어요. 백 년간의 우주미아 상태를 마치고 마침내 도달한 곳이 바로 이 행성이었죠. 그래도 이 행성은 해가 지면 기온이 급강하한다는 것을 제외하고는 거주환경이 그다 나쁘지 않았으니 우리는 비교적 운이 좋은 편이었던 거예요. 훗날 그 짐승들을 대면하기 전까지는 말이죠."

그녀는 오한이 나는 것처럼 몸을 부르르 떨었다.

"난 이 행성에서 태어났어요. 그땐 우리 행성인들이 이곳에 정착한 지 벌써 이십 년이 다 되어가던 차였어요. 어느덧 우리 행성인들의 인구는 꾸준히 늘어나 오백이십칠 명에 이르렀고, 당신이 봤던 도시도 거의 완성을 목전에 두고 있었죠. 평온하고 안정된 나날이었어요. 우리들은 그때까지도 장차 우리를 위협할 존재가 같은 공간에 있으리라고는 전혀 예상할 수 없었어요. 그만큼 짐승들은 보기보다 매우 교활하고 음흉한 것들이에요. 우리 행성인들이 축조한 도시를 봤다면 우리의 기술력과 높은 문명 수준에 관해서는 그 누구라도 함부로 이의를 제기할 수는 없을 거라고 생각해요. 그렇지 않나요?"

멜의 갑작스러운 질문에 나는 그저 고개를 열심히 주억거렸다.

"그 짐승들은 무려 이십 년이 넘도록 우리를 내내 지켜보고 있었던 거예요. 미개한 짐승들이 그토록 용의주도하고 인내심을 발휘할 수 있을 것이라고 그 누가 상상이나 할 수 있었겠어요? 심지어 그것들은 단 한 번도 우리의 눈에 띈 적이 없었어요. 우린 짐승들이 우리의 모든 것을 낱낱이 지켜보았고, 또 우리의 모든 행동과 말을 이해하고 있다는 사실을 까맣게 모르고 있었단 말이죠. 우리가 완벽하게 짐승들에게 파악되자마자, 전쟁이 시작된 거예요. 마지막 생존자인 나는 짐승들의 이런 습성에 대해 오랜 시간 경험을 통해 알 수 있게 되었어요. 어쩌면 지금 이 순간에도 그것들이 우리를 지켜보고 있는지도 모르는 일이죠."

몹시 불안해 보이는 여자에게 나는 얼른 말해주었다.

'아니야. 적어도 이곳엔 그놈들은 없어. 내 말을 믿어.'

그래도 멜이 의심을 거두지 않자, 나는 덧붙여 말했다.

'내가 바로 그 짐승이야. 난 그놈들의 존재를 느낄 수 있어.'

순간 멜의 얼굴이 창백해졌다고 느낀 것은 나의 착각이었을까. 곧 그녀의 나직한 음성이 지하굴 속에 울렸다.

"……짐승들의 공격이 처음 시작되고 석 달쯤 됐을 때까지도 우리들은 압도적으로 우세했어요. 싸움이라고 말하는 것 자체가 시시할 지경이었죠. 하지만 그때도 뭔가 의심을 품는 사람들은 있었어요. 우리가 그만큼이나 많은 수의 짐승들을 학살하듯 죽였는데도 놈들은 매일 일정한 머릿수를 유지하며 지하 도시를 끊임없이 공격했으니까요. 우리가 전날 백 마리를 죽이든지, 천 마리를 죽이든지, 그다음날이면 어김없이 죽인 숫자만큼 또다른 놈들이 그 자리를 대신하고 있었어요. 아무리 우리가 이기고 있는 상황이라 하더라도 우리측에서도 부상자나 사상자는 있을 수밖에 없었고, 이건 시간이 지나면 지날수록 우리 행성인들에게 절대적으로 불리한 전쟁일 수밖에 없는 거였어요. 그래서 반년이 지났을 무렵, 우리는 놈들을 격퇴하기 위해 모종의 계략을 꾸몄던 거예요. 그 계략이란 건, 화학적 지대를 조성하는 것이었죠."

멜의 눈길이 나의 변화된 몸에 잠시 머물다가 떨구어졌다. 그때까지 잠자코 앉아 멜의 말을 듣고 있던 나는 하마터면 놈들의 울음소리를 크게 내지를 뻔했다. 그녀가 말하는 소위 '화학적 지대'라는 단어가 뜻하는 바를 정확히 이해했기 때문이다. 바로 내가 '핫 존'이라고 칭했던 곳이 틀림없었다. 나는 울음소리를 내는 대신에 나도 모르게 튀어나온 맹수의 두 앞발로 주홍빛 바닥에 깊은 자국을 남겼다. 멜은 내가 남긴 그 자국을 응시하면서 한숨을 내쉬었다.

"그 화학적 지대는 본래 놈들을 변화시키기 위한 일종의 약물요법을 가한 곳이었죠. 즉 짐승들의 전투적인 습성과 육체의 괴물적 특성이 사라지게 변화시켜서 종국엔 우리들에게 복속시키기 위한 장치였어요. 초기엔 우리의 계획대로 잘 진행되었고, 결과도 물론 만족스러웠죠. 짐승들에게서 우리를 위협하는 특성이 현저히 줄어드는 것을 체감할 수 있었으니까요. 그런데 계획이 진행되면 될수록 문제가 생겼죠. 놈들에게서 짐승의 특성이 사라져가자, 거꾸로 놈들에게 그동안 숨겨져 있던 인간과 비슷한 면들이 하나둘 드러나게 된 거예요. 짐승들을 인간으로 만들려는 의도는 전혀 없었는데 엉뚱한 결과가 초래되고 만 것이죠. 우리는 결국 짐승들을 변화시키려는 계획을 중지했어요. 하지만 놈들은 우리가 생각한 것보다 훨씬 더 진화된 상태였어요. 단순히 외양만이 아닌, 인간의 정신과 흡사한 그것들만의 독특한 정신을 갖게 된 후였죠. 짐승들의 외양상 변화는 그때 절반쯤 진행된 상태였죠. 그런데 짐승들은 자신들의 변화된 육체에 적응할 몇 주간의 시간이 지나자마자 한층 더 집요하고 맹렬한 공격을 퍼부었어요. 비록 육체는 본래 짐승의 그것보다 나약해졌지만, 놈들만의 '정신'을 갖게 되자 오히려 더욱 진보된 방식으로 전투를 수행할 수 있게 된 거예요. 짐승들을 무너뜨리기 위한 우리의 계략이란 것이 거꾸로 우리 스스로의 발목을 잡게 되어버린 셈이었죠."

여기에서 그녀는 말을 멈췄다. 그러자 무거운 침묵이 멜과 나의 사이로 스며들었다.

'한 가지 더 묻고 싶은 게 있어.'

"말해봐요."

'짐승들의 진화가 절반쯤 진행된 채 멈췄다고 말했지?'

"맞아요. 놈들의 진화는 완벽하게 이뤄지지 않았어요."

'만일 당신의 말이 맞는다면, 내 육체의 변화도 딱 그만큼만 이뤄진 거야? 그렇다면 혹시 내가 더 흉측하게 변화될 수도 있다는 건가?'

멜은 곤란한 표정을 지었다.

"이론상으로는, 그래요. 당신의 말이 맞아요. 하지만 화학적 지대에 더 노출되지 않는 이상 육체의 변화가 진전될 가능성은 거의 없을 거예요."

'이봐, 그렇다면 가능하기도 하다는 말이잖아?'

"진정하고 내 말을 좀더 들어보라구요."

그녀는 나를 달래듯 내 어깨에 한 손을 올려놓았다.

"그 약물을 직접 섭취하지 않은 이상에야……"

나는 신음소리를 냈다. 실제로는 짐승의 기묘한 울음소리였지만.

'제기랄! 난 놈들의 오염된 알껍데기와 그 화학적 지대의 검은 흙 같은 물질까지 왕창 먹어버렸어. 이제 내겐 희망이란 없는 거로군. 이 괴물 같은 행성이 나를 완전히 집어삼킬 때까지 나는 그저 속수무책으로 당할 수밖에 없겠지.'

"진정해요. 진정 좀 하라구요! 지금까지 내 말을 들어놓고도 그런 생각을 하는 거예요? 우리의 기술은 이론에 불과한 것이었어요. 짐승들을 변화시키는 데 겨우 절반만 성공했다구요. 우리 행성인들은 자신의 능력을 과신한 대가로 멸망과 죽음을 자초했던 거예요. 당신도 직접 두 눈으로 똑똑히 봤잖아요. 우리가 지하에 건립한 그 엄청난 문명의 결과물을 말이죠. 그런 우리도 결코 완벽하게 일을 해낼 수는 없었어요. 이론은 이론일 뿐이에요. 완전한 이론이 실제로 원하는 만큼 효과적으로 이뤄지는 경우는 안타깝게도 흔치 않죠. 그러니 제발 이성적으로 생각해봐요."

하지만 나의 이성은 정작 필요한 이 순간엔 얄미울 만큼 철저히 침묵을 지키고 있었다. 그래서 나는 네이처에 살았던 시절의 나였다면 결코 하지 않았을 말을 꺼내버렸다. 마지막을 위해 숨겨두었던, 내가 품고 있던 패를 시시한 감정 따위에 휘둘려 함부로 상대방에게 꺼내 보이고 만 것이다.

'내가 정말 궁금한 게 뭔지 말해줄까?'

나의 녹색 발광체 두 눈이 멜을 향해 번뜩이는 것을 스스로도 느낄 수 있었다. 멜은 자신의 짙은 갈색 눈으로 내 짐승의 눈빛을 당당히 마주보았다.

'난 왠지 네가 내게 접근하기 위해 일부러 바다에 빠졌다는 의혹을 지울 수가 없어. 돌려서 말하지 않을게. 왜 내게 나타난 거야? 진짜 이유를 말해봐.'

"난 분명히 말했어요. 사고였다고."

'내가 이 행성에 도착한 지 일 년 반이나 지나도록 넌 내 앞에 나타나지 않았어. 다시 묻지. 왜 그랬던 거야? 하필이면 왜 오늘 그런 극적인 상황까지 연출하면서 내게 나타난 거지? 넌 도대체 무슨 생각으로 이곳까지 따라온 거야?'

멜은 짐짓 피로하다는 듯 두 눈을 감아버렸다.

"사고가 일어나는 데 무슨 이유가 필요한가요? 내 부주의까지 당신에게 양해를 구해야 하는 건가요? 네, 그래요. 난 당신이 이곳에서 지냈다는 것을 당연히 알고 있었어요. 당신은 모르겠지만, 우리 두 사람은 실제로 숲속에서 몇 번인가 마주치기도 했어요. 하지만 당신은 인간 남자였어요. 만일 그때 내가 당신에게 여자인 나의 존재를 밝혔다면 과연 어떤 일이 벌어졌을까요? 한번 이성적으로 생각해봐요."

틀린 말은 아니었다. 작년의 나라면, 놈들처럼 변화되기 전의 나였다면 이렇게 밀폐된 지하 공간에서 단둘이 대화만을 계속할 수는 없었을 것이다. 무인 행성이라고 믿었던 곳에 살고 있었던 독거남에게 어느 날 젊은 여자가 나타난다면? 굳이 말하지 않아도 어떤 일이 벌어졌을지 익히 상상할 수 있다. 그러나 멜이 내게 나타난 그 상황이나 시기는 아무래도 마음에 걸렸다. 나보다 이 행성에 대해 속속들이 알고 있는 멜이라면, 나를 피해 꽁꽁 숨어 있는 한 내가 그녀를 찾아낼 확률은 거의 없었을 것이기 때문이다. 분명히 그녀는 어떤 의도를 가지고 나를 찾아온 것이다. 하지만 그녀가 직접 말해주지 않는 한 나로선 그 의도를 찾아낼 방법이 없었다. 그리고 멜은 이 순간조차 나의 생각을 읽어내는 중이었다. 문득 또하나의 물음이 내 머릿속에 떠올랐다.

'당신은 어떻게 내 생각을 읽을 수 있지? 인간이라면 다른 이의 생각은 읽지 못하는 것이 정상 아닌가?'

멜은 빙그레 미소 지었다. 뜻밖에 천진한 소녀 같은 표정이어서 나는 조금 당황했다.

"그럼 내가 인간이 아닌가보죠."

얼굴에서 핏기가 싹 가시는 것이 느껴졌다. 멜은 깔깔깔 소리 내어 웃었다.

"이곳은 당신이 살았던 예전의 행성이 아니에요. 당연히 이곳에 사는 인간도 당신이 알았던 예전의 인간과 다를 수밖에 없죠."

이번에도 미지근한 대답이었다. 빈틈이 숭숭 뚫린, 납득할 수 없는 대답. 돌연 멜의 표정이 진지해졌다.

"그 화학적 지대는 우리 행성인들에게도 악영향을 끼쳤어요. 우리 중 많은 이들이 크고 작은 정도의 차이는 있지만 짐승의 외양으로 역진화를 하기도 했고, 더러는 생체의 변화가 지나치게 가속화된 나머지 적응하지 못하고 죽음에 이른 경우도 있었죠. 그곳을 만든 건 우리였지만, 무슨 이유에선지 우리는 그 지대에 대한 통제력을 상실해버린 거예요. 우리 행성인들은 어떻게든지 화학적 지대를 무력화시키기 위해 갖은 수단과 방법을 다 동원했어요. 그래서 짐승의 인간화는 가까스로 막아낼 수 있었지만, 결국 화학적 지대를 없애버리지는 못했죠. 아직도 난 화학적 지대 때문에 내 몸에 일어난 변화를 다 파악하지 못하고 있어요. 다행히 외모는 짐승으로 변하지 않았어요. 하지만 이렇게 당신과 대화를 나눌 수 있다는 것도 내게 어떤 식으로든 변화가 일어났다는 뜻이겠죠."

계속되는 장황한 설명. 진실은 대부분 의외로 간단한 법이다. 멜의 변명 같은 진술이 길어질수록 나는 그녀에 대한 불신이 점점 깊어져갔다. 멜이 말했다.

"날 믿을 수 없나요?"

나는 말했다.

'난 당신을 오늘 처음 알았어. 누군가를 신뢰하는 데에는 시간이 필요한 법이지.'

"그 누군가가 바로 나라는 사실이 마음에 안 드는 것이겠죠."

멜의 음성에 가시가 돋아 있었다.

"지금이라도 밖으로 나가라고 말해요. 당신이 그것을 원한다면."

나는 그녀에게서 시선을 돌렸다.

'당신이 이곳에서 나가기를 바라는 건 아니야. 난 이 행성에서 처음으로 마주친 인간을 그런 식으로 내쫓고 싶지는 않아.'

나는 재빨리 덧붙였다.

'비록 내가 짐승으로 변해가고 있는 과거의 인간이기는 하지만.'

"당신이야말로 우리를 둘러싼 상황들에 대해 아직도 이해하지 못하고 있는 것 같군요."

멜의 표정이 어두워졌다.

"내가 적어도 당신보다 이 행성에 대해 잘 알고 있다는 사실을 인정하지 않고 있어요. 당신은 나를 돌봐줘야 할 타인으로 생각하고 있지만, 실상은 정반대라는 것을 말이에요. 난 그만 여기서 나가야겠어요."

여자는 날렵한 몸짓으로 일어났다. 그러더니 입고 있던 내 외투를 스스럼없이 벗었다. 멜은 전혀 부끄러워하지 않았고, 그래서 나 역시 그녀의 벌거벗은 육체를 담담히 바라볼 수 있었다. 멜은 내게 외투를 내밀었다.

"자, 받아요. 난 사실 옷이란 걸 입지 않은 지 꽤 오래됐어요. 당신도 얼마 후면 이런 거추장스러운 것들은 몸에 걸치지 않게 될 거예요."

나는 일어서서 돌아서는 여자의 어깨를 잡아 세웠다.

'밖은 위험한 곳이야. 당신이 잘 알고 있든 그렇지 않든 간에 나는 내 최소한의 양심에 따라 행동할 수밖에 없어.'

멜은 나를 돌아보지 않은 채 가만히 제자리에 서 있었다. 얼마간 망설이던 나는 용기를 내어 말했다.

'난 당신이 여기에 머물렀으면 좋겠어. 내가 최후의 인간을 부디 지킬 수 있도록.'

놀랍게도 나를 돌아보는 멜의 두 눈에 눈물이 맺혀 있었다. 멜은 나를 향해 조용히 고개를 끄덕였다.

24

멜은 잠들어 있었다. 추위를 타지는 않는 것 같았지만, 나는 그래도 그녀의 나신에 내 외투를 덮어주었다. 다른 인간이 내 눈앞에서 무방비 상태로 잠들어 있는 모습을 마지막으로 본 게 언제였는지 기억이 잘 나지 않았다. 네이처에서 지낼 때에도 애인인 BS-830이 내 집에서 잠을 자고 간 적은 거의 없었다. 당시 나는 설명하기 힘든 결벽증을 가지고 있었고, 그런 탓에 타인이 내가 살고 있는 공간에 흔적을 남기는 걸 견딜 수가 없었던 것이다. 때문에 나는 그녀가 잠든 모습을 마치 신기한 광경을 몰래 훔쳐보듯 지켜보았다.

잠든 멜은 깨어 있을 때보다 한결 연약하고 부서지기 쉬운 존재로 느껴졌다. 자그마한 몸을 웅크린 채 한쪽으로 돌아누운 자세는 마치 아직 태어나지 않은 태아의 모습처럼 보이기도 했다. 여자가 나를 두려워하지 않는다는 것, 그리고 짐승으로 가득찬 이 행성을 가감 없이 그대로 받아들이며 자신만의 방식으로 맞서고 있다는 것만으로도 나는 그녀에게 얼마간의 호감을 느낄 수 있었다. 멜은 네이처에서 내가 알고 지냈던 여자들과는 많이 달랐다. 그녀는 논리적이고 이성적이었다. 아마도 쉽게 감정에 흔들리지 않는 멜의 태도 때문에 그녀와의 대화중에 오히려 내가 더 흥분한 모습을 보인 것인지도 모른다. 멜의 언어 구사 능력은 거의 빈틈이 느껴지지 않을 만큼 훌륭했다. 반면 생각만으로 여과 없이 말을 직접 전달해야 하는 내 입장에서는 그녀의 언변이 부담스러울 수밖에 없었다. 여기까지 생각했을 때 나는 퍼뜩 어떤 사실을 깨달을 수 있었다. 그 사실이 나를 얼마나 당혹스럽게 만들었는지 나는 순간 현기증까지 느꼈다.

바로 내가 암수한몸이라는 사실.

나의 여성적 특징이 오늘 멜과의 대화에서 유감없이 드러났던 것이었다.

어둠 속에서 나는 얼굴을 붉혔다. 멜에게 그닥 강한 성욕을 느끼기 못하는 이유는 내가 단순히 인간과 다른 종으로 변화했기 때문만은 아니었던 것이다. 내 육체의 절반은 멜과 같은 여성이었다. 인간이라는 종에 속하는 수컷들이란 특수한 경우를 제외하고는 자신에게서 다른 성의 모습이 보이는 것을 극도로 혐오하기 마련이다. 나도 다르지 않았다. 만약에 네이처 행성에서 살던 청년 시절에 내가 미래에 암수한몸으로 변이한다는 사실을 알았다면, 나는 수치심과 절망에 빠진 나머지 자살 같은 극단적인 선택을 했을지도 모른다. 하지만 일은 이미 벌어져버렸고 나는 적응할 도리밖에 없었다. 중년에 접어든 내가 철없는 젊은 애들처럼 충동적으로 극단적인 행동을 한다는 것도 웃기는 일이 아니겠는가. 이백삼십팔 세의 중년 사내에겐 이제 스스로 목숨을 끊는 것조차 부끄러움을 감수해야 하는 일이 되고 만 것이다.

멜은 양성인 나의 상태를 이미 알고 있을 것이다. 아까 그녀가 했던 말에서 힌트를 얻을 수 있었다. 그녀가 속한 행성인들 중에 짐승으로 역진화한 이들이 있었다고 했던 말. 짐승으로 변한 이들에게서 멜은 분명히 나와 같은 암수한몸의 상태를 목격했을 것이고, 그래서 그녀는 나를 곁에 두고도 저토록 태연하게 잠들 수 있는 것이다. 그러나 여기에도 허점은 있다. 내게 암컷의 성기가 생겨났다고는 해도 나는 여전히 수컷에 더 가까운 짐승이다. 그것도 인간 남자의 고환을 버젓이 갖고 있는. 내가 양성 중에 어떤 성을 선택해서 행동하는가는 전적으로 나의 자유의지에 달려 있지 않겠는가. 그렇다면 멜은 왜 내가 이곳에 도착한 이후 줄곧 억눌리고 비틀려 있던 수컷의 성본능대로 그녀를 범할 것이라고는 생각지 않는 것일까? 혹시 그녀가 나의 이성의 힘을 과신하고 있는 것은 아닐까? 인간이라면 그 누구라도 성에 대해서는 자유로울 수 없다는 사실을 그녀는 정녕 모르고 있는 것일까? 그러자 아주 원초적인 물음이 떠올랐다. 멜은 남자를 받아들인 경험이 있을까? 아니면 홀로 살아왔기에 이론이 아닌 실재의 남자를 대하는 방법을 실은 잘 모르는 것이 아닐까? 뭐, 나는 인간 남자의 성기만을 가진 짐승에 불과할 테지만.

내 직감은 멜이 처녀라고 말하고 있었다. 그녀가 지하굴 속으로 내려온 직후에 보여줬던 그 어색한 성적 도발을 떠올려볼수록, 그녀가 실제로는 성적 경험이 전무할 것이라는 확신이 들었다. 하지만 처녀인 그녀가 왜 짐승인 나를 유혹하고자 했는지는 아무래도 알 수가 없었다. 뭔가 냄새가 나긴 했지만 멜에 대한 정보가 거의 없는 나로서는 유추에 한계가 있을 수밖에 없었다.

나는 녹색 발광체 눈을 빛내며 어둠 속에 드러난 그녀를 바라보았다. 멜. 내가 그녀에 대해 알고 있는 것 중에 믿을 만한 사실은 그녀의 이름이 멜이라는 것뿐이었다. 멜에 대해 알고 싶은 것이 아주 많았지만, 다른 한편으론 그녀에 대해 차라리 모르는 것이 나을 수도 있다는 생각이 들기도 했다. 짐승으로 변한 내겐 더이상 귀환할 곳이 없었다. 나는 마지막 숨이 멎을 때까지 루시아 혹은 A-2091이라는 이 행성에서 살아가야 할 운명이었다. 이런 내게 최초로 친구 혹은 동반자가 될 만한 다른 존재가 나타난 것이다. 사실 멜이 놈들과 같은 짐승이 아니라는 것만으로도 그녀를 믿어야 할 이유는 충분할 수 있다. 그런데도 왜 내 마음속에서 쉽사리 의혹이 사라지지 않는지 이상할 따름이었다. 내 직관과 본능은 멜이라는 존재를 뜨악하게 여기고 있었다. 도대체 왜 그런 것일까? 내 마음을 나조차 알지 못한다면 도대체 답이 없는 것이 아니겠는가.

멜은 꿈이라도 꾸는지 미간을 찌푸리며 뭔가를 중얼거렸다. 심란해진 나는 양손으로 얼굴을 마구 문질러댔다. 만일에 멜이 인간도 짐승도 아닌 루시아의 제3의 지적 생명체라면? 그러니까 화학적 지대, 곧 핫 존에 의해 전혀 다른 진화를 이룬 존재라면 어떨까? 가능성은 충분히 있었다. 하지만 그런 제3의 존재가 왜 내게 굳이 스스로 찾아온 것일까? 제3의 지적 생명체라면 인간과 짐승의 장점만을 조합한 가장 이상적인 존재일 텐데. 나 홀로 생각해봤자 답은 찾을 수 없을 터였다. 내가 원하는 답을 얻을 수 있는 방법은 단 하나였다.

나는 한 손을 내밀어 여자의 어깨를 잡았다.

'멜, 일어나봐.'

그러나 멜은 죽은듯 움직이지 않았다. 코끝에 손을 대보았다. 호흡이 느껴지지 않았다. 뺨과 손이 차갑게 식어 있었다. 나는 덜컥 겁이 났다. 루시아에서 남은 평생을 보내는 동안 어쩌면 동반자가 되어줄 수도 있는 여자가 이렇듯 허무하게 죽어버린다면 앞으로 나 홀로 살아갈 날들이 너무나도 암담할 것이기 때문이었다. 경우에 따라서는 외로움도 익숙해질 수 있다. 그러나 일단 자신이 얼마나 고독하게 지내왔는지를 불현듯 다른 누군가의 존재에 의해 깨닫게 되면, 다시는 외로움에 익숙해질 수가 없게 되는 것이다. 그 짧은 시간 동안 이런 많은 생각들이 머릿속을 스쳐갔다. 혼자가 되고 싶지 않았다. 나는 울고 싶어졌다.

내 간절한 바람이 전해졌던 것일까. 꼼짝도 하지 않던 멜의 왼쪽 눈꺼풀이 파르르 떨리더니 곧 그녀의 가슴이 위아래로 아주 천천히 움직였다. 멈췄던 호흡이 돌아오며 멜의 창백한 낯빛에 핏기가 어렸다. 나는 가만히 그녀의 이름을 불러보았다.

'멜. 멜. 내 말이 들리나?'

눈을 뜬 멜은 한동안 나를 알아보지 못했다. 자신이 어디에 있는지도 인지하지 못하는 눈치여서 나는 그녀를 안정시키기 위해 가능한 한 생각을 떠올리지 않으려고 노력했다. 문득 인간은—인간의 정신을 지니고 있는 짐승까지 포함해서—참으로 간사한 존재라는 생각이 들었다. 타인의 생각을 읽을 수 있는 멜의 능력 덕분에 인간의 언어를 발음할 수 없는 내가 그녀와 별 무리 없이 대화를 나눌 수 있지 않았던가. 하지만 이럴 땐 멜의 특별한 능력이 영 달갑지 않게 느껴지는 건 나도 어쩔 수 없었다. 더군다나 '정신'을 갖고 있는 존재가 자신의 의지만으로 '생각하기'를 멈출 수 있다는 것이 과연 가능할 것인가? '생각하기'를 멈춘다는 것을 '생각한다는 것' 자체가, 바로 '생각하고' 있다는 반증이 아니겠는가 말이다. 어쨌든 나는 최대한 생각하지 않기 위해 어둠 속 저편에 있는 열세 개의 입구를 차례로 응시했다. 생각을 단순화하기 위한 가장 손쉬운 방법들 중 하나가 바로 숫자를 헤아리는 것이기에 나는 일부터 십삼까지의 숫자를 느리게 몇 번이나 반복해서 중얼거렸다. 슬슬 숫자를 세는 게 지겨워질 무렵이었다. 마침내 기다렸던 멜의 목소리가 들려왔다.

"숫자 좀 그만 세요. 진짜 돌아버릴 것 같으니깐."

어느새 멜은 몸을 일으켜 앉았다. 그러곤 스스럼없이 얼간이를 집어들더니 센서등을 켰다. 그녀는 나를 올려다보며 변명하듯 말했다.

"당신은 어둠 속에서도 나를 볼 수 있지만, 나는 그러지 못하니까요."

여자가 멀쩡해 보여서 나는 좀 놀랐다. 혹시 여자의 생체 기능이 이렇게 돌발적으로 멈추는 현상도 그녀의 육체가 변화한 데서 기인한 것일까? 내 생각을 읽은 멜이 대답했다.

"아마도 그럴 가능성이 높겠죠. 난 이미 내 몸 상태에 익숙해요. 물론 나도 정확히 내 몸에 대해 알지는 못하지만, 적어도 생명엔 아무 지장이 없다는 것은 알고 있어요. 내 생각엔 일종의 발작인 것 같아요. 새로운 육체의 상태를 받아들이기 힘든 내 본래의 육체가 내지르는 비명 같은 것이라고 생각하는 거죠."

나는 그녀의 말을 얼간이처럼 따라 했다.

'본래의 육체가 내지르는 비명이라……'

그녀는 말했다.

"변화는 늘 두려운 것이니까요. 아무리 내 육체라 해도 내 정신만으로 완벽히 통제할 수는 없어요. 마치 훌륭하게 구축된 이론이라도 현실에서 재현하고자 하면 약간의 간극이 발생하는 것처럼 말이죠. 현실에서 관념이 완벽하게 실행되려면, 그 이상의 '무엇'이 반드시 필요해요. 그것이 내가 그토록 찾고 있는 것이죠."

'좀더 구체적으로 말해줘. 당신의 말을 이해하기가 어렵군.'

"내 말을 정말 모르겠어요? 나야말로 이해할 수가 없군요."

갑자기 멜은 나를 똑바로 노려보았다. 그녀의 짙은 갈색 눈동자가 안구 전체를 가득 채울 듯이 커졌다.

"이미 말했다시피 우린 짐승들과의 전쟁에서 이기기 위해 화학적 지대를 만들었어요. 하지만 결국 참담한 실패로 끝났죠. 우리 중에 생존자라곤 나 하나뿐이에요. 하지만 짐승들은 우리와의 전쟁으로 오히려 더 강인한 생존력을 길렀고, 현재는 몇십 배로 더 번성하고 말았어요. 저놈들은 결코 지치는 법이 없어요. 인내심도 엄청나죠. 죽음조차 아마 놈들에겐 대수롭지 않을 거예요. 한 마리를 죽이면 열 마리가 다음날 몰려와요. 그래도 그 정도였다면, 우리는 어쩌면 승리할 수도 있었어요. 그러나 그 열 배인 백 마리, 천 마리가 막무가내로 매일같이 몰려오는 데에는 제아무리 첨단 기술을 지녔다 해도 소용이 없었다구요."

멜은 울먹였다. 눈물이 그녀의 여윈 뺨 위로 흘러내렸다.

"맙소사! 당신이 만약 그 처참한 광경을 봤다면 인간의 정신조차 남아 있지 못했을 거예요. 난 이 세상의 지옥을 목격했단 말이에요."

그녀의 슬픔이 진심이라는 건 짐승으로 변해가고 있는 나라도 알 수 있었다. 문제는 내가 멜이 느끼는 감정을 공감할 수 없다는 데 있었다. 인간은 누구나 자신의 경험을 근거로 당면한 현실을 파악하곤 한다. 멜이 경험한 짐승들은 교활하고 잔인한 놈들이었던 반면에 내가 경험한 짐승들은 자신들에게 부당하게 가해지는 핍박에 변변히 대응 한번 하지 못하고 묵묵히 받아들이기만 하는, 일견 피학적 성향이 다분하다고까지 느껴지는 놈들이었던 것이다. 당연히 나는 멜이 진저리를 치며 말하는 과거의 짐승들에 대해 강한 의구심을 가질 수밖에 없었다. 그 순해빠진 멍청한 놈들이 지하 도시를 멸망시켰다는 점부터가 솔직히 믿기지 않았던 것이다. 이런 나의 생각의 흐름을 읽고 있던 멜의 얼굴이 점점 일그러졌다. 그녀는 내게서 시선을 돌렸다.

"난 분명히 당신에게 경고했어요. 저 짐승들이 우리 행성인들을 무려 이십 년 동안 지켜보고 있었다고 말이에요. 당신이 이 행성에 온 지 얼마나 지났나요? 일 년? 이 년? 아무리 길어도 그 이상은 아닐 거예요. 착각하지 말아요. 당신이 눈으로 본 것만이 진실이라고 믿지 말라구요."

멜의 눈동자가 번들거렸다. 나는 그녀의 마지막 말에 가슴이 뜨끔해졌다. 내 두 눈을 믿지 말라는 네이처 행성 군대에서의 가르침을 그새 잊고 있었던 것이다. 육체의 변화를 겪은 후 사물의 이면을 보는 능력을 가지게 되었다고 내심 우쭐거리는 동안 내 삶의 근간과도 같았던 모토를 잊고 있었다니. 어쩌면 나의 변화는 육체에 국한된 것만은 아닐지도 모른다는 생각이 들었다. 정신 또한 짐승의 그것으로 변하고 있는지도 몰랐다.

그녀는 말했다.

"생각해보면 우리 문명이 패망한 뒤에도 짐승들의 변화는 불안정한 상태로 내재되어 있었던 것 같아요. 비록 나를 제외한 우리 행성인들의 견해는 많이 달랐지만요. 그들은 화학적 지대가 일으키는 부작용으로 인해 결국 죽음을 맞게 될 때까지 우리가 짐승들의 인간화를 막아냈다고 확신하고 있었어요. 화학적 지대의 약물요법을 수정했으니 짐승들이 더이상 완전한 인간으로 변이될 수는 없을 것이라고 호언장담했죠. 만약에 그 흉악한 짐승들이 인간이 된다면 이 행성만이 아닌 전 우주의 재앙이 될 것이라는 게 우리가 우려하던 점이었어요. 우리의 멸망은 이미 기정사실이 된 상황이었으니까요. 하지만 우리는 끝까지 짐승들의 인간화를 막기 위해 우리가 할 수 있는 최선을 다했어요. 당신이 속한 사회에서는 어떤지 모르겠지만, 우리가 속한 사회에서 가장 중요한 가치는 바로 자신이 저지른 실수로 인해 다른 이가 피해를 당하는 것을 뻔히 알면서도 잘못을 시정하지 않는 부끄러운 인간이 돼서는 안 된다는 것이니까요. 그래서 모두가 세상을 떠나고 내가 최후의 인간으로 이 행성에 남게 되었을 때도 나는 우리 행성인들이 최우선으로 여기는 가치를 실행하기 위해 홀로 분투하기로 결심했던 거예요. 나 혼자 수천, 수만 마리의 짐승들에 기꺼이 맞서기로 한 거죠. 하지만 지금은 이런 말을 입 밖에 꺼내는 것조차 너무 민망하네요."

멜은 자조적으로 웃었다. 나는 의구심을 느꼈다.

'그런데 지금은 왜 마음이 바뀐 거지? 당신이 스스로의 신념에 따라 행동했다면 민망할 까닭이 없잖아?'

"누누이 말했듯이, 우리의 이론이 틀렸으니까요. 멸망을 감수하면서까지 짐승들의 변이를 저지하려고 했던 우리가 괴물들의 창조자가 되고 말았으니까요. 당신도 분명히 봤을 거예요. 당신이 처음 봤던 짐승들은 절반쯤 이미 인간화된 놈들이었어요. 그런데 지금은 어떤가요? 당신이 보기에도 저놈들이 짐승 같아 보이던가요? 예전에 인간이었던 당신의 모습보다 오히려 더 완벽한 인간에 가까워 보이지 않던가요?"

나는 간신히 고개만을 끄덕거렸다.

"짐승들은 본래의 인간들보다 더 이상적인 인간으로 변화될 수 있었어요. 최근 놈들의 변이 속도는 경이로울 지경이에요. 혹시 요즘에 놈들을 본 적이 있나요?"

나는 또다시 고개만을 저었다.

"하긴, 당신은 보지 않는 편이 나을 수도 있어요. 그놈들의 급격한 변화를 직접 눈으로 목격한다면 당신은 틀림없이 죄책감을 느낄 수밖에 없을 테니까."

나는 불쑥 물었다.

'내가 왜? 짐승들에게 왜 내가 죄책감을 느껴야 하지?'

한동안 멜은 나를 계속 바라보았다. 마치 자신의 날 선 시선으로 내게 무언의 선고를 하려는 듯이.

'말해봐.'

"왜냐하면……"

멜은 천천히 말을 이었다.

"당신이 바로 그들의 두번째 창조자니까요."

혼란스러웠다. 도무지 이해할 수가 없었다. 멜의 시선은 아직도 내게 머물러 있었다. 그리고 다음 순간, 나는 내 짐승의 육체를 관통하는 전율을 느꼈다. 내가 짐승들에게 자행한 무자비한 학살. 내가 정한 제멋대로의 기준에 따라 놈들의 인간화에 지대한 역할을 수행했던 것이다. 짐승들을 학살하며 나는 어떤 생각을 했던가. 놈들의 생명을 좌지우지할 수 있는 나의 전능함에 스스로 한껏 도취되어 마치 짐승들의 신으로 군림한 듯한 착각 속에 빠져 있지 않았던가. 나는 짐승들의 정신까지는 몰라도 그 흉측한 외양만은 나의 선택적 학살을 통해 더 낫게 바꿔줄 수 있을 것이라고 생각했던 것이다. 하지만 결과는 어떤가? 내가 짐승들의 본질에 대해 완벽하게 잘못 판단한 나머지 짐승들의 외양만이 아닌 정신까지도 인간과 가깝게, 혹은 인간보다 뛰어나게 변이될 수 있도록 적극적인 도움을 준 셈이 되고 만 것이다. 인간보다 더 이상적인 제3의 존재가 바로 변이된 짐승들이라는 사실에 나는 아연실색하고 말았다. 이제 인간보다 더 진화한 존재가 된 그들이 이 행성 최후의 인간인 멜과, 인간의 정신이 남아 있는 짐승인 나를 어떻게 처리할 것인가? 놈들을 처리하던 위치에서 끌어내려져 놈들에 의해 처리되는 대상이 된 나의 신세가 처량하게 느껴졌다. 문득 멜이 아직도 나를 지켜보고 있다는 것을 깨달았다. 나의 생각을 읽으며 그녀는 무슨 생각을 떠올리고 있을까? 말로 변환하기 위해 떠올린 생각이 아니었는데, 그녀가 대답하는 목소리를 들을 수 있었다.

"처음엔 당신이 혐오스러웠어요."

그녀가 말했다.

"당신을 제때 막아내지 못한 내 판단의 오류를 자책하기도 했죠. 당신은 정말이지 골칫덩어리였으니까요."

나는 얼굴을 붉혔다. 멜은 다른 누군가가 우리와 함께 있는 것처럼 어두운 허공에 대고 말을 이어갔다.

"지금은, 잘 모르겠어요. 물론 당신이 잘했다는 건 아니에요. 그러나 당신을 탓하기 위해 이곳에 오진 않았어요."

'그건 사실이 아니야.'

나는 그녀의 시선을 피하기 위해 고개를 돌렸다. 세번째 입구의 어두운 허공이 나를 향해 입을 벌리고 있었다.

'당신은 날 원망하고 있고, 한편으론 내가 그 모든 일의 책임을 홀로 지기를 바라는 것같이 보여. 멜, 솔직하게 말해줘. 내게 뭘 원하지?'

"뭘 원해서 당신을 따라온 건 아니라고 분명히 말했을 텐데요."

'그 말도 믿기지 않기는 마찬가지야.'

그러자 멜의 눈에 분노가 끓어올랐다.

"내 말이 도저히 믿기지 않는다면, 당신 맘대로 해요. 나도 말하고 싶지 않아요. 더이상 성가시게 할 생각은 조금도 없어요. 내가 어리석었어요. 날이 밝는 대로 떠나줄게요."

여자의 말에 나도 모르게 짐승의 울음소리를 크게 내질렀다. 마음이 급해진 탓이었다. 생각으로 전하는 것이 더 빠르다는 것을 알고 있으면서도 인간이었을 때의 버릇이 튀어나온 것이다. 고막을 긁어내리는 듯한 나의 괴성에 멜은 조금 몸을 움찔했다.

'그러지 마.'

나는 황급히 덧붙였다.

'당신이 떠나는 걸 원하는 게 아니야.'

"애초에 이곳에 오는 게 아니었어요. 당신을 부담스럽게 하려는 의도는 없었다는 건 믿어줬으면 해요. 내가 이 행성에 남은 최후의 인간이라는 이유만으로…… 당신이 내게 어떤 의무감과도 비슷한 감정을 갖고 있다는 것을 알고 있어요. 그럴 필요는 전혀 없는데 말이죠."

멜의 슬픈 어조가 이번엔 내게도 전해졌다. 그러자 나는 멜을 만난 뒤 단 한 번도 그녀가 지금껏 홀로 지내오며 느꼈을 지독한 외로움에 대해선 떠올려보지 못했다는 것을 깨달을 수 있었다. 나는 이 행성에서 불과 일 년 반 남짓한 기간 동안 고독을 겪었을 뿐이다. 그런데도 내 상황에 징징대기에 바빠 정작 그녀가 겪었을 훨씬 더 오랜 외로움을 헤아려볼 생각을 하지 못했다. 나는 떠나겠다는 그녀의 말에 심한 부끄러움을 느꼈다. 왜 나는 멜을 있는 그대로 받아들이려고 하지 않는 것일까? 무엇보다 그녀도 고독에 지쳐 나를 찾아왔을 것이다. 나는 왜 멜이 얼마나 오랫동안 홀로 살아왔는지 묻지도 않았던 거지? 나는 스스로에게 질문했다. 멜에게 내가 알고 싶은 정보를 묻기에 바빠 그녀의 개인적인 사항들엔 관심도 없었던 것이다. 그녀는 짐승으로 변해가고 있는 내게서라도 인간의 정신을 느끼고 싶어 이렇게 지하굴 속까지 기꺼이 내려오는 수고를 마다하지 않았는데 말이다. 내가 만일 아직도 인간이라면 마지막으로 남은 또 한 명의 인간을 만났을 때 이런 식으로 의심과 냉담만이 가득한 태도로 대하지는 않았을 것이다. 적어도 따뜻한 포옹이나 진심으로 반가워하는 인사쯤은 나누지 않았을까? 휴머니티에 입각한 인간과 인간 사이의 사교나 친밀한 감정의 소통 같은, 그런 것들.

'부끄럽게도 난 원래 타인을 대하는 방법을 잘 모르는 인간이었어. 아주 서투르기 짝이 없었지. 미안해. 부디 내 사과를 받아주길 바라.'

멜의 얼굴엔 아무런 표정도 드러나지 않았다. 그녀의 눈빛은 공허했고, 얇은 입술은 일자로 굳게 다물어져 있었다.

나는 거의 애원하듯 말을 이어갔다.

'최후의 인간이니, 그래서 지켜주고 싶다느니 했던 건 실은 다 새빨간 거짓말이야. 인간 남자였을 때 곧잘 했던 멋있는 척을 해본 거지. 단도직입적으로 말할게. 난 외로워. 사무치게 고독하지. 그리고 당신도 외로워. 그러니까 이런 반쪽짜리 인간일지라도, 당신이 나와 함께 있어주면 좋겠어. 서로가 적어도 덜 외롭도록 말이야.'

한참 동안 생각에 잠겨 있던 그녀가 깊은 한숨을 내쉬었다.

"생각해보죠. 우선 그전에 뭐라도 좀 먹어야 할 것 같아요."

여자의 대답이었다.

25

하지만 실제로 식사는 대여섯 시간이나 지난 뒤에야 할 수 있었다. 내가 밖으로 나갈 수 없는 처지여서 음식을 구해오는 일을 전적으로 멜이 할 수밖에 없었기 때문이다. 멜과 처음 만났던 날 장시간 눈을 맞은데다가 바다에 빠지기까지 하는 바람에 내 짐승의 몸 곳곳에 좁쌀만한 수포가 잔뜩 생겨났던 것이다. 덕분에 옅은 녹색을 띠었던 피부는 색소 침착이라도 된 것처럼 한층 짙은 녹색으로 변해버렸다. 입고 있는 옷가지를 벗어버린다면 나는 한 마리의 녹색 짐승으로 보일 것이다. 미처 예상치 못한 일이었다. 피부가 좀 따끔거리기는 했어도 별다른 증상은 없었던 터였다. 그래서 불과 두 시간쯤 전 느닷없이 얼굴부터 수포가 돋아올랐을 때에는 한층 더 괴물에 가까운 외양이 될까봐 버럭 겁이 나기도 했다. 나의 두려움이 멜에게도 전해졌는지, 그녀는 이렇게까지 말했다.

"A-2091 행성 자체가 생명체들에게 나쁜 영향을 미치고 있지는 않아요. 이건 우리 과학자들이 수많은 실험과 관찰로 증명했던 사실이에요. 그러니 화학적 지대에 추가적으로 노출되지 않는 한 짐승으로의 역진화는 이뤄지지 않을 거예요."

그러나 나는 그녀의 말을 절반만 신뢰했다. 그 절반의 절반 정도만 신뢰하고 있는지도 몰랐다. 멜 역시 내게 누누이 강조하지 않았던가. 아무리 훌륭한 이론이라도 그 이론과 실제와의 간극은 존재할 수밖에 없다고 말이다. 나는 그녀가 나타나기 전부터 고질적으로 앓고 있는 병과 같은 우울이 또다시 슬그머니 바싹 다가서는 것을 느끼고 있었다. 나는 육체의 아픔을 핑계로 밖으로 함께 나가자는 그녀의 제안을 거절했다. 어차피 짐승으로 변화한 뒤로는 굶주림을 느끼지 않게 되어 자연히 음식에 대한 욕구도 거의 사라져가던 차였다. 멜은 그런 나를 보며 뭐라 단정하기 어려운 복잡한 표정을 지었다. 내게 무슨 말인가를 하고 싶어한다는 강한 인상을 받았지만, 멜은 끝내 아무 말 없이 홀로 음식을 구하러 밖을 향해 발걸음을 옮겼다. 내가 알려준 열세번째 입구를 통해.

여자가 돌아오기를 기다리며, 나는 과잉된 감정의 '나'와 위협적으로 옥죄는 듯한 '고요'와 다시금 홀로 남을 수 있다는 '외로움' 같은 것들이 '나 자신'을 조금씩 좀먹어 들어가는 것을 똑똑히 느끼고 있었다. 만일 그녀가 조금이라도 늦게 돌아왔다면, 아마도 그나마 남아 있던 인간의 정신까지 여지없이 무너져버렸을지도 모른다.

멜은 입구가 아닌, 내가 출구라고 가르쳐준 곳을 통해 돌아왔다. 열세번째 입구. 그러고 보니 어차피 이곳이나 저곳이나 입구는 맞는 것이었다. 다만 내가 입구라고 여기는 나선형 관은 기어올라가기엔 무리가 있었기 때문에 출구라고 부를 수는 없었다. 여자는 큼직한 잎사귀를 배낭처럼 어깨에 둘러메고선 매우 당당한 걸음걸이로 내게 다가왔다. 그러곤 잎사귀에 담아온 먹을 것들을 바닥 위에 주섬주섬 내려놓았다.

"뭘 좋아하는지 알 수가 없어서요."

여자가 말했다.

"난 이 넓적한 물고기와 갈색 열매를 먹을 거예요. 당신은요?"

나는 멜이 구해온 음식들을 물끄러미 바라보았다. 멜이 말한 물고기 외에도 볼록한 복어 같은 물고기 두 마리와 대바늘 같은 길쭉한 가시가 잔뜩 돋아 있는 공 모양의 가시복이 다섯 마리, 각기 다른 색과 모양의 열매가 열두 개나 있었다. 의아해진 내가 물었다.

'설마 맨손으로 물고기를 잡은 건 아니겠지? 이건 정말 굉장한데?'

멜은 대수롭지 않다는 듯 양어깨를 추켜올리며 말했다.

"난 당신보다 이곳에서 오랫동안 살아왔어요. 나만의 노하우가 있다는 뜻이죠. 이 정도의 생존 능력도 없이 어떻게 그 시간을 홀로 견뎌낼 수 있었겠어요?"

틀린 말은 아니었다. 하지만 마음 한구석에 경계심이 드는 것은 어쩔 수 없었다.

멜은 고등어처럼 생긴 물고기를 자신의 단도로 잘게 잘라 날것으로 먹었다. 그 정도로 비위가 좋지 못한 나는 복어와 가시복 모양의 물고기를 각각 두 마리씩 불에 구웠다. 네이처에서 상식으로 알고 있던 복어의 맹독 때문에 먹기가 심히 꺼려졌지만 멜이 먹지도 못할 물고기를 잡아오지는 않았을 것이라고 짐작하면서 억지로 꾸역꾸역 입안에 넣었다. 물고기들은 맛이 좋지도 않았지만, 그렇다고 먹지 못할 정도로 형편없지도 않았다. 하지만 멜이 가져온 열매들은 하나같이 달고 즙이 많아서 나도 모르게 배가 불룩 튀어나오도록 과식을 하고 말았다. 멜도 체면 차리지 않고 양껏 먹었다. 보기 좋게 그릇에 담긴 음식들을 식탁에 늘어놓고 포크와 수저를 사용해 식사를 하면서 간간이 사교적인 대화를 나누는 식탁 예절 따위는 이곳에 전혀 없었다. 우리는 오직 고삐 풀려 날뛰는 식욕의 명령에 따라 양손으로 음식을 집어 입안에 마구 쑤셔넣을 뿐이었다. 한 삼십 분쯤 지났을까? 과식을 한 나머지 더는 먹을 수가 없게 된 나는 아직까지 멜이 음식으로 양볼을 팽팽하게 채우며 먹기에 열중하고 있는 모습을 보았다. 불과 조금 전까지의 내 모습이기도 한 그녀의 모습은 실소를 자아내기에 충분했다. 내가 클클 웃어대자—실제로는 꽥꽥거리는 돼지의 울음소리였지만—멜은 먹는 것을 멈추고 나를 마주보았고, 다음 순간 우리는 더 큰 소리로 웃기 시작했다. 멜은 눈물까지 흘리며 웃었다. 손으로 눈물을 훔치며 그녀는 말했다.

"내가 좀 맛있게 먹긴 하죠?"

'뭐, 별로.'

내 대답에 그녀는 거의 자지러질 것처럼 웃어댔다. 정말로 우스워서 웃는다기보단, 그저 웃고 싶다는 그녀 자신의 욕망에 따라 웃고 있는 것이었다. 웃음을 멈춘 나는 아까부터 나를 괴롭히고 있던 물음에 대해 말을 꺼냈다.

'당신에 대해서 알고 싶어. 언제부터 홀로 지내왔지? 당신네 행성인들에게도 가족이나 동반자 같은 친밀한 관계가 형성돼 있었나?'

"백이십삼 년."

멜은 내뱉듯이 말했다.

"그만큼 난 혼자 살아왔어요. 우린 가족이란 개념은 없어요. 그건 구시대적 인간들만이 고수하고 있는 지극히 비효율적인 인간 단위라고 배웠어요."

백이십삼 년? 나는 소시지같이 두꺼운 입술을 크게 벌렸다. 너무 놀란 나머지 뭐라고 대꾸해야 할지 머릿속에 떠올릴 수가 없었다. 나의 외로움 따윈 멜에 비하면 겨우 아기 걸음마 수준이었던 것이다. 백이십삼 년이라니. 네이처 행성에서라면 거의 태어나면서부터 홀로 내팽겨진 것이나 다름없었다. 그렇다면 멜의 나이는 도대체 몇 살이라는 걸까? 홀로 남겨지기 전에도 동족들과 보냈던 세월이 있었을 것이다. 멜의 동족들에게 가족의 개념이 없다는 사실은 그리 충격적으로 느껴지진 않았다. 행성기술학교 시절에 받은 교육 중에 오직 지구와 지구의 식민행성에 사는 인간들만이 가족이라는 전통을 고수해오고 있다고 배웠던 기억이 있었다. 그때 조교는 우리들에게 이렇게 말했다.

"우리에게 지극히 당연하다고 생각되는 개념과 사고가 우리에게 속하지 않는 다른 인간이나 지적 생명체들에겐 전혀 그렇지 않을 수 있다는 사실을 항상 유념하고 있어야 한다. 핵심은, 나와 다른 존재를 인정할 수 있는 유연한 마음이다. 우리가 사회 공동체를 유지하기 위해 어떤 전통을 만들었듯이, 또다른 존재들도 그들의 체제를 위해 그들만의 불문율을 만들 수 있음을 이해해야 하는 것이다."

생각의 흐름을 좇고 있던 내게 별안간 멜의 목소리가 들려왔다.

"맞아요. 당신이 보기엔 얼핏 비인간적으로 보이는 우리의 사회체계가 어떤 면에선 훨씬 나을 수도 있다는 것을 이해해줬으면 해요. 우리에겐 비록 가족이라는 개념은 없지만, 후세의 양육을 위해 삼 년 단위로 이십 세에서 삼십오 세 사이의 남녀 각각 세 명씩 총 여섯 명으로 이루어진 동거인 제도가 있었어요. 당신들의 관점에서 본다면 지극히 문란하고 기묘한 제도로 인식되겠죠. 그러나 우리들의 입장에서는 고정화된 부부라는 제도를 통해서는 보다 우수한 수정란이 만들어질 확률이 줄어들기 때문에 동족의 발전된 미래를 위해 이 같은 제도를 운영하는 것이 불가피했어요. 나 역시 다섯 번의 동거를 경험했고, 그때마다 출산한 아이들이 일곱 명이나 돼요. 그때의 동거인들과 내가 낳은 아이들 모두 이제는 세상에 없지만요."

그녀의 말이 전하는 뉘앙스에서 나는 뭔가를 직감할 수 있었다. 논리적으로는 설명할 수 없는 짧고 강렬한 불빛 같은 깨달음이었다.

'당신이 사랑했던 남자에 대해 말해줘. 아니, 공유했던 남편이라고 해야 하나?'

비야냥거리려는 의도는 없었다. 멜도 내 생각을 읽고 있었기 때문에 기분 나빠하는 기색은 보이지 않았다.

"그는 마지막 다섯번째 동거 때 만난 남편이었어요. 우린 좀…… 특별했죠."

멜의 표정에 빠르게 지나가는 감정의 흐름이 있었다. 슬픔. 나는 망설이다가 물었다.

'그는 어떻게 죽었지?'

"뻔한 얘기죠. 짐승들과의 전쟁에서 처참하게 죽음을 맞았어요. 온몸이 갈가리 찢겨서 알아보기도 힘들 지경이었죠."

나는 내 몹쓸 의심을 저주했다. 멜은 짐승들을 증오할 납득할 만한 이유를 갖고 있었다. 설혹 내게 어떤 의도를 갖고 일부러 찾아왔다고 해도 그것은 이 행성에 남아 있는 인간이라는 존재가 그녀 혼자가 아니라는 것을 확인하기 위한 것이었다. 그 빌어먹을 외로움 때문에. 고독 때문에. 나는 망설이다가 물었다.

'아이들은? 당신이 낳았다는 아이들은 어떻게 됐지?'

멜은 내게서 시선을 획 돌려버렸다.

"나중에. 나중에 말할 기회가 있겠죠."

우리는 긴 대화를 통해, 음식을 나눠 먹으며 서로에 대한 친밀함의 탑을 서서히 쌓아갔다. 그러나 내가 그녀의 내밀한 문제에 대해 질문을 하면서 우리가 쌓은 친밀함의 탑은 조금씩 무너져내렸다. 만약 네 이처에서 같은 상황이었다면 어떤 식으로 진행되었을까? 보통의 경우, 하룻밤 관계를 위한 만남만을 이어갔던 네이처에서의 나는 여자와 식사를 하며 대화를 나눈 다음에는 섹스로 직행하는 것이 정석이었다. 멜이라면 어떨까? 나는 멜이 내 생각을 읽고 있다는 걸 뻔히 알고 있으면서도 개의치 않고 생각을 계속해나갔다. 나는 문란하다고 할 수 있을 만큼 여러 여자와 잠자리를 거듭하며 쾌락을 좇는 삶에 골몰했었다. 그런데도 멜에 대해서는 한심할 만큼 그릇된 판단을 내린 것이다. 비록 그들 문명의 제도였다고는 해도 엄연히 여러 번 결혼과 흡사한 남녀 혼성 동거와 출산을 경험했던 사람을 남자라고는 알지 못하는 여자라고 판단했다니. 필시 짐승으로 변이하면서 인간에 대한 분별력이 흐려진 것이다. 그게 아니라면 멜이 자신의 말대로 화학적 지대의 영향을 받아 일반적인 여자와는 다른 성향을 갖게 된 것이거나. 나는 멜을 만난 이후로 그녀를 한 번도 여자, 그 자체로서 떠올려본 적이 없음을 깨달았다.

멜은 어떤 여자일까?

그러자 아직 남아 있던 내 안의 인간 남자로서의 본능이 마치 저 홀로 살아 있는 생명체처럼 꿈틀거리는 것을 느낄 수 있었다. 나는 두려운 대상을 보듯이 내 앞에 있는 멜을 바라보았다. 멜도 나를 바라보고 있다는 것을 확인하자, 내 마음 한곳에서는 이대로 멜에게서 도망쳐버리고 싶다는 상반된 본능이 치솟았다.

별안간 멜의 얼굴이 내 얼굴 앞에 바싹 다가왔다고 느낀 순간 우리는 입맞춤을 하고 있었다. 누가 먼저랄 것도 없이 멜과 나는 서로를 부둥켜안은 채 지하굴 바닥으로 쓰러졌다. 주홍빛 물질 속을 뒹굴며 우리는 거추장스러운 말과 생각 따윈 까맣게 잊었다. 짐승들과 화학적 지대에 대해서도. 그리고 멸망한 지하 도시와 A-2091, 혹은 루시아라는 이 행성까지도.

멜은 단순한 인간 여자가 아니었다. 다시 한번 두 눈은 믿을 만한 것이 못 된다는 것을 절감했다. 멜의 겉모습만 보고 나는 그녀를 섹스와는 무관한 여자라고 여기기까지 했던 것이다. 두 눈에 보이는 두 개의 불룩한 젖가슴과 잘록한 허리와 도발적으로 튀어나온 엉덩이가 전부 다 환상적인 섹스를 경험하게 해주는 것은 아니다. 정작 중요한 것은 보이지 않는 곳에 위치해 있는 법이다. 멜은 섹스를 원하는 남자들이라면 누구나 상대방에게서 갈망하는 신체적 조건 중 어떤 것도 갖추고 있지 않은 여자였다. 그녀의 젖가슴은 밋밋한 절벽 같았고, 전체적으로 몹시 마른 체형이라 구분선이랄 만한 허리가 없었다. 당연히 엉덩이도 밋밋했다. 나는 돌발적인 섹스를 하면서도 그닥 기대감은 없었다. 그저 전희나 애무 없이 이루어지는 삽입만이 전부인 섹스일 것이라고 생각했던 것이다. 나는 무작정 그녀의 안으로 들어갔다. 기대감이 없었기 때문에 미안하게도 그녀를 배려할 생각조차 떠올리지 못했다.

처음에는 내가 그때까지 경험했던 여자들과 별다른 차이를 느낄 수 없었다. 다 같은 성기였고, 질이라는 통로를 몇십 번 왕복하다가 몸을 떨며 그녀에게서 빠져나올 것이라고 여겼다. 그런데 피스톤 운동을 하려는 순간 나도 모르게 비명을 질렀다. 짐승의 울음소리가 지하굴 속에 울려퍼졌을 때 멜이 킥킥대며 숨죽여 웃는 소리가 들려왔다. 뭔가 비웃음을 당하는 것 같아서 기분 나빴던 것도 잠시, 나는 내 일부를 강하게 흡입하는 듯한 힘과 함께 온몸이 어두운 허공을 향해 둥실 떠오르는 느낌을 받았다.

멜은 이 행성의 유일한 인간. 나는 추방당한 인간이었으며, 이제는 인간에도 짐승에도 속하지 않는, 무엇도 아닌 존재였다. 어딘가에 속하고 얽매이는 것이 없는 우리는 서로의 육체에 온전히 집중할 수 있었다. 우리의 행위는 거칠고 야만적이었다. 온몸을 남김없이 내던져 쾌락을 갈구하는 교접 그 자체였다. 내가 이 행성으로 추방되지 않았더라면, 나는 이런 자극적인 절정의 시간이 존재한다는 것을 결코 알지 못했으리라. 그런 점에서 나는 진정한 행운의 사내였다.

극치의 순간에 나는 길고 긴 울음소리를 내질렀다. 내 육체와 맞닿은 멜의 벌거벗은 육체가 갓 잡은 생선처럼 파닥파닥 경련을 일으키는 것을 느끼면서 나는 또 한번의 절정을 맛보았다. 오르가슴에 이른 여자가 눈동자를 희번덕거리는 모습을 본 적이 있는가. 이전에는 그토록 난폭하게 행위를 치렀던 적이 없었다. 멜은 거침없이 나의 욕망을 앞서거니 뒤서거니 하며 줄기차게 쫓아왔다. 이윽고 멜도 날카롭고 째지는 듯한 교성을 질러대기 시작했다. 지하굴 속이라는 어둡고 폐쇄적인 공간의 특성이 섹스에는 기가 막힐 만큼 잘 들어맞았다. 나는 인간의 정신이 아직 내 짐승의 육체에 남아 있다는 사실에 자부심을 갖고 있었다. 그러나 이 순간만큼은 내 안에 존재하는 인간의 정신을 미련 없이 내던져버렸다. 여자와 나는 또다른 미개척 행성에 도달할 것이다. 아직 이름조차 정해지지 않은 미지의 행성에.

절정은 곧 다가올 가파른 하강을 예감하게 한다. 나는 머릿속 퓨즈가 날아간 듯한 상태로 멜의 육체 위로 짐승의 육체를 겹쳤다. 주위는 온통 흰빛이었고, 나는 그 빛 가운데에 무기력하게 늘어진 한 마리의 짐승이었다. 나를 에워싼 그 빛 속엔 아무도 존재하지 않았다. 멜과 심지어는 나조차도. 나른한 평온만이 가득했다. 나는 그때 행복을 느꼈다. 평온과 행복이 동일한 뜻이라면, 나는 매우 행복한 상태였다. 하지만 겨우 이삼 분을 넘지 않는 시간이었고, 다시금 지하굴 속의 어둠과 조우하게 되자 짧은 행복은 과거 속에 잊혔다. 나는 빠르게 나 자신으로 돌아왔다. 그러자 이 모든 행위가 덧없다는 허무함이 밀려왔다. 우스꽝스러운 일이었을 뿐이라는 생각이 들었다. 문득 멜의 육체가 견딜 수 없이 더럽게 느껴졌다. 내가 몸을 떼어냈을 때에도 멜은 사지를 널브러뜨린 채 축 늘어져 있었다. 그 모습에서 시체를 연상했다면 틀림없이 내가 병적인 상태라는 증거가 될 것이다. 내 생각이 잘못되었다는 것을 이성으로는 분명히 알고 있으면서도 감성으로는 이해할 수가 없었다. 그 와중에도 멜은 뜻 모를 말을 중얼거리며 나른한 오후의 고양이처럼 기지개를 켰다. 여자의 태평한 모습에 이유 없이 증오가 치밀어올랐다. 마치 내가 타락한 마녀에게 농락당한 순진한 청년같이 느껴졌다. 이백삼십구 세의 중년 사내가 어린 소년처럼 자신을 보고 있는 것이다. 네이처에서 나를 망쳤던 그 빌어먹을 반항심이 이곳까지도 쫓아와 저 어두운 허공 속에 뻔뻔스럽게 눌러앉아 있었다. 나를 다시금 자신의 발아래 무릎 꿇게 하기 위해서. 나는 불에 덴 것처럼 얼른 자리에서 일어서서 그대로 열세번째 입구를 향해 걸어갔다. 무작정 나가고 싶었다. 여자의 흐트러진 모습만 내 눈에 보이지 않는다면 그게 어디든 상관없을 것 같았다. 등뒤로 여자의 다급한 목소리가 들려왔다.

"왜 그래요?"

돌아보지 않았다. 이젠 끝이었다.

26

태양은 변함없이 나를 향해 빛나고 있었다. 내가 인간이든지 짐승이든지 루시아는 상관하지 않았다. 빛은 언제나 공평하게 한결같이 나를 비추고 있는 것이다. 인간과 짐승, 그 모든 것을 아우르는 생명체가 어둠보다는 빛에 가까운 존재라는 것을 새삼 절감했다. 나는 옷가지를 모조리 벗어버렸다. 짙은 녹색으로 변한 피부를 가진 벌거벗은 짐승의 육체가 내리쬐는 태양 아래 속속들이 드러났다. 스스로가 하나의 식물처럼 느껴졌다. 식물로 화한 내가 몹시 마음에 들었다. 발화를 잃어버린 내게 적절한 역할이 주어진 것만 같아 기분이 좋아졌다. 나는 이곳에 뿌리를 내린 식물로 살아갈 것이다. 가장 빛이 잘 드는 나만을 위한 장소를 찾아 숨이 붙어 있는 한 평생 정착할 것이다. 공기와 흙과 물에서 생존에 필요한 영양분을 취하며 기억하기를 잊어버린 생물이 되어갈 것이다. 어쩌면 인간은 진화의 단계에 대해 착각을 하고 있는 것일지도 모른다. 식물이 동물보다 하등 생물로 인식되는 것은 복잡한 구조가 단순한 구조보다 훨씬 더 나은 상태라는 전제하에 만들어진, 다분히 인간들 특유의 편의적인 사고라는 생각이 들었다. 식물과 동물은 서로 다른 종일 뿐이다. 다른 것들은 애초에 비교의 대상이 될 수가 없다. 왜 인간은 늘 습관적으로 모든 대상을 비교하고 어떤 것이 우위에 서는지를 멋대로 판단하려 드는 것일까? 절반의 짐승인 나는 인간의 눈이 지닌 편견에서 비껴선 사고를 할 수 있었다. 짐승의 눈은 내게 그동안 감춰져 있던 진실을 볼 수 있게 해주었다. 눈물이 볼을 타고 흘러내렸다. 눈앞이 뿌옇게 흐려졌다. 목에서 단단한 덩어리가 치받아오르고 있었다. 내 두꺼운 입술 새에서 무언가가 터져나왔다. 무릎을 꿇고 앉은 나는 내 수치를 샅샅이 드러내는 빛 가운데서 오열했다. 나는 이른 애도를 하듯, 그렇게 스스로를 위해 울었다. 내 안에 아직도 그토록 많은 눈물이 남아 있을 줄이야. 인간과 짐승, 둘 다 자신에 대해서 실은 잘 알지 못하는 것이다. 그러니 어떻게 감히 다른 종을 이해할 수 있겠는가?

별안간 내 목에 들이대는 차가운 총구가 느껴졌다.

"일어나."

그녀는 낮은 목소리로 말했다.

"양손은 머리 위로 올려 깍지를 껴."

눈물로 범벅이 된 얼굴을 닦지도 못한 채 여자의 명령을 따라야 했다. 얼간이가 주인인 나를 향해 겨눠지고 있는 상황이 믿기지 않았다.

나는 여자에게 말했다.

'이렇게까지 해야 하는 이유가 뭐야? 자존심 때문만은 아닌 것 같은데?'

멜은 능글맞다 싶을 정도로 히죽 웃음 지었다.

"넌 역시 멍청해. 그러니 짐승으로 변한다 해도 별로 억울할 일은 없을 거야. 질질 짜는 모습이 아주 가관이더군."

돌연 멜은 내 등짝을 발로 힘껏 걷어찼다. 나는 엎어지면서 주홍빛 물질 속에 머리를 박았다. 등 한가운데가 얼얼할 만큼 강력한 발차기였다. 힘이 꽤 셌다.

"더 심하게도 해줄 수 있어. 그나마 봐준 거니까 괜한 짓 하지 마."

등을 쿡쿡 찌르는 총구를 감지하며 나는 심한 굴욕을 느꼈다. 비틀거리며 몸을 일으키는 내게 멜은 덧붙여 말했다.

"이 친구야, 물건이 신통치 않다고 그렇게 도망칠 것까진 없잖아? 안 그래?"

스스로도 그 말이 웃겼는지 여자는 껄껄껄 웃어댔다. 지나치게 호탕한 웃음. 남자라고 해도 이상하지 않은 웃음이었다. 문득 어떤 깨달음이 머릿속을 스쳐지나갔다. 차마 떠올리고 싶지 않은 더러운 생각이.

'너도 나와 다르지 않군.'

멜은 웃음을 그쳤다. 나는 천천히 내가 해야 할 말을 생각했다.

'넌 짐승이야.'

등에서 총구가 내려졌다. 멜은 내게 명령했다.

"돌아서서 나를 똑바로 봐봐."

나는 돌아섰다. 나를 노려보는 멜의 두 눈에서 분노가 느껴졌다.

"내가 너 같은 짐승으로 보이나? 난 너완 달라. 인간도 짐승도 아니지."

'넌 화학물질에 오염된 변종일 뿐이야.'

"아니야! 아니야!"

버럭 고함을 지른 멜은 얼간이의 총구를 다시 들어 나의 심장을 겨눴다.

'그럼 한 가지만 묻지. 왜 날 찾아왔나?'

"모르겠어? 너야말로 돌연변이라는 것을? 넌 놈들의 원시적 외양으로 역진화한 최악의 사례야. 그럼에도 불구하고 인간의 정신만은 온전히 남아 있는 희귀한 경우지. 우리 중에 아무도 너같이 된 경우는 없었어. 그것만으로도 널 지켜볼 가치가 충분했지."

나는 소리 없이 웃었다.

'우리? 넌 분명히 네가 이 행성의 유일한 인간이라고 말했어.'

멜은 반박했다.

"내가 유일한 인간이라는 것은 어느 시점까진 거짓이 아니었어. 실제로 난 짐승들이 우글거리는 이곳에서 오십 년이 넘게 홀로 살아남아야 했으니까."

'그래서 지하 도시의 멸망까지 들먹이며 내가 감정이입을 하도록 유도했던 건가? 그 구구절절한 사연 중에 진실은 어디까지였지? 아니, 처음부터 진실이란 건 아예 없었던 것일 수도 있겠지.'

발끈한 멜은 내뱉듯이 말했다.

"내 말은 모두 진실이었어. 네가 믿든 안 믿든 간에."

'그럼, 넌 지금 어느 편인 거야? 너와 네가 속한 무리는 이제 짐승의 편인 건가?'

"우린 어디에도 속하지 않아. 말했잖아. 우리는 인간도 짐승도 아닌 또다른 존재라고."

'도대체 기준이 뭐지? 인간과 짐승을 가르는 기준 말이야. 그것도 결국 너희들이 자의적으로 정한 것 아닌가?'

잠시 둘 사이에 팽팽한 긴장감이 흘렀다.

'처음엔 나도 인간이었어.'

나는 말했다.

'너처럼. 너희들처럼. 변이되기 전의 너희들처럼.'

멜의 표정이 미묘해졌다. 무슨 말인가를 할 것처럼 입을 벌렸던 그 또는 그녀가 그만 입을 다물어버렸다. 그러더니 천천히 고개를 내저으며 내게서 총구를 내렸다.

"가. 어서 가. 내 마음이 변하기 전에. 될 수 있는 한 멀리 도망쳐. 이곳은 네 생각보다 훨씬 더 넓은 곳이야. 숲을 가로질러 쉬지 말고 계속 뛰어가. 운이 따른다면 그들이 너를 놓칠지도 모르지."

나는 멜의 거울이 된 것처럼 똑같이 고개를 저어주었다.

'운 따윈 믿지 않아. 그들은 어디서든 나를 찾아낼 거야. 너도 잘 알다시피.'

멜은 얼간이에 장전된 스물여덟 발의 총알에서 한 발을 제외한 나머지 총알을 모조리 바닷물을 향해 내던졌다. 그러고는 내게 총을 건네주었다.

"네가 완벽한 무장을 하고 있다고 그에게 보고하지. 당장 쫓기는 무리일 거라고 말이야. 그럼 얼마간 시간을 좀 벌 수는 있을 거야. 하지만 그것도 이틀을 넘지는 않을 거야."

멜은 내게 등을 보이며 돌아섰다.

"가. 제발 가. 그는 아마 너를 죽이려고 할 거야. 네가 죽는 걸 보고 싶진 않아."

나는 물었다.

'왜?'

"뭐, 잠자리까지 한 남자에 대한 부적절한 감정이라고 해두지. 사실 너와의 관계도 나쁘진 않았으니까."

한껏 시니컬한 어투로 말하는 멜을 보며 나는 미소 지었다. 틀림없이 멜은 암수한몸이 되기 전 여자였을 것이다.

'그런데 그는 또 누구야? 너희들의 지도자 같은 존재인가?'

그를 내가 언급하자마자 멜은 몸을 떨기 시작했다.

"부디 네가 그를 만나지 않기를 바라."

뛰어가는 내내 멜은 나를 돌아보지 않았다. 단 한 번도.

27

일주일이 지나갔다. 나는 바닷가에 위치한 첫번째 은신처에 머물고 있었다. 멜이 선고한 이틀이 지난 시점부터 나는 바짝 긴장의 끈을 늦추지 않고 있었다. 마치 내게 남아 있는 인간의 정신만으로 놈들을 상대할 수 있다는 듯이. 드디어 HD-733 혹은 DH-194는 광인이 되어버린 것이다. 미치지 않고서야 어떻게 맨몸으로 그 많은 짐승에 감히 대적할 생각을 할 수 있겠는가 말이다. 내게 있는 무기란 한 발의 총알이 장전된 권총 한 자루와 단도 하나가 전부였다. 여분의 총알은 멜이 모두 가져가버렸다. 만일 짐승들이 온다면 꼼짝없이 그놈들의 처분에 따라 내 생사가 결정될 것이다. 그래도 뭔가 대비를 해야겠다는 생각에 굴속 천장 쪽에 작은 구멍 하나를 뚫어두었다. 만능 도구함을 뒤진 끝에 장전된 총알처럼 튀어나가는 뾰족한 기구를 발견했던 것이다. 용도가 무엇인지는 지금도 잘 모르겠다. 어쨌든 제법 요긴하게 썼다. 기껏해야 손가락 하나가 드나들 만한 크기였지만 가느다란 빛은 새어들어왔기 때문에, 적어도 태양이 뜨고 지는 것은 볼 수 있었다. 언젠가 놈들이 들이닥칠 때 낮과 밤 정도는 구분할 수 있기를 바랐다. 그래야 조금이라도 무력한 기분이 덜할 것 같았다.

삼 일째부터 나는 하루에도 여러 번 죽음이 내 곁에 머물고 있다는 생각을 떠올렸다. 죽음과 함께하는 나날이었다. 음식도 먹지 않고, 햇빛도 쬐지 않아서 내 피부의 짙은 녹색빛은 점점 엷어져가는 중이다. 그런데도 왜 고집스럽게 이곳을 떠나지 않는지 모르겠다. 은신처로 되돌아온 첫날과 이튿날까진 멜의 충고를 받아들여 숲을 향해 떠나기로 수없이 결심했었다. 실제로 수납 자루를 벌거벗은 녹색 육체에 둘러메기까지 했다. 그대로 열세번째 입구로 걸어나가기만 하면 되는 일이었다. 아무런 대비책도 없이 지하굴 속에서 전전긍긍하고 있는 것보다야 그 편이 훨씬 더 나았을 것이다. 하지만 나는 매번 열세번째 입구 앞에서 걸음을 멈춰버렸다. 왜 그랬을까? 단 하루를 더 살더라도 생존의 본능에 따라야 하는 것이 아닐까? 포기했기 때문에 그런 것도 아니었다. 네이처에서 지낼 때도 마지막 순간까지 그들의 선처를 바랐지 않았던가. 만일 네이처의 집행관들이 내게 좀더 관대한 처분을 내리기로 추방 전에 판결을 바꿔주었다면 나는 수치를 무릅쓰고서라도 무엇이든 그들의 뜻대로 행했을 것이다. 죽음을 앞에 둔 순간이 찾아올 때 인간이 가장 추악한 밑바닥을 드러낼 수 있다고 한 관리자의 말은 결국 사실로 드러났다. 그는 말했다. 일단 자신의 밑바닥을 목격하게 된 사람은 두 번 다시 예전처럼은 살아갈 수 없게 된다고. 거침없이 진실을 입 밖에 발설할 수 있는 사람을 조심해야 한다. 대부분의 진실은 우리가 살아가는 동안 차라리 모르는 편이 나을 수도 있기 때문이다. 일단 진실을 귀로 듣게 되면 우리의 영혼에 어떤 식으로든 상흔을 남기게 마련이다. 그리고 미처 예상치 못한 사이, 진실에 의해 새겨진 그 상흔이 저 홀로 꿈틀거리는 생명체처럼 되살아나는 것이다.

그러니까 이백이 넌 전에 있었던 일이다. 내가 네이처에서 마지막 밤을 보냈던 날이었다. 더불어 DH-194가 추방될 행성이 루시아라는 것을 네이처 중앙정부가 각 구역의 대형 스크린을 통해 발표한 날이기도 했다. 추방이 선고된 시각은 오전 열시였다. 나는 1-1시설에서 안내인을 통해 이 같은 사실을 전달받았다.

추방될 행성이 확정되자마자 나는 곧바로 중앙정부에 의해 기획된 삶을 완수할 새로운 육체로 교체되기 위해 두 명의 네이처 집행관에 의해 근처의 병원으로 호송되었다. 최대한 이목을 끌지 않기 위해 병원 뒷문으로 들어간 후송차에서 내려 중환자실 한편에 급조된 수술실로 들어가는 동안, 두 명의 집행관과 나는 아무도 입을 열지 않았다. 철저히 무표정으로 일관하는 그들에게서 오히려 무언의 위로를 느꼈다면 내가 이상했던 것일까? 간호사에게 이끌려 수술실로 들어갈 때 그들 중 한 명이 이렇게 말했을 뿐이었다.

"다 끝나면 뒷문 쪽으로 나오십시오. 우리들은 그곳에서 당신을 기다리겠습니다."

범죄자를 방치라도 하는 듯한 그들의 태도에 약이 오른 나는 하마터면 내가 도주라도 하면 어떻게 하려고, 라는 말이 입 밖으로 튀어나올 뻔했지만 가까스로 참았다. 그리고 이십 분 후에 알게 된 사실이지만 그들이 내게 보인 태도는 지극히 정당한 것이었다. 애초에 나는 언제 어디에 있든지 네이처의 눈에서 한시도 벗어날 수가 없었던 것이다.

다소 날카로운 인상의 의사는 사십대 중반으로 보이는 남자였다. 그는 만면에 다분히 직업적인 웃음을 지으며 내게 긴 의자에 편하게 앉으라고 지시했다. 웃음을 짓자 날카로운 인상이 순식간에 사라지며 사람 좋은 아저씨의 인상만이 남겨졌다. 의사는 자신의 웃음이 지닌 설득의 힘을 익히 알고 있는 것처럼 얼굴에서 그 표정을 지우지 않으며 내가 앉아 있는 긴 의자 곁에 설치되어 있는 흰 커튼을 열어젖혔다. 그의 몸짓을 따라 무심코 커튼 너머를 쳐다본 나는 순간 깜짝 놀라고 말았다. 거기에 나와 똑같은 외양의 육체가 눈을 감고 긴 의자에 앉아 있었기 때문이다.

"놀랍지 않습니까? 네이처의 최첨단 자기복제 기술은 모행성인 지구조차 넘어서고 있으니 말입니다."

의사는 자못 자랑스러운 듯했다. 얼떨떨해진 나는 아, 예, 라고밖에 대꾸하지 못했다.

"저 육체는 당신의 DNA를 바탕으로 만들어졌지만, 실은 전혀 다르다고도 할 수 있습니다. 당신의 기존 육체에서 열성 요소들을 거의 다 도태시킨, 그야말로 완전히 새로운 육체니까요. 범죄자인 당신을 위해 네이처 중앙정부가 이렇게나 배려했다는 사실을 결코 잊어선 안 됩니다. 이 새로운 육체라면 삼백 년간의 추방형과 이후 백 년간의 삶도 이겨낼 수 있을 겁니다."

갑자기 의사의 표정이 진지해졌다.

"자, 그럼 시작할까요? 아마 들었겠지만, 시간은 고작 이십 분밖에 걸리지 않습니다. 물론 그렇다고 까다로운 작업이 아니란 말은 아닙니다. 당신이 해야 할 일은 한 가집니다. 최대한 마음을 맑게 비우고 정신을 무無의 상태로 만드는 겁니다. 할 수 있겠습니까?"

왠지 그의 기세에 눌린 기분이 든 나는 고개만을 간신히 끄덕거렸다. 의사는 다시금 웃음 지었다. 이번엔 그의 웃음에서 호감이 느껴지지 않았는데, 이유를 구체적으로 표현하기는 어려웠다. 의사는 나의 머리부터 발끝까지 백여 개의 전자 센서를 부착하는 것으로 그가 말한 이십 분의 시간 중 절반을 소요했다. 이윽고 전자 센서 부착이 끝나자, 그는 유쾌하게 말했다.

"이제 눈을 감으세요. 십 분 후면 모든 게 끝나 있을 테니까요."

의사의 말끝에 별안간 온몸을 흐르는 강한 기류가 느껴졌다. 마치 아주 강한 물결이 끊임없이 내게로 밀려오는 것만 같은 느낌이었다. 그러나 두렵지는 않았다. 오히려 생동감이랄까, 그런 기분이 지속적으로 느껴지는 것이 아주 끝내주는 비행을 하고 있는 듯했다. 나는 한 마리의 거대한 새가 되었다. 허공을 마음껏 날며, 마음이 내키는 곳에 머무는 자유로운 존재였다. 나는 그 십 분간 실제의 삶에서 결코 느낄 수 없었던 행복을 경험했다. 마음이 어찌나 기쁨으로 충만했던지 육체 교환이 끝난 뒤에도 깨어나기가 싫을 정도였다. 하긴 당연했다. 눈을 뜬 순간 나는 살인자로 전락해 이 행성에서 추방될 것이기에.

그러나 늘 그렇듯 행복의 순간은 끝나기 마련이었다. 귓가에 대고 손가락을 튕기는 의사의 신호에 맞춰 나는 눈을 떴다. 새로운 육체로의 교환이 이루어진 것이었다. 불과 이십 분 전에 나의 육체였던 것이

긴 의자에 축 늘어져 있었다. 쓸모없는 허물처럼 보이는 본래의 육체를 바라보며 나는 슬픔을 느꼈다. 의사의 목소리가 들려왔다.

"새로운 육체로의 교환은 성공적이었습니다. 다만 이 육체엔 본래 육체의 칩과는 다른 형태의 칩이 이식되어 있다는 점을 알아야 합니다. 이로써 네이처는 당신이 우주의 어느 곳에 있든지 당신의 위치와 상태에 대해 면밀히 파악할 수 있게 되었습니다. 명심하세요. 당신은 네이처의 눈을 결코 벗어날 수 없다는 것을요."

새로운 육체로 변신한 나는 네이처에서의 마지막 밤을 불면으로 지새웠다. 되짚어보면 네이처에서 추방된다 한들 딱히 나쁠 이유도 없었다. 네이처는 내게 태생부터 불평등한 곳이었다. 관리자를 만나지 못했더라면 나는 다른 5계급인들과 마찬가지로 잡역부나 공장노동자로 때 이른 죽음을 맞았을 것이다. 다른 인생의 기회란 주어지지 않았을 것이 분명했다. 운좋게 행성기숙학교에 입학하여 행성장교로서의 인생을 살았던 때에도 나는 늘 우울과 상대적인 박탈감을 느껴야 했다. 내가 원하는 바와 상관없이 수많은 행성인을 대할 수 있는 직업을 가졌지만, 정작 지금 내 곁에 남아 있는 이는 범죄자가 된 이후에 만난 변호사가 유일했다. 나의 오랜 연인이었던 BS-830만은 예외였지만. 그녀만은 내가 범죄를 저지르기 이전과 이후에도 변함없이 나의 편이 되어주었다. 하지만 그녀를 보지 못한 지도 벌써 오 년이 다 되어가고 있었다. 그녀의 끈질긴 면회 요청을 내가 번번이 거절했던 것이다. 면회가 계속 거절당하자 BS-830은 편지를 보내오기 시작했다. 식민행성을 개척하려는 최첨단 시대에 전시대의 유물 같은 편지를 보내오다니.

BS-830이 보내온 서른두 통의 편지 중 어떤 것도 개봉되지 않았다. 봉투째 잘게 찢겨 변기 속으로 흘러내려갔다. 그녀는 물론 이런 사실을 알지 못했을 것이다. 내가 그녀의 편지를 읽지 않은 이유는 간단했다. 그녀는 내가 살인을 저지른 바로 그 시점부터 과거에 속한 이가 되었기 때문이다. 만약에 네이처에서의 추방을 선고받지 않았다고 하더라도, 나는 사형이나 평생 동안의 구금에 처해질 운명이었다. 한마디로 네이처에서의 내 인생은 끝장이 난 상태였다. 그런 내가 그녀의 사랑까지 배려하는 이타적인 삶을 실천할 여유가 있었겠는가. 물론 나는 그녀를 사랑했다. 하지만 우리가 현재와 미래를 함께할 수 있는 가능성이 전무해진 이상, 사랑조차 과거의 시간 속으로 흘러가버린 것이다. 그녀도 나를 과거로 치부해야 했다. 시간의 무심한 흐름 속에서 내가 치유받았듯이 그녀도 부디 찢긴 마음을 새로운 사랑으로 수습할 수 있기를 바랐다. 그것은 이미 이성에 대한 사랑의 마음이 아니었다. 한 인간이 다른 한 인간에게 바라는 기원이었다.

이처럼 불평등하고, 행복을 주지도 못했으며, 사랑하는 여인마저 과거로 흘려보내게 한 네이처 행성을 떠나는 마당에 나는 왜 쉽게 미련을 버리지 못했던 것일까? 무인 행성이라는 루시아에 대한 두려움 때문에? 기나긴 추방을 견뎌내지 못하고 우주미아로 혹은 홀로 추방된 인간으로 맞게 될 죽음에 대한 공포 때문에? 그 오랜 시간을 악착같이 생존하여 만에 하나 네이처로 되돌아온다고 해도 행성인들에게서 직간접적으로 받게 될 냉대를 미리 우려했기 때문에? 이 모든 이유는 절반쯤 차지할 것이다. 이것이 전부가 아니라는 것을 나는 알고 있었다. 그렇다면 나머지 이유는 무엇이었을까? 강제적으로 익숙한 곳을 떠나게 되는 인간이 필연적으로 떠올릴 수밖에 없는 감정이라는 생각도 들었다. 제아무리 싫은 것이라도 막상 다시는 못 보게 된다면 비정상적인 애착을 가질 수 있는 것이다. 그런 것이었을까? 내가 네이처를 떠난다는 사실에 슬픔을 느끼는 것 자체가 정상적이지 못한 반응인가? 그렇다면 이 모든 일에 무심하고 초연해지는 것만이 내가 정상적이라는 반증이 된다는 것일까? 불면 상태에서의 사고는 걷잡을 수 없이 사방을 향해 뻗어나가고 있었다. 내가 원하는 것은 지극히 단순한 사실이었다. 복잡한 사고의 원류가 되는 단 하나의 진실을 알고 싶을 뿐이었다. 그 진실을 위해 나는 내게 주어진 마지막 밤의 어둠 속을 줄곧 찾아다녔던 것이다. 그리고 날이 밝아올 무렵, 나는 비로소 진실을 알 수 있었다.

나는 네이처에, 이 사회에 항상 완벽하게 소속될 수 있기를 열망해왔던 것이다.

네이처를 떠올릴 때면 느껴야 했던 열패감과 우울은 바로 내가 이 사회에서 시한부적으로 받아들여지고 있다는 나의 예민한 통찰력 때문이었다. 네이처에 완벽하게 속한 나와 다른 그들이 나를 이용 가치에 따라 받아들이고 있다는 사실을 내심 잘 알고 있으면서도, 그런 식으로라도 이 사회에 속하고 싶어한 나의 소망은 정녕 헛되고 허망한 것이었을까? 기실 진실은 우리를 자유롭게 만들어주지 못한다. 진실을 안다고 삶이 달라지지도 않으며, 변화를 바라는 이들에게 도움이 되지도 못한다는 것을 나는 그때 알았다. 네이처의 하늘에서 서서히 떠오르는 저 태양처럼 진실은 그저 홀로 빛날 뿐이었다. 나는 조금 울었다. 그러자 진실 때문이 아니라 눈물을 닦는 내 작은 행동으로 마음을 가라앉힐 수 있었다.

다음날 오전 여덟시. 네이처 집행관 두 명이 1-1시설을 찾아왔다. 그들은 나를 N 의료센터에서 체포했던 집행관들과 무관한 사람들이었으나, 이상하게도 행동과 말투에서 기시감이 들었다. 집행관들이 내게 수갑을 채우면서 지었던 표정이 생각난다. 그들은 내가 순순히 법집행에 따라줄 것이라고 확신하고 있는 듯했고, 그래서 내게 채우는 수갑이 불필요한 절차라는 것을 잘 알고 있지만 그들로서도 어쩔 수 없는 일이라는 듯한 미묘한 표정을 지었던 것이다.

네이처 집행관들은 나를 우주정거장까지 데려가는 내내 정중하게 대했다. 모르는 이가 봤다면, 우리 세 사람이 무슨 공식적인 행사에 참가하러 간다고 생각했을 것이다. 그만큼 집행관들은 자신들이 맡은 일에 완벽하게 몰입했다. 그들과는 달리 나는 범죄자인 내 역할에 아무래도 몰입하기가 어려웠다. 그날도 네이처의 하늘은 맑았고, 밝게 빛나는 태양은 마치 내가 이곳을 떠난다는 것에 환호라도 하고 있는 것처럼 보였다. 지나친 망상이라는 것은 나도 잘 알고 있었다. 하지만 망상이라고 나 자신을 설득시키려고 시도하면 할수록 반항이라도 하듯 이성으로는 도무지 이해되지 않는 그 생각이 점점 더 나를 사로잡는 것이었다. 대책 없이 늪에 빠져들어가는 것만 같은 형국이었다. 나를 향해 환희의 폭죽을 터뜨리고 있는 태양을 차창 밖으로 올려다보며 나는 스스로도 깜짝 놀랄 만큼 심한 욕설을 중얼거렸다. 혼잣말을 하는 나를 옆에 앉은 집행관 중 하나가 힐끔 쳐다봤지만, 다행히 욕설을 알아들은 것 같지는 않았다. 우주정거장에 도착해 캡슐에 올라탈 때까지 나는 네이처의 태양을 두 번 다시 바라보지 않았다.

6구역 외곽에 위치한 우주정거장은 행성장교로 복무했던 나도 가보지 못한 곳이었다. 농업을 근간으로 하는 네이처 행성은 행성인들에게도 자체 과학기술로 이룩한 결과물을 직접 보여주는 것에 상당히 인색한 입장을 취했다. 어차피 소수의 엘리트들에 의해 운영되는 첨단과학 분야의 실상을 굳이 아무 상관 없는 이들에게 목격하게 해봤자 네이처 행성의 발전에 별반 도움이 되지 않는다는 고위 정치인들의 보수적인 입장이 반영된 탓이었다. 우매한 대중을 오랜 시간에 걸쳐 이해시키고 나아가 주요 과학 정책의 시행 전마다 대중의 이해를 구해야 한다면 오히려 발전을 저해시키게 될 것이라는 우려가 주요했다. 그리하여 네이처에서 과학이라는 분야는 중앙정부의 적극적인 비호 아래 비약적 발전을 거듭할 토대를 마련할 수 있었고, 이백이 년 전에 벌써 모행성인 지구의 과학기술과 비교해도 결코 뒤처지지 않을 만큼의 높은 수준에 이르렀다는 풍문이 네이처 행성인들 사이에 공공연하게 떠돌았다. 나도 그 소문을 들은 기억이 있다. 비록 네이처 행성의 체계에 대해 불만을 가졌다고는 해도, 나 역시 그 소문을 들었을 때엔 왠지 어깨가 으쓱해지는 기분을 느꼈다. 그래서 녹색의 농지로 거의 도배가 되다시피 한 네이처의 다른 지역들과는 전혀 다른 최첨단 우주정거장을 두 눈으로 봤을 때엔 소문이 현실이었음을 실감할 수 있었다. 몹시 뿌듯하고 자랑스러웠다. 이십 분 뒤 네이처에서 추방되는 범죄자가 느낄 수 있는 감정은 아니었다. 가당치도 않았다. 그래서 우주정거장을 가로질러 걸어가면서 나도 모르게 실소를 터뜨렸고, 이런 내 모습이 설마 네이처 행성 전역에 설치된 대형 스크린으로 낱낱이 보이고 있을 것이라고는 예상치 못했다. 실로 얼간이다운 처신이었다.

우주정거장 중앙에 설치된 캡슐 발사대 주변에 내 재판의 판사였던 대법관과 얼굴만 아는 열 명의 재판 관계자와 열두 명의 네이처 집행관, 그리고 나의 변호사가 둘러서 있었다. 다가오는 나를 바라보는 이들의 표정에는 혐오감이 가득 서려 있었고, 그 같은 표정은 심지어 무표정의 대명사였던 대법관에게서도 뚜렷하게 드러났다. 오직 변호사만이 다른 표정을 짓고 있었는데, 그의 얼굴에서 내가 느낀 감정은 깊은 실망감이었다. 나는 그때 영문을 알 수 없었다. 대법관부터 시작된 형식적인 인사가 끝난 뒤, 가장 나중에 변호사와 마지막 인사를 나눌 때에야 사정을 알 수 있었다. 내가 악수를 건네자 내 왼손을 맞잡은 변호사가 재빨리 귀엣말을 했던 것이다.

"걸어오면서 왜 웃었던 겁니까? 내가 당신을 추방형에서 구해내기 위해 그토록 노력했다는 것을 잘 알고 있지 않나요?"

그의 말을 듣고 나는 또다시 얼간이처럼 멍한 표정을 지었다.

변호사는 나를 위로라도 하는 것처럼 내 양어깨를 잡고 가볍게 흔들며 속삭였다.

"제발 뭐라도 시도해보란 말입니다. 울음을 터뜨리든지, 대법관에게 읍소를 하든지, 아니면 미친 척이라도 하세요. 이건 당신의 목숨이 걸린 일이잖습니까?"

그는 필사적으로 내게 뭔가를 더 말하려고 했지만, 나를 시설에서 데려온 두 명의 집행관에게 부드럽게 떠밀려 본래 자신이 서 있던 자리로 돌아가야 했다. 나는 여전히 멍한 상태로 변호사의 마지막 말을 떠올렸다.

이건 당신의 목숨이 걸린 일이잖습니까?

때가 이른 것 같았다. 캡슐 발사대 앞에서 나를 앞에 두고 양옆에 선 두 명의 집행관을 제외한 모든 사람이 오 미터 떨어진 바닥에 그려진 붉은 선 밖으로 이동하기 위해 몸을 돌리는 중이었다. 내게서 멀어져 가는 사람들의 모습이 마치 느린 화면처럼 비현실적으로 느껴졌다. 그때 내 옆에 선 집행관 중 하나가 뭔가를 말했다. 그러나 소리가 나고 있다는 것만 인지할 수 있었을 뿐, 말을 알아들을 수가 없었다. 집행관은 나의 오른팔을 슬쩍 건드렸고, 그러자 나는 그 감각으로 인해 멍한 상태에서 깨어날 수 있었다. 그는 다시 반복해서 내게 말하고 있었다.

"이제 계단을 오르셔야 합니다."

집행관은 눈짓으로 발사대에 설치돼 있는 계단을 가리켰다. 그 서른 개 남짓한 계단을 본 순간, 나는 그만 무너져내렸다. 나의 내면을 그때까지 가까스로 지지해주던 내 고집 센 자아가 한순간에 산산이 부서져버린 것이었다. 나는 비틀거렸다. 부축해주려는 집행관들의 손길도 뿌리쳤다. 관대함? 친절? 선의? 그런 게 다 뭐란 말인가. 전부 다 속임수였다. 시야가 뿌옇게 흐려졌다. 눈물이 차올랐다. 나는 후들거리는 다리를 움직여 왼발을 계단에 올려놓았다. 그렇게 같은 방식으로 오른발마저 계단에 올려놓자, 이제 비로소 추방형을 치르고 있다는 실감이 들었다. 그렇게 나는 한 계단, 한 계단을 천천히 올라갔다. 아주 느린 몸짓이었는데도 내 뒤를 따르는 집행관들은 단 한 번도 나를 채근하거나 독촉하지 않았다. 열 계단을 올라가면서부터였을 것이다. 가슴이 답답하고 두근거리기 시작했다. 식은땀이 났다. 어지럼증이 점점 더 심해졌다. 이대로 숨이 막혀 죽을 것 같은 극심한 불안감. 숨은 더 가빠왔다. 그래도 나는 다섯 계단을 억지로 몸을 끌듯이 올라갔다. 엄청난 압박감이 전신을 짓눌렀다. 등에 큼직한 짐이 얹혀 있는 것만 같았다. 나를 옥죄는 이 짐을 짊어지고 나는 어떻게 해서든지 다음 계단 위로 발걸음을 옮기려고 안간힘을 썼다. 필사적으로 계단을 오르는 행동만이 현재의 나를 구원할 수 있다는 듯이.

절반쯤 계단을 올라왔을 때 나는 잠시 멈춰 섰다. 내 뒤를 따르던 두 명의 집행관도 어쩔 수 없이 발걸음을 멈췄다. 뒤를 돌아보지 않았기 때문에 나는 멈춰 선 그들과 어색하게 시선을 마주치지는 않았다. 대신 네이처의 하늘을 올려다보았다. 구름 한 점 없는 화창한 날이었다. 얼마 후면 태양은 하늘의 정상에 올라 있을 것이었고, 그때쯤엔 나도 계단 꼭대기에 놓여 있는 캡슐 안으로 들어가 있을 터였다. 뒤에선 집행관들이 안절부절못하는 기색이 느껴졌다. 밑에 선 사람들이 웅성거리는 소리가 들려왔다. 하지만 나는 그들이 어떤 반응을 보이든 아랑곳하지 않고 빛나는 태양만을 똑바로 마주보았다. 이윽고 태양빛을 이겨내지 못한 두 눈이 암전이라도 되듯 깜깜해지자, 아무것도 보이지 않는 가운데서도 어두운 허공 속에 자꾸만 겹쳐지는 빛의 허상을 응시하면서 오직 두 발끝의 감각만으로 다시금 계단을 오르기 시작했다. 집행관들의 발소리도 다시 들려왔다. 결국 나는 장님의 상태에서 끝까지 계단을 올라갈 수 있었다. 더 오를 계단이 없다는 사실을 알았을 때엔 허망하고 아쉽다는 생각마저 들었다. 하지만 감상에 젖어 있을 시간은 주어지지 않았다. 뒤에 선 집행관이 낮지만 분명한 어조로 내게 명령을 내렸던 것이다.

"캡슐에 오르세요. 이제 더는 지체할 수가 없습니다."

여전히 정중한 어조였지만, 이 말이 명령이라는 것은 확실하게 알 수 있었다. 태양에 손상된 내 눈 앞에선 아직도 서너 개의 작은 빛의 무리가 이리저리 움직이고 있었지만, 나는 그들의 말대로 더이상 시간을 끌지 않고 나의 추방을 완성할 캡슐을 향해 섰다. 그때였다. 내가 나의 추악한 밑바닥을 목격하게 된 것은. 나는 열린 캡슐 안으로 들어가는 대신 그 원통형의 물건 앞에 털썩 주저앉아버렸다. 도저히 내 힘으로는, 내 의지로는, 저곳으로 들어갈 수가 없었다. 그러자 집행관들이 서로에게 다급한 목소리로 뭐라고 말하는 것이 들려왔다. 계단 아래에 모여 있던 사람들의 웅성거림도 더욱 커져갔다. 한 집행관이 주저앉은 내게 상체를 숙이며 말을 건넸다.

"일어날 수 있습니까? 우리는 당신이 스스로 캡슐 안으로 들어가기를 바랍니다."

나는 고개를 가로저었다. 그러고는 부끄럽게도 아이마냥 울기 시작했다. 두 명의 집행관은 이런 나를 내려다보며 약속이나 한 듯 굳은 얼굴로 입술을 깨물고 서 있었다. 내게 말을 건넸던 집행관이 다시 말했다.

"일어나세요. 당신은 군인이었지 않습니까? 수치심까지 사라진 겁니까?"

책망하는 듯한 그의 말에 나는 그만 오줌까지 지렸다. 입고 있던 바지가 축축해지는 기분 나쁜 감촉이 나를 나락의 맨바닥으로 끌어내리는 것처럼 느껴졌다. 나는 속삭이듯 말했다.

"난 못하겠습니다. 아무것도 못하겠습니다. 그러니 날 제발 내버려둬요."

집행관들의 눈빛이 냉랭해졌다. 그들은 서로 눈짓을 보내더니 내 머리와 두 발을 나눠 들고는 그대로 캡슐 안으로 던지듯 욱여넣었다. 집행관들이 캡슐로 들어오는 사이, 나는 얼른 몸을 일으켜 캡슐 밖으로 몸을 내밀고는 고래고래 소리를 질러댔다.

"제발, 제발 당신들의 관대함을 보여주십시오! 네이처가 그토록 자랑스럽게 여기는 가치를 내게도 베풀어……"

수치를 잊은 나의 애원은 그것으로 끝을 맺고 말았다. 두 명의 집행관에 의해 머리털과 목덜미가 잡힌 채 짐승처럼 캡슐 안으로 끌어 내려졌던 것이다. 나는 마구 몸부림을 쳐대며 울부짖었다. 아랑곳하지 않고 그들은 나의 두 팔과 두 다리를 캡슐에 장착된 냉동 보관 장치 속에다 단단히 고정시켰다. 냉동 보관 장치를 작동시키기 전, 그들 중 하나가 내게 말했다.

"참으로 추하군. 과연 살인을 저지른 범죄자가 보일 만한 행태야."

냉동 보관 장치의 문이 닫히기 전, 내가 들었던 것은 그들 두 집행관의 웃음소리였다. 그리고 나는 곧 육체의 잠정적인 죽음이 시작되는 것을 감지할 수 있었다. 비명을 지르고 싶었지만 내 입술은 이미 얼어버린 후였다. 나의 정신, 나의 영혼은 깜깜한 공간 속에 갇혀 여전히 또렷이 깨어 있는 채로.

28

그들이 내게 온 것은 어느 밤이었다.

이즈음엔 날짜를 헤아리는 것도 그만둔 지 오래여서 대략적인 시일조차 알 도리가 없었다. 그저 밝고 어두운 빛의 상태에 따라 깨어나고 잠드는 나날을 계속하고 있었기에. 멜이 떠난 후, 나의 삶은 사실상 여분의 삶이 되어버렸다. 놈들은 내게 반드시 올 것이고, 그날은 전적으로 그놈들의 의지에 의해 정해진 때가 될 것이기 때문이다. 여기에 나라는 짐승의 생각은 철저히 배제되어 있었다. 나 자신의 운명이 다른 존재에 의해 좌우된다는 사실은 나를 지하굴 속에 틀어박히게 만들었다. 자신의 삶을 주체적으로 살 수 없을 때 인간이, 혹은 인간의 정신을 가진 짐승이 얼마나 절망적으로 될 수 있는지 체험할 수 있는 암울한 시간이었다. 나는 그 헤아릴 수 없는 시간 동안 정말 아무것도 하지 않았다. 아무것도 먹지 않았고, 그러다보니 배설조차 거의 하지 않게 되었다. 나는 죽음을 향해 매 순간 다가가고 있었다. 하지만 자살은 시도하지 않았는데, 그 이유는 나도 잘 모르겠다. 아마도 자살조차 삶에 대한 일말의 의지가 남아 있을 때 시도하게 되는 것이 아닌가라는 생각이 들긴 했지만, 자세한 까닭은 역시 알 수 없다. 어쩌면 극단적인 단식의 상태가 지나치게 길어진 나머지 판단의 오류를 일으킨 것일 수도 있다. 머릿속에 제대로 영양분이 공급되지 않자, 나의 뇌가 좀 더 수월한 죽음의 방식에 대한 이성적인 사고를 수행하지 못했을 가능성이 있다는 말이다. 그래서 그들이 바닷가의 입구가 아닌 열세번째 입구, 내가 출구로 사용하는 곳으로 들어왔을 때에도 나는 그리 당황하지 않았다. 요컨대 나는 죽음을 기다리는 일에 너무 지쳐서 정작 내게 죽음이 닥쳐왔을 때엔 될 대로 되란 식의 무방비한 상태였던 것이다. 갖고 있는 것이라곤 고작 짐승의 몸뚱이 하나가 전부인 주제에.

그들은 각자 횃불을 하나씩 손에 들고 있었다. 열한 명. 놈들은 이제 완벽한 인간의 외양이었다. 과거의 나만큼이나, 혹은 나 이상으로. 나를 반원으로 에워싼 그들 중에서 유일하게 횃불을 손에 들지 않은 한 명이 앞으로 나왔다. 그가 놈들의 지도자인 듯 보였다. 그리고 그의 등 뒤로 멜이 함께 움직였다. 멜은 무표정한 얼굴로 나를 마주보았다.

그는 내게서 정확히 일 미터 앞의 위치에서 멈췄다. 멜이 내게 말했던 '그'가 틀림없었다. 그는 내게 다가오는 동안 줄곧 한 발자국의 거리를 삼십 센티미터로 유지했다. 갈색 눈동자만을 움직여 나를 살펴보던 그가 이윽고 입을 열었다.

"이 상황은 당신답지 않군요."

짐짓 안타깝다는 듯 그는 혀를 끌끌 찼다.

"적어도 인간의 정신이 당신에게 남아 있다면 이곳을 떠났어야 했습니다. 나의 멜이 당신에게 베풀어준 호의를 이런 식으로 허망하게 날려버리지는 않았어야죠."

나는 대답하지 않았다. 우선 이 사내의 거만한 말투가 마음에 들지 않았고, 또 이 녀석을 어딘가에서 본 듯한 기시감이 드는 것이 더 마음에 들지 않았다. 놈은 내 또래로 보였고, 장발의 갈색 머리카락과 같은 색의 외꺼풀 눈동자, 유난히 도드라진 매부리코와 얇은 입술까지…… 어느 순간 나는 갑자기 깨달았다. 저 사내는 바로 나였다. 아니, 과거 인간이었던 나의 외양을 쏙 빼닮은 놈이었다. 번개를 얻어맞은 것처럼 정신이 다 얼얼했다. 변종인 저 괴물은 왜 뻔뻔스럽게 과거의 내 모습을 하고선 내게 으스대듯 나타난 것일까? 문득 놈들이 단순히 나를 조롱하려 한 것이라면 이처럼 번거로운 변이까지 감수하지는 않았을 것이라는 생각이 들었다. 그리고 더 큰 의혹. 왜 하필 놈들의 지도자 격인 사내의 외양이 나와 같은 것인지 도무지 이유를 알 수 없었다. 내가 이상적인 인간이 아니라는 것쯤은 나도 잘 알고 있었다. 나는 육체적으로나 정신적으로나 결함투성이 인간이었다. 그렇기에 나는 네이처 행성에서 이곳으로 추방되기까지 했던 것이다. 이런 나를 왜 '그'가 닮아야 한단 말인가? 도대체 왜?

그는 나를 마주보며 싱긋 웃었다.

"내가 왜 당신의 과거와 닮았는지 궁금하십니까?"

나는 그를 말없이 노려보았다.

"말을 하세요. 제가 당신의 말을 들을 수 있다는 것을 잘 알지 않습니까."

속으로 나는 아차, 했다. 그렇지, 저 녀석은 나의 생각을 전부 다 읽어낼 수 있는 것이다.

나는 물었다.

'왜 네가 과거의 나와 판박이로 닮아 있는지 얘기해봐.'

"좀더 애원하듯 말하는 게 이 상황에 걸맞지 않겠습니까? 다시 말해보세요."

'모든 게 다 네 뜻대로 되지는 않을 거야. 내가 보기엔 말하고 싶은 사람은 바로 너인 것 같은데?'

그는 잠시 나를 응시했다.

"이런 와중에서도 자존심이란 게 남아 있단 겁니까? 설마 그런 게 인간의 정신이란 건 아니겠죠?"

'나는 이미 인간이 아니야. 인간으로서는 파멸한 거지. 하지만 내가 무엇이든 간에 아직 끝까지 싸울 의지는 남아 있어. 설혹 패배하더라

도 끝까지 항복하진 않을 거란 말이지.'

"파멸은 했지만 항복하진 않겠다, 뭐 그런 건가요? 좋습니다. 좋아요. 잘 알아듣겠습니다."

그는 나를 희롱이라도 하듯이 두 손을 머리 위로 번쩍 들어올렸다.

"그나저나 내가 당신에게 말해주고 싶은 건 맞습니다. 당신은 의외로 우둔해서 직접 설명을 해주지 않으면 도통 알아차리질 못하는 것 같으니까요."

'내가 어리석은 인간이라는 건 이백 년 전에도 이미 알고 있었어. 그러니 진 빼지 말고 어서 말해.'

"내 이름을 물어봐주겠습니까?"

순간적으로 화가 치밀어올랐지만, 애써 참아냈다. 나는 순순히 그의 말을 따랐다.

'네 이름이 뭐야?'

"렘."

'렘? 하지만 넌 나잖아?'

나는 반문했다. 순간적으로 머릿속이 하얘지는 기분.

'렘은 너 같지 않았어. 눈동자도 머리색도…… 전부 다 너완 달랐지.'

"하지만 난 '렘'이 맞습니다. 우린 모두 똑같은 DNA를 가졌으니까요."

우리? 같은 DNA? 나는 속으로 반문했다. 놈이 내 생각을 빠짐없이 읽고 있다는 것을 알고 있으면서도 더이상 상관하지 않았다. 퍼뜩 어떤 생각이 머릿속에 떠올랐다. 따지고 보면 어려운 생각도 아니었다.

나와 다르지 않다고 가정한다면?

'넌 복제된 존재군. 인간에 가깝게. 그러나 인간에게 내재된 열성 인자들을 제거한 완벽한 존재겠지. 이제 말해봐. 본래의 렘은 어디에 있나?'

나는 답을 뻔히 알고 있으면서도 놈에게 물을 수밖에 없었다.

그는 클클클 웃었다.

"그는 이미 죽었습니다. 당신은 왜 알고 있는 사실을 굳이 묻고 있는 거죠? 내가 벌써 다섯번째 '렘'이란 말입니다."

'다섯번째란 말이지.'

나는 짐승의 울음소리와 함께 한숨을 내쉬었다. 나의 렘. 불쌍한 나의 아이.

'다시 한번 묻지. 그런데 왜 너희 렘들은 나와 같은 모습을 하고 있는 거야?'

그는 웃음을 그쳤다. 돌연 그의 눈빛이 음울해지면서 눈동자 전체가 검은색으로 물드는 것처럼 보였다면 단순한 착각이었을까.

"우리 필리스들은 태어나서 처음 본 존재를 아버지로 여깁니다. 필리스에겐 부모란 개념이 없습니다. 오직 아버지가 유일하죠. 첫번째 '렘'에겐 당신이 아버지였던 겁니다. 그는 당신의 모든 것을 닮고 따라 하게 됩니다. 외양이 변하는 것은 물론이고 당신의 성격, 말투, 표정, 심지어는 배변 습관까지 똑같이 따라 하게 되는 것입니다."

필리스, 그들의 이름. 나는 수치로 얼굴이 화끈거리는 것을 느꼈다.

'그런데 왜 나의 렘은 죽어야만 했지? 네가 다섯번째라면 다른 렘들도 그리 오래 살지는 못했다는 뜻 같은데?'

"바로 당신의 그 결함 때문입니다. 지금도 감정을 통제하지 못하고 지나치게 조급해하지 않습니까?"

그는 한숨을 내쉬었다. 결함투성이 인간들이란. 그의 몸짓에서 그가 이렇게 나를 경멸하고 있다는 것을 느낄 수 있었다. 나는 침묵했다.

"첫번째 렘은 당신을 아버지로 둔 탓에 우리들 중 인간에 가장 가까운 존재였습니다. 그래서 우리들의 지도자가 될 수 있었죠. 하지만 맨 처음에 해당하는 대부분의 존재가 그렇듯이 보완해야 할 점이 너무 많았습니다. 그래서 지도자의 자리에 오른 뒤 불과 삼 주일 만에 자기복제를 통해 또다른 육체로 옮겨가기로 결정을 내린 겁니다. 순전히 스스로의 의지에 의해서 말입니다. 다시 말하지만 강압은 전혀 없었습니다……"

'웃기는 소리는 이제 그만하시지.'

나는 그의 말을 가로막았다.

'자기복제로 만든 육체로 교환될 때엔 정신만은 그대로 옮겨지게 되는 거야. 네가 만일 다섯번째 렘이라면, 첫번째 렘과 그 정신은 동일해야 한다는 말이지. 그러니까 넌 렘이 될 수가 없는 거야.'

"내 말을 자꾸 막지 마세요. DH-194."

그의 말은 나직했지만, 나를 찔끔하게 만들기는 충분했다.

"우린 당신에 대해 모든 것을 알고 있습니다. 당신이 무슨 죄를 저질러서 이곳에 추방되어 왔는지도 너무나도 잘 알고 있어요. 그러니 섣부른 지식과 판단으로 우리의 대화를 망쳐버리지 않기를 바랍니다. 아셨습니까?"

준엄한 판결과도 같은 그의 어조에 눌린 나는 착한 아이마냥 고개만 끄덕거렸다.

"당신도 멸망한 지하 도시를 목격했을 겁니다. 그곳에는 아주 유능한 과학자들이 많이 있었죠. 그들 중 상당수는 아직도 우리와 함께 지내고 있습니다. 방금 자기복제를 언급하면서 당신은 정신만은 온전히 옮겨가게 된다고 했지만, 그건 우리가 이미 일 세기 전에 극복한 방법이에요. 아마도 당신이 살았던 행성에서도 지금쯤이면 좀더 발전된 자기복제 기술을 상용화하고 있을 겁니다. 지금의 자기복제에서는 육체는 물론 그 정신까지 열성인자를 제거해 옮겨가게 됩니다. 그러니 내가 당신이 나의 렘이라고 부르는 그것과는 전혀 다른 완전한 존재라는 사실을 이해해야 합니다. 나는 필리스들을 이끄는 지도자이고, 지도자인 나는 다른 필리스들과는 차별화된 면모를 갖추고 있어야 하니까요."

동의를 구하는 것처럼 그가 말을 멈추자, 나는 또다시 열심히 고개를 끄덕거렸다. 과거의 나와 같은 그가 마치 거울처럼 나를 따라 고개를 끄덕거렸다.

"좋습니다. 그럼 이 좁고 어두운 굴속에서 당신에게 해줄 수 있는 말은 거의 다 한 것 같군요. 이제 궁극적인 끝을 맺기 위해 자리를 옮겨야 할 때가 온 것 같습니다. 우리가 당신을 강제적으로 데려가길 원하십니까? 아니면 당신 스스로의 결정에 따라 우리를 따르겠습니까? 선택하세요."

그의 제안은 눈속임에 불과하다는 것을 나는 잘 알고 있었다. 하지만 그가 내 짐승의 육체에 남아 있는 인간의 정신을 끝까지 존중해주는 의미에서 형식적으로나마 내게 선택의 기회를 주고 있다는 것은 분명 고마운 일이었다. 나는 일체의 감상을 배제하고 오직 이성에 의한 사고를 하기 위해 정신을 집중했다. 그의 제안은 여러 번 반복되지 않을 것이다. 단 한 번이었다. 만일 내가 이 제안을 거절한다면 그와 그를 따르는 필리스들은 강제적인 방법으로 나를 끌고 갈 것이다. 나는 일어섰다.

'렘, 널 따라가지.'

29

밖으로 나오자마자 수백 개의 횃불이 나를 에워싸며 몰려들었다. 타오르는 횃불 가운데 팽팽한 긴장감과 흥분이 잔뜩 달아올라 있었다. 순간 나는 끝을 예감했다. 이제는 익숙하다고 여겼던 두려움과 공포가 실은 전혀 그렇지 않다는 사실을 알게 되었다. 루시아에 도착한 뒤 그 어느 때보다 나는 두려웠고, 극심한 공포감에 온몸이 절로 움츠러들었다.

"두려워할 필요는 없어요."

어느새 내 등뒤로 다가온 그가 말했다.

"여기선 단지 당신이 그것들을 지켜보기를 바란 것이니까요."

'그것들? 너는 동족을 그런 식으로 폄훼하나?'

"난 동족을 깎아내리려는 것이 아닙니다. 그것들은 우리와는 다른 종이니까요."

그의 냉혹한 대답에 나는 오싹해졌다. 더는 그에게 반하는 말을 하지 않는 편이 나았지만, 나는 생각하기를 멈출 수가 없었다. 이래서 생각을 엿듣는 자가 곤혹스러운 것이다.

'엄밀히 말한다면 다른 종이라고 할 순 없겠지. 단지 너희들보다 진화가 덜 이루어진 절반의 인간들일 테니깐.'

당연히 분노를 터뜨릴 거라고 생각했는데, 그는 적어도 겉으로는 아무런 감정의 변화도 보이지 않았다. 역시 이것도 그가 완전한 존재이기 때문일까? 자신의 감정을 어떤 경우라도 효과적으로 통제할 수 있는? 또다시 내 생각을 엿들은 그가 말했다.

"이제야 좀 이해가 되는 겁니까? 그리고 뭔가 단단히 오해를 하고 있는 것 같은데, 결론만 말한다면 그것들은 우리와 다른 종이 맞습니다. 우선 놈들은 DNA가 우리완 다릅니다. 거기다가 그것들에겐 '인간의 정신'이란 게 존재하지 않죠."

나는 그가 가리키는 삼백 명가량의 필리스들을 바라보았다. 오늘 밤은 바람이 제법 세게 불고 있었다. 삼백 명의 필리스들이 들고 있는 횃불이 일렁거리는 깜깜한 바닷가는 몹시 기괴하게 보였다. 그리고 또 한 가지…… 아까부터 줄곧 내 신경을 건드리는 그 무엇을 찾아 나는 시선을 옮겼다. 분명히, 뭔가가 있었다. 그들 너머의 바닷가 저편을 바라보던 내가 어둠에 묻혀 있는 숲과 바다를 본 다음 시선을 돌려 내 앞에 선 필리스의 얼굴을 마주한 순간, 나는 보았다. 내 얼굴과 똑같은 인간의 모습을.

그는 말했다.

"당신은 역시 주의력이 깊지 않군요. 지금에서야 우리가 당신의 외양을 닮아 있다는 것을 알아차리다니요. 인지할 시간은 충분했습니다. 단지 당신이 그 사실을 보지 않으려고 한 겁니다."

'왜 너희들이 다 나와 같은 모습을 하고 있는 거지? 내 모습은 렘만이 닮았다고 하지 않았나?'

"자세히 설명한다고 해도 당신은 이해하기가 어려울 것입니다. 거칠게, 대략적으로 말해드리죠. 우리 필리스들 사이에서도 보다 우수한 혈통이 있고, 각자가 속한 그 혈통의 등급에 따라 우두머리의 위치에 좀더 가까워지게 되는 겁니다. 즉 지도자인 나, 렘을 꼭대기에 둔 피라미드의 모양으로 등급이 나눠지는 것이죠."

나는 작게 탄식했다. 물론 내 입에서 흘러나온 건 한결같은 짐승의 울음소리였지만.

'이건 지옥이나 마찬가지야! 너희들이 기존의 인간들보다 진일보한 존재들이라고? 아니야, 절대 아니지. 네이처의 못된 짓거리들을 그대로 답습하고 있는 너희가 어떻게 완벽한 존재라고 할 수 있다는 거야?'

"말했다시피 우리는 철저하게 이성적 판단을 통해서……"

'그 이성 자체가 잘못된 것이라면? 이건 다 속임수야! 속임수일 뿐이란 말이야!'

나는 폭발해버렸다. 그러고는 이내 후회했다. 내가 이렇게 감정적으로 처신해봤자 저들에겐 그저 나의 열등함을 증명해 보이는 것에 불과할 뿐이기 때문이다. 내 예감은 틀리지 않았다. 렘의 얼굴은 자신의 존재가 우월하다는 자신감으로 빛나고 있었다. 다른 필리스들도 사정은 다르지 않았다. 나는 그만 내 머릿속을 얼간이로 날려버리고 싶어졌다.

렘을 둘러싼 필리스들 중 하나가 구호를 외쳤다.

"필리스에게 궁극적인 완성을!"

그러자 다른 필리스들이 일제히 고함을 지르기 시작했다.

"필리스에게 완성을! 열등한 존재에게 죽음을!"

이미 나는 잊힌 존재였다. 설명이 불가능한 광기가 그들을 하나로 단단히 결속시켜주고 있었다. 그들의 지도자는 당당히 선포했다.

"필리스는 오늘밤 순전한 존재로 완성될 것이다!"

엄청난 함성과 함께 삼백 개가 넘는 횃불이 어둠 속을 가로질러 바다에 뛰어들었다. 나는 빛의 장렬한 최후를 목격했다. 곧 어둠 속에 빛나는 것이라고는 나의 두 개의 녹색 발광체 눈이 유일했다.

무자비한 살육의 밤이었다. 달조차 뜨지 않은 밤이어서 그 모든 죽음은 전부 어둠 속에서 이루어졌다. 이곳에서는 빛이 어둠을 쫓지 않았다. 다만 어둠이 주변을 밝히므로 빛이 슬그머니 물러가는 것이었다.

맨 먼저 그들은 바닷속에서 처형 대상들을 육지로 몰았다. 열등한 필리스들은 심해가 거주지인 듯했다. 내가 예전에 바닷가에서 목격했던 놈들이었다. 비록 렘과 그의 추종자들에 비해서는 진화가 뒤처졌으나, 이미 짐승의 특성은 모두 사라졌다. 인간에 가까운, 어쩌면 보통의 인간과 비슷할 놈들이 한낱 미개한 동물들처럼 그들에 의해 몰아지는 광경은 나를 몹시 거북하게 만들었다. 인간이 같은 인간을 사냥하는 광경을 보고 있는 것이다. 그것도 자신이 속한 종족에서 열등한 존재들을 과감히 쳐냄으로써 폭력으로 종족의 우성인자를 지켜내고 나아가 재편하려는 무시무시한 광경이었다. 애초부터 놈들은 조직적이고 유능한 그들의 상대가 되지 못했다. 놈들은 싸움이라는 것을 할 줄도 몰랐다. 그저 저희들끼리 우왕좌왕하면서 구슬프게 울어댈 뿐이었다. 육지로 떠밀려 올라오는 놈들의 수가 점점 많아졌다. 이십 명, 사십 명, 칠십 명, 백여 명이 넘어설 때 나는 옆에 선 렘에게 생각으로 말을 걸었다.

'놈들은 저항이란 걸 할 줄도 모르는 바보들이야. 저런 놈들을 너희들이 죽여버린다고 해서 무슨 의미가 있겠나?'

렘은 대답 대신 얇은 입술을 더욱 얇게 만들며 두 눈을 가늘게 떴다. 그에겐 지금 내 생각 따위를 읽을 여유가 없었다. 렘은 방금 전 그가 그토록 강조했던 이성의 우위를 깡그리 잊어버린 상태였다. 지금 그는 승리자의 기쁨을 만끽하는 중이었다. 깊은 만족감이 그의 얼굴에 드러나 있었다. 그의 가늘게 뜬 두 눈은 끓어오르는 흥분을 숨기지 못하고 파들파들 떨렸고, 얇은 입술 새로는 신음소리와도 같은 낮은 감탄사가 흘러나왔다. 불과 십오 분쯤 지났을까. 근방 사 킬로미터 내의 수면 위로 수백, 수천의 우는 인간의 얼굴들이 떠오르고 있었다. 그 악몽과도 같은 광경에 경악하는 것도 잠시, 끊임없이 육지로 떠밀려오는 수많은 놈들이 내는 울음소리로 귀가 다 아파올 지경이었다. 인간의 울음소리가 그렇게 끔찍하게 들릴 수 있다는 것을 나는 그때 처음 알았다. 여느 짐승들의 울음소리와는 비교도 되지 않을 만큼 소름 끼치는 소리였다. 마치 그 울음소리가 끈끈한 막처럼 내 온몸에 막무가내로 덕지덕지 들러붙는 듯한 더러운 기분이 들었다.

나는 양쪽 귀를 손으로 막으며 렘에게 외쳤다.

'넌 저 울음소리가 들리지도 않는 거야? 어떻게 저 끔찍한 소리를 견뎌낼 수 있지?'

렘은 이번에도 대답하지 않았다. 아직도 그는 나라는 존재를 전혀 의식하지 않는 것이다. 나는 그가 조만간 건설할 세계에 어떤 식으로도 속하지 않는 과거의 인간이었다. 나는 그들이 처형하고자 하는 열등한 필리스들보다도 그의 관심을 끌지 않는 존재였다. 그에게 나는 그의 위대한 업적을 지켜보는 한낱 관람자일 뿐이었다. 그 사실을 깨달은 나는 그만 입을 다물었다. 그는 나의 렘과는 다른 존재였다. 새로운 렘이 다시 내게 말을 거는 때가 나의 마지막이 될 것이다.

삼천 명쯤 되는 놈들이 바닷가 주홍빛 물질 위에 빽빽이 몰려서 있었다. 바다에 아직 숨어 있을지 모르는 놈들을 수색하고 있는 열 명 남짓한 필리스들을 제외하고는 다른 필리스들 역시 바다에서 나와 주홍빛 물질 위로 올라왔다. 놈들의 십분의 일밖에 안 되는 머릿수였지만, 렘의 추종자들은 자못 위협적인 몸짓과 고함만으로도 놈들을 효과적으로 제압하고 있었다. 진화된 필리스들이 열등한 필리스들을 위협하며 지르는 고함을 듣는 순간 나는 귀를 의심하고 말았다. 쉿쉿쉿, 숏숏숏. 아마 이런 소리였던 것 같다. 그것은 말이 아니었다. 인간이 소나 말이나 양을 몰면서 낼 만한 소리였다. 점점 거리를 좁혀 모는 그들의 표정에 렘과 같은 만족감이 가득 서려 있었다. 곧 다가올 죽음과 파괴에 고조되어가는 그들의 잔인한 본성이라니. 나는 울고 싶어졌다. 도대체 나는 어디서부터 잘못된 인간이었다는 말인가? 정녕 태어나지 말았어야 하는 인간이었나. 추방형이 아니라 진작 죽음으로써 죗값을 치렀어야 했던 인간이었나. 짐승으로 변하는 것만으로는 나의 죄가 씻기지 못했다는 것인가? 왜 내가 의도하지 않았던 나의 자식이라는 존재들이 이렇게나 잔인하고 무감각하다는 것을 두 눈으로 확인까지 해야 한단 말인가? 혹시 이것도 네이처에서 내게 선고한 형벌의 연장선상에 있는 것인가? 학살이 시작되기 전에 나를 이 세상에 아예 존재하지 않았던 인간처럼 사라지게 해주었으면. 누구라도 그런 호의를 내게 베풀어준다면 그에게 존재하지 않을 영혼이라도 주고 싶은 심정이었다. 하지만 나는 이미 기회를 잃어버린 짐승이었다. 완벽하게 무력한 나는 렘이 자신의 추종자들에게 외치는 소리를 말없이 듣고만 있었다.

"필리스에게 축복을!"

그다음에 벌어진 일들에 대해선 차마 말하고 싶지 않다. 내가 말을 잃어버린 과거의 인간이라는 것이 축복이 될 수도 있음을 알았다. 아수라장. 지옥. 열등한 필리스들이 흘리는 하얀 피가 내 눈엔 새까만 빛으로 보였다. 차라리 총이나 폭탄 같은 무기가 사용되었더라면, 죽어가는 놈들이 겪을 고통의 시간이 현저히 줄어들었을 것이다. 죽음이 놈들을 피해갈 수 없다면, 즉사가 가장 관대한 죽음이 되었을 것이다. 하지만 진화된 필리스들은 자신들과 같은 종족에 속하는 놈들에게 끝까지 잔인했다. 그들은 가공할 만한 힘을 사용하여 놈들을 하나씩 죽여나갔고, 그렇게 죽음의 문턱에 선 놈들의 목을 단도로 자르는 것으로 처형의 대단원을 장렬하게 마쳤다. 생각해보면 한 명당 열 명의 열등한 필리스들을 죽이면 되는 일이었다. 죽임을 당하는 쪽은 별다른 저항 한 번 못하고 쓰러져가고 있으니 진화된 필리스들의 입장에선 그야말로 식은 죽 먹기나 다름없었다. 먼저 놈의 얼굴을 향해 주먹을 날린다. 피투성이가 된 얼굴로 비틀거리는 놈의 가슴과 복부에 연타로 주먹을 날린 뒤 다시 쓰러진 놈의 전신에 인정사정없는 발길질을 퍼붓는 것이다. 한 놈당 주먹질과 발길질을 퍼붓는 데에만 오 분 정도가 소요되는 지극히 원시적이고 일방적인 폭력이었다. 삼백 명인 그들이 삼백 명의 놈들에게 폭력을 휘두르는 동안 나머지 이천칠백 명의 놈들은 멀뚱거리며 불안한 표정으로 우두커니 서 있을 뿐이었다. 저놈들은 다음 차례가 자신이 될 거라는 사실을 알기나 하는 것일까? 하지만 아무것도 인지하지 못한다면 놈들의 저 표정은 아무래도 설명이 되지 않았다. 마치 순교자와도 같이 자신에게 다가오는 죽음의 순간을 그저 묵묵히 받아들이고 있지 않은가. 왜 너희들은 도망가지도 않는 거지? 가라. 가라. 제발 어디로든 도망가라. 오십 분이 지나면 삼천 명이 몰살되는 것이다. 무섭도록 단순한 죽음의 셈법이었다. 절반이라도, 아니 그 절반의 절반이라도 부디 죽음을 피해서 멀리 도망가라. 나는 울기 시작했다. 아니, 우는 흉내를 내며 짐승의 숨가쁜 울음소리만을 내고 있었다. 너희들에게 죽음은 그냥 죽음일 뿐이다. 짐승처럼 죽임을 당하는 현재만이 존재할 뿐인 것이다. 설마 순교자로서 죽는다면 근사한 내세가 기다린다는 착각을 하고 있는 것은 아니겠지. 순교자는 인간의 영역이다. 그러나 너희들은 인간도 짐승도 아닌 것이다. 내세는 너희들과는 무관한 곳이다. 그러니 죽음을 받아들이지 말아라. 그 음흉한 놈을 피해라. 도망가라. 도망가라.

사십 분이 지나갔다. 그리고 나는 내 안에서 살고 싶다는 욕구가 소멸해버린 것을 알았다. 나는 더이상 살고 싶지 않았다. 하지만 죽고 싶은 것도 아니었다. 그저 잠들고 싶었다. 영원한 잠. 누구도 깨울 수 없는 나만의 공간으로 침잠해버리고만 싶었다. 나는 힘없이 제자리에 주저앉았다. 더이상 학살의 현장도 나를 슬프게 만들지는 못했다. 어쩌면 저놈들도 나처럼 영원한 잠에 이르기 위해 순순히 죽음을 맞고 있는지도 모르는 일이었다. 이 삶이, 이 세계가 너무 무거웠다. 내가 살기엔 지나치게 복잡하고 버거운 세계였다. 나는 이 세계와는 어울리지 않는 과거의 인간이고, 현재의 짐승이다. 문득 얼간이가 떠올랐다. 얼간이에 장전된 단 한 발의 총알. 멜이 내게 건넨 마지막 나의 자존을 위한 선택의 기회. 나는 절망이 차오르는 것을 느꼈다. 그리고 스스로에게 진정한 슬픔을 느꼈다. 어리석은 과거의 인간. 하지만 나는 내세를 믿지 않았고, 따라서 다른 삶을 살아볼 기회란 내겐 주어지지 않을 것이다.

"왜 당신이 좋아하는 볼거리에서 눈을 돌리십니까?"

그가 주저앉은 내게 시선을 맞추려고 상체를 숙였다.

"저놈들이 죽어가는 모습을 차마 볼 수 없다는 듯한 표정은 짓지 마십시오. 그거야말로 완벽한 오류가 아니겠습니까?"

나는 반문했다.

'완벽한 오류?'

"그렇습니다. 만일 당신이 학살자에서 구원자로 나선다고 한들 저놈들이 그걸 받아들이겠습니까? 아무것도 달라질 것은 없어요. 당신은 놈들의 동족을 학살한 살해자일 뿐입니다. 자신의 본질을 잊지 마세요."

'나조차 스스로의 본질을 알지 못해.'

렘은 날카롭게 웃었다.

"당신은 나의 아버지입니다. 우리들은 당신을 닮아 있어요. 이래도 어린아이마냥 징징대면서 자신을 알지 못하겠다고 변명을 할 작정입니까?"

갑자기 그는 나의 양어깨를 움켜잡고 우악스럽게 일으켜세웠다.

"자, 보세요. 눈을 돌리지 마십시오. 뭐가 보입니까? 저들이 바로 당신입니다. 당신의 모든 것이란 말입니다."

나는 짐승의 울음소리를 내며 그의 손아귀에서 빠져나가려고 몸부림을 쳤다. 그러나 보기와는 다르게 그는 아주 힘이 셌고, 더군다나 나에 대한 분노와 혐오로 더욱 강해져 있었다.

"나는 스스로 강한 존재가 될 작정입니다. 신이란 게 과연 있다면 그것이 될 거란 말입니다. 하지만 신에게는 아버지가 없습니다. 태초부터 존재하는 자니까요. 만약 아버지란 게 있다면 그는 더이상 신이 아니겠죠."

우리는 시선을 마주쳤다. 그러자 나는 그의 이성 뒤에 숨겨져 있는 나의 폭력성과, 우울, 불안정한 감성, 그리고 이율배반적인 면모와 냉담함을 볼 수 있었다. 인정할 수밖에 없었다. 그는 나의 아들이 맞았다. 불쌍한 나의 렘.

"오늘은 우리 종족의 가장 기쁜 날입니다. 열등한 존재들을 마침내 우리 가운데서 모조리 없애버리고, 비로소 완전한 인간이 된 날이니까요. 게다가,"

렘의 두 눈이 번들거리고 있었다. 분노로 들끓어오르는 눈이었다.

"나의 아버지를 내 손으로 죽임으로써 나는 오늘 완전하고 유일한 필리스들의 아버지가 될 수 있을 테니까요."

어느새 그의 왼손에 얼간이가 들려 있었다. 어둠 속에서도 총의 반들거리는 몸체는 스스로 빛을 발하고 있었다. 나는 본능적으로 뒤로 물러섰다. 그가 말했다.

"잘 가세요. 나의 아버지. DH-194."

돌연 내 가슴에 격심한 통증이 몰려왔다. 마치 날카로운 끌로 가슴을 후벼파는 듯한 격통이었다. 가슴의 통증이 전신으로 밀려가고 있었다. 세계가 어둠 속에서 빙글거리며 돌아가는 중이었다. 눈이 점점 흐려져가고 있었다. 그래도 필사적으로 무언가를 잡듯이 두 손을 앞으로 내밀며 몇 발자국인가를 걸어갔다. 나는 울부짖는 짐승의 언어로 중얼거렸다.

"그들의 원년이 시작된 거야."

내 말에 반항이라도 하듯 또 한번의 격통이 복부 한가운데에 몰려왔다. 하얀 피가 철철 흐르며 작은 웅덩이를 만들고 있는 곳에 나는 풀썩 쓰러져버렸다. 멀리서, 아주 먼 곳에서 수많은 이가 내지르는 함성이 들려오다가 이윽고 사라졌다.

30

한줄기의 빛이 네이처의 하늘을 가르며 솟구쳐올랐다.

문학동네 장편소설
첫번째 날
ⓒ 전혜정 2018

초판인쇄 2018년 3월 9일
초판발행 2018년 3월 21일

지은이 전혜정
펴낸이 염현숙
책임편집 김내리 | 편집 정은진 이성근 김필균 이상술
디자인 고은이 유현아 | 마케팅 정민호 박보람 나해진 우상욱
홍보 김희숙 김상만 이천희
제작 강신은 김동욱 임현식 | 제작처 영신사

펴낸곳 (주)문학동네
출판등록 1993년 10월 22일 제406-2003-000045호
주소 10881 경기도 파주시 회동길 210
전자우편 editor@munhak.com | 대표전화 031) 955-8888 | 팩스 031) 955-8855
문의전화 031) 955-3576(마케팅) 031) 955-8864(편집)
문학동네카페 http://cafe.naver.com/mhdn | 트위터 @munhakdongne

ISBN 978-89-546-5033-5 03810

* 이 도서의 국립중앙도서관 출판예정도서목록(CIP)은 서지정보유통지원시스템 홈페이지(http://seoji.nl.go.kr)와 국가자료공동목록시스템(http://www.nl.go.kr/kolisnet)에서 이용하실 수 있습니다.(CIP 제어번호: 2018007993)

www.munhak.com